일 분 후의 삶

일 분 후의 삶

생사 고비에서 배운
진실한 삶의 수업

권기태 글_논피션

알에이치코리아

개정판 작가의 말

비로소 완성한 느낌이다.

초판이 나온 것이 6월이었고, 몇 달 지나 서리가 내릴 무렵부터 미진한 대목이 하나 둘 떠올라 쓸쓸해하던 기억이 난다. 나중에 개정판을 펴낼 수 있을지 없을지 모르는 채로 머릿속에 떠오르는 아쉬움들을 이런저런 메모지에 적어서 모으다 보니 여섯 해 만에 작은 상자를 하나 채울 만큼 되었다. 결국 개정판을 쓰는 일은 이 메모지들을 분류하는 일로 시작했다. 탈고하고 보니 초판보다 원고지 매수로 400장가량이 늘어나 있었다. 이야기의 얼개나 관점부터, 문장이나 낱말까지 손보고 싶은 마음이 그렇게 가득했던 것 같다.

작가가 되어 두 번째 펴낸 것이 이 책의 초판이었고 그 후로 오래도록 펜을 놓았다. 시간이 곁으로 지나가는 것을 지켜만 보았다. 그 여섯 해 동안 이 책을 위한 메모가 유일한 글쓰기였나 보다, 생각해본다.

버려진 골짜기에도 희고 가냘픈 씨앗들이 솜털에 둘러싸여 날아오고, 꽃을 피운다. 그러한 애틋한 씨앗들과, 알에서 기어나와 밤의 망망한 바다를 건너가는 엄지만 한 거북들, 깊고 무한한 하늘을 가로지르는 기러기 가족들, 눈 쌓인 구덩이에서 새끼 곰을 안고 겨울을 나는 숱한 어미들이 이 글을 함께 완성했다. 그리고 초판을 사랑해주신 독자 한 분 한 분의 은혜가 있었다. 미안하고 감사한 느낌이 차오르는 이 마음으로 계속 나아가려고 한다.

오랜 세월 겪고 태어난 문장들 위에 따스한 생명의 숨결이 깃들기를.

생生은 매 순간 우리를 초대하고 있다

여기 봄날의 화사한 뜰이 있다. 바닥에는 푸른 잔디가 단정하게 솟아 있고, 무릎 높이에는 기쁜 듯이 피어난 꽃들의 색깔과 향기로 눈이 잠시 부시다. 축축 처진 잣나무의 무성한 가지와, 물가에 자기 얼굴을 비추고 있는 버드나무, 곧고 굵게 솟아오른 대나무의 숲이 반짝거린다.

이 생生의 안뜰로 사람들이 찾아오고 있다. 하늘에서, 바다에서, 산 위에서, 땅속에서 불시에 닥친 죽음의 위기를 넘어서서 인생으로 다시금 초대받은 사람들이다. 그들은 소박한 들꽃, 평범한 풀잎과 같은 사람들이었다. 하지만 짙푸른 생명력이 가파르게 꺾이는 아슬아슬한 시간을 갑자기 맞이하자 "1분 후에도 내가 여전히 살아 있을 수만 있다면" 하고 간절히 바랐던 체험들을 가지고 있다. 그들이 겪은 그 치명적인 위기는 무엇이었을까? 빛이 분산되는 프리즘과 같은 것이었다고, 나는 생각한다.

우리의 삶은 마치 대낮의 대기에 가득한 광선처럼 있는 듯 없는 듯, 유용한 듯 무용한 듯 알 수 없는 빛과 같은 게 아닐까? 생의 정원으로 찾아온 이들이 겪었던 그 위기는 이런 무색무취의 한줄기 빛을 받아들여 빨주노초파남보의 갖가지 색깔로 뿜어내는 삼각의 유리 기둥과 같은 것이었다.

그들은 그 위기의 순간에 부챗살처럼 퍼져가는 자기 삶의 다채로운 빛을 바라보면서 자기들이 살아 있음을 극명하게 느꼈다. 나른하게 서행하던 일상은 갑자기 그 생의 날카로운 끝에 가 닿게 되면서 매우 높은 밀도를 갖게 되었다. 슬픔과 후회와 상실과 종말의 감정으로부터 용서와 사랑과 희망과 용기의 마음에 이르기까지 결정적인 그 순간이 낳은 정서와 깨달음은 많은 빛깔을 안고 있었다. 그들은 내게, 그렇게 말해주었다.

지난해 나는 기자에서 작가로, 하는 일을 바꾸었다. 나는 그 첫 작품을 죽음으로 시작해서 탄생으로 끝맺었다. 그사이에 인생과, 인생의 안식을 다루고 싶었기 때문이다. 내가 두 번째로 쓰게 된 이 책은 그같은 소생의 체험을 직접 겪은 이들을 강산의 곳곳에서 만난 것을 바탕으로 삼았다. 그들이 피부로 느낀 생의 감각이 어떤 것이었는지 물어보고 듣는 것은 감동적이었고 기쁜 일이었다. 비록 내 선택이었다 할지라도, 나는 지난해 크게 바뀐 내 삶의 조건에 힘들어했고, 막막해했다. 하지만 그들과의 거듭된 만남을 통해 그들의 기운과 마음가짐이 내 속으로 스며드는 것을 느낄 수 있었다. 나는 닳고 해진 내 삶의 한 꺼풀을 벗겨내는 것 같았다.

그래서 이 글들에는 생의 감각을 극한에서 느낀 사람들의 육성과, 그것을 내 것으로 받아들이고자 했던 나 자신의 기쁨이 배어 있다. 적어도 나 자신은 그렇게 느낀다.

기자 시절과 달리 그들을 찾아내고 만나서 이야기 듣는 일은 쉽지 않았다. 솔직히 말하자면, 처음에는 매우 힘들어 책으로 만들 수 없을 것 같았다. 하지만 시간이 지나자 나중에는 강산의 곳곳에서 그들이 나를 불러내는 것만 같았다. 강원도 진부의 눈 쌓인 계곡에서, 바람찬 남해 칠천도의 바다 마을까지 문득 찾아간 나를 그들은 오래된 벗처럼, 다정한 형처럼, 늘 지켜보던 조카처럼 대해주었다.

묻고 또 묻는 내 질문에 그들은 서서히 지쳐가면서도, 기억의 한계까지 거슬러 올라가 기꺼이 대답해주었다. 그들은 불쑥 앞에 나타난 나와, 내가 앞으로 쓰게 될 미지의 글을 믿어주었다. 그것은 아마 우리가 이 세상을 함께 살아가는 동창이라는, 인생의 학교를 함께 다니는 선후배라는, 더 큰 믿음 때문이었던 것 같다. 그래서 이 책을 위해 자신의 이야기를 들려준 열두 명은 바로 나 자신인 것만 같다. 나는 그동안 그 긴 여행을 하면서 나 자신의 여러 얼굴을 대면하고 온 것만 같다.

그들이 그 극한에서 받아들인 삶의 깨달음과 느낌에 내가 어떻게 완전하게 다다를 수 있으랴. 하지만 나는 매번 그렇게 하려고 시도했고, 무엇보다 그들을 닮고 싶었다. 그들은 그 매서운 위기로 자신을 데려간 원인이나 사람들을 탓하지도, 미워하지도 않았다. 단 한 사람도 그러지 않았다. 한 사람, 한 사람 만났을 때에는 몰랐지만 열두 사람의 이야기를 다 써놓고 나니, 그 선명한 공통분모를 그제야 알 것 같았다. 그리고 그들은 그 예리한 순간 이후 다른 누구도 아닌 자신의 삶을 살고 있었다. 평범한 인생 속에서도 진정한 자기 자신이 되기 위해, 단 한 순간이라도 거기 가 닿기 위해 열심히 살고 있었다. 그들이 그토록 소상하게 자기 인생을 들려준 것은 바로 그런 소망 때문이 아니었을까?

이제 그들이 이 맑은 공기와 투명한 햇살 아래 푸른 정원에 모여들었다. 하지만 내가 만난 열두 사람 가운데 한 사람은 그사이에 이미 육신을 벗은 상태다. 그래도 나는 이 정원에서 그의 존재를 느낀다. 그는 지금 다른 누구도 아닌 자기 자신을 위해 잠들어 있다. 그가 극한에서 보인 용기와 의지를 내게, 그리고 우리에게 건네준 채로.
생의 감각은 빛나고, 정원은 푸르다.

일러두기

- 이 책은 생사의 위기를 극복하고 다시금 인생으로 초대받은 열한 사람의 이야기를 담은 논픽션 집이다. 초판의 열두 사람 가운데 완성도가 충분히 높아진 열한 사람의 이야기를 실었다. 그리고 등반가 이현조 씨는 자신의 생존 체험을 술회한 후 이 책 초판이 완성될 무렵 에베레스트에서 산화했다. 삼가 고인의 명복을 빈다.

- 생존자들의 체험에는 공교로운 우연들이 있었다. 검토 끝에 그 자체가 의미 있다고 판단하여 사실대로 밝혀두었다. 몇몇 생존자가 겪은 종교적인 체험 역시 마찬가지다.

- 열한 편의 논픽션은 단편소설의 얼개 속에 써내고자 했다. 사실관계와 세세한 묘사는 일어난 그대로 밝혀두었다. 에세이처럼 쓰인 대목들은 정황을 표현하고자 한 것이다.

- 몇몇 논픽션에서는 1인칭과 3인칭의 시점이 번갈아 나온다. '나'를 '그'라고 가리키며 다른 관점에서 이야기를 전개한다. 일어난 일의 전모를 제대로 전달하기 위한 것이다. 이 경우 필요에 따라 겹따옴표("")보다 더 큰 인용의 뜻으로 홑낫쇠(「」)를 사용했다.

목차
ᵒᵒᵒᵒᵒᵒ

나기성, 「임한리 해바라기」

해바라기

물거품 같은 육신을 보라
신기루가 자연을 이루었다.
화려하게 피는 미혹의 꽃들을 잘라내면
살고 죽는 일을 보지 않으리라.

見身如沫 幻法自然 斷魔華敷 不覩生死
(견신여말 환법자연 단마화부 부도생사)

– 『법구경法句經』

8월의 해바라기를 바라보면 노랑과 초록이 하도 생생해서 꽃이 나를 마주 본다는 직감이 눈동자로 들어온다. 애틋하고 가녀리던 초여름의 줄기는 어느새 사람 키보다 높게 솟았다. 그 줄기의 둘레를 소용돌이 일듯이 계단처럼 올라가는 푸르고 큼직한 이파리들. 심장 모양을 닮은 이파리는 하얀 잎맥이 선명하고, 가두리에는 섬세한 톱니를 지녔다. 잎과 잎 사이의 줄기에 보송보송하게 돋아나던 솜털은 어느새 볕에 반짝이는 억센 털로 자랐다. 가장 높은 곳까지 올라간 그 털마저도 닿지 않는 줄기의 끄트머리에 꽃망울이 생긴다.

꽃봉오리는 끝이 뾰족한 작은 잎들에 단단히 감싸였다가 여름 어느 날 꽃받침이 벌어지면서 깊이 숨겨뒀던 원형의 바퀴를 드러내고 키워 낸다. 그 둥근 둘레에는 노란색의 불꽃같은, 노란색의 혓바닥 같은 꽃 잎들이 돋아난다. 여름의 뙤약볕도 그 꽃잎을 노랗게 투과하고, 다른 잎 위에 떨어진 그림자마저 노란색 같다. 그 샛노란 혓바닥들이 한 바 퀴에 다 솟아나면 꽉 찬 원 속에 또 다른 형태의 작고 가는 꽃들이 피기 시작한다. 자잘한 알갱이나 씨앗처럼 보이는 통꽃인데, 정밀하고 미세하다. 끝이 벌어져 별 모양으로 피고 수술과 암술이 그 끝으로 모두 나온다. 이 알갱이 같은 꽃들은 둥근 꽃받침의 바깥쪽에서 피어나 소용돌이를 그리며 조금씩 조금씩 가운데를 향해 원을 빽빽이 채워나간다. 이 나선형의 섬세한 질서가 완성되며 생기는 갈색과 노랑은 검고 노란 줄이 쳐진 일벌들에게 앉으라고 손짓하는 무늬처럼 보인다. 그 커다란 꽃이 다 생겨나면 이제 우리를 내려다보기 위해 고개를 수그린다. 코를 대면 바람이 풀을 스칠 때 나는 희미한 식물의 호흡이 무취인 듯, 그러나 아련하게 콧속으로 들어온다. 여름이 우리 머리 위에 있을 때다.

　그는 작가인 내 앞에 앉아 있다. 그는 나이 들어 눈꼬리가 예전보다 내려갔고 넥타이보다 두루마기가 어울리는 얼굴이 되었다. 하지만 귓불이 늘어진 귀는 여전히 큼지막하다. 그가 나서 자란 곳은 충북 충주군 동량면 운교리雲橋里다. 이웃한 용대리龍台里와 합쳐져서 이제는 '용교리龍橋里'라 불리는데, 남쪽으로 남한강이 흐르는 너른 들과 나지막한 둔덕이 펼쳐졌다. 그가 고향을 떠올릴 때 보이는 풍경 한편에는 해바라기가 있다. 목행대교 건너 학교 가던 길가에도, 농업용수를 퍼올리던 용교양수장 수풀가에도, 용주사나 용안사를 찾아가는 고즈넉한 산길에도 해바라기가 피어 있었다. 해바라기는 밤에 피는 달맞이꽃이나 수줍게 피어나는 수선화와는 다른 꽃이었다. 시들 때 시들어도 자기가 피어났다는 사실을 분명히 알리는 여름의 꽃이었다. 돌담에 솟아오른 해바라기 한 송이만으로도 사람 마음에 비치는 마을 풍경이 달라졌다. 여름이면 눈부신 햇살이 옥수수부터 깻잎까지 식물의 온갖 푸른빛을 향해 날아들었다. 그럴 때 저 높은 곳에 출중하게 피어난 해바라기는 꽃 중의 사자, 청춘의 얼굴 그 자체였다.

소년 시절 동구 밖 풀밭에서 해바라기들을 바라보면 눈에 함께 들어오는 풍경이 있었다. 충주 가는 버스가 사라진 흙길 위에 시름없이 피어오른 희고 깨끗한 뭉게구름과, 그 구름이 지나가는 커다랗고 청명한 여름 하늘, 그리고 솔숲을 안고 푸르고 부드럽게 이어지는 산줄기들. 갈대가 웃자란 강가에서 간간이 바람이 불어와 뺨을 간질이곤 했다. 그 순간 그는 아주 낙관적인 소년이 되어 풀 익는 냄새가 가득한 들판의 너머를 바라보곤 했다. 고달픈 일이 생겨도 결국 내 앞에 기다리는 인생은 저런 것이겠지. 풀잎을 둥글게 말아 풀피리를 부는 것도 이런 느낌이 몸에 퍼지면서였다.

"강 건너 충주고등학교를 다녔는데, 다들 가슴이 꿈으로 부풀어 있었어요. 어려웠어도 꽃다운 나이였지요. 한 해 선배 중에는 영어 잘한다는 소문이 교실마다 퍼져 있던 반기문이라는 분도 있었어요. (그는 여기서 웃는다.) 그 선배는 충주 비료공장에 기술을 이전하러 와 있던 미국인 기술자들을 찾아가서 영어를 제대로 배웠어요. 그리고 3학년 때 학생 대표가 돼서 미국으로 건너갔고, 케네디 대통령을 만나고 왔어요. 메밀꽃 피던 촌동네에 경사가 난 것처럼 떠들썩했어요. 기억이 지금도 생생해요. 그 선배가 그때 미국 가는 비행기를 타기 전에 장도를 빌면서 꽃다발을 전해준 여학생 대표가 있었어요. 지금 부인이에요. 꽃을 주고받으면서 두 사람 사이에 어떤 생각이 오갔겠어요. 그래도 설마 커서 유엔 사무총장이 될 줄은 몰랐겠죠. 그 시절은 모두 가슴에 꿈을 품고 살았어요."

그리고 시간의 걸음은 그에게 다가왔다가 멀어지고 사흘만 지나면 쉰두 살이 되는 날의 아침이었다. 아니, 어쩌면 이틀이나 하루만 지나면 쉰두 살이 됐을지도 모른다. 아침이 아니라 새벽이나 오후, 어쩌면 저녁이나 밤이었을지도 모른다.

비슷한 시각에 그해 마지막 날까지만 운행하기로 한 수인선 협궤열차의 기관사가 싸락눈이 날리는 방죽 위의 커브 길을 축축한 감회에 젖어 달리고 있었을지 모른다. 무너진 삼풍백화점의 잔해 아래에서 7월의 하늘을 보며 살아난 매장 여직원이 그해의 마지막 신경안정제를 처방받은 병원 창밖으로 희끄무레한 시내를 내려다보고 있었을지도 모른다. 생각보다 점수가 적게 나온 여학생이 복수지원이 가능해진 새해에는 어느 대학에 원서를 넣을지 이마에 손을 짚고 스탠드 불빛 앞에 앉아 있었을지도 모른다.

그가 눈꺼풀을 떠보니 빛이라곤 한 점 없는 암흑천지였다. 그는 상반신을 일으켜 앉았지만 시야는 달라지지 않았다. 잠을 잤다가 일어났는데 경계도 윤곽도 없는 흑색 공간에 들어와 있었다. 검정을 각막에

칠해야 나올 완벽한 무명無明이었다. 짙고 옅고의 차이마저 없었고, 쌀알만큼의 빛도 없었다. 손목시계를 점점 가져오다가 눈동자에 닿을 만큼 가까워졌는데도 시침이나 분침이 보이지 않았다.

갑자기 시력을 잃었을까? 그럴 일은 없었는데. 어릴 적 전기가 들어오지 않던 운교리의 밤길을 걸을 때는 늘 이랬다. 달도 없는 그믐밤에 야간 산행을 하던 기억도 났다. 하지만 그때 말고는 언제 이랬지? 이상한 일이다. 여기가 어디일까? 격납고나 강당, 헛간, 회의실, 아니면 콘도나 창고, 비닐하우스, 방갈로? 갖가지 생각이 또렷해지지 않은 채 사라졌다. 인적이라곤 하나도 없었다. 바람 부는 소리, 새나 개가 우짖는 소리, 피아노 소리, 자동차 엔진 소리…… 공기가 진동하는 움직임조차 없었다. 흙으로 단단하게 덮인 봉분 안에 누우면 이럴까? 내가 그럴 리는 없겠고 나한테 무슨 일이 일어났지? 여태 눈앞에 갖가지 것이 새로 '생겨나는' 생각은 해보았다. 극장이나 공항이나 발전소나 운동장 같은 것들…… 그런 것들이 새로 세워지고 만들어지고 솟아나는 생각들. 하지만 주위의 풍경이 이렇게 송두리째 사라지는 일은 상상해본 적이 없다. 왜 이런 일이 생겼을까? 날은 쌀쌀하고 꿈은 아닌데.

그리고 내가…… 누구지? 내가 누구인지 왜 생각이 안 나지? 왜 이렇게 됐을까?

머릿속의 모든 것이 휘발해버렸다. 내가 뭘 하고, 집이 어디인지, 식구가 누구인지 떠오르지 않았다. 머리를 부딪히거나 세게 맞았을까? 뇌진탕이 아닐까? 망가인 세계가 두뇌에 있었다. 세상과 단절된 검은 점 속에 갇혀서 그는 비명 없이 경악했다.

나의 성분은 무엇일까? 단백질과 탄수화물과 지방, 수분…… 머리카락과 손발톱과 뼈와 살, 근육과 핏줄, 심장과 허파일까? 눈 코 입 귀일까? 하는 일과 함께 사는 사람, 만나는 사람…… 입는 옷과 먹는 음식과 사는 집일까? 읽은 책, 겪은 일과 다녀본 곳일까? 몸에 밴 습관과 오랜 취미, 무심결의 안색과 일부러 짓는 표정, 목소리와 손짓일까? 보는 관점과 생각하는 방식, 나만의 느낌이나 기분일까? 우주자연에서 내 1인분의 몫은 무엇일까? 나는 누구이고 어떤 사람일까?

이런 질문은 닫힌 1인용 공간에서 나오지 않는다. 남들과 부대끼고 갈등하다가 지쳐, 이제 내 안을 들여다봐야겠다는 생각이 들 때 나온다. 그러면서 남들과 비교하고, 다른 일들을 견주어보면서 풀어간다.

그런데 그는 음^音도 색^色도 없는 곳에 일어나 앉아 의아해하다가 의심하다가, 충격을 받았고 나중에는 경악하며 생각이 생기지 않는 시간을 겪었다. 놀라움을 제외하면 의식은 텅 비고, 바깥의 암흑을 고스란히 받아들였다. 흐르는 시간을 의식하지 못하고 앉았는데도 눈앞은 바뀌지 않았다. 암흑은 눈 속의 간상세포가 적응하고 말고 할 대상이 아니었다.

집이 아닐까?
집인 것 같은데.

그래, 집이 있었어. 식구들도. 아내와 아이들…… 그리고 어머니도 계시고…… 딸 둘과 아들 둘이지.

밤이 깊었고 집에 불은 다 꺼졌고 나 혼자 잠에서 깬 거야. 목이 마른데 왜 이렇게 갑갑하지? 손에 넥타이가 만져졌다. 매듭을 손가락으로 풀어내는데 소매가 흔들리는 촉감이 가슴에 닿았다. 레이온이 매끄러운 밤색 코트였다. 혁대까지 차고 있잖아. 버클이 차갑고 단단했다. 내가 방에 들어와 바로 잔 건가? 그래도 구두까지 신고 있을 리가 없는데.

바로 곁을 살피려면 손으로 더듬어야 했다. 바닥은 진흙이었는데 오래 젖었다가 물기가 빠진 느낌이었다. 손가락으로 눌러 파보자 드러난 좀 더 깊은 바닥은 시멘트였다. 매끈한 수평이 아니고 거칠고 밋밋했다. 냉기가 좀 더 많은 쪽으로 손을 내밀었는데 거친 시멘트 벽이었다. 벽 아래를 더듬자 구겨진 얇은 비닐이 닿으면서 바스락거렸다. 그리고 무말랭이처럼 만져지는 것과 젖은 나무토막. 왜 이런 게 나오지? 짤막한 나무토막에는 진득한 펄이 묻어 있었다.

일어서는데 뭔가 구두 뒤축에 닿았다. 더듬어보니 불규칙한 윤곽에 표면은 거칠지만 눌려 들어가는…… 이건 스티로폼인데. 손가락으로 알갱이를 떼낼 수 있지만 볼 수는 없었다. 이게 얼마나 하얀 건데. 지독한 어둠이었다. 으슬으슬 한기가 몰려왔고 하반신이 유독 추웠다. 바닥에는 물이 흐르지 않는데도 무릎 아래 바지가 젖은 채였다. 그는 아내나 아이들 이름을 부르려다 말았다. 집이 아니야. 그럼 어디지?

누가 있지 않을까? "누구 안 계세요?" 물어보면서 그는 머쓱해졌다. "누구 안 계세요?" 대답은 없고 소리가 커질수록 음절이 사라지는 울림이 있었다. 닫히지도 열리지도 않은 공간 같고. 움직여보자는 생각에 팔을 좌우로 벌린 채 걸음을 높지 않게 천천히 옮겼다. 지금은 밤이나 새벽이고 여긴 물이 마른 도랑일 거야. 아까 앉아 있다가 역한 냄새를 맡은 기억이 났다. 지금은 냄새가 없었다. 그는 방향을 바꿔 걸었는데 고인 물이나 물의 흔적은 없었다. 그럼 바지는 왜 젖었을까? 혹시 잠에서 깨기 전에 걸었을지 모른다. 비몽사몽…… 하지만 정말 그랬는지, 언제 그랬는지 알 수 없었다.

그런데 아무 조짐이 없다가 갑자기 희미한 물줄기 소리가 멀리서 들렸다. 수면에 제법 힘차게 쏟아지다가 가늘어졌고, 그러다가 끊어지는 소리. 어디서 나는지는 몰랐다. 투명하고 하얀 물줄기가 생각났고, 가녀리지만 희미한 공기의 진동이 귓구멍을 타고 고막을 두드렸다. 익숙한 청각이 반가워서 그는 소리 없이 웃었다. 걸음을 그곳으로 옮기는데 한참 가자 구두가 얕은 수면에 닿고 진흙 같은 것이 잘게 이겨졌다.

그런데 도랑이라면 왜 하늘에 뭐가 없을까? 그믐이라도 눈구름이나 작고 흐릿한 별빛이 비칠 텐데.

도랑이 아닌 것 같다. 도랑이라면 계단이 있고 위에 가로등이나 네온이 보이는데, 전혀 없다니. 가끔 나는 물줄기 소리를 빼면 바닷속처럼 적막했다. 눈도 귀도 필요 없는 단순한 정적. 코에는 느낌이 있었다. 처음에는 어둠에 놀라서였는지 냄새를 몰랐다가 '여기가 어디지?' 골몰하면서부터 냄새가 느껴졌다. 나중에는 역한 악취를 맡았고 미간이 절로 찌푸려지는 두통이 생겼다.

그러다 하수구가 아닐까 하는 의문이 들었다. 목이 말라 손바닥으로 물을 떠 마시려는데 냄새가 역했다. 가까이서 물이 쏟아지면 천장까지 밀폐된 공간에서나 생기는 선명한 울림이 있었다. 그는 서서히 여기가 어딘지 확신했고 무서워졌다.

나는 지금 지하 하수도에 있는 거야.

캄캄한 길. 출구 찾기가 불가능할지도 모르는 폐쇄된 미로에 내가 와 있다. 원래 있던 세상과 절연한 곳에. 발은 더러운 물에 잠겼고 입에선 나직한 숨이 새어나왔다. 어쩌다 내가 이렇게 됐지? 한 사람이라도 이 일을 알까? 아무도 모를 거야. 나도 왜 여기 있는지 모르니까. 어쩌다 이런 일이 일어났을까?

터무니없고 어이없는 일이었다. 꿈에서 겪더라도 왜 그랬을지 곰곰이 생각해볼 일인데 지금 현실이 되어 있었다.

무한한 어둠에 들어선 그를 상상하며 나도 숨을 길게 쉰다. 나라면 어떻게 살려고 할지 생각하기 힘들다. 내게 말을 하는 그도 악몽이 되 살아나 힘들고 착잡한 표정이 된다.

하수도란 무엇일까? 우리는 하수도를 충분히 알고 있을까?

하수도下水道는 아래로 내려가는 갖가지 물의 길이다. 홍수가 나지 않게 장맛비를 재빨리 내려보내고, 서울을 예로 들면 인왕산이나 무악재처럼 높은 곳에서 샘솟은 물이 한강까지 가도록 한다. 그런데 이런 물길에 긴 천장을 얹어 복개하면 땅 밑의 물길처럼 보이고 하수도라는 말에 걸맞다. 그리고 생활 오폐수가 하수도로 내려간다. 주택가에는 작은 하수관거管渠가 있고, 포장도로 아래에는 1~1.5미터 높이의 하수암거暗渠가 있다. 하수암거가 만나는 구간이나 복개천인 경우 천장은 더 높아진다. 단면은 직사각형과 원형이고 달걀형도 있다. 벽은 건조하고 바닥에는 갯벌 흙이 많은데 겨울에는 주로 얼어붙는다. 겨울에 딱딱해진 퇴적물을 봄에 준설할 때는 사람이 내려간다. 작은 하수관거에는 원격 조종하는 작은 차량에 카메라를 달아서 내려보낸다. 그리고 긴 호스를 밀어 넣고 물을 고압으로 쏘아서 씻어낸다. 호스는 살아 있는 듯이 꿈틀거린다.

미군이 버린 독극물을 먹고 생긴 괴물이 서울 원효대교 북쪽의 하수도 기둥 사이에 살다가 한강 둔치에 출몰한다는 영화도 만들어졌다. 실제로 청계천에서는 내다 버린 작은 악어가 발견되었고, 버려진 잉어나 열대어가 살기도 한다. 하수는 탁하기만 한 것이 아니라 산수가 흐르기도 하는 것이다.

을지로의 하수도 중에는 1900년쯤에 만든 것도 있다. 사람 키만 하고 벽돌로 만든 둥근 것인데 잊혔다가 생긴 지 1세기도 넘어서 알려졌다. 서울의 하수도는 1만 킬로미터가 넘는다.

둥글었다가 네모났다가 달걀형도 되는 길쭉한 어둠이 무한히, 적막하고 음산하게 그의 앞과 뒤에서 갯벌 흙을 깔고 기다리고 있었다. 그는 어쩌면 뫼비우스의 띠를 계속 걸어다니는 벌레처럼 선형線形의 여생을 살아야 할지 몰랐다.

왜 내가 땅 밑에 들어왔을까? 깨어나보니 왜 하수도일까? 생각을 모아보았는데 특이한 현상이 생겼다. 생각을 하면 희디흰 빛의 잔해가 눈앞에서 반짝거리다가 사라졌다. 개울물에서 대낮의 빛이 산란하거나 여름날 사금파리가 반짝이듯이. 광선이 유리창에 반사되는 것 같기도 했다. 하얀 섬광이 생겨나면 생각이 사라졌다. 생각이 끊겼고 이전의 생각이 지워지고 머릿속이 휑하니 비었다. 생각을 하지 않고 가만있으면 흰빛이 나타나지 않았다.

그는 맥이 풀렸다. 음습하고 캄캄한 미로에 혼자 선 것도 무서운데 생각마저 장애를 겪다니. 도대체 왜 이러는 걸까? 생각하지 말라는 것인가? 그러는 중에도 흰빛이 희롱하듯이 생겨났다. 그물처럼 갈라졌다가 거울처럼 번쩍이고 물결처럼 너울거렸다. 내게 무슨 일이 일어나고 있지? 희미한 두통이 생기는데 악취 때문인지 환상 때문인지 알 수 없었다. 혹시 뇌진탕이 아닐까? 그러자 다시 영롱한 흰빛이 한 점으로 나타났다가 어지러이 흩어지고 어수선하게 모아졌다.

'눈을 감아라.'

그의 속에서 목소리가 들렸다. 슬며시 감아보았다. 눈을 뜨나 감으나 앞은 보이지 않았다. 그러나 감을 때에는 생각을 해도 흰빛이 생기지 않았다. 밖에 실제 흰 섬광이 있는데 눈꺼풀이 막는 걸까? 무서워졌다. 하지만 눈을 떠도 생각이 없으면 빛도 없지 않은가. 하여튼 나는 길을 걸었는데…… 나는 다니는 직장이 있고…… 그래 취한 직원을 택시에 태워 보내고 바람을 쐬었는데. 부서지는 가랑눈이 희끗희끗 내려왔고. 나도 택시를 잡으려고 했는데. 반포동 쪽으로 걸었는데…… 그는 생각해낼 수 있었다. 걷기 전에는 회사(동진컨설팅) 사람들하고 망년회를 했지. 방배동 비탈길에 있는 중국식당이고 처음 가보는 곳이었는데. 함지박이라는 이름이 생각난다. 종지 같은 잔에 고량주를 마시고 기분들이 좋았던 기억도.

그리고 깨어보니 세상과 격리된 암흑천지라니…… 무슨 일이 일어난 걸까? 내가 하수관으로 추락했나 본데. 그러면 발을 헛디뎠을 텐데. 하지만 그런 기억은 전혀 없다. 추락했다면 얼굴이나 허리 팔다리가 다쳤을 텐데 왜 그런 흔적이 없을까? 그는 손으로 턱과 뺨을 쓸어보았지만 통증은 없었다. 추락이 아니면 어떻게 왔을까? 아래로 난 계단을 걸었을까? 하수도에 그런 계단이 있나? 누가 떠밀거나 들어다 놓은 건 아니겠지?

그의 기억은 유리병을 거꾸로 쥐고 물을 쏟아낸 것처럼 한 방울도 남아 있지 않다. 추락이라는 그의 말을 듣자 내게는 토끼 굴 속으로 떨어진 이상한 나라의 앨리스가 저절로 떠오른다. 며칠 전 고서의 삽화들을 살린 이 책을 읽어서인지 모른다. 토끼 굴은 처음에는 터널처럼 곧게 뚫렸지만 갑자기 아래로 푹 꺼졌다. 앨리스는 아주 깊은 우물 같은 곳으로 떨어졌는데 추락 시간이 길어 주위를 둘러보기도 한다. 찬장과 그림이 보이고, 앨리스는 손을 뻗어 찬장에서 '오렌지 마멀레이드' 상표가 붙은 병까지 집는다. 너무 어두워 아래는 보이지 않고 앨리스는 추락하며 잠에 빠진다. 다이너의 손을 잡고 "자, 사실대로 말해봐. 다이너 너는 박쥐 먹어본 적 있니?" 하고 묻는 꿈을 꾼다. 바로 그때 앨리스는 쿵 하고 바닥에 떨어진다. 거기에 잔가지와 낙엽 더미가 없었으면 어쩔 뻔했을까? 하지만 앨리스는 다행히도 다친 데 하나 없이 그 위에 도착한다. 앨리스는 위를 바라다보지만 너무 어두워 아무것도 보이지 않는다. 몇 가지 정황이 닮았지만 이 환상적인 동화 생각은 생사가 오간 그의 이야기와는 맞지 않다. 그가 겪은 일이 얼마나 비현실적인지 알게 하지만 둘을 동시에 떠올리면 왠지 그에게 결례하는 것 같다.

그가 추락했다면 맨홀 뚜껑이 치워진 곳을 지났을 수 있다. 맨홀은 지하로 사람이 들어가게 만든 구멍인데 지하에 난 통로의 굵기나 방향이 바뀌거나 통로들의 교차점, 긴 직선 코스의 중간에 만든다. 맨홀을 덮는 뚜껑은 철제나 콘크리트로 무겁긴 해도 움직여진다. 그가 추락했을 때 서울 하수도에는 뚜껑이 18만 개가 넘었다. 상수도에 8만 개, 그리고 통신 전기 교통 신호를 보내는 통로에 4만 개였다. 합쳐서 서울에 모두 30만 개였고 다른 도시에도 많았다. 그래서 맨홀에서 죽는 사람이 나오지만 통계는 없다.

그런 이들은 무고하게 죽는다. 취해서 청주 흥덕구 봉명동의 목욕탕을 짓는 공사장에 들어섰다가 죽은 사람이 있었다. 건물과 건물 사이의 샛길은 눈이 언 빙판이었는데 그는 열린 맨홀에 떨어진 채 이튿날 인부의 눈에 들어왔다. 잘못이라면 집에 가는 빠른 길을 택한 것인데, 왜 세상에는 이렇게 인과因果가 맞지 않는 비극이 생겨날까? 뚜껑도 닫지 않고, 접근을 막는 줄도 치지 않은 인부들의 잘못인데, 왜 무고한 이가 이렇게 우연하고 불가해한 불행을 맞아야 할까?

지하의 훨씬 깊은 곳에 추락한 사람도 있다. 198센티미터에 108킬로그램이나 되는 스물세 살의 청년이 경기 파주시 월롱면 위전리의 농수로에 빠진 적이 있다. 버섯을 따려고 지름 80센티미터의 캄캄한 철제 관에 들어가 30미터쯤 기어가다가 지하 70미터 아래로 떨어졌다. 농수로가 갑자기 80도 내리막이 되는 것을 누구도 알지 못했다. 야산을 두 개나 넘어야 인가가 나오고 농수로는 새 도로가 나면서 폐쇄된 길 옆에 있어서 인적이 없었다. 청년도 역시 암흑 속에서 구원을 기다렸다.

나는 다시 그의 이야기를 듣는다. 어둠 가운데서 그는 눈을 감은 채로 생각을 계속했다. 그러면 내가 빠진 구멍이 있을 텐데 그게 보이지 않으니 어떻게 된 걸까? 오던 길을 돌아가며 아무리 살펴봐도 천장에는 열린 구멍이 없다. 흔적도 없다. 누군가 다시 막았겠지. 그리고 내가 얼결에 일어나 무의식중에 걸었을지 모른다. 바지도 젖어 있고. 그런데 이런 일이 왜 나에게 일어났을까? 왜 이리 꿈결 같고 어처구니없는 불운을 겪어야 할까? 내가 무슨 큰 죄를 지은 것인가? 머릿속이 휑 뎅그렁하게 비어버렸다.

차분해지자. 확실한 건 지금 서 있는 현실이다. 취한 걸 탓할 필요는 없다. 주위가 어두우면 누구든 헛디디고, 바닥에 부딪히면 기절하니까. 그리고 뚜껑이 닫히면 암흑 속에 남겨지지. 다친 데가 없어 다행이다. 다리도 척추도 목뼈도 이상이 없으니. 떨어질 때 무의식이었어서 그런지 모른다. 일단 걷자. 뚜껑이 있는 맨홀을 찾아내자. 많이 움직여야 찾아낸다.

그는 처음에는 아무 생각 없이, 하지만 끊임없이 걸었다. 아기들이 아장거리듯이 무릎이 갈수록 꺾이며 허전허전 걸었다. 앞이 안 보여 팔을 비스듬히 뻗은 채 오르내렸는데 그마저 입체시(視)가 미숙한 아기들과 닮았다. 어렴풋한 목표도 없고 희미한 시야마저 없이 꾸역꾸역 걷기만 하니 생기는 일이었다.

이래선 안 된다. 살아 나가야 한다. 그럴 수 있다고, 정신 차려 생각을 해야 한다. 내가 토목건설로 잔뼈가 굵었는데, 아랍에미리트에서 알아인 공항을 지을 때에는 이 하수도의 몇 십 배나 되는 지하도시를 도면만 들고 다녔는데, 이까짓 하수도에 빠져 죽는다니 있을 수 없는 일이다.

그는 전기 에너지 전문가였고 현대건설과 신화건설에 있으면서 중동으로 파견 나가 12년 동안 일했다. 사우디아라비아에선 수천 개의 펌프와, 사람보다 직경이 큰 파이프를 수천 킬로미터 연결시켜서 바닷물로 만든 담수를 보내는 대송수관 공사에 참여했다. 이란에서는 질산 공장을, 리비아에서는 원유 싣는 항구를 만들었으며, 한 해 전에 서울의 집으로 돌아왔다.

낮은 데로 가면 안 된다. 구정물이 깊을지 모른다. 천장도 점점 높아질지 모른다. 그러면 내 소리를 전달하기 힘들다. 높은 데로 가자. 물 떨어지는 데로 거슬러야 한다. 그러면 맨홀을 만날 수 있고 계단이 있겠지. 계단을 올라가 등으로 뚜껑을 밀어올리면 된다. 그런데 차들이 달리는 도로가 나오면 어떡하지? 조용한 맨홀을 찾아서 살려달라고 외치자. 서초는 계획하고 만든 지역이다. 하수도에 방사형이나 십자형 같은 큰 구조가 있겠지. 맨홀을 하나만 찾아내면 좀 더 조건이 좋은 맨홀이 어딨는지 짐작할 수 있다. 그리고 천천히 움직이자. 다쳐서 피가 나거나 진이 빠지면 위태로워지니까. 위를 보며 가자. 희미한 빛이라도 새어 들어오면 거기로 가자.

그의 이야기를 듣고 있자니 내 머릿속에는 요나라는 이스라엘의 예언자가 물에 잠긴 유리병처럼 떠오른다. 종교적인 이유보다는 그가 서 있던 어둠 때문이다. 요나는 유럽의 오래된 성당이나 카타콤의 벽화에 큰 물고기의 입으로 빨려들거나 아주까리 넝쿨 아래 쉬는 모습으로 묘사된다. 소년처럼 짧은 머리카락에 뺨이 나온 얼굴로도, 근육질이며 흰 수염이 긴 얼굴로도 그려진다. 물고기는 고래나 큰 돌고래로 나오거나, 윗몸은 말이고 아래는 물고기인 신화 속의 괴물 해마海馬로 묘사된다. 비늘이 있어 큰 잉어나 붕어처럼 보이는 그림도 있다.

요나는 비둘기라는 뜻인데, 앗시리아의 니느웨가 죄에 물들었으니 뉘우치게 하라는 하느님의 분부를 받는다. 요나는 겁이 나고 그 일이 하기 싫어 타르시스로 달아나려고 배를 탄다. 하지만 하느님이 폭풍을 일으키고 뱃사람들은 누구 탓인지 알려고 제비를 뽑게 하는데, 결국 요나가 제비를 뽑고 자기 때문에 생긴 일이라고 고백한다. 결국 뱃사람들은 그를 희생양 삼아 바다에 던지는데 하느님은 큰 물고기를 시켜 요나를 삼키게 한다. 이때 물은 검고 사나우며 물고기 입으로 들어가는 요나는 평정을 조금도 잃지 않은 얼굴이거나, 발버둥을 치거나 입을 벌리고 경악하는 모습으로 그려진다.

그러고 나서 요나는 물고기 뱃속에 사흘 밤낮을 갇혀 지낸다. 위 바닥에 쓰러지거나 쪼그린 채로 크나큰 위의 주름이 일렁이고 자기를 문지르는 무서운 움직임을 겪었을 것이다. 위산을 덮어쓰고 놀라서 몇 번이고 손바닥으로 위의 주름을 밀어냈을지 모른다. 그러나 모든 일은 지독한 캄캄함 속에서 일어났다. 조금도 보이지 않는 무명無明 속에서. 눅진하고 끈끈한 위산이 묻은 위 주름이 얼굴을 핥는 곳이 어둠 속이어서 더 경악스런 것이다. 그가 신발을 잃었다면 발은 위산에 녹았을 것이다. 그래도 암흑이 너무 두려워 아픈지도 몰랐을 것이다.

하지만 하느님은 물고기에게 그를 뱉어내라고 했고, 요나는 상한 데 없이 무탈하게 바닷가로 나온다. 이때의 그는 두 손을 모으고 하늘을 보며 감사하거나, 탈진해서 모래밭에 쓰러지거나, 도무지 믿기지 않는다는 얼굴로 묘사된다. 이 사내가 겪은 어둠은 앞으로 무엇이 될까? 깨우치는 쓴 약이 될까, 공포의 잔해로 남을까, 인생을 풍성하게 하는 추억의 양분이 될까?

그러면…… 지하의 하수도를 더듬은 그에게 어둠은 무엇이 될까?

까만 점 속에 들어온 듯한 암흑이었다. 시각장애인이 어렴풋이 느끼는 음영 같은 것도 없었다. 밤이나 새벽이어선지 소리는 들리지 않았다. 어디선지 모를 물줄기 소리만 이따금 생겨났다. 냄새는 역한 곳도 있고 전혀 나지 않는 곳도 있었다. 악취가 났다가 없어지기도 했다. 달걀 썩는 황화수소 냄새가 그랬는데 오수에 씻겨 내려간 건지 후각이 마비된 건지 알 수 없었다. 동서남북을 아는 것은 불가능했다. 전후좌우는 발길이 바뀌거나 잠시 비몽사몽을 겪고 나면 애매해졌다. 분명히 알 수 있는 것은 높낮이 하나였다. 생활오수가 쏟아지면 호흡도 멎고 미간에 정신을 모아서 물소리가 어디서 나는지 알려고 했다. 이미 지나온 곳인가, 아직 가지 않은 곳이면 어느 쪽인가? 발목 한 번 틀고 발끝 하나 놓는 일도 착각을 가져올까 조마조마했다. 잘못 생각하는 일이 없어야 했다.

빛은 세상의 전부인 듯했다. 고작 빛 하나가 없는데 의식이 모조리 흔들리고 오그라들었다. 자신감이나 자부심이 잿빛으로 흐물흐물해졌다. 암흑은 가끔 아주 커져서 그를 고단하게 만들었다. 좌우의 벽을 더듬으며 시멘트 통로를 겨우 빠져나오자 휑뎅그렁한 공기가 있었다. 공간이 둥근지 네모인지 오각인지 알 수 없고 손이 벽에 닿지 않아 공간이 넓다는 직감만 준다. 팔을 뻗고 주춤주춤 한쪽으로 가보지만 벽은 나타나지 않는다. 이러다가 아예 이상한 곳으로 빠져버리지는 않을까? 펄이 마른 곳을 구두창이 디딘 듯해서 쪼그려서 손으로 더듬은 뒤에 앉았다. 눈을 뜨고 생각해도 이제는 빛무리가 나타나지 않는다. 하지만 색깔도 모양도 없는 곳에서 눈동자는 소용이 없다. 지금 여기는 어떤 모양일까? 통로가 여러 개 모인 교차로인가? 이 위에는 맨홀 뚜껑이 있지 않을까? 그러면 볼펜 구멍만 한 굵기로 빛이 나타나는데. 지금 밤이어서 빛이 없을지 모른다. 몇 시간 기다려볼까? 아니, 가로등도 없으면 인적이 드문 곳일 텐데 기다릴 필요가 있을까? 이러다 살찐 시궁쥐가 무릎으로 뛰어오르지나 않을까? 아니, 생명이 살 수 없는 곳이어서 그런 걱정은 안 해도 된다. 움직이는 게 낫지 않을까? 시간이 생명인데. 지금 악취를 맡지 못하는 건 중독이 되어서일 수도 있는데. 일어서서 만세 부르듯이 손을 뻗어 저어보지만 천장은 닿지 않는다. 갑자기 걱정이 커져서 한 걸음 뗄 때마다 발밑이 꺼지지 않는지 확인한다. 여기보다 더 깊은 곳으로 추락하면 끝이다. 그러다가 부상이라도 입으면 시간이 얼마나 끔찍하게 흘러갈까?

　그는 온 신경을 집중해서 걸음을 옮기는데 입에서 비명이 남의 소리처럼 새어나온다. 손등을 베였다. 손끝이 벽에 닿나 했는데 긴 철사인지 못 같은 것이 있나 보다. 혀로 상처에 침을 바르자 역한 냄새가 났다. 아, 어서 나뭇가지나 막대기를 찾아야지. 그리고 한 걸음 나가는데 쿵 하고 대뇌에서 충격이 왔다. 누가 두개골을 내려친 듯한 통증이 생겨 입술을 깨물고 이맛살을 찌푸리는데 신음이 새어나온다. 각진 시멘트 대들보 같은 것이 가로막고 있다. 암흑은 무자비했다. 올라갔다 내려갔다 커졌다 작아졌다 높아졌다 낮아졌다 둥글다가 모가 났다 하면서 유린하고 농락했다. 너무 아파서 손으로 머리를 싸매자 눈물이 생긴 것 같다.

손으로 겨우 앞을 더듬자 개구멍처럼 좁다란 하수관이 나타났다. 여기서는 역한 냄새가 난다. 오수가 흐른 흔적이고 그 끝에는 생활生活이 있다는 뜻이다. 손을 대보자 물기가 남아 있다. 아, 어떻게 해야 할까? 이 관을 다 지나가면 무엇이 나올까? 어떤 가정집의 부엌이 나올까?

그는 하수도에 십자형이나 방사형 같은 규칙적인 얼개가 있으리라는 생각을 접었다. 안이한 생각이었다. 오랜 세월에 걸쳐 지목이 바뀌고 길이 나면서 그때마다 임시방편처럼 하수도가 놓였으리라. 장 발장이 총에 맞은 마리우스를 업고 경찰을 피해 하수도로 달아나는 『레미제라블』의 한 구절에 빅토르 위고가 쓴 글이 있다.

"뚜껑처럼 지면을 벗겨낸 파리를 상상해보라. 하늘에서 내려다본 지하의 하수도들은 그물 모양으로 펼쳐졌다가 센 강의 양안에 가 닿고 나면 복잡하게 가지를 친 거대한 나무를 그릴 것이다."

나뭇가지나 그물이거나 혹은 실핏줄을 닮았으되 눈에는 보이지 않는 통로. 여기를 어떻게 빠져나갈 수 있을까?

하수관 끝으로 기어가자 플라스틱 관이 만져지고 더 이상 갈 수 없어 뒤로 물러나왔다. 무릎이 화끈거리고 끊어질 것 같다. 그래도 쉴 수는 없어 앞 못 보는 사람처럼 손과 발끝으로 1센티미터씩 더듬자니 한참 떨어진 벽 속에 좀 큰 시멘트 통로가 뚫려 있다. 허리를 굽혀 걸을 만하다. 이 길은 과연 가도 될지. 펄이 마른 곳을 찾아 주저앉은 채 물소리가 나는지 귀를 기울여본다. 무한한 정적이 둘러싸는데 시간이 얼마나 지났는지 알 수 없다.

결국 그 시멘트 통로로 나아가는데 지금 바깥은 어느 무렵일까? 시간은 시계 속에 살지 않고 세상의 색깔과 모양과 소리의 변화 속에 산다. 여기선 아무래도 시간을 알 수 없다. 혹시 해서 귀를 기울이자 모래 한 알만 한 소리가 난다. 그는 앉아서 소리를 모으려고 귓바퀴에 손바닥을 댔다. 차 문 닫는 소리인가? 너무 미약해서 내 바람일 뿐인지 모른다. 시동이 걸리는데. 내 상상인가? 지루한 정적이 느릿느릿 흐른다. 하이힐 굽 소리인가? 내가 잘못 듣고 있나? 적막하고 기나긴 소리의 공백. 누구의 이름을 부르는데. 아이가 대답하는 것 같다. 하지만 어디서 나는 소리일까? 내가 착각해서 듣는 소리일까? 땅 위로 통하는 파이프라도 나 있을까? 아니다. 이 암흑 속에서는 그런 건 결코 알 수가 없다.

"사람 살려요!" "도와주세요!" "여기 사람 있어요!"

여기에 인저이 있다는 생각에 얼마나 오래 앉아 귀를 기울였는지 알 수 없다. 지치고 맥이 풀려 눈이 저절로 감길 때까지 소리를 쳤다. 그런데 왜일까? 목숨을 걸고 외치는데도 티끌만 한 반응도 없다. 사람들은 어디 있는지. 발아래 누구인가 갇힌 걸 상상이나 할까? 절박하게 소리를 질러도 저 위에선 벌레 소리 같은 희미한 소음이 지나갈 뿐이겠지. 그는 서서히 힘이 빠져나갔다.

그의 말을 들으니 나는 그레고르 잠자라는 인물이 생각난다. 제복이 잘 어울리는 소위로 군을 마쳤고 프라하에서 옷감 중개하는 외근 사원인데, 어느 새벽에 깨어나 자기가 커다란 벌레로 변한 걸 본다. 등은 갑옷처럼 딱딱하고 갈색의 배는 단단한 마디들로 나누어졌다. 다리가 가늘고 많아서 큰 지네가 된 것 같은데 가정부는 "말똥벌레"라고 불렀다. 아버지의 빚을 갚으려고 그는 빚쟁이의 부하로 입사했고 일이 지긋지긋했지만 능력을 발휘했다.

하지만 벌레가 되고는 그의 방이 창고로 쓰인다. 더러운 잡동사니와 쓰레기통이 들어오고 그는 음식찌꺼기와 머리카락이 묻은 먼지투성이가 된다. 프란츠 카프카가 쓴 소설 「변신」의 내용인데 백 년 넘게 읽히는 것은 그런 전락이 누구에게나 생길 수 있어서일까? 그러면 어떤 전락이 가장 아픈 것일까? 일자리를 잃고 배신당하는 것인가? 벌레가 된 그레고르도 쾌적한 집을 부모에게 사주고 바이올린을 배우는 누이를 음악학교에 보내려고 몰래 저축까지 해왔다. 하지만 사나운 아버지가 던진 사과가 벌레가 된 그의 등에 박히고, 착하던 누이마저 "이 괴물에게 내 오빠 이름을 부르지 않을래요. 저것 때문에 엄마 아빠가 다 돌아가실 거예요." 하고 운다. 식구들은 돈을 벌려고 하숙을 치는데 벌레가 된 그를 본 하숙생들이 짐을 싸서 나가겠다고 성을 낸다. 하지만 가장 아픈 전락은 자기 말이 사람 취급을 받지 못하는 게 아닐까? 그레고르는 집 안의 말을 다 알아듣지만 정작 남들은 자기 말을 동물의 웅얼거림이라고 생각한다. 아무리 간곡하게 하소연해도 모두가 징그러워한다. 그는 전락을 넘어 퇴행한 것이다. 이보다 더 나쁠 수 있을까? 하수도의 암흑에 갇힌 그가 겪은 처지였다. 기나긴 하수관에 의해 자기 목소리가 티끌만 하게 위축당한 것, 이것은 결국 생사의 문제가 되었다.

그는 덩굴의 끝처럼 나아갔다. 아무리 외쳐도 들어주는 이가 없어서 더 이상 외칠 의욕이 나지 않았다. 스스로 더듬고 빛을 찾아서 제 힘으로 밖으로 나가야 했다. 그는 손을 벌려 칡넝쿨처럼 담쟁이덩굴처럼 나팔꽃 덩굴처럼 더듬었다. 느낌이 이상하면 발로도 더듬었다. 언제나 허리를 굽히고 나아갔다. 목과 허리, 무릎이 고문을 받듯이 화끈거렸다. 손등은 상처가 나을 만하면 또 찢겼다. 시멘트 벽에는 못도, 철근도 너무 많이 나와 있었다. 나뭇가지와 작대기를 쥐고 나갔는데 몇 번씩 부러졌다. 손가락은 두툼해지고 손바닥은 부어올랐다. 하지만 눈으로 볼 수 없어 서글펐다.

시각을 잃은 지 오래된 장애인에게 진흙을 주고 사람을 빚어보라고 하면 손을 몇 배씩 더 크게 만든다. 손의 감촉에 그만큼 크게 의지하기 때문이다. 사람의 머릿속에는, 실제의 몸과는 달리, 각각의 부위와 교신하는 양에 따라 별도의 비율을 갖는 몸의 이미지가 들어선다. 호문 쿨루스라는 것이다. 그의 경우에는 큰 손을 가진 이였다. 암흑 속에서 홀로 끊임없이 손을 움직였다. 피아노를 치거나 꼭두각시를 놀리거나 수화를 주고받거나 수술을 하거나 보석을 깎거나 수예를 하는 사람처럼 손에 모든 것을 걸었다. 그리고 그가 달팽이처럼 느릿느릿 걸어가면 그의 귓속의 달팽이관은 작은 소리도 놓치지 않았다. 달팽이관 앞에는 타원주머니와 둥근주머니가 있는데 이 속의 작은 귀돌耳石과 가느다란 털들은 쉬지 않고 그가 암흑 속에 걷는 길의 높낮이를 파악했다. 그는 오로지 올라가야 했다. 내려가기보다 힘들지만 유일한 살길이었다. 그 어둠 속에서 다른 일을 해내는 것은 불가능했다.

색깔이 가장 먼저 그를 떠났고 그 순간 입체감도 없어졌다. 무명無明이 아니라 실명失明인가 의심도 했다. 위아래를 제외한 방향감도 사라졌다. 다음은 냄새였다. 그리고 암흑은 맛도 앗아갔다. 구정물이 처음에는 역했는데 이제는 맛이 없었다. 그는 맹물이 하수도에 들어왔다고 생각했는데 이제는 알았다. 자기가 미각을 상실했다는 것을. 그리고 시간 감각이 사라졌다. 첨엔 물소리로 아침 저녁을 알 수 있다고 생각했다. 하지만 수시로 방향도 없이 희미하게 생겨나는 물소리는 그걸 불가능하게 했다. 색色도 취臭도 미味도 시時도 향向도 없는 세상에서 이제 손끝만 남았다.

허기지고 너무 지쳐 그는 마른 바닥에 책상다리를 하고 앉았다.

세계는 머릿속에서 감각으로 구성되는데 그에겐 다 빠져나가고 5분의 1 정도만 남았다. 촉각만 남았다. 그의 세계는 까만 점 속의 까만 길이었다. 원근도 출구도 없는. 원래의 세계로 당도할 수 있을지, 언제 당도할지 알 길이 없었다.

그는 밖에 나가 새털구름을 한 번 봤으면 하는 생각을 했다. 멀리 구름의 미세한 비늘을 바라볼 때 안구의 근육이 자유롭게 풀리면서 눈 안에서부터 상쾌한 미감美感이 생기는 순간이 있다. 다시 한 번 겪어봤으면 하고 그는 소망했다. 실제가 아니고 화면이나 사진에서라도 울긋불긋한 색깔을 보고 싶었다. 빨강과 노랑 주황이 있는 앵무새 같은 것이면 얼마나 좋을까? 뭐라도 좋으니 색이 선명한 꽃봉오리를 한 번 보고 싶다. 운교리의 밭에 그 숱하게 자라던 해바라기들. 높이 솟아 둥글게 한 바퀴를 돌던 샛노란 꽃잎들과 초록색 이파리들. 다시 보면 눈이 부실 것 같았다. 그리고 손바닥에 가득 놓이던 그 작고 부드럽고 맛있는 씨앗들. 그는 버섯도 한 번 먹어보고 싶었다. 쉽게 씹히는 것이었다. 어릴 적 어머니와 절에 가서 먹던 인절미나 시루떡도 한 입만 넣어보면 얼마나 좋을까? 고향에 있을 때처럼 도끼로 힘차게 장작을 쪼개보고도 싶었다. 손아귀에 전해지는 도끼질만의 쾌감이 있었다. 그는 병뚜껑을 오프너로 소리 나게 따보고 싶었다. 그건 왜 그리 통쾌했을까? 목욕타월에 비누를 묻혀 등을 문질러보고 싶었다. 그 거칠면서도 시원한 느낌. 아내가 굽는 고등어 냄새를 맡고 싶었다. 그리고 여름날 개구리가 뛰어던 도랑 옆에서 풀 이는 냄새를 맡아보고 싶었다. 아내의 아침 도

마질 소리를, 밤에 뻐꾸기가 우는 소리를 듣고 싶었다. 딸 둘이서 소곤 대고 재잘거리는 소리, 아들 둘이 장난치는 소리, 패티 김과 남진과 나훈아와 조용필의 노래를 듣고 싶었다. 옥수수 잎사귀 위로 빗물이 줄줄 흐르는데 먹빛 하늘 속에서 번개가 하얗게 내려오고 천둥이 터지는 소리를 듣고 싶었다. 흔해빠지고 평범하기 짝이 없던 나의 세계. 그걸 구성하던 감각들을 한 번만 더 체험해보고 싶었다.

그는 눈물이 나올 것 같았다.

그는 다시 허리를 굽히고 나뭇가지를 주워 더듬으며 오래도록 걸어 올라갔다. 하수관에서는 기어가고, 하수관들이 모인 허브에서는 주저 앉았다. 어디로 가야 할지 귀를 기울였다. 그는 서서히 알게 되었다. 감각이 차단되고 청각이 극단으로 예민해진 것을. 그는 이 이상한 세계에 들어온 다음부터 한 번도 음성이 흘러드는 맨홀 뚜껑 아래에 서본 적이 없다는 것을 기억해냈다. 소리는 검은 악몽 속의 희롱처럼 숨겨진 곳에서 들려왔다. 어둠 속에 연결된 파이프와 통로와 파이프의 저 끝에서였다. 평소에는 들을 수 없는 미세한 소리였다. 그 소리들 중에 조금이라도 높은 곳이라고 알려주는 데로 가야 했다. 그는 판단이 제대로이고 선택이 어긋나지 않기를 기도했다.

그리고 단전호흡을 흉내 냈다. 중동의 사막에서 밤을 맞으면 시시한 잡지에 그림과 함께 소개된 단전호흡법을 심심풀이 삼아 보곤 했다. 그리고 모래만 있는 평지에 앉아 배꼽 아래 깊은 곳으로 숨을 들고 나게끔 애써보았다. 그때를 다시 흉내 냈다. 먹을 것 대신 이것으로 에너지를 받는다고 혼잣말했다. 무색 무취 무음이어서 식욕은 잘 생기지 않았고 허기는 좀 참으면 사라졌다. 잠은 자지 않았다. 가부좌로 명상하다가 죽비를 맞는 스님처럼 앉아서 비몽사몽을 지난 적은 있었다. 하지만 누워서 잠을 청한 적은 없었다. 시멘트의 냉기가 배 속으로 들어오면 무기력해지고 잠든 채로 죽음에 들 것 같았다. 마음은 노엽지도 비장하지도 않았고 격한 슬픔이나 후회도 없었다. 아팠고 피로했고 담담했다.

갈수록 무섭지 않았다. 생물이 살 수 없었고 조우는 없었다. 가만히 앉아있자니 내가 없어졌다. 그러다가 싸락눈 닿는 듯한 소리에 내가 생겨났다. 소리 이전에는 감각도 생각도 없었다. 지나고 보니 내가 없고 암흑만 있었다. 신기해서 내가 없는 상태를 재현해보려고 했다. 그러나 되지 않았다.

시간을 짐작해보았다. 사흘 지난 것 같았다. 올해의 마지막 저녁이다. 여느 직장인들은 종무식을 마치고 눈길을 밟으며 집으로 돌아가 낯을 씻고 밥상 앞에 앉았을 시간이다. 아니다. 올해의 마지막 날은 일요일이다. 어제 오늘, 등산도 다녀오고 목욕도 갔다 왔을 것이다. 둥글게 말린 새 달력을 펴서 다달이 무슨 사진이 들었는지 식구들과 구경하고 있을지도 모른다. 창밖의 길을 내다보면서 올 한 해가 어떻게 지났는지 상념에 잠겼을지도 모른다.

'내일은…….' 하고 생각하며 그는 일어섰다. 그리고 나뭇가지를 쥔 채 허리를 굽히고 앞으로 한 걸음씩 발을 뗐다.

위전리의 깊이 70미터 농수로에 빠진 198센티미터의 청년은 어떻게 됐을까? 고등학교를 마친 뒤 공사장에서 철근 일을 배우며 홀로 살았던 그는 어둠 속에서 극한의 공포를 느꼈다. 역시 무색 무음의 지하에서 발이 동상에 걸렸고 몸의 감각이 무뎌졌다. 잠자면 깨지 못하고 죽을 것 같아 닷새나 내려오는 눈꺼풀과 싸웠다. 닷새라는 날짜는 땅속에선 깨닫지 못했다. 그러면서 "환각이었는진 몰라도 유혹하는 악마를 보았다." 그리고 2미터의 거구로 파주의 미군 부대에서 근무하던 아버지가 떠올랐다. 청년이 어릴 때 아버지는 혼자서만 미국으로 떠나버렸다. 그의 목소리는 농수로를 타고 위로 70미터, 지상에서 수평으로 30미터를 더 가야 출구로 나갈 수 있었다. 그래도 그는 "사람 살려요." 하고 소리쳤고, 바깥에서 반응이 있는지 귀를 기울였다. 하지만 구원은 오지 않았다.

하수도의 그는 지쳐갔다. 벽에 나온 철근을 딛고 위의 하수도로 올라갔다. 땅속이라고 철근을 내버려두고 마무리를 하다니. 생명을 겨눈 흉기와 다른 게 뭔가. 다 올라서려는데 왼발에 구두가 없었다. 방금 벗겨진 건가? 알 수 없어 내려가 찾아보았지만 허사였다. 이 암흑 속에서 구두를 찾는 것은 불가능하다. 그는 대신 비닐을 주웠다. 추위는 뼈를 도려내는 듯했다. 비닐을 꼼꼼히 닦아서 터번처럼 머리에 여러 겹

두르고 다리에도 각반처럼 둘렀다. 그리고 더 높은 하수도로 다시 올라가 허리를 굽혀 걸었다. 목과 어깨가 굳고 배겼고 너무 아팠다. 그는 저절로 자리에 주저앉았다. 머리가 지끈거렸다. 가스 때문인가? 감기는 아니어야 하는데. 손바닥으로 얼굴 앞을 밀어내자 빈 공간을 내젓는다기보다 고여 있는 뭔가 뒤로 밀리는 느낌이었다. 상쾌한 공기를 맡던 청춘의 한때가 생각났다. 스물다섯 살 때였나. 친구와 함께 충주 노은면 국망산 골짜기로 산행을 갔고 호젓한 모래밭을 만나 놀다가 잠이 들었다. 등이 축축해 몸을 일으켰더니 장맛비가 우박처럼 요란하게 텐트를 때리고 불어난 계곡물이 스며들었다. 수면은 발등과 무릎, 허리까지 순식간에 올라왔다. 하지만 그때는 젊었지. 배낭이나 그릇처럼 요긴한 것들을 손에 잡히는 대로 들고 나올 여유도 부렸으니까. 살아났더니 7월의 골짜기에 풀 냄새가 자욱했고 배 속이 빈 것처럼 허기가 졌다. 어떻게 그 순간에 잠에서 깼을까? 그때는 감각이 살아 있었고 청춘의 한가운데였다. 그는 암흑 속에서 희미하게 웃었다.

내가 죽으면 어떻게 될까? 한참 앉았다가 머리가 아래로 툭 떨어지겠지. 벽에 댄 등이 서서히 미끄러지다가 바닥으로 넘어가겠지. 달팽이관은 그때까지도 멎지 않고 저 홀로 소음에 반응하고 있을지 모른다. 머리카락과 손톱도 사나흘 더 자라겠지. 그는 힘이 없었다. 아, 손전등 하나만 있다면 얼마나 좋을까? 버튼을 눌러 눈앞에 빛 한줄기만 볼 수 있다면 행복할 텐데.

전쟁 때 젊은 남편을 징병 보내고 평생 홀로 산 어머니와, 아내, 아이들이 생각났다. 내가 없어 걱정하고 있을까? 발을 동동거리고 있을까? 대학원생이 된 어여쁜 맏딸과 대학생인 둘째 딸, 맏아들, 그리고 고등학생인 막내아들. 아마 저마다 밖에 나가 친구들과 어울리느라고 평생 출장 다니며 살아온 아빠를 잊고 있을지 모른다. 아빠가 어디서 호젓하게 연말을 보낼 거라고 생각할지 모른다. 그래, 그래도 괜찮아. 나는 너희를 위해 있는 힘을 다했어. 돈을 더 벌려고 사막으로 건너가 일했고. 게으름을 피운 적도, 자존심을 잃은 적도, 인생을 낭비한 적도 없어. 할머니와 너희 엄마가 아파서 내 가슴이 아파. 내가 대신 앓아주고 싶지만 그럴 수 없잖아. 그렇게 아픈 사람이 있어도 우린 도란도란 살아왔어. 나도 이 나이면 살 만큼 살았어. 그리고 나는 바르게 살았어. 그러니 나 없어도 너희가 잘못될 리 없어. 그러면 나는 어디서든 안심할 거야.

그는 위험한 외국에서도 목숨을 뺏길지 모른다는 생각은 하지 않았다. 하지만 여기서는 숨을 거둬도 할 수 없지 않으냐는 생각이 들었다. 그는 드디어 삶을 내려놓고 싶었다.

그가 주저앉았던 하수도 위를 '뚜껑처럼 닫고 있던' 지상은 방배동이었다. 그와 깃털만큼의 인연도 없던 마흔두 살의 사내가 거기 살았다. 기아자동차에 다녔고 식구들과 빌라의 3층에 살았다. 그리고 금요일 밤 여의도에서 친구들과 신년하례 삼아 술자리를 갖고 집으로 돌아왔다. 자정이 넘자 토요일이었고 거실에서 뉴스를 보다가 베란다로 나왔다. 가로수들이 둘러싼 방배중학교 운동장이 내려다보였고 호젓한 분위기가 났다. 기온은 영하 4도 정도, 쌀쌀해도 담배를 피울 만했다. 텔레비전 소리가 약해지는 한 순간 미세한 소리가 어딘가에서 희미하게 생겼다가 곧 사라졌다. 주위가 하도 적막해서 들을 수 있었다. 학교는 비었고, 빌라 단지는 원래 조용했고, 대로는 너무 멀었다. 텔레비전 소리는 다시 커졌지만 그는 미세한 소음을 또 식별했다. 소인국에서나 들을 음성이었다. 그는 도와달라고 호소하는 소리일지 모른다고 상상했고, 무정하기가 싫어서 집을 나와 단지 위의 산길로 들어갔다. 어두운 숲에서 나는 소리였는데 누군가를 찾아낼 수는 없었다. 캄캄해서 그는 바위에서 미끄러졌고 발목을 다쳤다. 절름거리며 베란다로 돌아와 담뱃불을 붙였는데 소인국의 목소리가 또 들렸다. 사람 살리라는 것 같았다. 그때는 새벽 1시였다. 이곳은 일대에서 가장 산에 가깝고 적막했다. 지금 이곳이 아니라면 들을 수 없을 미세한 소리였다. 벗어놓은 이어폰에서 아주 낮은 라디오 소리가 새어나오는 정도였다. 그는 다시 무정한 사람이 되기는 싫어 빌라를 나왔다. 소리는 그의 상상 밖에서 새어나왔다.

하수도에 앉은 그는 암흑에서 소리를 들었다. 썰렁한 창고에서 비닐봉지가 구겨지거나 바늘 떨어지듯 작디작은 소음이었다. 기나긴 정적 속에 드문드문 들려오는 차 엔진 멎는 소리, 구두 소리, 문 여닫는 소리, 도란거리는 소리, 텔레비전 소리, 누굴 부르는 소리…… 세상이 모두 암흑이라, 피부의 안도 바깥도 캄캄해서, 처음에는 환청이라 여겼다. 그래서 계속 앉았는데 그 경미한 소음 속에 생활生活이 있었다. 그는 미니어처처럼 작은 그 소리의 무리가 생겼다가 사라진 방향으로 가서 암흑에 손을 넣어보았다. 시각視覺은 이미 없어지고, 벽이라는 차갑고 견고한 촉감만이 손바닥을 막았다. 암흑 속의 그 벽에 손바닥 도장을 열 번 스무 번 넘게 찍었는데, 갑자기 손이 쑥 들어갔다. 검정 칠한 도화지가 뻥 뚫린 것 같았다. 더듬어보니 둥근 구멍이었고 그 속의 하수관이 완만하게 경사져 올라갔다. 그는 지칠 대로 지쳤지만 달팽이처럼 기어 올라갔는데 그럴수록 점 속 깊이 묻히는 느낌이었다. 앞으로 나간다는 생각이 들지 않았다. 소리는 더 이상 없었고 갈수록 적막뿐이었다. 그는 하수관의 끄트머리인 듯한 곳에서 더 이상 기어갈 수 없는 어떤 공간이 느껴지자, 거기로 빠져나왔다. 발이 물에 잠겼다. 그리고 눈은 휘둥그레졌다. 희든 노랗든 뭔가 보이기는 처음이었다. 그의 진술대로, 발이 잠긴 물 위에 "빛나는 황금이 보였다." 이미 그는 공간감을 상실했고 입체시視를 잃은 상태였다. 그는 황금들을 움켜쥐었지만 손아귀에 잡힌 것은 구정물이었다. 다시 움켜쥐었지만 마찬가지였다. 삶이란 구정물에 뜬 황금의 환영幻影이 아닐까. 그는 허리를 펴고 한숨을 쉬며 수면을 내려다보았다. 그러자 이번에는 그의 진술대로, "검은 수면에 해바라기가 떠 있었다." 그는 넋을 잃은 채로 감격에 차서 해바라기를 바라보았다. 머리 위에서 노란 불빛이 내려와 수면에 꽃을 개화시켜놓았다. 그는 위를 바라다보았다. 처음에는 노란 종잇조각들이 떠 있다고 생각했다. 하지만 그럴 리가 없지 않은가. 서서히 그의 머릿 속에 공간이 제대로 자리를 잡자 그것은 맨홀 뚜껑의 구멍들로 들어오는 가로등 불빛이었다. 뚜껑은 밀폐형이 아니었다. 뚜껑의 가운데에서 긴 홈들이 바퀴살처럼 둘레로 퍼져 있었다. 그리고 테두리를 따라 구멍들이 나 있었다. 그것이 수면에 피어난 해바라기였다. 구멍으로 들어오는 청량한 공기부터 달랐다. 아아, 그는 격렬하게 감동해서 두 손을 위로 내뻗었다. 뚜껑은 닿지 않았지만 소년 시절의 기억이 몸에서 솟구쳤다. 마당 가에 밭두렁에 줄지어 서 있던 그 노랗고 둥근 생명의 꽃이. 삶이란 구정물에 뜬 흐릿한 불빛이 아닐까? 우리는 그 악취 위에서도 꽃을 상상하며 더 좋은 세계로 가려고 한 발자국씩 걸음을 뗀다. 그는 소리를 질렀다. 여기 사람이 있다고, 내게 삶을 달라고.

"살려주세요! 여기 사람이 있어요!"

그러나 시간은 그의 외침에 초연했고 둔중하게 서행했다. 하지만 긴 긴 무반응의 모랫길 위에 한 순간 몇 방울의 빗물이 떨어졌다. 누군가 뚜껑의 구멍에 눈을 바싹 대더니 자기 눈을 믿지 못하는 듯 눈동자가 커졌다. 뚜껑의 구멍에 나타난 눈동자를 올려 보는 하수도 속의 사내도 자기 눈을 믿지 못했다. 그는 가슴이 터질 듯했다. 드디어 사람이 나타난 것이다!

"거기…… 아래 누가 있어요?"

"예, 여기…… 사람이 있습니다."

"아…… 어떻게 거기에 가 계신 거예요?"

두 사람은 말을 잇지 못했다. 바위에 미끄러져 다친 빌라의 주민이 다가온 것이었다.

그리고 여덟 명의 소방대원이 도착했다. 육중한 뚜껑이 열어 세 명이 들어올렸다. 반장이 직접 로프를 타고 내려갔다. 반장이 그를 들어 올리려고 그의 전신에 로프를 감아 돌렸는데 그는 매듭을 내려다보더니 잘못 묶었다고 지적했다. 그는 벌써 자신감을 찾았다. 그는 1995년의 마지막 날이라는 대답을 기대하고 반장에게 오늘이 며칠이냐고 물었다. "1월 6일입니다." 새해는 이미 시작됐다. 시간은 그의 바깥에서 엿새를 앞질러갔다. 암흑은 195시간 동안 그를 가뒀다가 놓아주었다.

위전리의 청년은 어떻게 됐을까? 그는 탈진과 수면이 해일처럼 쏟아지기 직전에 실낱같은 발걸음 소리를 들었다. 그는 지상으로 70미터 위로, 다시 수평으로 30미터 떨어진 출구를 향해 외쳤다. 골짜기의 적막을 향해, 나를 살려달라고. 2월의 청명한 날, 농수관은 그 외침을 공명共鳴한 것 같다. 사람 없는 버려진 도로에서 고철을 주우려고 리어카를 끌던 고물장수가 미약한 울림을 들었다. 소방대원들이 도착했을 때에는 지하에서 아무 소리가 나지 않았다. 콘크리트 맨홀을 깨고 수직으로 내려가자 청년은 살았다는 생각에 의식을 잃은 상태였다. 눈을 뜨자 일산 백병원 응급실이었다.

방배동의 지하에서 그는 밧줄에 매달린 채로 서서히 끌어올려졌다. 낮이라면 그는 태아처럼 눈을 뜰 수조차 없었을 것이다. 그러나 밤은 그에게 감각을 회복할 여유를 주었다. 등강기의 도르래가 돌아갈수록 세상은 그의 눈 속으로 돌아왔다. 그는 불가해한 점에 감춰진 암흑을 나와 지상에 섰다. 맥박 치는 소리가 고막을 내벽에서부터 휘듯이 두드렸다. 붉은 벽돌이 많은 삼창빌라의 외벽, 휘어진 통유리가 불룩 나온 베란다가 눈에 들어왔다. 둥근 전구의 가로등과 낮은 벽돌 담장 위에 조성된 화단, 마른 잔디밭 위에 놓인 외발 수레와 빈 화분들이 보였다. 소방대원들이 켜놓은 조명등과 카메라 불빛에 이끌려 고양이가 지나가면서 그를 돌아보았다. 그가 당도하기 위해 그렇게 애를 쓴 1인분의 감각세계가 돌아오고 있었다.

그는 구급차를 타고 가면서 마침내 그가 생각한 곳에서 구출됐음을 알았다. 거기는 일대에서 가장 높고, 가장 조용한 곳이었다. 그리고 구급차는 그가 망년회를 했던 식당인 '함지박'을 지나쳤는데, 그가 구출된 출구에서 1분 걸리는 거리였다. 그 길 아래의 미로는 그에게 아흐레를 요구했던 것이다. 병원에 도착하자 그의 손은 예상대로 퉁퉁 부어 있었다. 원래의 두 배나 되었다. 그의 머릿속에 든 큰 손을 가진 호문쿨루스는 실재의 육신에서 그렇게 구현되어 있었다. 그는 너무나 놀라웠고, 그를 살려낸 열 개의 손가락 끝 하나하나가 고마웠다.

죽음을 지나오자 삶이 선명해졌다.

⋮

　검은 수면 위의 해바라기를 발견한 이는 조성철趙成喆, 그를 찾아낸 삼창빌라의 주민은 김충배金忠培, 구조대 반장은 현철호玄哲浩 님이다. 이들은 매년 연말연시에 기회가 될 때마다 만나서 한 해 동안 살아온 이야기를 주고받는다.

　조성철 님은 병원에 입원한 직후 가족들이 택시로 달려오는 동안 혼자서 냉수로 샤워를 했다. 아흐레를 굶고 잠도 자지 않았지만 손이 부은 것 외에는 몸에 이상이 없었다. 가족들은 그가 워낙 출장이 잦아 이번에도 역시 지방에 가서 일하고 있구나 하고 생각했다. 환자복을 입고 병상에 누운 아버지가 조금 전까지 지하에서 아흐레째 감각을 뺏긴 채 암흑을 홀로 더듬으며 살아 돌아온 이야기를 하자, 아내와 아들딸들은 꼭두새벽에 흐느끼며 젖은 눈가를 소매로 닦아냈다.

　그는 평범한 시민으로서 상상치도 못한 일을 겪고 목숨을 빼앗길 뻔한 점을 노여워했다. 그는 구역 내 맨홀 관리 책임이 있는 서초구청을 상대로 손해배상 소송을 제기했다. 이 구청은 몇 개월 전 관내의 삼풍백화점 붕괴 사고를 맞자 책임져야 할 공무원이 아홉 명이나 일을 팽개치고 도피한 곳인데 그의 일에 관해서는 "우리 책임이라는 분명한 증거가 없다."는 이유로 배상을 거절했다. 이는 그런 일을 겪은 시민은 피해를 고스란히 혼자서만 감당해야 하는지, 사실을 입증하는 증거란 어떤 것이어야 하는지에 관한 의문을 남겼다. 그는 분노했고, 자기 일에 공적인 성격이 있는 것을 알았지만 가족을 돌봐야 했으며, 심각한 상처를 입은 정신의 치료를 위해 소송을 접었다. 그는 마음의 안정을 다소 찾은 후에는 아들딸들을 위해 중동의 사막으로 한 차례 더 건너가 일했고, 나이 들어가며 손자손녀를 보았다.

그는 지하에서 살아 돌아온 일이 워낙 강렬한 인상을 남겨서 오랜 세월이 지난 후에도 어둠 속에서 봤던 하얀 빛무리와 생각이 끊기는 현상, 자기 자신이 없어지고 어둠의 일부가 돼버린 느낌 등을 소상하게 기억해냈다. 노란빛이 자정의 수면에 내려보낸 해바라기도 노트에 손수 그려 보였다. 그는 서울에서 경기도 남양주로 옮겨가 산다.

■ 백유현, 「일엽편주」

성에에 새긴 이름

∞∞∞∞∞∞

어떻게 살아야 하는지 배우는 데 한평생이 걸린다.

- 루시어스 세네카

우주는 한 권의 커다란 책이고, 인생은 큰 학교다.

- 임어당林語堂

학교가 있는 곳은 조도^{朝島}이다. 아침 조^朝, 아침의 섬, 이 섬 하나를 학교가 쓰고 있다. 하늘에서 촬영한 구글 어스로 보면 물을 가르는 갸름한 배처럼 생겼고, 부산의 평지에서 보면 아침 산이 불룩 솟아 고래처럼 보인다. 조도로 가는 진입로는 720미터짜리 방파제다. 방파제 남사면에는 테트라포드 수천 개가 겹겹이 파도를 막고 있다. 그 네 발짜리 콘크리트 덩어리 여기저기에는 울긋불긋한 페인트로 온갖 낙서가 쓰여 있다. 방파제 길로 다 걸어가면 육중한 닻이 나온다. 학교 이름이 쓰여진 앵커 탑이다. 한국해양대학교. 항해는 무사히 항구로 돌아와 닻을 내리면서 완성된다. 탑은 그렇게 말하며 수직으로 서 있다.

1월 15일 새벽, 바람이 차갑고 매섭다. 2001년 한파로 시작된 이날은 인터넷 백과사전인 위키피디아가 세상에 처음으로 선을 보인 날이고, LPGA 클래식에서 우승한 박세리가 카메라 플래시 앞에서 하얀 치아를 보이며 트로피를 들어올린 날이고, 방탄열차를 탄 김정일이 압록강 철교를 넘어 중국 방문을 시작한 날이고, 철원의 빨간 수은주가 영하 29.2도까지 내려간 날이었다. 21세기 들어 우리나라에서 가장 추운 날이었고, 그 후로도 오래오래 깨지지 않는 기록이 되었다.

그리고 그녀, 김학실金學實의 생일이었다. 그녀는 좀 전에 스물두 살이 되었고, 실습 선원이며, 대학 3학년이었다. 학교가 파마머리를 금지해서 여고생처럼 단발로 어깨에 내려올 정도로만 기른 머리카락, 눈을 초승달처럼 뜨고 소녀처럼 생글생글 잘 웃는 얼굴이 인상적인 그녀는 새벽에 울산 항구에 정박 중인 피(P)-하모니호의 자기 방으로 올라와 다림질이 된 감색의 선상복으로 갈아입었다. 생일 아침이 이제 시작된다는 기대와 감각은 없었다. 바깥에는 진눈깨비가 계속 이어지고 있었다. 일요일인 어제도 오후부터 내내 하얀 폭설이 내렸다.

그제 배를 새로 맡게 된 신임 선장은 갑판을 둘러보고 선원들과 인사를 나누더니 그녀에게 "실습을 몇 달 했나?" 하고 물었다. "8월부터 다섯 달째입니다." "언제 끝나지?" "다음 달입니다." "힘들지 않아?" "괜찮습니다." 정유 운반을 하는 피-하모니는 저유탱크 캡과 가스를 빼내는 기기들이 자동화되지 않아서 선원들이 손으로 다루어야 했다. 화물선의 경우는 이보다 훨씬 자동화되어 있었다. 그리고 여객선과 비교해도 기름을 다루는 배는 아무래도 환경이 더 거칠다. 게다가 운항회사는 실습생에게도 당직을 서게 했다. 편한 조건이 아니다. "힘들지 않아?" 피-하모니에서 같이 일하는 선원들은 작업을 마치면 걱정스런 표정으로 선장처럼 물어보곤 했다. "힘든지 안 힘든지 비교할 대상이 없으니까요." 이런 대답을 들으면 선원들은 쿡쿡 웃기도 하고, 마음에 들어 했다. 실습생 처지가 그렇지 뭐. 새로 온 선장은 그녀의 집이 부산이라는 말을 듣고서 덧붙였다. "내일 일요일인데, 배가 쉴 때 집에 다녀오지 그래."

눈은 쉬지 않고 내렸다. 습기를 한껏 품고 굵어진 눈발은 하늘을 가리고 산을 지웠다. 항구를 둘러싼 산들은 능선만 희미하게 비치고 모두 텅 비어버린 듯했다. 그 자리를 습윤한 눈 자락들이 메웠다. 멀리 화암추 등대와 해안도로를 따라 선 가로등에는 불이 들어왔는데, 건너편 공단의 굴뚝들도, 거기서 올라가던 흰 연기도 보이지 않았다. 길에는 축축한 눈이 쌓였다가 녹고, 가는 듯 서는 듯 서서히 움직이던 차량들이 남긴 갈색 바퀴 자국만이 멀리 이어졌다가 마침내 사라졌다.

그녀의 전화를 받고서 엄마는 "오지 마라."고 했다. "여기도 눈이 얼마나 왔는지 말도 못한다. 차들도 기어다니고. 오며 가며 길에서 시간 다 버릴 텐데." 통화의 저편에 선 그녀가 짓는 서운하고 실망스런 표정을 알지 못한 채 엄마는 다독거렸다. "그냥 거기서 쉬었다가 승선해라." 아빠는 돌아가시고 집에는 엄마와 남동생만 있었다. 배를 타고 물 위로 나설 때마다 엄마 생각을 하지 않은 날이 없었다. 지난번 항차에선 중국까지 갔다 왔다. 그리고 얼마나 오랜만에 집에 갈 시간이 생긴 건데. 다음 주 설날에도 집에 다녀올 수 있을지 없을지 모르는데 오지 말라니…… 엄마는 내 생일도 모르는 걸까? 그러는 동안에도 눈은 하염없이 내려왔다. 컨테이너 크레인의 철제 레일에도 하얗게 쌓이고,

물 가운데로 길게 나간 부두 위에도, 정박한 예인선의 선교와 난간을 따라서도 내려앉았다. 일요일 늦은 오후, 그녀는 도저히 배 안에 앉아 있을 수 없어 휴대전화를 쉴 새 없이 걸어보다가 역시 실습하고 있는 여자 동기와도 통화하게 되었다. "나도 울산이야." 이럴 수가. 음감마저 생생하다. 그녀는 우산을 받쳐들고 나가 땅거미가 내려오는 눈길에서 팔짝팔짝 뛰면서 반가운 해후를 했고, "얼마 만이지?" "다섯 달 만이야." "이래도 되는 거야. 우리 기숙사에선 매일 봤는데." 하며 감격스러워했다. 그리고 늦도록 맥주 잔을 맞대고 이야기하고, 얼굴을 보고, 또 이야기했다.

그녀들이 다니는 학교는 조도에 있었다. 아침 섬. 학생들은 편한 대로 "아치 섬"이라고 불렀고, 주민들도 그랬다. ㄷ자로 열린 부산만의 입구에 있었는데, 부산항에서 바깥 바다로 떠나는 모든 배는 그 곁으로 난 물길을 지나갔다. 학교로 가는 방파제 위에 서면 산을 타고 오르는 듯한 건물들이 보였다. 산비탈을 따라 올라가며 세워진 해사대학관과 기숙사이다. 하얀 페인트를 칠한 건물들은 위에서 내려다보면 날개치며 솟구치는 갈매기들을 연상하게 했다. 기숙사는 복장이나 규칙을 꼭 승선한 것처럼 지켜야 했고, 그래서 '승선생활관'이라 불렸는데 건물마다 '입지' '웅비' 같은 이름이 붙어 있었다. 그녀들은 3년 전 입학해서 학기 중에는 의무적으로 기숙사에서 지냈고, 이 건물들을 늘 오가며 마주쳤다.

여학생들은 여간해선 치마를 입지 않았다. 캠퍼스는 어디서나 바닷바람에 노출되어 있었다. 자갈 마당은 아예 밀물과 썰물이 들어오는 해변이었고, 반대쪽은 실습선들이 정박하는 항구였다. 지급받는 검은 정장과 카키색 제복은 모두 바지 기준이었고, 흰 정장이 필요한 날에만 스커트를 입었는데 손에 꼽을 정도였다. 제복 어깨 주름까지 허용된 짧은 머리는 늘 묶고 다녔으며, 아침마다 해변 도로를 4열로 구보하고, 조석으로 인원 점검을 받았다. 하루 종일 훈련만 받은 날도 있었다.

얼차려는 기본이었다. 팔 굽혀 펴기, 쪼그려 뛰기, 드러누워 발 올리기는 얼차려마다 했다. "박아." 이 말을 들을 때면 고통스러웠다. 열중쉬어 자세로 머리를 바닥에 박으라는 지시다. 가장 처음 이렇게 얼차려를 받은 건 입학하던 해 2월, 기숙사 옆의 망향대라는 공터에서였다. 빨간 모자를 쓴 선배들은 "교육의 목적상 말을 놓겠다."고 운을 떼더니 짧고 건조하게 지시했다. "박아." 무게라고는 받아본 적이 없는 이마의 상단에 온 체중이 실리면서 아래윗니를 저절로 악물게 된다. 허리 뒤에 얹은 두 손이 무거워오고, 시야에는 같은 얼차려를 받고 있는 숱한 다리들 사이로 거꾸로 된 세상이 들어온다. 세상이 짓누르는 것 같다. 그리고 그 사이를 뚜벅뚜벅 초연하게 걷고 있는 선배들의 운동화도 눈에 들어온다. 그 운동화가 짓누르는 것 같다. "정신 못 차리지?" 하는 날카로운 고함이 들린다. 이마는 쪼개질 듯 아프고, 충혈된 얼굴은 달아오르고, 목뼈는 금세라도 젖혀질 것 같다. 도대체 누가 이런 벌을 생각해냈을까? 벌써 여기저기서 쓰러지는 학생이 나온다. 더는 견딜 수 없는 한계에 다다라 울고만 싶은데, 1초는 구분동작으로 느릿느릿 옮기는 발 한 걸음 같다. 태연자약하게 쉬엄쉬엄 지나간다. 미칠 지경이 된다.

그래도 열외를 원하거나 불복할 수는 없다. 이 학교의 해사대학이란 곳에 여학생이 입학하게 된 지 7년밖에 안 됐고, 얼차려든 무엇이든 여학생이 열외나 불복을 한다는 건 이 오래된 남자 세계에서 뒷걸음질치는 것으로 비칠 게 뻔했다. 그래서 학기가 지나가며 못 견디는 여학생들은 학생증을 반납하고 학교를 떠나갔고, 이상하게도 그게 남은 여자 동기들의 결속을 단단하게 만들었다. 그래도 여기는 좋은 학교다. 기성회비만 내면 수업부터 생활까지 모든 게 해결된다. 남학생들처럼 졸업 후에 군 복무 대신 3년간이나 선상 근무를 해야 하는 것도 아니다. 여학생들은 그런 장래를 선택할 수 있었고, 그녀는 배를 몰기를 원했다. 그녀들은 학교의 실습선 한바다호나 한나라호를 타고 가까이는 울산이나 목포, 멀리는 상하이나 요코하마 같은 곳의 근해까지 가서 해상 정박을 한 채 출렁이는 교실에 앉아 수업을 들었다. 배는 컸다. 한바다가 길이 100미터, 3,500톤이고, 한나라는 길이 103미터, 3,640톤이었다. (새로운 한바다는 117미터인데 옛것을 폐기하고 2005년부터 쓰고 있다.) 신입생일 때 학교 부두인 아치나루터에 정박 중인 배들을 바라보면 이물에서 고물까지 돛대들 위로 만국기를 걸어놓았고, 진동도 없이 잔 파도를 누비며 나아갈 것 같은 위용이 있었다. 하지만 배에 오른 첫날 너무 힘들어 선실의 침대에 종일 누워 있었다. 견디기 힘들기는 남학생들도 마찬가지였다. 너무 긴장해서 수업 중에 교수들이 하는 말은 귀에 들어오지 않았고 눈은 항상 감겨 있었다. 나흘 항해하고 주말에는 학교 부두로 돌아오는 식이었는데 "어서 금요일이 왔으면." 하고 기도하고 싶은 심정이었다. 그 큰 배는 늘 출렁거렸고 학생들은 가만히 서 있기만 하는데도 체력 소모가 심했다. 눈에 드러나진 않지만 수평을 감지하는 전정기관, 평형을 잡는 소뇌, 자존심 같은 감정을 품고 있는 대뇌, 그리고 모든 관절이 쉴 새 없이 바빴기 때문이다. 몇 달이 지나서야 겨우 "살 만하다."는 느낌이 왔다.

3학년 여름이 되자 "해운사에 지원서를 내서 개인 실습을 하라."는 과제를 받았다. 해운사들은 좀처럼 여학생을 받아주지 않았다. "배에 선원으로 여자를 태운 적이 없다."는 게 이유였고, '금기'라는 뜻이었다. 하지만 해마다 여학생들의 지원서가 숱하게 날아가자 해운사들이 조금씩 바뀌려는 조짐을 보였다. 그리고 실제로 그녀가 3학년 때 지원서를 내자 울산의 작은 해운사가 받아주었다. "여자라고 쉬운 일을 시키지는 않는다. 힘든 배에 태우겠다."고 했다. 그녀는 그래도 고맙다는 생각이 들었다. 해사대학의 입학생들은 400명이 넘었는데 여학생은 마흔 몇 명이었다. 그중에 실습 지원이 받아들여진 여학생은 열 명이 겨우 될 정도였다. 그녀들은 지난해 8월 그렇게 해운사를 찾아 흩어졌는데, 이제 그중 둘이 폭설이 내리는 울산에서 만난 것이다.

월요일, 그녀의 생일 새벽, 눈은 조금 잦아들었지만 그래도 여전히 날리고 있었다. 축축한 바람이 거세게 불었고, 배들이 정박한 울산 항구는 영하 9.7도까지 내려갔다. 전국에, 모든 항구에 기록적인 한파가 몰아닥치고 있었다. 지난주부터 시작된 추위는 토요일인 대한大寒으로 갈수록 더할 것 같았다. 피-하모니에는 그녀와 이창무 선장, 그리고 열네 명의 승무원이 올라와 있었다. 모두 말할 때마다 입에서 흰 김이 흘러나왔고 코와 귓불은 혈액이 가득 담긴 것처럼 빨갛게 변했다. 선장은 배를 쓰는 용선사 직원과 통화하고, 팩스를 보내면서 운항 계획을 조정하고 있었다. 항해사와 갑판수가 기름탱크들의 내부를 씻기 위해 옷을 갈아입고 용구들을 준비하고 있었다. 배가 들고 나고, 기름을 싣고 부리며 제대로 쉬지 못한, 그래서 피로가 내려앉은 얼굴들이었다. 승무원 중에는 그녀처럼 실습 중인 또 다른 여학생이 있었다. 기관실에서 일하는 목포해양대학교 김영은이었다. 큰 배의 홍일점이 될 뻔했던 그녀들은 반년 동안 같이 다닐 말상대가 생겨 좋았다.

피-하모니는 무연 휘발유를 가득 싣고 중국 다롄大連항을 떠나 13일, 그러니까 그저께 저녁 울산항으로 들어왔고, 어제 오후부터 기름을 내렸으며, 새벽 4시 좀 못 미쳐서 하역을 마쳤다. 이제 다시 새벽 4시 50분 출항해서 여수로 오후 4시까지 입항할 예정이었다. 거기서 배는 다시 기름을 6만 5천 배럴 싣고 인천으로 나르게 되어 있었다. 그녀가 실습을 시작하고 여수로는 처음 가는 날이었다. 그녀는 작업용 점퍼를 덧입고 조타실로 들어섰다. 선장은 전화를 걸고 있었고, 출항은 조금씩 조금씩 늦춰지고 있었다.

새벽의 조타실 유리창은 대단했다. 조타실은 멀리 선수와 앞 돛대부터 갑판 전체가 훤히 내려다보이는 곳이었다. 배 후미의 선교(브리지) 3층에 있기 때문이다. 그런데 사흘 동안 정박해 있으면서 성에가 켜켜이 쌓여 앞이 보이지 않을 지경이었다. 창 바깥은 와이퍼를 돌리고, 그녀는 마른걸레를 들고 가운데의 조타기 앞 유리부터 닦아 내려갔다. 유리 아래 데크가 있어 까치발을 하고 팔을 쭉쭉 뻗어야 했다. 성에가 얼마나 완강하게 붙어 있는지 나중에는 해도海圖 대에서 두꺼운 플라스틱 자를 가져와 밀어붙였다. 성에는 대패로 미는 나무의 속살처럼 일어서더니 유리창 가녘으로 구겨졌다. 그러는 사이 배가 출항했다.

마흔다섯 살의 선장은 울산에서 인천까지 뱃길을 젊어서부터 오갔고 항로를 꿰고 있었다. 체구는 작았지만 단단했고, 실행력이 강해 보였다. 그녀는 조타기 옆에 서서 레이더를 내려다보고 선장에게 좌표를 불러주었다. 멀리서 뱃고동이 울렸다. 바다에는 폭풍주의보가 발효됐다. 수면에서 뭉실뭉실 피어오르는 해무海霧가 보였다. 그런 바다안개는 매섭게 차가운 날에 구름처럼 생겨났다. 온도 차가 나는 공기와 바닷물이 만나서 피어나는 것인데, 기류를 따라 평원의 밭고랑처럼 길게 길게 펼쳐졌다. 배는 안개 위를 떠가는 것 같았다. 하늘에는 온통 진눈깨비가 휘날리고 바다는 거무스레했다. 맑은 날에도 바깥 바다로 나가면 배가 얼마나 왜소한지 알 수 있다. 길이 300미터, 10만 톤이 넘는 배들도 하늘 아래 수평선에 떠가면 가랑잎처럼 보인다. 그런데 이런 날 저런 눈보리를 바라보면 그 속에는 두려운 무엇이 있을 것만 같았다.

뱃머리가 바닷물을 가르면, 배 뒤로는 두 갈래의 하얀 물이 솟아서 멀리 퍼져간다. 밤새 항구 바깥에 정박했던 배들이 가만히 뜬 채로 옆으로 지나갔다. 입항 차례를 기다리는 배였지만 인기척이라곤 없어 버려진 배처럼 보였다. 해가 눈구름 뒤에서 떠오르는지 좌현의 유리창부터 남아 있던 성에가 조금씩 녹기 시작했다. 그녀는 기숙사에서 유리에 핀 성에에 손가락으로 그림을 그리던 생각이 났다. 그때의 성에는 얇고 습윤하고 미약했다. 친구의 이름이나, 그리운 사람을 생각하며 얼굴을 그릴 때면 성에는 쉽고 가녀리게 길을 내주었다. 그리고 천천히 천천히 눈물을 흘리면서 녹아내렸다.

파이프라인이 길게 나 있는 갑판 위로는 한두 사람이 나타났다가 사라지곤 했다. 이종식 1항사가 갑판장, 조기장, 갑판수와 함께 탱크 소제를 하고 있는 것이다. 배에는 모두 12개의 기름 싣는 공간이 있었다. 뱃머리의 1번부터 뒤로 가며 5번 탱크까지, 그리고 부리고 남은 잔존유를 담는 슬롭탱크가 후미의 선교 앞에 있었다. 이 6개의 탱크를 좌우로 나누는 격벽이 있어 모두 12개 공간인 것이다. 탱크마다 구경이 저마다 다른 출입구 공기구 소제구 점검구가 있었다. 세척은 출항한 유조선이 늘 하는 것이지만, 속이 바싹 타고 아슬아슬한 작업이었다. 이렇게 날이 잔뜩 흐리고 실내가 건조한 겨울에는 특히 그랬다. 보이지 않는 가스가 폭발할 위험이 있는 것이다. 기름으로 된 증기, 유증기 때문이었다. 유증기는 주유소에서 기름을 받을 때에도 주유구에서 나오는데, 스웨터를 입고 팔과 몸통이 스치기만 해도 폭발할 수 있다. 정전기가 생기기 때문이다. 탱크 같은 밀폐 공간에선 파괴력이 끔찍한 수준이다. 텅 빈 바닥에 병따개 하나만 떨어져도 대폭발이 일어날 수 있다.

세척은 탱크의 출입구와 소제구를 열고 가스를 빼내는 일부터 시작했다. 여기 쓰이는 송풍기는 탱크마다 고정된 것이 아니고, 선원들이 일일이 갑판 위로 끌고 다녀야 하는 이동식이었다. 그리고 혹시 불꽃이 생길까 봐 전기 대신 바닷물을 끌어올려 돌리는 워터팬이었다. 추위는 가혹해서 뱃머리 쪽에서 해수를 끌어오는 파이프라인은 꽝꽝 언 상태였다. 선원들은 파이프라인이 덜 언 배 뒤쪽의 슬롭탱크와 5번 탱크 왼쪽부터 가스를 빼내고 이어서 오른쪽 4, 5번 탱크로 워터팬을 옮겨갔다. 워터팬에서 나온 공기는 소제구를 통해 탱크 바닥에서 1미터 위까지 늘어뜨린 송풍관을 타고 들어간다. 그러면 탱크 안의 가스가 출입구나 또 다른 소제구로 밀려나오는 식이다. 가스를 깔끔하게 빼내려면 탱크 좌우 한쪽당 네다섯 시간이 걸리고, 새로 기름 실을 항구에 닿기까지 모든 탱크에서 해내려면 시간에 늘 쫓겼다. 이번에 용선사 요구대로 여수에 닿기까지 해내는 건 무리였다. 선원들은 과로와 쫓기는 일정에 마음이 치였다.

위험은 가스를 빼낼 때부터 있었다. 송풍관이 탱크 안에서 흔들리면 정전기가 생기고 폭발할지도 모른다. 가스를 다 빼고 선원이 탱크 안에 들어가 바닥에 남은 잔유를 걷어낼 때 쓰레받기에서 정전기가 생길지도 몰랐다. 방비할 장치나 기구는 없었다. 작업복과 작업화에는 정전기 방지가 되어 있지만 용선사나 운항회사의 배려는 거기까지만이었다. 정전기는 점퍼나 모자, 장갑, 속옷에서도 생길지 몰랐지만 그들은 거기까지 챙겨주진 않았다. 정전기는 작고 음습하고 변덕스럽고 사나웠다. 어디서 무슨 짓을 할지 몰랐다.

선원들은 오른쪽 5번 탱크에서 가스를 빼내고 나자 손전등으로 탱크 안을 비춰보았다. 출입구에서 캄캄한 바닥까지 55도로 비스듬히 고정된 사다리가 불빛에 드러났다. 피할 데 없는 갑판 위로 삭풍이 쉴 새 없이 몰아치고, 얼굴과 목으로 진눈깨비가 날아들었다. 그들은 탱크 바닥을 닦을 걸레와 스펀지, 잔유 담는 용기를 들고 사다리를 타고 캄캄한 아래로 내려갔다. 용기를 끌어올릴 한 사람은 출입구 옆에 남고, 감의식 갑판수만은 공구를 가지러 선교 쪽으로 발걸음을 옮겼다.

이창무 선장은 조타실에서 갑판 너머의 바닷길을 보고 있었다. 폭풍주의보가 내려진 하늘은 여전히 흐리고 물은 거세게 넘실거렸다. 지지직거리며 오가는 무선이 가끔씩 들려왔다. 북동풍이 초속 14미터까지 불고, 파고는 3미터, 영하 7도였다. 바깥에서 일하면 뺨이 금세 빨개지고 손가락이 곱을 정도였다. 탱크 작업자들은 걱정스런 환경에 놓여 있었다. 그리고 선장은 그 일이 위험하다고 생각했을지 모른다. 그날까지 5년간 연안에서 기름 나르던 배가 네 번이나 폭발했다. 모두 겨울에 휘발유를 나르다가 벌어졌다. 선장도 알고 있었을 것이다. 그러나 선원들은 베테랑들이었고 작업은 별탈 없이 계속되고 있었다. 여수항으로 시간 내에 들어가는 일은 아무런 어려움이 없었다. 빨리 가면 울산에서 여섯 시간 걸리는 거리였다. 아직 오전 10시가 안 되었고 이미 부산을 지나 뱃길의 반을 넘어섰다. 오후 4시까지는 충분했다.

　그녀는 선장 옆에서 레이더를 보며 좌표를 불러주었다. 지극히 일상적인 시간이었다. 위태로운 무언가 시작됐다는 걸 전혀 예감할 수 없었다. 잠깐 울산의 피시방에서 보낸 이메일을 친구들이 잘 받았을까 생각했다. 답장을 열어보려면 인천까지는 가야 할 것 같다. 멀리 눈 자락 너머에 섬들이 어렴풋이 보이는 듯했다. 11, 12킬로미터 앞에 거제도 남동쪽의 서이말 등대가 보이는 곳이었다. 풀이 자라는 바닷가 언덕 위의 등대였다. 맑은 날이면 크고 작은 무인도와 멀리 오가는 낚싯배, 떴다 가라앉는 갈매기 떼가 보이는 바다였다. 좀 더 가면 낚시꾼들이 즐겨 찾는 남여도와 북여도가 있는 바다였다. 그녀는 배가 잘 가고 있다고 생각했다. 그리고 그녀의 생일이지 않은가.

　하지만 몇 초 후 그녀는 제대로 서 있을 수가 없었다. 서이말 등대 남동쪽 12킬로미터, 오전 9시 48분이었다. 몸이 휘청거린 순간, 조타실 내부의 모든 윤곽이 이중 삼중으로 흔들렸다. 시커먼 연기가 거세고 빠르게 조타실 앞창을 때리고 가렸다. 선교가 거대한 연기에 휩싸였다. 조타실 전원이 나갔고 캄캄한 방에 역하고 매캐한 연기가 들어찼다. 바닥이 급하게 기울어 그녀는 미끄러지지 않으려고 손으로 붙잡을 곳을 찾았다. 몇 초 전 갑판을 찢고 폭음이 터져나온 것이다. 쇠를 찢고 날려버리는 폭음이었다. 바루 옆에서 천둥이 치는 것 같았다. 아아, 이게 도대체 무슨 일이란 말인가.

감의식 갑판수는 선교로 가다가 등 뒤에서 갑판을 뒤흔드는 폭음이 터지자 돌아보았다. 폭발이 일어났고 거대한 연기가 솟구쳤다. 조금 전까지 그가 있던 갑판의 아래쪽이었다. 그럼 탱크 안에 들어간 사람들은 다 어떻게 됐단 말인가. 그는 경악한 채로 달려서 1층 거주구역으로 뛰어들었다. 그 순간 다시 한 번 맹렬한 폭음이 터져나와 배 전체가 흔들렸다. 폭발한 5번 탱크 뒤의 슬롭탱크까지 터진 것이다. 이번에는 그 안의 기름이 튀어 날면서 배의 곳곳에서 불이 났다. 선교 전체가, 배의 후미 전체가 거대한 기름연기 속에 파묻혔다. 치솟은 연기는 선체보다 더 커졌다. 파손된 배의 후미 우현으로 바닷물이 밀려들었다. 그 큰 배가 힘을 잃고 그쪽으로 빠르게 기울고 있었다.

김학실 실항사는 두 번째 폭발이 일어나자 조타실의 앞 유리가 와장창 박살났다고 생각했다. 머리카락이 곤두섰고 바닥이 심하게 흔들렸다. 설마 바로 아래 기관실에서 사고가 난 건가. 앞이 거의 보이지 않았고 기침이 연거푸 나왔다. 선장은 "구명조끼 입고 즉시 집합하라."고 방송했다. 그리고 "전화! 전화!" 하면서 외쳤다. 하지만 그렇게 캄캄한 방에서 조타실 휴대전화를 찾을 수는 없었다. "제 방에 전화가 있습니다. 얼른 가져오겠습니다." "가지 마! 바깥에 나가 있어!" 배 아래에서 후속 폭발음이 계속 터져 나왔다. 그녀는 겨우겨우 문을 밀고 우현 윙브리지로 나갔다. 아아, 실습 중에 이런 일이 생기다니. 그녀의 생각과는 달리 실제로 조타실의 앞 유리까지 깨지지는 않았다. 그녀는 속이 철렁 내려앉았고 넋이 나간 듯 얼얼했다. 선원들은 이미 아래층에서 윙 브리지로 올라오고 있었다. 또 폭음이 터졌다. 그녀가 학교 실습선을 타고 바다로 나갔을 때에도 배에서 불이 난 적이 있었다. 그때는 학생들이 소화기를 들고 순식간에 불을 꺼버렸다. 반복 훈련 덕분이었다. "불이다! 불났다!" 하는 말이 나오자마자 용수철처럼 튀어 일어선 학생들이 마치 구불구불 이어진 하나의 연속동작처럼 소화기를 집어 들고 불 앞으로 달려가 핀을 뽑고 분말을 쏘아댔다. 놀랄 겨를도 없었다. 하지만 이번은 그럴 수 있는 게 아니었다. 1초, 1초가 너무나 충격적이고 공포스럽고 압도적이었다.

선교의 갑판 아래 기관실 쪽도 마찬가지였다. "쾅!" 하고 폭음이 터지자 기관실이 흔들리고 전원이 나가더니 후미가 가라앉기 시작했다. 사람들은 모두 당황했고 김영은 실기사는 다른 기관사들과 함께 황급하게 탈출로를 올라갔다. 선미 갑판까지 일직선으로 비스듬히 올라가는 철제 사다리였다. 이스케이프 트렁크라고 부르는 그곳은 불빛 한 점 없이 캄캄했는데, 한 칸 한 칸 올라갈 때마다 죽을지도 모른다는 공포가 짓눌렀다. 배의 연료탱크가 곧 터질 것 같았다. 이미 누군가 비상벨을 눌러서 1층 거주구역 쪽에서 비상신호가 요란하게 터져나왔다. 삐익, 삐익, 삐익, 삐익— 그들은 선미 갑판으로 올라서자마자 비상시 집합장소인 윙 브리지로 숨가쁘게 뛰어올라갔다.

선장은 침착했고 빈틈이 없어 보였다. 그는 캄캄한 조타실에서 쿨룩거려가며 마이크를 잡고 고함을 질렀다. "메이데이! 메이데이! 디스 이스 피 하모니! 메이데이! 메이데이! 디스 이스 피 하모니! 메이데이! 메이데이!" 긴급조난을 알리는 다급한 목소리가 퍼져나갔다. VHF 16번, 근해의 모든 배가 다 들을 수 있는 항무통신 채널이었다.

선장은 조타실을 나오자마자 인원을 점검했다. "갑판장은?" "사고 당하신 것 같습니다." 열두 명만 모이고 네 명은 실종되었다. 불과 몇 시간 전에 같이 출항했는데 이런 일이 생기다니. 이제부터 우리는 어떻게 되는 걸까? 선장은 여학생 둘이 초췌하게 공포에 질려 있는 것을 보았다. "너희 둘! 차렷! 열중 쉬엇! 차렷! 열중 쉬엇! 차렷!" 선장은 식당에서 점심을 만들다가 달려온 조리장을 보았다. 그는 선장의 방송을 듣고 2층 침실로 달려올라가 구명조끼를 입고 오긴 했지만 반팔 티 차림이었다. "옷 찾아 입어! 옷 안 입으면 얼어 죽어!" 하지만 조리장은 연기로 가득 찬 침실로 다시 들어갈 길이 없었다. 구명조끼는 여섯 명만 입고 있었다. "브리지에도 구명조끼가 있는데, 어떻게 방법이 없나?" 그러나 절망적이었다. 김영은이 들어서보려고 했지만 조타실에는 검고 매캐한 기름연기가 꽉 차서 발을 들여놓을 수조차 없었다. 그녀들은 이 때문에 갈수록 초조하고, 1초, 1초 속이 타들어갔다.

침실에는 구명조끼가 있었다. 당직 후에 자고 있던 선원들은 구명조끼를 챙겨왔다. 그렇게 경황이 없는데도 하역조종실의 불을 끄고 바깥 통로로 침실에 접근해서 구명조끼를 가져온 선원도 있었다. 하지만 윙 브리지에는 왜 구명조끼가 비치되어 있지 않단 말인가. 여기는 비상 때 선원들이 모이기로 한 곳이지 않은가. 하지만 그런 자탄을 하기에는 너무 늦은 상태였다.

　배는 동력을 잃고 멈추고 있었다. 갑판은 끔찍했다. 배가 뒤로 가라앉으면서 선수의 하얀 앞 돛대는 비스듬히 들려 올라갔다. 폭발한 탱크 위의 갑판과 파이프라인은 대부분 날아갔다. 뱃전 쪽에 구겨진 일부만 남았다. 탱크를 종횡으로 가르던 격벽들도 접히고 일그러졌다. 탱크들 안에서는 시뻘건 불길이 활활 치솟고 있었다. 북풍에 연기와 검붉은 불티가 날고, 크고 작은 폭음이 쉬지 않고 터졌다. 이어진 폭발로 연료탱크마저 찢어졌고 기름이 바다로 시시각각 빠져나가고 있었다. 불을 표면에 업은 거무스레한 기름은 곳곳에서 끈적하게 흘러내렸다. 배가 기운 갑판 쪽으로. 그녀와 선원들이 피해 있는 쪽으로.

　"구명정 내리자." 선장이 말하자, 선원들이 난간을 붙잡고 윙 브리지에서 구명정이 달려 있는 작은 갑판으로 건너갔다. 몇 명은 구명정 잠금장치를 풀려고 2층 갑판으로 서둘러 내려갔다. 하지만 구명정을 내리려면 배터리를 충전해야 했다. 기관사 한 명이 급하게 구명정 안으로 들어서려는 순간 선장이 팔을 올렸다. "안 되겠다. 들어가지 마라." 포기다. 불길이 구명정에 너무 가까웠고 배가 심하게 기울었다. 폭풍은 사방에서 불었고 모든 게 너무 빨리 바뀌었다. 생각을 타고 넘고, 앞질러갔다. 바다에서도 불기둥이 치솟았다. 뱃전에 뻥 뚫린 파공破孔에서 질질 흘러나온 검질긴 기름이 펄처럼 끈적하고 덩어리진 채로 불을 지고 물 위로 퍼져나갔다. 파도는 거셌지만 불은 꺼지지 않았고, 파도를 넘을 때마다 도리어 몇 미터씩 번져나갔다. 검은 연기가 바다에서,

배 위에서 미친 바람과 섞이고 있었다. 너무 끔찍해서 선원들은 눈이 따가운 줄도 몰랐다. 벌겋게 익은 얼굴에 그을음이 내려앉는 것도 몰랐다.

선장은 구명벌*을 내리기 위해 선원들과 2층 갑판으로 달려갔다. 모두가 따라 나섰다. 바닥은 기울었고, 새벽의 진눈깨비 녹은 물과 기름기로 질척하고 미끌미끌했다. 미끄러지지 않기 위해 무언가를 붙잡아야 했고 힘이 들었다. 시간도 타들어가고 있었다. 구명벌은 난간 안쪽에 매달린 흰색 원통이었는데, 선원들이 급해서 그냥 들어 던지려고 했다. 기관장이 달려들어 원통을 고정한 안전핀을 뽑고 T자 레버를 좌우로 흔들어 급하게 당겼다. 고정이 풀리자 선원 둘이 더 달려들어 원통을 들었다. 그리고 후미 쪽으로 달려가 바다로 던졌다. 불길이 아직 거기까지는 다다르지 않았다. 아아, 우리는 살아서 집에 갈 수 있을까? 원통이 아무 일 없이 바닷물에 떠 있는 몇 초간 선원들은 조마조마했다. 숨을 쉴 수 없었고 가슴이 미어졌다. 그러다가 원통이 저절로 두 쪽으로 벌어지면서 그 속에서 공기 없이 구겨져 있던 청색 튜브가 부풀어 올랐다. 무無에서 유有가 생겨났다, 마술처럼. 그리고 단단한 뗏목 모양을 갖췄다. "와아! 됐다!" 구명조끼 없는 사람들의 환성이 한 옥타브 더 높았다. 곧 이어 튜브 위로 붉은색 천막까지 자동으로 솟아올랐다. 이창무 선장은 혼자 줄을 잡고 있었다. 구명벌의 줄을 팽팽하게 잡고 있었다. 구명벌이 파도에 휩쓸려 떠내려가지 않도록, 오늘 하루 처음같이 일한 선원들이 무사히 탈 수 있도록 잡고 있었다. 그런데 난간을 통해 뛰어내리려던 사람들이 주춤했다. 뛰어서, 뗏목에 주렁주렁 매달린 저 끈을 아무거나 붙잡고 저 속으로 들어가기만 하면 되는데. 공간은 충분한데. 모두 탄 다음엔 선장도 물 위로 뛰어들기만 하면 되는데. 식량도 있는데. 그런데 불을 실은 기름이 바닷물에 들러붙듯이 끈끈하게 구명벌로 미끄러지고 있었다. 그걸 보며 그녀는 꿈이었으면 하고 원했다.

학교에 입학하기도 전에 모두 소집되었고 망향대에서 얼차려를 받았다. 그때도 너무나 겁이 났고 눈물을 흘릴 새도 없었다. 교관들은 처음부터 소리를 질렀다. 마지막 날에는 비가 왔는데 축축한 땅에 모여 있었다. 학생들은 흐린 하늘을 보며 착잡해했다. 빨간 모자를 쓴 선배가 말했다. "고향을 향해 바라봐. 내일 집에 가니까. 부모님 있는 곳을 바라봐." 그때 구슬픈 음악이 흘러나왔다. 먼 지방에서 찾아온 신입생들의 눈가가 젖고 있었다. "부모님한테 한마디씩 해봐!" 입이 잘 떨어지지 않는지 누군가 뭐라고 말하려다가 울먹거렸다. "어머니! 보고 싶어요!" 남학생 하나가 목소리를 높이더니 달려나가 바다로 뛰어들었다. 첨벙거리며 달려나갔다. 주위에서 눈물을 흘리기 시작했다. "어머니! 보고 싶어요!" 그런데 그렇게 달려나간 학생은 사실은 선배였다. 그건 각본대로 만들어진 연극이었다. 지금, 생명이 불에 타고 있었다. 기름이 닿자마자 불이 서슴없이 구명벌로 건너갔다. 오오, 어떻게 이럴 수 있을까? 이렇게 잔인해도 되는 걸까? 이건 너무나 심한데. 하늘에는 푸른빛 한 점 없고 구명벌은 불의 일부가 되고 있었다. 적들에게 손을 든 전우처럼, 희망은 가녀리고 흐릿하다가 연기가 되고 있었다. 이제 우리는 어떻게 살라는 말인가. "어머니! 보고 싶어요!" 이 모든 게 연극이라면. 꾸며낸 거라면. 차라리 꿈이기만 하다면. "어머니!" 플라스틱과 고무는 다 녹고 연기만 덧없이 펄럭였다.

선원들의 눈빛이 초췌해지더니 넋이 나갔다. 신음들이 나왔다. 두셋이 급하게 계단을 내려가 휘청휘청 선미 갑판으로 향했다. 모두 거기밖에 갈 곳이 없었다. "뛰어!" 외침 소리가 나더니 벌써 난간을 넘어간 선원들이 몸을 던졌다. 불길이 도달하지 않은 물 위로 떨어져 헤엄치고 있었다. 북풍은 질기고 삭막하게 몰아쳤다. 생명은 사그라지는 메아리 같았다. 그녀는 탄식할 힘조차 없었다. 물에서 갑판까지는 사람 키보다 조금 높았다. 떠 있을 순 있겠지만 수영은 자신 없었다. 그리고 어떻게 저 파도 속에서. 선장이 날카롭게 외쳤다. "물 위에 뜰 걸 찾아봐! 찾아서 전부 띄워!" 기운 갑판을 선원 몇몇이 급하게 둘러보았다. 누군가 선장에게 말했다. "배에 남는 게 낫지 않을까요?" 지나가는 배들이 보였다. 먼 바다였다. 세 척인가, 네 척인가. 무선을 친 지 20분이 넘었다. 30분인가. 저 배는 선 것 같다. 구명보트를 다 내렸을지 모른다. 지금 입수하면 얼어 죽는다. 그러나 생각은 거기까지였다. 불이 허용하지 않았다. 갑판의 불길이 바로 앞까지 와서 너울댔다. 얼굴이 뜨거웠다. 조리장은 반팔 티만 입고 나온 것을 후회했다. 바다는 너무 추워 보였다. 하지만 한 순간 생각했다. '얼어 죽으나, 타 죽으나 그게 그거야.' 그는 난간 밖으로 넘어가서 몸을 던졌다.

구명조끼를 입은 선원들은 모두 물에 뛰어들어 불에서 벗어났다. 그녀는 죽는 수밖에 없다고 생각했다. 스물두 살이 되도록 이런 일은 없었다. 죽을 위기는커녕 다친 적도 없었다. 선원들이 한 명 한 명 배를 떠날 때마다 그녀는 자기가 죽어가고 있다고 생각했다. 기름연기는 그녀의 얼굴에 검댕을 칠하고 또 칠했다. 곁에 선 실기사가 외쳤다. "우리만 두고 가면 어떻게 해요!" 배에서 세 시간 잘 때도 있었다. 그래도 참고 일했다. 그녀는 가슴이 미어질 지경이었다. 그녀가 이어 말했다. "저는 수영을 못해요! 어떻게 해요!" 멀리 헤엄치지는 못한다는 뜻이었다. 김학실은 방금 자기도 똑같이 외쳤다고 생각했다. 그때 곁에 남은 선장이 소리쳤다. "나도 못해!" 그는 정말 수영을 못했을까? 그녀들을 진정시키고 싶었을까? 시간은 찢겨서 다음은 아무것도 없었다. 그들은 이제 같이 죽어야 했다.

그때 삭풍 속에서 누군가 외쳤다. "여기 있어! 이걸 잡아!" 누가 배에 남아 있었단 말인가. 소리는 왼쪽 위에서 났고, 그게 윙 브리지인지, 기운 선미 갑판의 왼쪽인지는 알 수 없었다. 누구도 제정신이 아니었다. 하지만 분명했다. 심경철 2항사가 거기서 튜브를 던졌다. 조금도 주저하지 않는 단순하고 확실한 동작이었다. 여러분이 살면 좋겠다. 그래서 이걸 드린다. 그런 동작이었다. 누구나 기적을 원한다. 하지만 스스로 기적을 해내는 사람도 있다. 주황색에 네 개의 회색 띠가 쳐진 튜브가 분명히 눈앞의 바다에 떠 있었다. 하지만 그는 미련도 망설임도 없이 다이빙했다. 세 사람이 미안해할 겨를도 주지 않았다. 그리고 물 아래 잠기더니 연꽃처럼 떠올라서 튜브를 지나쳐 헤엄쳐갔다. 그에게도 구명조끼가 없었다.

센 바람이 높은 파도를 때리고 허공에서 휘파람 소리가 났다. 2항사가 생명을 주었다. 그녀의 속에서 누군가 말했다. 이제부터는 운항 실습이 아니라고. 연습 없이 태어나듯이 삶에 실습은 없다고. 살아나서 2항사에게 보답해야 한다고. 김영은이 바다로 뛰어들었다. 갑판에서 수면까지는 사람 키 높이였다. 그녀도 생사의 갈림길에서 몸을 던졌다. 신체가 허공에 뜬 순간과 차가운 수면을 뚫던 순간이 구분되지 않았다. 살아야 했고, 급박했다.

김영은이 헤엄쳐서 물에 흠뻑 젖은 채로 먼저 튜브를 잡았다. 그녀는 김학실이 튜브에 못 미쳐 허우적거리자 끌어당겨주었다. 그리고 마지막으로 배에서 뛰어내린 이창무 선장이 건너와 튜브를 잡았다. 바다는 질기고 끈적하게 퍼지는 검은 기름의 막과 불길이 가득했다. 가랑눈이 사라질 듯 내리고 재앙의 검은 연기가 산의 능선처럼 거대하게 솟구쳤다. 피-하모니의 후미 갑판은 수면 아래로 이미 들어섰다. 물이 꾸룩꾸룩 빨려 들어가는 소리가 났다. 거대하고 처참한 모습이었다. 침몰은 되돌릴 수 없는 시간의 비가역성을 보여주었다. 차가운 수면에 끔찍한 폐허가 생겼고 82미터 아래에는 캄캄한 모래와 펄 밭이 묘지처럼 기다렸다. 튜브는 어떻게 되는 걸까? 이건 1인용인데. 부력이 1인분인데. 세 사람은 1분 정도 숨을 죽이고 튜브를 지켜보았다. 튜브는 수면 아래에 잠겼지만 더는 내려가지 않았다.

배에서 뛰어내린 선원들은 3킬로미터쯤 떨어진 남쪽에 유조선이 지나가는 것을 보았다. 아까부터 보인 배였다. 뱃전에 소속사의 영문 이름이 크게 쓰인 유럽의 유조선이었다. 더 먼 남쪽에서도 배들이 보였다. 저 배들이 올 거야. 선원들은 생각했다. 무서운 건 기름 띠와 불이었다. 선원들은 남쪽으로 몇 백 미터를 헤엄쳐갔다. 멀리 선체가 반나마 가라앉은 피-하모니가 보였다.

김학실은 불이 자기를 덮칠 수 있다고 생각했다. 끔찍한 일이었다. 그녀는 배를 등졌는데 왼쪽에 김영은이, 오른쪽에 선장이 있었다. 그녀는 작업화를 잃어버려 발이 얼음처럼 차가웠다. 목덜미와 등은 타는 것 같았다. 뜨거워 견딜 수가 없었다. 김영은은 뜨겁지는 않다고 말했다. 김학실은 이러다가 죽겠다는 생각이 들었다. 이를 악물고 발버둥을 쳐서 튜브를 밀고 나갔다. 겨우 살 것 같았지만 기력이 떨어졌다.

바닷물은 섭씨 7도, 물 위는 영하 7도였다. 몸은 버틸 수 없었다. 그들은 알고 있었다. 36.5도 체온은 서서히 내려가고 15분이 넘으면 의식을 잃는다. 15분, 그 안에 배가 올까? 우리를 구해줄 배가. 10초도 견디기 힘든 이 바다를 가르고. 그녀는 작업복 위에 점퍼를 입었지만 소용이 없었다. 피부는 얇았고 체온을 지킬 수가 없었다. 턱이 떨리고 아래윗니가 부딪쳤다. 따다다닥 따다다닥— 온몸에 닭살이 돋고 입술이 청색으로 변해갔다. 추위는 얼음으로 살갗을 문질러 벗기고 피를 혈관에서 얼리는 것 같았다. 무게가 없는 눈가루가 날고 센 바람이 휘몰아쳤다.

이창무 선장은 제복을 입었는데 튜브를 잡은 젖은 소매에 금색 줄들이 얼룩져 있었다. 얼굴은 검댕과 번질거리는 기름이 앉아 새카맸다. 그는 지쳤고 숨이 찼다. "자, 조금만 더 참자." 검자줏빛 입술에서 한숨이 나왔다. "예, 선장님……." 김학실은 힘이 없었다. "배가 우리한테 올 거야." 선장의 목소리는 가물가물했다. 그녀는 갈수록 힘이 들었다. "……여기로 오는 것 같습니다." 그녀는 물 아래로 처졌고, 입으로 물이 들어왔다. 그녀는 선장이 할 수 있는 걸 다 했다고 생각했다.

"이제 얼마 남았나?" 선장이 웅얼거리자 그녀는 멀리 희미한 배를 보았다. 그마저 힘이 들었다. "……10마일입니다." 그녀는 고개를 돌리지 않아도 배를 볼 수 있었다. "견딜 수 있나?" 웅얼거리는 입에서 희미한 입김이 나왔다. "할 수 있습니다." 머리카락이 젖어 뺨에 붙고, 팔다리가 동시에 얼었다. 정신을 잃을까 봐 선장은 또 일부러 중얼거렸다. "얼마 남았나?" "……8마일입니다." "견딜 수 있지?" 그녀는 물을 뱉었다. "할 수 있습니다." 지금 저 배가 우리 앞에 와 있다면 얼마나 좋을까? 그래서 따스하고 잘 마른 담요로 몸을 한 번 말 수 있으면. 물이 폐로 들어갔고 기름도 식도로 넘어갔다. 가슴이 시렸고 얼음처럼 감각이 없어졌다. 절대 안 된다, 정신 잃으면. 그렇게 다짐해도 한계가 있었다. 시드니, 밴쿠버…… 세상의 미항들은 모두 가볼 생각이었다. 항구에 내려 인증샷을 찍고, 아이스크림을 사 먹고, 그림엽서를 사 모을 거라고 그렇게 꿈꿨는데. 여기서 죽는구나, 스물두 살 되어서. 등굣길 같은 뱃길에서. 오며 가며 늘 보던 이 바다에서.

더 멀리 헤엄쳐간 선원은 아홉 명, 하나씩 힘을 잃고 있었다. 감의식 갑판원은 의식이 가물가물했고, 노래를 불러서 깨어 있으려고 했다. 날만 좋았더라면 바다로 나온 낚싯배나 어선이 찾아왔을 텐데. 드럼통이나 스티로폼만 있었다면 모두 모여 체온도 아끼고 다독여줄 텐데. 지나가는 배들이 보였는데 왜 이리 늦는 걸까? 눈가루가 내려오다가 날리고, 날리다가 녹았다. 삶과 죽음 사이를 오가는 것 같았다. 그 숱하고 희끄무레한 흔적들 때문에 하늘은 창백하고 무정했다. 끝없이 닫혀 있었다. 거의 가라앉은 피-하모니가 멀리 보였다. 아아, 먹고 자던 우리의 일터가, 들린 뱃머리 아래쪽에 공처럼 둥근 부분만 겨우 남은 것이 보일 뿐이었다.

그녀는 아빠 생각이 났다. 나를 낳고, 어릴 적 그토록 귀여워해주던 아빠. 여자 인형과 크레용을 사주고, 동물원에 함께 가고, 물놀이하러 해운대에 데려갔던 아빠. 그녀가 고등학교 3학년 때 아빠는 건강을 잃었다. 한동안은 몸져누워서도 "나는 나을 거다. 아무 걱정 하지 마라." 하고 말했다. 그녀의 성적이 나오면 언제나 "더 잘해라." "좀 더 잘해라." 하고 말했다. "아빠는 너만 믿는다." 그렇게도 말했다. 아빠는 밥을 한두 술 뜨다가 말아도 그녀가 다시 미음을 떠주면 언제나 입을 대고 먹었다. 그녀가 상을 차려주면 한 번도 물리지 않고 받았다. 하지만 그녀가 대학에 들어가고부터 토요일에 집에 오면 아빠는 갈수록 쇠약해져 있었다. 앙상한 몸보다 마음이 더 그렇게 힘을 잃어갔다. 아빠는 어느 날 그녀를 부르더니 쓸쓸한 안색으로 "내가 더 못 살 것 같다."고 말했다. 그녀는 지치고 연민에 찬 아빠의 눈동자를 바라보면서 말할 수 없이 서글펐다. 그리고 아빠는 한 달 후에 숨을 거두었다. 그녀는 그때 어렴풋이 알게 되었다. 죽고 사는 일이 뜻에 달렸다는 것을. 굳게 마음먹으면 살아날 수 있다는 것을.

그리고 엄마 생각이 났다. 병원에 누웠는데 엄마가 오면 어떻게 하지? 폭발이 나고 물에 뛰어든 일을 말해야 하나. 어떻게 말해야 하나. 걱정을 한참 할 텐데 어떻게 할까…… 그녀는 튜브에 간신히 매달려 물을 뱉고 있었다. 그러면서 엄마가 문병 올 걸 걱정했다. 살 자신이 있는 건 아니었다. 의식 속에 현실이 휘어져서 몽상과 섞여 있었다. 하지만 그런 것도 의지였다. 물컹하지만 터지지는 않는, 살겠다는 가련한 뜻이었다. "오지 마라." 이렇게 죽으면 그 말이 엄마의 고별이 되는데. 딸이 그 말을 듣고 어찌 죽을까?

"이제…… 얼마 남았나?" 선장이 입김을 몰아 쉬었다. "……5마일입니다." 그들은 의무를 다하려고 했다. 죽더라도 곁에서 힘을 주려고 했다. 잠시 후 선장이 다시 묻자 그녀는 3마일 남았다고 했다. 하지만 모두가 지어낸 것이었다. 그녀의 대답은 모두 사실이 아니었다. 배는 오지 않고 그대로 있었다. 정선한 채로. 그게 진실이었다. 그들의 튜브가 거기로 밀려가고 있을 뿐이었다. 무의미할 정도로 느리게 조금씩. 그러나 그녀가 그렇게 말할 수는 없었다. 말이란 표현 능력이 떨어지는 어린아이 같은 데가 있다. 입가의 미소나 따스한 눈동자보다 못한 때가 있다. 배가 오지 않고 있다고 해야 맞았다. 하지만 그 말로서 같이 살고 싶다는 바람은 끝이 난다. 몇 분을 살아도 비관은 싫었다. 사는 데 꽃이 절실하면 성에에 그리기라도 해야 했다. 하지만 그녀는 이제 죽을 것 같고, 더는 못 버티겠다는 느낌이 왔다. 그 느낌이 흐릿하게 지나갔다. "아…… 이제는 안 될 것 같다……." 선장이 소리를 냈다. "힘이 다한 것 같아……." 이마에 고통스런 주름이 생겨나더니 그의 눈이 조금씩 풀렸다. "힘내세요. 조금만 참으시면 됩니다." 김영은이 말했다. "저기 구명정이 오고 있어요. 힘내세요."

가스 운반선 가스 파라곤호였다. 이 배는 박민 2항사, 구희병 2기사, 김창오 조기수를 살려냈다. 그리고 이 배가 내려준 구명정이 피-하모니가 침몰한 곳으로 나갔다. 반팔 티를 입은 조리장과 기관장을 구해내고 튜브로 접근했다.

그녀들과 선장은 물속에 가장 오래 있었고 살 기회를 맨 나중에 맞았다. 물에 뛰어들고 40분이 넘었다. 구명정은 튜브의 오른쪽으로 미끄러져 가까운 김영은을 건지고 그대로 빠져나갔다. 파도가 거셌고 남은 두 사람을 치지 않기 위해서였다. 배는 선회해서 조금 후에 다시 왔다. 그리고 김학실을 끌어올렸는데 그녀는 보트에 올라서도 몸을 심하게 떨었다. 그녀는 "선장님이 남았다."고 말했다. 배는 튜브가 있는 자리로 다시 돌아갔다.

처음에 그들은 잘못 본 게 아닌가 생각했다. 아니면 잘못 찾아왔거나. 선장이 떠 있어야 할 그곳에는 튜브만 남아 있었다. 그리고 근처에는 유막油幕이 떠 있었다. 불길한 생각이 들었다. 구명정을 몰던 선원이

"누가 남았던 게 맞아요?" 하고 물었다. "선장님!" 그녀들이 소리를 쳤다. 잠시 물에 잠기셨을 거야. "선장님!" 그녀들은 좀 전까지 떠 있던 자리를 향해 소리쳤다. 배는 몇 번이고 근처 바다를 돌았고 그녀들은 선장을 불렀다. 그가 정신을 잃은 채로라도 떠오를 것 같았다. 좀 전까지 그가 곁에서 해준 말이 김학실의 귓가를 맴돌았다. 자, 조금만 더 참자…… 배가 우리를 향해 올 거야…… 이제 얼마 남았나? 이제…… 얼마 남았나? 하지만 인적 없는 수면에는 아무런 변화가 없었다.

길이 110미터, 무게 5,544톤, 선령 8년의 기름 나르던 배 피-하모니와 함께 선장은 소임을 다했다. 정유선은 완전히 수중으로 들어갔고 거꾸로 뒤집혀 배의 바닥을 들어올린 채로 뱃머리부터 후미까지 비스듬하게 가라앉았다. 북위 34도 42분 27초, 동경 128도 51분 33초. 무게 없는 얇은 살눈이 아무런 설렘도 없이 희끗희끗 무정하게 내려왔다.

병원에서 그녀는 천장을 보고 누워 있었다. 링거액이 코로 연결된 대롱으로 들어왔다. 몸은 금세 좋아지지 않았고 아직도 망망한 물에 떠 있는 듯했다. 눈을 감으려다가 소스라치게 놀라곤 했다. 구명정을 타고 해군 양만춘함에 가 닿아 사다리로 뱃전을 오르자 사병들이 끌어 올려주었다. 그들은 그녀에게 영어로 어느 나라 사람이냐고 물었다. 이마에서 목까지 검댕이 착색한 것처럼 앉아 있었기 때문이다. 젖은 점퍼에는 결빙이 있었다. 병원으로 옮겨와서 따뜻한 물로 씻고 담요로 감쌌지만 몸은 여전히 서늘했다. 귓바퀴는 감각이 없다가 후끈거렸고,

몸의 온기는 아주 천천히 돌아왔다.

그녀는 그러면서 가슴 아픈 전갈을 받아야 했다. 튜브를 던져준 심경철 2항사가 끝내 숨지고 말았다는. 가스 파라곤호가 건지긴 했지만 구명조끼도 없이 헤엄쳐가다가 체온도 잃고 힘을 다한 것 같다고 누군가 말해주었다. 그는 목포해양대를 졸업했고, 3년 의무승선의 만기가 두 달 남은 상태였다. 그는 선량하다는 걸 금세 알 수 있는 얼굴이었다. 두 달 전에 피-하모니로 옮겨왔고, 실습생들에게 힘든 일은 없는지 늘 먼저 묻고 보살펴주던 이였다. 그녀는 온몸의 힘이 다 빠져나가는 것 같았다. 미약한 것, 소멸해가는 것에 연민을 갖는 것은 소중하다. 옳은 일을 해내는 힘이다. 그런데 그 연민이 고개 돌리지 말라고 호소할 때 내 일부로는 소용이 없으면 어찌해야 하나. 그 연민을 다하려면 내 목숨이 필요할 때 어찌해야 하나. 2항사는 그것에 대답하고 물에 젖은 채로 건져졌다. 입술이 청색이 된 스물여섯 살의 의로운 청춘은 혹시 호흡이 있을까 코끝에 손을 대도 아무 숨이 없는 채로, 이름을 부르고 가슴을 눌러도 아무 말이 없는 채로, 눈꺼풀을 열어보아도 눈동자는 하늘만 담은 채로 연민을 완성하고 바람 찬 갑판에 누웠다. 2항사의 아버지가 병원의 그녀들을 찾아와 아들이 어떻게 숨을 거두었는지 물었다. 그녀는 고스란히 말해주었다. 친구도 마찬가지였다. 미안한 감정이 일어, 고개를 들고 차분해지는 것이 힘들었다. 그의 아버지는 그러나 감정의 미동도 보이지 않고 이야기를 하나하나 다 들어주었다. "내 아들이 그렇게 희생적이었군요." 하고 서글프게 말할 뿐이었다.

그녀는 울지 않으려고 했다. 그러면 정신을 잃고 바닥 없이 무너질 것 같았다. 엄마와 남동생이 찾아왔어도 마찬가지였다. 엄마는 마음이 여렸지만 그녀를 보자 그냥 "괜찮으냐?" 하고 물을 뿐이었다. 슬픈 일은 너무 많았다. 배에 같이 올랐던 열여섯 명의 선원 중에 아홉 명이 순직하고, 일곱 명만 살아남았다. 탱크가 폭발할 때 구사일생했던 감의식 갑판수는 구명조끼를 입었지만 바다에서 숨졌다. 스물네 살이던 이승호 3기사도 바다에서 찾을 수가 없었다.

그녀는 말없이 엄마를 올려다보았다. 엄마의 손은 따스했다. 엄마, 결국 이렇게 다시 만났어. 눈이 와서 못 갔다가.

엄마가 집으로 돌아가고 나자 그녀 혼자 남았다. 그제야 눈시울에 무엇인가 송골송골 맺히더니 누운 그녀의 뺨을 타고 주르륵 흘러내렸다. 그녀는 손으로 그 뜨거운 줄기를 닦아냈다. 눈물은 좀처럼 멈추지 않았다. 연꽃으로 떠오른 2항사를 생각했다. 세상은 머무는 곳마다 배움을 주는 학교였다.

설날부터 닷새 동안 비가 왔다. 날씨는 더 이상 그날만큼 추워지지는 않았다. 병실의 유리에는 무서리가 내린 잎사귀들이 생겨났다. 습기를 머금고 가녀리게 피어난 성에였다. 그날 그녀에게 일어난 모든 일을 떠올리자 슬퍼졌다. 그녀는 환자복을 입은 채로 성에 낀 유리창에 손가락을 갖다 댔다. 하늘나라의 아빠는…… 성에는 얇게 녹으면서 차갑고 촉촉하게 손가락을 감쌌다. ……그분들을 만나고 계시겠지. '감사합니다. 우리 딸을 구해주셔서.' 나 대신 인사드리고 계시겠지. 그녀는 어느 결엔가 성에 위에 이름들을 새기고 있었다.

심경철
이창무

마음속에 써 넣은 이름들이었다. 그분들은 아빠와 함께 서서 나를 내려다보고 있을 거야. 그분들을 대신해서라도 값지게 살아야 해. 폐에 찬 물을 빼내고 어서 건강해져야 했다. 해사대학관 앞의 둥근 잔디밭에 녹슨 채로 누운 닻을 보고 싶었다. 그리고 4학년이 되기 위해 다시 학교로 돌아가야 했다. 성에에 새겨진 투명한 이름 너머로 봄의 희미한 기운이 찾아오고 있었다.

심경철沈炅澈 항해사는 2001년 9월 3일 의사자義死者로 확정되었다. 의사자는 의로운 일을 위해 목숨을 바친 이로서 정부가 결정한다. 앞서 보건복지부는 그의 희생은 "직무상의 일"이라고 보고 의사자 예우를 불허했다. 그러나 그의 부친 심재윤 씨는 행정심판을 청구했다. 그는 "그 무렵의 노무현 해양수산부 장관은 '목숨을 바쳐 남을 구한 일까지 직무라고 볼 순 없다.'는 의견을 내주었다."고 말했다. 김영은, 김학실 두 사람은 당시 경위를 정확하게 밝혔다. 심경철 항해사는 '의인義人'으로서 대전 현충원 의사상자 묘역에 2007년 10월 14일 안장되었다.

그는 1975년 서울생, 영본초등학교 · 동양중학교 · 장훈고등학교를 마쳤고, 1998년 목포해양대 통신학과를 졸업했다. 그는 한국 선원사상 처음으로 의인이 되었다. 부산 영도의 순직 선원 위령탑 옆에는 그를 기리는 비석이 세워졌다.

해경은 잠수사들을 통해 사고 이튿날부터 35일간 피-하모니의 선체를 파악하고 실종자를 찾았다. 조사 결과, 폭발로 실습생들이 있던 조타실과 기관실 좌우현의 연료탱크가 크게 찢어졌다. 배는 수심 46미터에서 82미터에 걸쳐 누워 있었다. 배는 파손이 극심해 인양하지 않았으며, 시간이 지남에 따라 서서히 펄 속으로 파묻혀갔다. 지금은 그 수면으로 배가 다니고 있다.

김학실 님은 다시 학교로 돌아가 졸업반이 되었으며, 직장을 구하여 배가 폭발한 지 1년째 되던 1월 15일 첫 출근했다.

■ Alexander Yu. Zotov, 「Climbers」

내 마음의 발가락

언제 우리는 정말 우리 자신인가.

— 옥타비오 파스

누가 나를 이 세상에 두었는지, 이 세상이 무엇인지 나는 모른다.
나는 어떤 일에 관해서나 무서우리만큼 무지하다.

— 블레즈 파스칼 『팡세』

나비에게는 나비의 세계가 있고 까마귀에게는 까마귀의 세계가 있다.
만일 네가 마음과 다른 곳에서 헤매고 있거든
다시 너의 세계로 돌아가야 한다.

— 게오르크 빌헬름 프리드리히 헤겔

인생은 너 자신을 찾는 데 있는 것이 아니다.
인생은 너 자신을 창조하는 데 있다.

— 조지 버너드 쇼

운동장 스탠드에 들어서자 멀리서도 나를 보는 시선들을 느낄 수 있었다. 나는 외관상으로는 아무 이상이 없어서 주위 사람들에게 태연히 인사하며 악수를 나누었다. 수원 광교산을 오르는 이날 대통령배 등산 대회장에는 낯에 익고 반가운 사람들로 붐볐다. 다들 큰 소리로 웃고, 선크림을 함께 바르고, 선글라스를 꺼내 보이고, 식음료를 배낭마다 나누고, 늦는 회원들과 통화하는 모습을 보면서 나는 슬며시 의기소침했다. 나는 이날 같이 산에 오르지 못하는 것이다. 짧은 머리에 훤칠한 인상의 박훈규 선배가 내 얼굴을 바라보면서 가까이 다가왔다.

그는 제주에서 찾아왔는데 전문 산악인이라면 누구나 아는 이였다. 히말라야 초오유와 북미의 매킨리, 남미의 아콩카구아에 올랐다. 매킨리 경우에는 에베레스트에 처음 등반한 고상돈 선배와 함께 올랐다가 1,000미터 가까이 같이 추락하고는 혼자 생환한 아픈 사연이 있다. 그 추락 때 입은 부상의 흔적을 나는 가까이서 볼 수 있었다. 오른손은 손가락을 모두 잘라낸 자리에 살이 차올라 뭉툭하고 단단해졌다. 손가라은 왼손에만 세 개가 한 마디씩 남아 있어서 사이클 장갑 같은 느낌을 주었다. 손가락 마디 하나는 발가락을 이식했다는 이야기도 들었지만 물어볼 수는 없었다.

"여기 앉아라." 그는 왼손으로 자리를 가리켰는데 목소리가 낮고 따뜻했다. "야, 여기 사과 하나 갖고 와." 그는 후배가 가져온 사과를 손바닥만 있는 오른손으로 받치더니 왼손으로 스위스 군용 칼을 잡고 껍질을 벗겨냈다. 왼손에 한 마디씩 남은 엄지 검지 새끼손가락으로 칼을 잡는 게 신기했다. 수월해 보이지는 않지만 그래도 껍질은 거침없이 벗겨졌다. 저걸 익히려고 얼마나 고생을 많이 했을까? 손가락을 몇 번 베인 적도 있겠지. 주위는 말이 없었고 나는 속이 뜨거워졌다. 우리는 사실 사과를 건넬 때 여러 이야기를 한다. 씻어서 물방울이 흐르는 대로 통째 줄 때도 있고, 흰 속살이 보이게끔 반듯하게 조각을 내어 포크까지 얹은 접시에 담아서 줄 때도 있다. 허물없는 친구끼리는 손으로 딱 절반을 쪼개서 마주 보고 먹는다. 그는 나를 쳐다보지 않고 사과 껍질을 파고든 칼날에 집중하고 있었다. 그러면서 말 한마디 없이 내게 이야기하고 있었다.

내 인생을 걱정해주고 있는 것이다. 주위의 모든 선후배가 그랬다. 내가 앞으로 어떤 결단을 내릴지. 나도 어째야 할지 모른 채 심각해지기만 했다. 사과 껍질은 우리 무릎 사이의 비닐봉지에 길고 둥글게 쌓여갔다. 나는 두 손을 깍지 끼고 숨을 내쉬었다. 내 눈에는 적설에 덮인 채로 압도적인 경사를 보여주는 비탈의 힘찬 사선들이 문득 떠올랐다. 그 설산에서 동료들은 참호 파듯 길을 지그재그로 내고 바느질 한 땀처럼 발자국을 찍으면서 까마득히 치고 올라갔다. 나는 그 산을 찾아간 한 달 전을 눈앞에 방금 펼쳐진 것처럼 떠올릴 수 있었다.

흰 연봉連峰이 허공에 돌출해 있는 톈산天山 산맥. 빙하로 덮인 봉우리 하나마다 하늘에 걸린 듯해서 천산天山 말고는 이름이 없을 듯하다. 범상하게 산을 즐기는 산사람들이 전문가로 넘어가는 경계가 이렇게 만년 설선雪線이 쳐진 흰 산을 오르는 것이다. 다 자란 잠자리나 나비가 비좁은 허물을 벗고 훨훨 날갯짓하듯이, 누구나 살면서 제 포부를 원 없이 펼쳐봤으면 하는 바람이 있지 않은가. 내게는 설선을 넘을 기회가 다가올 듯 말 듯 멀어지곤 해서 아프다가 아문 상처 같았다. 그러다가 나이 서른이 되어서야 수원의 선후배들이 수원산악연합을 만들어서 톈산을 찾아가기로 했다. 대원들은 젊었고 돈이 없었고, 총대를 멘 남상익 원정대장이 어음 할인을 해서 만든 자금을 다녀와서 모두가 갚기로 했다. 아슬아슬하긴 하지만 살면서 꿈은 그런 식으로라도 시도해보는 것이다.

키르기스스탄으로 입국하면서부터 내 마음속에는 거대한 흰 산이 서서히 들어섰다. 톈산 산맥 최고봉 포베다. 키르기스스탄과 중국 신장 위구르의 아커쑤 지구 사이에 솟은 산. 말로만 듣고 사진으로만 보아온 산, 그리고 이제는 우리가 오를 산이다. 높이 7,439미터, 7,000미터급 산악 가운데는 가장 북극에 가깝다. 악천후와 폭설이 잦고 루트가 종종 눈에 파묻힌다. 하지만 산세가 우람하고 국내에서는 아직 아무도 오른 적이 없다. 우리는 나라 바깥의 산은 올라가본 적이 없어서 처음부터 그게 가능할까 하는 생각도 들었다. 하지만 우리의 목표는 결국 히말라야의 8,000미터 봉우리들이어서 이런 산은 전초전 삼아 너끈하게 올라야 한다는 마음이었다. 그래도 이게 그간의 훈련에 따른 응당한 자신감이 아니라 무모한 열정은 아닌지, 그런 두려움은 무의식처럼 지니고 있었다. 고산병이 찾아올 만한 높은 산은 처음이었던 것이다.

흰 산 가는 길은 색깔이 사라지는 여정이었다. 비슈케크에서는 귀청이 찢어질 듯한 소리를 내는 헬기에 수백 가지의 짐짝과 함께 화물처럼 올라탔다. 지나면서 내려다본 이식쿨 호수는 경기도만 한 넓이의 푸른 빛이었다. 다음 날 소련제 군용의 느낌을 주는 헬기를 다시 맞이했고, 날아가면서 바라본 지상에는 푸른 초목이 우거진 비탈과 유목민의 누런 움막, 시름없이 풀을 뜯는 흰 양과 소 떼가 눈에 들어왔다. 황토빛의 구불구불하고 긴 길, 그 길과 나란히 흘러가는 흰 계곡물도 인상적이었다. 하지만 헬기가 남 이닐첵 빙하의 한가운데에 착륙하자 그 색깔들은 온데간데없었다. 마치 헬기의 어마어마한 하향풍이 날려 보내 버린 것 같았다.

드러누운 양들과 파릇파릇하던 침엽수들은 다 어디로 갔나. 대지에는 새 한 마리, 풀 한 포기 없었다. 그 대신 포베다 산에서 10킬로미터쯤 흘러 내려오며 폭이 1킬로미터를 이룬 빙하가 울퉁불퉁한 얼음 바다를 이루었다. 빙하와 함께 내려오며 무수히 쪼개지고 부서진 돌의 너덜이 사방에 널려 있었다. 주변의 산골짜기 역시 온통 빙하로 덮였다. 그리고 그 모든 것 위로 흰 눈 덮인 포베다의 거대한 산괴가 마치 수직의 벽처럼 허공으로 돌출해 있었다. 산 정상에는 깃털 모양의 눈구름이 잔잔히 흘렀다. 연기가 수평으로 날리는 듯한 그 모습에는 고요한 폭력성이 내재해 있었다. 줄줄이 늘어선 첨봉은 하늘에서 툭 튀어나온 것처럼 비현실적이면서도 선명한 입체감을 띠었다. 좀 더 북쪽인 우리 뒤편에는 뾰족하면서도 날카로운 한텡그리 산이 긴 빙하를 사이에 두고 포베다와 마주 보고 있었다. 을씨년스러우면서도 장대한 흑백의 신기루 같은 광경이었다. 나는 하마처럼 커다란 헬기가 다시 이륙하려고 축 처진 프로펠러를 돌릴 때 짐짝들이 날아갈까 봐 온몸으로 눌렀다. 그러면서 그 천산을 올려다보았고 눈동자가 크게 떠졌다. "아, 왔구나." 하는 경탄이 절로 흘러나왔다.

우리는 양손과 등에 짐을 지고 들고 남 이닐첵 빙하에서부터 너울거리듯 솟은 얼음 조각들 곁을 지나 두 시간을 걸어서 베이스캠프에 도착했다. 누군가 손목의 고도계를 보고 "4,211미터."라고 말했다. 베이스캠프는 분진 같은 느낌을 주는 거무스레한 토양 위에 있었는데 갈색 돌이 많았다. 바라크처럼 세워진 터널형 막사 옆에는 붉은색 깃발이 휘날렸고, 곳곳에서 온 원정대의 텐트 옆에는 빨래가 주렁주렁 매달렸다. 모스크바, 알마티, 비슈케크까지 몇 킬로미터인지 알려주는 나무 이정표도 서 있었다. 바람막이를 치고 장작불을 때고, 밥 짓는 연기가 고요한 대기로 솟았다가 고즈넉하게 흘러가는 어스름 녘이었다. 베이스캠프란 이런 풍경이구나. 저녁을 먹고 텐트 안에서 쉬는데 멀리서 들려오는 자그마한 눈사태와 낙석 소리가 캄캄한 적막감을 더해주었다. 나는 안도했고 뭉클해졌다. 마음으로 바라던 바로 그 산, 여기까지 오다니. 내 속에 쌓는 돌탑이 부쩍 높아졌구나.

살면서 우리는 순수한 열정에 몇 번이나 휩싸일까? 오로지 눈앞의 경이감에 모든 것을 쏟아 붓고, 현재가 모두 소진된 다음에야 내가 그토록 몰입했음을 뒤늦게 깨닫게 하는 그 무엇. 내 인생에서 그런 걸 발견해낸다면 얼마나 감격스러울까? 그것은 내 본질의 바닥까지 내려가 본 일일 것이다. 나는 공부가 학교생활의 전부인 줄 알았지만 수원중학교 3학년 때 불암산에서 암벽등반을 배우다가 그런 세계를 겪었다. 거대한 바위 벽에 앵커를 박고 긴 자일을 걸고 손가락 하나, 발가락 하나마다 혼신의 집중을 쏟을 때 나는 사라지고 없었다. 나는 하늘 아래 손가락과 발가락만으로 이루어진 존재였다. 마침내 정상에 올라 바위를 내려다보며 까마득한 고도감을 확인할 때, 내 눈동자에 들어온 푸른 창공의 넓이가 가장 커졌음을 목격할 때 나는 비로소 자신으로 돌아와 탁 트인 해방감과 분출하는 쾌감을 맛보는 것이다. 수성고에 다닐 때 선생님은 바위를 타기보다 그야말로 등산을 해보자고 했는데 우리는 안양의 수리산을 택했다. 그렇게 가파를 것이라고, 그렇게 짙은 안개에 싸일 것이라고는 예상 못했고, 마침내 정상까지 가자 생각지도 못한 군부대가 나타나 경이로웠다. 산에서 우연히 만났다는 이유만으로 군인 형들과 나는 스스럼없이 어울렸다. 내무반까지 가서 밥을 해 먹었는데 순수하게 기가 통하는 산사람의 느낌을 그때 체험했다.

산사람이 되는 것, 갈수록 위험해지는 일이다. 내가 내린 과감한 결단을 다른 이들은 무모한 만용으로 본다. 뭐가 좋아 극한으로 가려는지 이해할 수 없다고 한다. 나도 안다. 그리고 두렵고 싫을 때도 많다. 하지만 인생의 열정 가운데는 불가해한 것들이 있다. 금지된 열애와 같은 것. 소년 시절의 꿈은 웬만해서는 죽지 않는다. 그것이 있기에 살아 있다는 느낌을 주는 꿈은 생명을 지피는 불과 같다. 아무리 현명한 분별력도 소용없다. 비현실적이고, 실용성이라곤 없는 맹목. 오로지 이 열정만으로 인생을 사는 것은 어리석고 불가능하지만, 한 시기도 그런 게 없는 삶은 또 얼마나 비루하고 나른한가. 나는 내 속에서 독백하는 이런 깨달음에 순응하기로 했다. 그리고 산을 오르고 또 올랐다. 산에 다녀오고 나면 어쩌면 내가 황혼기를 맞았을 때 돌아보는 인생이란 이런 느낌이 아닐까 하는 생각을 많이 했다.

베이스캠프 이틀째가 되자 대원들의 얼굴이 일그러졌다. 머리가 지끈거리고 숨이 가쁘다는 느낌, 밥을 먹어도 더부룩하고 물을 마셔도 개운하지 않았다. 산소가 부족해서 고산병을 겪는 것이다. 나도 마찬가지였고 머릿속이 찌뿌둥하다는 느낌에 어금니를 다물고 참아내야 했다. 우리 말고도 강릉대, 영호남연합대, 대구연합대, 전주개척산악회가 이미 짐을 내려놓았고, 개인으로 찾아온 우리나라 산악인도 다섯 명이나 있다고 했다. 카자흐스탄의 카즈벡이라는 산악인이 우리의 베이스캠프보다 좀 더 포베다 가까운 쪽에 국제 캠프를 열고 국내에 초청장을 돌린 것인데, 모두 포베다와 한텡그리 산 둘 다 오르고 싶어했다. 두 곳 다 우리 산악인이 오른 적이 없고, 오르면 '초등初登'이 되는 것이다. 현지를 아는 러시아 산악인들은 "한텡그리 산이 여건상 좋으니 먼저 오르라."고 친절하게 설득했지만 우리는 포베다를 우선 꼽았다.

키르기스스탄은 고구려 유민인 고선지가 당나라 장군이 되어 서역 군대와 전투를 벌이던 곳이다. 대완국大宛國이라 불리던 시절에는 천리마나 한혈마汗血馬라는 이름의 검고 건장한 말의 고장으로 유명했다. 포베다의 주 능선은 고개를 수그린 말을 연상시켰다. 우리는 웨스트 포베다라고 불리는 말 궁둥이 부근까지 올라가서 말 등을 따라 완만하게 오른 다음 목 부분의 칼날 능선에서 젖 먹던 힘까지 다하면서 용마루에 오를 계획이었다. 그렇게 생각하면 포베다가 쉬워 보였고, 피라미드처럼 뾰족한 첨봉인 한텡그리는 아름답지만 등정이 어려워 보였다.

7월 29일 아침부터 눈이 내려 포베다로 향하려던 우리의 발목을 붙잡았다. 하지만 왠지 시원하다는 느낌이었고 우리는 주머니에 손을 꽂은 채 제1캠프까지는 하루면 충분하다는 말을 여유 있게 주고받았다. 하지만 길은 예상 밖으로 멀었다. 산맥의 골짜기마다 남북 방향으로 흘러나오는 빙하끼리 모여서 훨씬 장대한 동서 방향의 빙하가 되는데, 빙하 표면의 거무스레한 퇴적물 때문에 자연이 굴린 거대한 얼음 바퀴가 커브를 튼 것 같았다. 우리는 동서의 남 이닐첵 빙하를 건너고, 카즈벡의 국제 캠프를 지나서 남북으로 8킬로미터나 되는 즈뵤즈도치카 빙하를 거슬러갔다. 우둘투둘하고 날카롭게 솟은 빙하는 천천히 움직이며 균열을 일으키고 헛디디면 추락하는 크레바스를 만드는데, 내린 눈에 덮여서 숨겨진 것들이 있었다. 대원들이 발끝으로 더듬어 큰 틈을 찾아낼 때마다 공포는 점점 커졌고 이 때문인지 고산병이 심해진 이들도 나왔다.

나도 관자놀이가 지끈거리는 두통이 왔다. 얼음 아래로 시원한 개울물 흐르는 소리가 들려왔지만 통증은 더 예리해졌다. 지난밤 잔뜩 마셔 생긴 숙취가 머리를 꽉 조이는 듯한 고통이었다. 흰 눈 아래 드러나는 산은 검었고 속살까지 붉은 암석이 곳곳에 서 있었다. 바위의 고드름은 한 번에 수십 개가 달렸는데 흰 이빨이나 흘러내린 침 같았다. 그리고 기괴한 얼음 덩어리가 어마어마하게 쌓여서 큰 폭포처럼 보이는 아이스폴이 있었는데 언제든 무너져서 덮칠 위험이 있었다. 우리는 가이드도 짐꾼도 쓰지 않고 우리 힘만으로 올라가는 알파인 방식이었다. 긴장이 쌓이면서 짐은 갈수록 무겁게 여겨졌다. 결국 우리는 짐을 옮기며 베이스캠프까지 두 번이나 갔다 왔고, 닷새나 걸려서야 제1캠프에 자리를 잡았다. 길을 쉽게 봤고, 계산 착오를 했던 것이다. 나는 이런 일이 이번으로 끝나기를 마음으로 빌었다.

나는 등정 루트를 안전하게 여기는 등반대장이었는데 새벽에 일어나 제2캠프가 바로 보이는 곳까지 정찰을 나갔다. 눈 비탈과 급경사와 직벽과 빙벽이 첩첩이 기다리는 길이었다. 제1캠프에서 800미터 올라간 해발 5,200미터에 있었고, 같이 간 박혁수 부대장과는 다섯 시간 걸릴 거라고 보았다. 대원들이 방한장비를 갖춰 입고 머리 넘어 올라오는 배낭을 메자 모두 거한으로 보였다. 텐트 바깥 길은 눈이 얼어 미끄럽고 넓디넓은 비탈로 시작됐다. 그 풍경에는 부드러운 적설의 곡선들과 눈사태로 섬뜩하게 잘린 예리한 단면들이 섞여 있었다. 북쪽의 한텡그리를 지나온 구름이 하늘에서 떨어뜨린 그림자가 우리 머리를 지나고 눈의 곡선과 단면을 구불구불 넘어갔다. 구름은 포베다의 높은 주 능선을 담요로 감싸듯이 바싹 밀착해서 넘어갔다. 그 광경을 보노라니 능선의 눈가루가 일어서서 구름을 보태는 것 같고, 산의 영혼이 한 꺼풀 솟아나는 것도 같았다. 그러나 그렇게 할 말을 잃고 바라보는 순간에도 숨은 가쁘고 머리는 여전히 지끈거렸다. 우리는 크레바스를 염려해서 자일로 서로 묶고 걸었는데, 얼굴들을 보니 그런 통증들도 연결된 것 같았다.

그러다가 머리 위의 허공을 거대한 직벽이 뒤덮었는데 60미터는 족히 되는 것이었다. 1센티미터, 1센티미터가 모두 오지 말라는 바리케이드였다. 가쁜 숨을 몰아 쉬며 뾰족한 아이스 스크루와 하켄을 번갈아 박으면서 올라갔다. 아래로 늘어뜨린 기나긴 로프를 고정하고 직벽을 꺾어 넘어서자, 이번에는 바닥에서 예리하고 새카맣게 갈라진 크레바스가 기다렸다는 듯이 나타났다. 그걸 겨우 건너서 다음 길을 걷자 하얗게 번쩍이고 우뚝한 빙벽이 또 하늘을 막았다. 나는 잠시 피켈(끝이 달린 지팡이)과 배낭을 내려놓았다. 텐트 매트리스 침낭 버너 코펠 가스 식량 갖가지 장비의 무게가 내 몸을 잠시 벗어나니 긴 숨이 흘러나왔다. 하지만 그걸 다시 등에 질 일이 끔찍해서 몸서리를 쳤다. 30킬로그램이 훨씬 넘는데, 내가 이걸 지고 왜 여길 왔을까? 영하 30도가 넘는 곳에. 나도 나를 알 수가 없다. 며칠 감동하며 바라본 일대가 변심한 마음으로 바라보는 애인처럼 낯설고 헛헛한 거리감을 준다. 여긴 왜 이리 눈이 많고 가파를까? 여길 꼭 올라야 하나? 사실 이건 다 헛일인데. 나를 상하게 하는 질문임에 분명하지만 다른 누구도 아닌 나 자신의 깊은 곳에서 올라오는 질문이었다. 속으로 이런 갈등이 일어날 때 나는 가장 고독하다.

착잡하게 숨을 돌리고 있는데 길 저편에서 아주 스타일리시한 차림의 유럽인이 하나 둘 나타났다. 서로 로프로 묶는 안자일렌도 하지 않은 채로, 헐렁한 백팩 하나만 메고 소풍을 나온 듯이 농담을 주고받다가 내게 손인사를 하면서 설렁설렁 지나갔다. 말을 들어보면 독일인이었다. 코만 보호하는 하얗고 작은 노즈 커버를 콧잔등에 붙인 이도 있었다. 가끔 봐온 유복하고 개인적이고 냉랭하지만 나름으로 성실하고 근육질인 스타일이었다. 얘들은 짐을 전부 어떻게 한 거야. 이런 채로 꼭대기까지 간단 말이야? 이런 의문은 이를 악문 채 아이스 해머로 하켄을 바으면서 얼음의 절벽을 오르다 말고 풀렸다. 짐을 잔뜩 실은 헬기가 굉장한 폭음을 내면서 내 머리와 빙벽 너머로 올라갔다. 그러고 보니 카즈벡의 스태프들에게 요청하면 짐을 제2캠프까지 실어준다는 말을 들은 적이 있다. 우리는 왜 알파인 방식으로 짐꾼 없이 오르는가. 등반의 순수성을 위한 것이다. 하지만 누가 과연 이걸 알아줄까? 혼魂이 살아 있다고 할까? 돈이 없어서 그런 거 아냐? 그렇게 묻지 않을까? 글쎄, 그런 인정을 우리가 구걸할 필요는 없다. 우리는 저런 등산은 여건이 갖춰져도 할 생각이 없다는 건데. 나와는 완전히 다른 세계의 등산을 본 것이고 화내거나 비아냥거릴 것이 없다는 생각이 들었다. 나의 관심은 이내 희박해졌고 남은 빙벽을 다 올라가기 위해 해머 끝에 집중해야 했다.

그리고 오래지 않아 우리는 앞서 간 독일 등반대의 낙오자와 만났다. 안자일렌이 없다 보니 혼자 뒤로 처졌다가 지쳐서 바위에 기댄 채로 탈진해 있었다. 초췌한 얼굴을 보니 안됐다는 마음이 들어 나는 거기 앉아 커피를 끓여주고 초코파이를 권했다. 청년은 서서히 화색이 돌면서 기운을 회복하고 몸풀기를 하더니 고맙다는 말을 연발하면서 빈 몸으로 우리를 앞질러갔다.

이후는 40도 경사의 완만한 비탈이었는데 허벅지까지 빠지는 적설이 있었다. 발자국과 로프 자국이 얽힌 루트를 따라 삽으로 눈을 치우면서 올라갔다. 뒷발질하는 우제류처럼 힘을 냈지만 속도는 생각만큼 나지 않았다. 다섯 시간이면 닿을 것 같던 제2캠프는 보이지 않고 오후 4시가 되자 눈보라가 쳤다. 앞이 보이지 않아 설원에 플라이로 바람막이를 하고 간식을 먹으며 기다렸지만 눈보라는 그치지 않았다.

　가파른 벽이 눈앞에 희미하게 드러났다. 날리는 눈의 장막 너머로 비탈의 날카로운 물매를 보여주는 희지만 섬뜩한 사선들이 있었다. 가쁜 숨을 몰아 쉬며 한 발짝 떼고 한참을 헉헉대고, 또 한 발짝 올라가다 입김을 뿜는 고난이 계속됐다. 하지만 제2캠프는 방향조차 알 수 없는 가운데 해마저 저물었다. 내 평생 이렇게 힘든 날이 언제 있었던가. 아, 내가 왜 여길 왔는가. 갖가지 후회가 진하게 밀려왔다. 하지만 이제 시작일 뿐인데, 이렇게 힘들다고 번민하면 큰일이라는 경계심도 생긴다. 바람에 몸이 흔들리고 뺨이 얼고, 입김이 입술 앞에서 꺾여 날아갔다. "정말 죽여주네." 너도 나도 어이가 없어 탄식을 했다. 나는 정찰하며 봐둔 캠프 자리가 눈에 밟혔지만 길을 잘못 든 것인지 당황스럽고 대원들에게 미안한 마음이 들었다. 당장 오늘 밤 몸을 누일 자리마저 없어 초조해졌다. 그런데 저 위의 능선에서 "헤이!" 하는 외침이 들렸다. 나는 서둘러 몇 걸음 옮겼는데 내가 낮에 돌봐준 독일인이었다. 저녁 8시가 다 되도록 우리가 다다르지 않자 그가 멀리까지 마중을 나온 것이다. '너에게서 나온 것은 너에게로 돌아간다.'는 말이 있다. 사실 나는 그가 초췌하고 창백해서 돌봐준 것인데 이런 대가가 돌아올 줄은 생각 못했다. 우리는 마침내 제2캠프 자리에 텐트를 치고 안착했는데 밤이 깊자 후배가 잠자리로 들어와서 "내일 독일 팀이 하산한다."는 말을 전해주었다. 나는 어이가 없어 쓴웃음을 지었다. 이곳에서는 한텡그리의 하얀 자태가 고스란히 보인다. 내일 아침 날이 개면 그들은 그걸 감상하고 내려가는 셈이다. 그런데 어쨌든 그들은 우리를 결국 여기로 무사히 들어서게 하지 않았는가.

늘 생각하는 것이지만 운은 얼마나 중요할까? 우리는 얼마만큼 뜻대로 일을 해낼까? 산에 오를 때마다 날씨를 맞혀보려고 하지만 몇 시간 앞도 예측할 수 없다. 나라는 인간은 날씨를 걱정할 때보다는 잔인한 눈보라 속에서 견딜 때 드러나는 것이다.

아침에 제3캠프를 향해 출발하자마자 습기 있는 눈이 뭉쳐져 신발 밑창의 아이젠에 달라붙었다. 발은 갈수록 무거워졌고 결국 아이젠을 벗자 이번에는 단단하고 매끄럽고 가파르기까지 한 눈 비탈이 나타났다. 아이젠 없이는 미끌거리고 위험한 구간이다. 잠시도 한숨을 놓을 수 없는 발길이 계속되는데도 도착할 곳은 보이지 않고 마침내 오후 4시 강풍에 실려 눈발이 몰아쳤다. 살을 베는 찬바람에 무릎까지 빠지는 눈 비탈이 전개되었다. 번갈아 삽을 들고 눈을 치우는데 참호처럼 파낸 길은 새로 내려온 눈에 순식간에 사라지곤 했다. 그래도 모두 긴 자일로 몸을 엮어 한 무리의 수도승처럼 행군하는데 내 머리에 가득한 건 단 하나, 또다시 찾아온 후회였다.

아, 왜 내가 여기 왔을까? 이렇게 힘든 길을 걸으려고 왔는가. 도대체 나는 어떤 사람일까? 나는 무얼 바라는가. 다음엔 절대 오르지 않는다. 히말라야고, 알프스고, 이제 내게 다음 원정은 없는 거다. 절대 오르지 않는다.

단호하게 결심을 하고 나니, 내가 이렇게 달라질 수도 있구나 하는 생각에 또 놀라는 것이다. 쓰러지고 비명을 지르는 악전고투 끝에 제3캠프에 다다르는 데 당초 예상의 두 배인 여덟 시간이 걸렸다. 제1캠프에 이은 시간 지연이었고, 계속 이러면 포기해야 할지 모른다는 조바심이 대원들 사이에 오갔다. 이튿날 내가 정찰에 나서려고 했지만 눈폭풍은 계속됐다. 제3캠프는 적설을 뚫고 들어간 눈의 동굴이었다. 바람에 계속 무너지는 입구를 뚫어내다가 하루가 지나갔다.

쉽게 멎을 눈은 아니고 바람은 잠잠해서 우리는 일단 나서기로 했다. 암벽을 몇 백 미터 지났는데 우리보다 앞서 출발한 영호남연합대의 텐트가 바위 아래에 보였다. 그들은 어제 벌써 이곳까지 넘어온 것이다. 우리는 겸연쩍은 마음으로 인사를 건넸다. 그들은 사람은 보이지 않고 텐트 안에서 무전하다가 인사를 받았는데 좀 있다가 "저희는 이제 내려갑니다." 하고 말했다. 나는 허전한 마음이 됐고, 생각해보니 이제 우리가 맨 앞에 선 것이다. 올해 들어 누구도 우리보다 앞서 포베다에 오르지 않았다. 제설해놓은 루트나 고정 로프는 기대할 수 없고, 캠프 자리 찾는 일도 험난할 게 분명했다. 내 마음을 아는지 가파른 눈비탈을 넘는데 잔 돌멩이만 한 크기의 눈 알갱이들이 일제히 내려온다. 워낙 많아 '환영합니다' 하고 양탄자를 까는 느낌이다. 등산화 코에도, 등산용 각반인 스패츠에도 달라붙을 듯 부딪히며 일제히 내려간다. 눈송이 때문에 반투명한 유리를 거쳐 앞을 보는 것 같고 검은 바위들이 더욱 도드라져 보인다. 나는 누에고치처럼 로프 하나를 뒤로 내밀면서 올라가는 사람이 된다. 다음 나타나는 설면은 눈과 너덜이 섞여 점박이 같다. 그리고 다시 경사 70도의 눈 비탈이 버티고 섰다. 지난해의 것인지 고정된 로프가 있지만 새로 내린 눈은 밟으면 무너져버렸고 1분에 한 걸음도 힘들었다. 그렇게 몇 백 미터를 가자 손바닥만한 평지가 나왔는데 박혁수 부대장이 "캠프를 치자."고 했다. 나와 대원들은 구원받은 기분에 만세라도 부르고 싶었다.

이튿날은 날씨가 또 어떨지, 초조하게 출발했다. 눈 비탈 다음에 암벽과 설벽이 섞인 능선이 나왔다. 바위 언덕을 지나자 가파른 경사의 눈 비탈이 또 버티고 섰다. 바람은 계속 불었지만 눈은 내리지 않았고 나는 이것만 해도 천운이라고 생각했다. 완만한 눈 비탈에 캠프 칠 터가 나타났고 해발 6,200미터인 원래의 제4캠프 자리에는 좀 못 미치지만 여기에 하룻밤의 둥지를 틀기로 했다. 좀 있다가 오스트리아인 부부 등산가도 와서 텐트를 쳤다. 멀리 한텡그리가 보였다. 첨봉은 길게 올라간 모서리로 각이 졌는데 불이 난 것처럼 설연이 바람에 휘날린다. 바람의 소음은 도도하게 쉬지 않았고, 저 아래 눈사태가 일어나 분분하게 내려가는 눈 파도가 보였다. 아, 이만큼이라도 날씨가 좋았고 운이 도왔다.

그러나 이 생각은 이튿날 날카롭게 파여나갔다. 나는 아침 일찍 원래의 제4캠프 자리를 찾아서 오르기 편하게끔 그 아래로 고정 로프를 설치해두었다. 하지만 대원들을 이끌고 나서자 다섯 시간을 걸어도 사라진 로프는 눈보라 속에 드러나지 않았고 나는 갈수록 허무해졌다. 결국 우리는 해발 6,300미터에서 눈 비탈을 깎아 텐트를 쳤다. 나는 텐트가 무너지지 않도록 테두리마다 손으로 적설을 단단히 두드렸다. 바람이 너무 심해 플라이를 치는 것이 불가능했다. 대원 여섯 명 중에 넷이 두통에 시달렸다.

강풍 속의 텐트는 허파나 심장이 움직이듯이 밤새 조금도 쉬지 않고 흔들리고 떨리고 부풀어오르고 기울어지다가 다시 서는 일을 홀로 계속했다. 깊은 밤에 나의 잠귀로 "헬프 미!"라는 소리가 연이어 음산하게 들려왔고, 나는 반쯤은 잠결에 영어를 쓰는 귀신이라고 단정하고 내일 출발 전에 간소하게 위령제를 지내야겠다고 생각했다. 하지만 왠지 그 소리가 끝나지 않는데다 소변을 더 이상 참을 수 없어 나는 텐트 지퍼를 내렸다. 캄캄한 어둠 속에 여자 하나가 섰는데 새파란 눈동자에 흰 눈이 붙은 눈썹, 핏기라곤 없는 창백한 낯이 눈앞에 나타났다. 순간 나는 입이 벌어지고 가슴이 철렁 내려앉았는데, 가만히 보니 전날 우리가 텐트 치는 걸 도와줬던 오스트리아 여자였다. 저 뒤에는 남편도 서 있는데, 얼어 죽기 직전의 행색이었다. 그들은 "아무리 해도 기존에 사람들이 쓰던 제4캠프 자리가 나오지 않아 눈밭에 캠프를 치려는데 불가능했다."고 말했다. 그래서 우리 캠프를 만나자 "헬프 미!" 라고 외쳤지만 소리는 바람에 꺾여 날아갔다. 그녀가 손에 든 텐트는 길게 찢겼고 들어 보이지마저 요란한 소리를 내며 암흑 속으로 날아갔다. 그들은 에베레스트 다음으로 높은 K2 봉을 오른 베테랑이었는데 우리가 텐트 문을 열자마자 들어와 쓰러졌다. 동상이 심했고 우리는 모두 깨어나 둘을 침낭에 들어가게 하고 버너를 켜서 물을 데우고 밥을 지어 먹었다. 그러다가 우리의 연료는 바닥이 났다. 아침이 되자 포기하고 내려가겠다는 그들이 안쓰러워, 제3캠프에 가면 우리 원정대장이 있는데 거기서 연료를 받아 몸을 데우라고 편지를 써준 것이 나의 마지막 친절이었다.

앞서 가던 베테랑들이 발길을 돌리는 것은 유리한 여건이 아니다. 텐트를 돌아보자 선후배의 얼굴은 새카맣거나 그을음이 앉은 듯 꾀죄죄하게 탔고, 눈꼬리의 주름이 서너 줄 그어지고 눈 아래가 처지면서 노인이 되어간다. 코 밑과 턱에는 장비 수염이 나고 입술은 부르트고, 흰 이만 드러나서 웃는다. 그 얼굴 좋던 박혁수 부대장은 고산증세로 훌쩍 쇠약해진 얼굴이고 숨이 가빠 보일 때도 있다. 고글에 비춰보자 나 역시 초췌하긴 마찬가지다. 바깥의 눈이 멎을 때까지 기다리며 우리는 아침을 지어 먹었다. 밥을 먹으면서도 흐뭇한 포만감이나 느긋하게 소화가 된다기보다 더부룩한 느낌이다. 산소가 부족한 머릿속이 흐리멍덩해지니 몸도 무기력해진다. 텐트 안은 나의 이런 몸과 마음을 비추는 거울이다. 구석에는 퀴퀴한 군내가 뱄고 수프 국물과 통조림에서 튄 기름 자국, 장비 수선용 본드 자국이 바닥에 얼룩져 있다. 쪼개진 합판 조각과 마대에서 나온 실오라기들, 초콜릿 바의 구겨진 비닐 껍질, 컵라면과 양송이 수프의 종이 뚜껑이 이리저리 쓸려 다닌다. 모든 게 뒤죽박죽이고 지저분해서 늘어진 채 즐길 만한 모드가 아니다. 결국 눈 비탈을 느릿느릿 힘겹게 전진하며 만족을 찾아야 하고, 어서 편하고 쾌적한 데로 내려가서 샤워하고 맥주 한잔했으면 하는 생각이 드는 것이다. 나는 이게 은퇴는 멀었고 과로에 아침저녁으로 시달리는 마흔이나 쉰 살의 회사원들이 갖는 심경이 아닌가 생각해보는 것이다. 긴 한숨이 내면으로부터 절로 흘러나왔고 출국 전에 공항에서 탑승 시간을 기다리며 들떠 있던 내가 얼마나 어리석고 한심했는가 후회가 됐다. 이 정도의 참담함을 겪었으니 이제 내게 더 이상 원정은 없다. 다시는 없다. 이번으로 내 허황한 소망의 대가를 다 치르고 이제는 아늑하고 부드러운 길로만 다니는 거다. 나는 눈물이 날 정도로 단호하게 다짐했다.

우리는 여섯 번째 텐트를 세웠는데 기존의 산악인들이 터를 닦은 제4캠프를 못 찾은 데 이어 제5캠프 자리에도 못 다다른 것이었다. 이튿날은 제대로 서 있지도 못할 만큼 강한 바람이 불어 소변도 텐트에서 해결해야 할 정도였다. 텐트의 열린 지퍼로 내다보는 천산은 발바닥 하나만 한 곳도 가팔랐다. 다른 사람들은 얼굴이 파리해졌는데 나는 언제부턴가 고산증세가 희미해져서 이상했다. 대원들이 하나 둘 해쓱해질수록 그들과 함께 나눠 진 짐 같은 게 내게로 건너온다는 느낌이 들었는데 그걸 짊어지려면 약해지면 안 된다는 자각 때문인지 모른다. 나는 후배 조병묵을 데리고 제5캠프를 찾기 위해 두 시간 이상 정찰했지만 가도 가도 눈 쌓인 언덕뿐이었다. 붓을 그은 듯한 둥근 윤곽에 피부처럼 탐스럽고 흠결 하나 없는 순백의 구릉은 비현실적이고 아름다웠다. 그러나 눈 속의 동굴인 제5캠프를 결국 못 찾자 그 미감마저 덧없는 것이 됐고, 우리는 이튿날까지 이 등정을 어떻게 완성할지 심각하게 논의했다. 박혁수 부대장은 건강이 급속하게 악화되어 조광제와 하산하기로 하고, 오순이와 병묵이는 현재의 텐트를 지키고, 나와 영택이를 포베다의 용마루로 올라갈 정상 정복조로 결정했다. 나는 기대감이 생겼지만 초조한 마음과 함께였다. 나는 침구와 먹거리, 로프, 무전기, 카메라, 장비를 챙겼는데 마음은 가볍지 않았다. 하지만 지끈거리던 머릿속이 깨끗해지고 있음을 느꼈다. 잠시 눈을 감고 꼭 성공하게 해달라고 묵상하고 나니 팔뚝과 종아리가 굵어지는 기분이었다.

오후 3시 무렵 대원들과 손 인사를 나누며 눈보라 속에 길을 떠났다. 두 개 남은 텐트는 놓아두고 우리는 플라이만 갖고 출발했는데 적설을 파들어간 제5캠프를 어떻게든 찾아서 몸을 누인다는 생각이 있었다. 해발 6,900미터의 이 캠프는 용마루에 오르고 돌아왔을 때 쓰러져 쉴 곳으로서 큰 쓰임새가 있어 반드시 찾아야 했다. 하지만 지형을 눈앞에 두고 등산 개념도를 몇 번씩 펴서 대조했지만 이 캠프는 나타나지 않았다. 눈보라도 거셌지만 누군가 앞서서 걸어간 자국이나 로프가 쓸린 흔적이 없었다. 그제야 베이스캠프에서 "한텡그리를 먼저 오르라."고 설득하던 카자흐스탄 등반가들이 생각났고, 시즌 초등이 이래서 어렵다는 걸 실감했다. 그리고 내가 캠프 자리 하나 못 찾겠느냐며 과신했던 거라고, 자책과 당혹감이 지나가는 것이었다.

어두워지기 전에 우리는 웨스트 포베다라는 봉우리 근처의 움푹 팬 곳을 택해 비박을 했다. 텐트 없이 한뎃잠을 자는 것인데 일단 적설을 파내고 매트리스를 눈 구멍으로 밀어 넣어 펴고, 그 위에 침낭을 놓고 들어갔다. 적은 산소나마 마시지 않으면 두통이 또 도질 게 뻔해서 침낭의 얼굴 부분은 열어두고 그 위에 플라이를 덮었다. 입김이 플라이의 표피에 성에로 맺히고 얼음으로 굳어지다가 얼굴로 떨어진다. 작은 알갱이가 바늘처럼. 으앗! 차가워! 어차피 영하 32도인데 그게 차가우면 얼마나 차갑겠는가. 하지만 그 순간의 차가운 충격은 생각보다 컸다. 내 입김에 내가 맞아 잠을 못 이루다니. 그러면서 우리는 성에를 피해 주기적으로 얼굴을 침낭에 숨겼다가 드러냈다가 밤새 숨바꼭질을 했다. 대여섯 시가 되어 동이 트는데도 밤새 더해진 한기로 지면은 가장 혹독한 추위에 빠져든다. 해가 한참 올라가자 피로하고 개운치 않은 잠에서 일어나 우리는 밥을 해먹었다. 밥을 얼려 쉿가루처럼 건조시킨 알파미에 뜨거운 물을 붓고 입 안에 넣어 우물거리자 그나마 속이 나아졌다. 마른 김과 젓갈, 고추장을 조금씩 비벼 먹는 것만으로도 몸이 살아나는 것 같다.

하지만 그날 역시 제5캠프라는 눈 속의 동굴은 나타나지 않았다. 세찬 눈보라로 피부가 얼어붙고 벗겨져나가는 것 같았다. 황량한 흰 산이지만 눈 구멍 하나 찾아내는 일이 어찌 이리 어려운가. 하루 더 비박을 하면 얼어 죽을 것 같아 우리는 우연히 발견한 크레바스로 내려가서 얼음 굴을 파고 자기로 했다. 빙하와 빙하 사이가 벌어진 절벽 같은 균

열에는 비스듬히 내려가는 아슬아슬한 길이 있었고 우리는 자일을 묶고 한 사람씩 내려가 테라스를 팠다. 그러는 동안 다른 이는 제5캠프 자리를 찾는 식이었다. 피켈로 빙벽을 때릴 때마다 쪼개진 얼음 조각들이 발아래 직벽을 따라 떨어졌다. 그러면 얼음이 여기저기 부딪히며 박살 나는 메아리가 적막하고 음산하게 울려 퍼졌다. 그러다가 타앙 하는 소리와 함께 마지막으로 부서졌다. 이런 위험까지 감수해가며 도전을 해야 할까? 돌아서 대원들이 기다리는 캠프로 복귀하는 데는 대여섯 시간이 걸린다. 바람은 크레바스 위에서 획획거리는데 나는 눈을 감고 포기를 떠올렸다. 그게 낫지 않을까? 이틀째 헛걸음이고 자칫하면 정상에 다녀와서 얼어 죽을지도 모른다. 남들은 피해가는 크레바스 속에 들어와 도리어 잠까지 청해야 하다니. 건너편 얼음 벼랑의 처마 아래로 악마의 침처럼 고드름이 달려 있었다. 아, 어떻게 해야 할까? 답을 못 내리고 있는데 영택이가 돌아와 "찾질 못했다."고 말한다. 나는 결론을 내리지 못한 채로 파낼수록 더 단단한 부분이 나오는 얼음을 찍고 깨서 테라스의 모양을 얼추 만들어냈다. 바닥에 플라이와 매트리스를 깔고, 결국 침낭에 들어가 잠을 청했다. 자다가 조금이라도 자세를 바꾸면 추락하게 되니 벽에 아이스 바를 박고, 거기에 묶은 자일을 나와 영택이의 안전벨트에 연결한 다음 눈을 감았다.

등산계의 기린아로 꼽혀 여기저기서 두둑한 후원금을 받을 수 있었다면 얼마나 좋았으랴. 하지만 우리는 돈이 없어 출국이 결정되는 마지막 순간까지도 쩔쩔맸다. 선발대와 후발대로 나눠야 했고, 후발대는 올 수 있을지 없을지 기약할 수도 없었다. 그래, 그렇게 어렵게 왔는데 내가 어찌 선뜻 돌아간단 말인가. 단장과 대장은 내일 아침 내가 밀어붙일 거라고 철석같이 믿고 빈 캠프 앞에 나와 산을 올려다볼 텐데. 한뎃잠을 이틀 잤더니 안 되겠다고 내가 허전허전 내려가서 그이들의 얼굴을 볼 수 있단 말인가. 눈앞에 선후배들의 모습이 지나갔다. 선등하러 나서 삽을 들고 황소처럼 눈길을 파내던 뒷모습, 코를 훌쩍이며 뜨거운 커피를 타서 권하던 꼬질꼬질한 손가락, 도마질한 감자를 넣어서 삶은 라면을 함께 후후거리며 나눠 먹던 후배들, 우리의 고글에는 항상 서로의 얼굴이 비쳤고, 우리 마음속에서도 마찬가지였다. 이런저런 생각이 오가면서 속은 차분해지더니 노곤해졌고 피로감이 넓게 퍼지다가 나는 어느 결엔가 잠이 들었다.

이튿날 우리는 제5캠프 찾기를 접었다. 잠자는 데 필요한 매트리스 침낭 플라이 모두 우리가 판 테라스에 두고 로프 한 동과 피켈 간식만 지고 오전 10시 정상 공격에 나섰다. 시작은 완만한 눈의 구릉이었다. 날씨가 청명하고 경치가 단순해 정상 아래의 능선까지는 금방일 것 같았지만 실제로는 상당히 멀었다. 태양은 지상에서 본 것이 아니라 야생의 느낌을 주면서 이글거려 여기가 우주의 일부라는 생각이 선명해졌다. 영하 30도까지 내려갔지만 습도가 없으니까 내가 느끼는 온도는 그렇게 낮지는 않았다. 하지만 바람이 불거나 해가 구름에 들어가면 추위는 금방 찾아왔다. 개념도에 따르면 우리가 있던 웨스트 포베다에서 정상까지는 다섯 시간이었다. 하지만 약간 기복이 있는 능선을 올라 얼음 벽돌을 쌓은 기존의 제6캠프 자리(해발 7,200미터)까지 가는 데만 네 시간이 걸렸다. 이어서 경사 70도 정도의 설벽을 100미터 오르고, 직벽인 바위 능선을 오르자 우리가 가진 100미터짜리 고정 로프는 모두 바닥났다.

눈밭에서는 포베다의 봉우리가 보였지만, 직벽이 끝난 자리에 서자 사라지고 보이지 않았다. 대신 나타난 것은 푸른 허공에서 실선 하나가 흘러서 내게로 내려온 것 같은 칼날 능선이었다. 그 능선에서 좌우로 가파른 경사면이 몇 천 미터를 날카롭게 내려갔다. 그 광경을 바라보자 심장이 가슴 바깥으로 튀어나올 만큼 크게 뛰더니 연거푸 방망이질을 했다. 중국이 있는 남쪽과 키르기스스탄이 있는 북쪽 경사다. 카즈벡의 스태프들이 포베다보다 한텡그리를 먼저 오르라고 권한 이유가 있었다. 능선의 양 옆에는 뾰족뾰족한 산군山群이 도도하게 펼쳐졌는데 수려하기도 하고 아찔하기도 했다. 베이스캠프가 있는 지상의 풍경은 너무 작아져서 모형의 지형도를 보는 느낌이었다. 흐르는 빙하가 매끈한 유선으로 표현된 평지와 거기서 거의 수직으로 곧장 오른 산들은 날카로운 대비를 이루며 여기가 얼마나 높은 곳인지 보여주었다. 칼날 능선은 구불구불 1킬로미터가 넘었다.

우리는 서로 추락을 막아주려고 안자일렌을 했다. 하지만 아무리 봐도 그게 우릴 구해주긴커녕 한 사람이 떨어지면 다른 사람이 딸려갈 것 같았다. 나는 "영택아, 만약 내가 왼쪽으로 추락하면 너는 곧바로 오른쪽으로 뛰어내려라." 하고 말했다. 내가 오른쪽일 경우 영택이는 왼쪽으로 뛰어내리는 것이다. 그러면 추락을 막을 수 있겠지. 하지만 내가 아무리 잘해도 뒤에서 오는 영택이가 추락하면? 내가 그걸 단숨에, 아니 동시에 파악해낼까? 그래서 반대쪽으로 뛰어내릴 수 있을까? 나는 고개를 흔들었다. 누구도 그 정도 반사신경은 갖고 있지 않아. 아마 그렇게 되면 우리는 저 경사면을 끝없이 떨어지겠지. 한 번, 두 번 부딪혔다 튕겨오를 때마다 몸이 헝겊처럼 해져가면서 분해되겠지. 손에 땀이 흥건하게 배고 멀리 발아래에서 눈사태 일어나는 소리가 은은하게 퍼졌다.

살면서 기쁨과 흐뭇함만으로 일을 해내는 경우가 몇 번 있을까? 그보다는 기대 때문에, 책임감 때문에 짐을 지는 경우가 내게는 훨씬 더 많았다. 나는 알았다. 포기도 용기다. 하지만 그날은 지나치게 청명했고, 내 몸은 내 과업을 감당할 만했다. 나는 은연중에 훗날의 후회를 두려워했던 것 같다. 그때 발길을 돌리지 말고 계속 갔더라면 하는.

우리는 능선을 껴안듯이 올라가기 시작했다. 아이젠에 밟혀 얼음 조각들이 저 아래로 굴러 떨어지곤 했다. 나이프 리지knife ridge, 칼날 같다는 말 말고는 달리 표현할 길이 없는 능선이었다. 양 옆으로 난 경사가 상상을 넘어서서 몸이 약간 기울 때마다 눈이 휘둥그레졌다. 머리털 구멍이 일제히 열리고 쭈뼛 일어선 머리카락이 모자의 내피를 들어올렸다. 왼편은 중국, 오른편은 키르기스스탄, 어느 쪽이든 수천 미터는 추락해야 했다. 눈앞의 봉우리는 하늘에 잠겨 있었다.

여기서 돌아갈 수는 없다. 험한 일이 닥쳤다고 시간을 거꾸로 되돌릴 수 없는 것처럼. 무릎으로 기어가더라도 정상에 가야 한다. 칼날 능선을 올라가려면 방법은 하나다. 정신을 칼날처럼 세우는 것. 나는 신경을 세울 대로 세워 한 발 한 발 옮겨갔다. 희미한 바람 한줄기에도 마음이 조마조마했다. 몸이 흔들리는 것이다. 높이 7,000미터 실선 위에서. 뒤따르는 후배에게서 이상한 진동을 약간만 감지해도 온 신경이 곤두섰다. 그러다가 몸을 부르르 떨었다. 바람이 지나갈 때마다 실선에서 눈가루가 연기처럼 솟구쳤다.

불가능한 것을 가능하게 하는 비결은 나 자신을 믿는 것. 우리는 산에 오르면서 몸과 마음의 한계를 시험해본다. 그러면 평소엔 몰랐던 잠재력이 안에서부터 뿜어져나온다. 우리는 그걸 충분히 느낄 수 있다. 아아, 내가 여기서 초인超人이 되고 있다니. 나를 흔든 건 바람이 아니었구나. 나를 흔든 건 내 속의 의심이었구나. 그런데 그 의심이 이 위태로운 칼날 능선에서 다 사라져간다. 나는 알게 된 것 같다. 내가 누구고, 무얼 할 수 있는지.

그렇다. 불가능은 없다. 하면 되고, 안 하면 안 된다. 그렇다. 위험하지 않다면 모험이 아니다. 모험이 없다면 내가 누군지 알 수 없다. 내 한계가 어딘지 알 수 없다. 나는 지금 이 창공에서 끝없이 밀고 나간다. 나의 한계를. 도무지 이 세상 같지 않은 이 위태로운 실선 위에서.

위기는 극한의 집중을 불러낸다. 그 능선 위에서 오로지 살아 돌아간다는 생각만을 했다. 후회는 머릿속에 들어올 틈이 없었다. 능선의 한 굽이를 올라가자 또 한 굽이가 버티고 섰다. 죽을 힘을 다해 그 굽이를 올라가자 또 한 굽이가 나타났다. 그리고 다음 굽이가 아직 안 끝났다고 손짓을 했다. 실망과 낙담은 거듭되고, 체력은 고갈되어갔다. 그렇게 열 번, 열한 번 올라가서 손아귀를 움켜쥘 힘조차 없을 무렵 정상이 드러났다. 포베다는 절정을 우리 앞에 드러내고 용마루를 내어주었다.

정상을 밟는 순간 환희의 극치가 찾아올까? 내가 그곳으로 기어올랐을 때 환호도 팡파르도, 지켜보는 이도 없었고 적막한 바람만 불었다. 그 순간의 절반만 기뻤고, 나머지는 끔찍했다. 정상은 꽤 넓은 설사면 평지였고 양쪽은 눈 처마로 이루어져 있었다. 정상 표지는 십자가처럼 생긴 쇠막대였다. 얼마나 어렵게 여기까지 온 건가. 엉금엉금 기어가서 그 옆에 주저앉자 서러움인지 피로인지 모를 것이 복받쳐서 눈물밖엔 나오지 않았다. 베이스캠프의 양위석 단장에게 등정 보고를 하는데 무전기를 잡기 전부터 목이 메었고 눈가가 온통 축축해질 정도로 울먹거렸다. 나와 영택이는 워낙 힘들어 일어서지도 못한 채 십자가 옆에 주저앉아 기념 사진을 촬영했다. 담배를 피워서 속을 가라앉히고 싶었지만 성냥에 라이터를 다 꺼내도 불이 안 붙었다. 그래, 공기가 있어야 불이 생기지. 우리가 지금 이런 공기 속에서 호흡을 한다고 하고 있구나. 겨우 이러려고 올라왔나 하는 느낌은 아니었다. 하지만 삶의 절정은 결국 이런 건지 모른다. 막상 닥쳤을 때는 보잘것없지만, 그래도 지나놓고 보면 그때 아름다웠구나 생각하겠지.

이탈리아 남^南 티롤의 등반가 라인홀트 메스너는 에베레스트를 처음으로 무산소 등정하고, 역시 처음으로 세계 8,000미터 이상 봉우리 14좌에 올라선 산악인이다. 하지만 험한 낭가파르바트를 다 올라놓고도 하산하다가 동생을 잃었다. 정상은 완성이 아니라 돌아가는 반환점이다. 내려갈 때 역시 최선을 다하지 않으면 목숨을 잃는 건 순식간이다. 단장님에게 보고하자마자 무전기가 꺼지는 것이 좋지 않은 조짐이었다. 다섯 시간 분량의 배터리만 가져와서 생긴 일인데, 외국에서 얻은 포베다 등산 개념도는 번번이 시간 계산에서 엇나가 우리를 난감하게 했다. 결국 우리의 생명을 위협하는 일이었다.

그 끔찍한 칼날 능선을 다 내려오고 나서야 반을 넘었다는 생각이 들었다. 우리는 그제야 안자일렌을 풀고 긴장도 제법 푼 채로 내리막을 유유히 걷기 시작했다. 저물 녘이 왔고 일대에 이런저런 봉이 솟은 지괴의 테두리가 빨갛게 타오르는 띠를 이루었다. 그 바람에 아직 땅거미가 다 내리지 않은 낮은 하늘의 파란색이 더욱 도드라졌다. 나는 빨간 띠와 파란 띠가 길고 가느다랗게 맞붙은 장관을 바라보았다. 이렇게 가다 보면 몇 시간 내에 웨스트 포베다에 다다르겠는걸. 하지만 갑자기 등 뒤가 서늘해졌다. 내 예감이 맞을까 봐 나는 고개를 아주 천천히 돌렸는데 역시 후배가 보이지 않았다. "아아." 거의 탈진할 것 같아 주저앉아버렸다. 아무리 기다려도 후배는 보이지 않고 날은 캄캄해져갔다. 나는 어찌해야 할지 몰라 걸어온 길을 넋 놓고 바라보았다. 피로가 너무 심했다. 만일 오지 않는 사람이 선배라면 나는 되돌아가려고 하지 않았을 것 같다. 알아서 오시겠지. 그렇게 생각했을 것이다. 나는 라인홀트 메스너처럼 전설적인 등반가가 되고 싶었다. 하지만 어떤 경우라도 동생을 잃고 싶지는 않았다. 선택할 건 오직 하나 왔던 길을 되돌아가는 것뿐이었다. 다시 한 시간쯤 한 발 한 발 눈밭을 가로질러 천신만고 끝에 우리가 자일을 풀었던 곳으로 가자 영택이가 아직도 쓰러져 있었다. 죽지 않은 게 다행이다. 나는 긴 숨을 내쉬었다. 무슨 탈이라도 생겼다면 무슨 낯으로 수원에 돌아가겠는가. 그게 가장 참담한 일이었다.

나는 쓰러진 후배를 일으켜 다시 자일로 묶었다. 가면서 찍힌 발자국을 보자 오늘만 네 번째 걷는 길이었다. 어두워지자 더욱 피로했고 스틱이 갈수록 무거워졌다. 걸을 때 스패츠가 스치는 소리가 유난히 크게 들렸다. 이마에 헤드랜턴을 켰는데 달이 구름에 가리면 광선도 칠흑에 파묻혀 무릎 아래가 하나도 안 보였다. 방향을 짐작도 할 수 없었다. 지대가 넓더라도 잘못 디디면 수천 미터를 추락하는 것이다.

불굴의 의지만 있고 주의력이 없으면 아무 일도 못해낸다. 그럴 때 우리가 가장 잘할 수 있는 건 가만히 앉아 불굴의 의지를 다지는 일일 뿐. 일을 다 해내려면 주의력을 가지고 발끝 하나마다 지옥의 입구를 피하듯이 최선을 다해야 한다.

결국 우리는 손바닥으로 눈을 다지면서 기어서 갔다. 후배가 앞장서 가다가 로프가 팽팽해지면 내가 그때 따라가는 방식이었다. 그렇게 살얼음판인 듯 나아가다가 암흑 속에서 마지막 무전을 쳤다. "구조해주셔야 할 것 같습니다. 너무 지쳤어요. 눈보라도 오고 있고. 들리십니까?" 하지만 응답은 없고 전달됐는지도 알 수 없었다. 잠시 살아난 배터리는 완전히 소진해버렸다. 이제 우리가 살아서 가야 한다. 구조대가 어떻게 여기까지 오겠는가. 이 칠흑 속에.

결국 후배는 오래지 않아 능선 끄트머리를 잘못 디뎌 추락하고 말았다. "아악!" 하는 외마디가 캄캄한 대기에 퍼져나갔다. 나는 신호를 받은 기계처럼 순간적으로 자일을 잡아당겼다. 후배가 10미터쯤 추락하고 정지하자 나는 가슴이 철렁 내려앉았고 온몸의 기력이 소진해버렸다. 다행히 후배가 떨어진 경사면은 가파르지 않았다. "좋다. 지금 눈보라가 치니까 거기서 비박하자. 네가 떨어진 경사면을 파들어가라." "예, 바람은 충분히 피하겠는데요." 거기서 우리는 앉을 공간만 만들어서 엉덩이를 걸쳤다. 서로 줄로 연결해서 등을 마주 댔는데 피로에 찌들어 바람이나 소음을 전혀 못 느꼈고 아늑하게 잤다. 이튿날 일어나자 눈이 어마어마하게 내려오고 바람 소리가 폭포수 쏟아지는 듯했다. 소리만 듣고 무시무시하다는 생각을 한 건 태어나서 처음이었다.

더 섬뜩한 건 아래를 바라다보고서였다. 우리는 작고 완만한 구릉의 측면을 파고들어갔다고 여겼다. 그런데 그건 칠흑천지에서 내린 심각한 오판이었다. 우리가 파고든 거기만 완만했을 뿐 몇 미터 아래에서 수천 미터의 급경사가 지상으로 내리꽂히고 있었다. 한 발만 헛디뎠으면 생명이 다하기 전이든 후든 중국 쪽 칠흑 속으로 끝도 없이 추락했을 것이다. 도대체 자연이란 얼마나 예측불허의 모습을 감추고 있는

가. 하지만 나는 모르고 있었다. 진정한 위기는 아직 찾아오지 않았다는 것을.

우리가 급경사에 경악한 후 위를 올려 보자 큰 눈 처마가 생겨나 있었다. 벼랑 끄트머리에 바람 부는 방향대로 눈이 조금씩 쌓여서 길어진 것이다. 그걸 부숴야 어제 가던 길에 올라설 수 있다. "피켈로 때려야지 뭐." 우리가 타격하고 재빨리 머리를 감추면 부서진 얼음장이 쏟아져 천길 아래로 떨어져 내렸다. 몇 십 번을 그렇게 했을까? 겨우 길이 나 올라와 보니 허리까지 눈에 빠졌다. 그리고 사방에는 하늘이 무너져 내린 폭설이었다. 우리는 얼음 같은 초코파이 두 개를 먹었고, 육포는 미원처럼 느끼해서 먹을 수 없었다. 체력이 떨어져서였다. 한쪽 다리를 적설에서 끄집어 올려 내딛고, 다시 다른 다리를 앞으로 끌어당겨 한 걸음을 완성했다. 종일 500미터를 갔고 그나마 거꾸로 간다는 생각이 들어서 앉아서 한참 지형을 살폈다. 소리는 모든 걸 휩쓸어가고 눈보라와 섞인 안개가 그 자리에서 들끓듯이 자욱했다. 결국 웨스트 포베다를 포기하고 바람 찬 눈밭에 구덩이를 팠다. 손으로 푹푹 파는 것이었는데 구덩이가 커질수록 내 무덤을 파는 듯한 음산한 느낌이 들었다.

이렇게 죽음과 같이 잠을 자는구나. 내일 여기서 살아서 일어날 수 있을까?

둘이서 각자 설동을 곧장 파내려갔다가 공간을 좀 더 넓혀 겨우 움츠릴 넓이로 만들었다. 발을 뻗고 잘 공간은 아니어서 몸을 공처럼 말고 옆으로 누웠다가 다시 반대로 눕기를 거듭했다. 내가 이승에서 겪을 것이라고 생각하지 못한 폭풍과 추위가 윈드재킷을 파고들었다. 그리고 결국 죽음의 입구가 내게로 찾아왔다. 내 위의 적설이 푸득푸득 무너져 내리기 시작했다. 나는 직감적으로 위험하다고 느껴 몸을 일으켜 세우려고 했는데 그 순간 눈 구덩이가 와르르 무너져 내렸다. 나는 상반신을 비스듬히 일으켜 세우려는 자세 그대로 눈 속에 정지돼버렸다. 용을 써도 꼼짝달싹할 수가 없었다. 거기에 얼굴이 구덩이 바깥으로 노출되고 말았다. 그것도 바람 부는 그 방향을 향해. 폭풍이 채찍처럼 뺨을 때리고 얼굴이 시리다 못해 후끈거리더니 서서히 감각을 잃었다. 눈을 뜰 수 없고 숨도 제대로 쉴 수 없게 돼버리다니. 얼굴을 할퀴는 게 눈보라라는 것만 알지, 아무것도 볼 수가 없었다. 나는 후배 이름을 외쳤다. 몇 번이고 불렀지만 목소리마저 바람에 휘말려 날아갈 뿐. 구덩이에 웅크린 후배는 정신을 잃었는지 신음만 희미할 뿐이었다.

내 생명이 이렇게 다하는구나.

나는 꿈틀거림을 포기하고 말았다. 그리고 그런 것도 화이트 아웃이라고 해야 하나. 나에게 어떤 절차가 시작되었다. 현실의 캄캄한 어둠은 어디 갔는지 갑자기 눈앞이 하얗게 바뀌었다. 눈보라가 수평으로 표창이 되어 날아오다가 어느 결에 속도를 잃더니 얼굴을 쓰다듬는 순모 양털이 되었다. 그리고 좀 전과 판이할 만큼 숨쉬기가 편해졌다. 1분 전만 해도 눈송이를 몰아가는 고산 폭풍에 얼음에 새긴 초상화처럼 얼굴이 동결되었는데, 갑자기 이렇게 부드럽고 아늑하고 편안하게 되다니. 이렇게 바람 한 점 불지 않는 곳으로 들어서다니. 천상에서 내려온 투명하고 따스한 방풍막이 에스키모의 이글루처럼 내 주위에 세워진 것 같았다.

아, 참 좋구나. 그래, 이게 바로 사후세계로 가는 길이구나. 이런 거였구나. 이대로 가만 있으면 나는 사망하고 말겠지. 하지만 여긴 정말 편하다. 참 좋아. 아까 있던 데로는 돌아가기 싫은데. 얼마나 덜덜 떨었는데.

그렇게 편안하지만 초현실적인 시간이 얼마나 이어졌을까? 내 신경의 예민한 끝부분 하나가 칠흑 속의 그 현실을 건드리지 않았다면 나는 아마 아주 나중에 발견됐을 것이다. 희미하게 웃음이 남은 편안한 얼굴로. 죽음의 진통제를 맞고 눈밭에서 동사한 채로. 얼어 죽는 사람은 그런 과정을 거치는 것이다. 하지만 나는 그 아늑한 와중에 손끝이 시리고 저리기 시작했다. 그것은 죽을지 말지 최종적인 의사를 내 육신이 질문해본 것 같다. 의식 속으로 뜨거운 물방울처럼 목소리 하나가 흘러들었다.

동상 걸리면 안 되는데.

이 말에 나는 깨어났다. 세상과 단절된 지옥의 북극과 같은 곳에서 편히 죽어가던 사람이 왜 동상 걱정을 했을까? 이제 이승에 두고 갈 육신인데 동상이든 화상이든 무슨 상관이란 말인가? 나는 아직 그 이유를 알 수 없다. 아마 포기 못한 어떤 꿈이 남았던 것 같다. 어쩌면 책임감인지 모른다. 이대로 죽으면 동료들이 돌아가 내 가족을 어떻게 마주 볼까? 살아나야 한다.

그리고 하얗던 눈앞이 암전되었다. 나는 설원의 무시무시한 현실로 돌아왔다. 눈보라가 사장시키려고 몰아치는 현실 가운데서 정신을 차렸다. 나는 피도 제대로 통하지 않는 손가락을 꼬물거리려고 했다. 어금니를 악물고 손끝으로 의지를 전달했다. 손가락이 차츰 펴졌다가 오므라졌다. 그리고 처음 껴본 글러브를 움직이는 소년처럼 손바닥에 힘을 넣었는데 결국 손 전체가 운동성을 회복했다. 나는 팔을 폈고 한쪽이 눈 바깥으로 나왔다. 그리고 그 눈을 뚫고 자리에서 일어섰다. 장갑을 꼈지만 손이 너무나 시렸다. 이 사경을 뚫고 나왔는데 하소연할 이가 아무도 없었다. 나는 이미 탈진해버린 후배의 구덩이로 들어가 껴안고 기절하듯이 잠을 잤다.

이튿날은 농무가 사방에 고여 동서남북을 구분할 수 없었다. 바로 옆의 후배조차 알아볼 수 없었다. 나는 후배를 불렀지만 대답이 없었다. 그와 연결한 로프를 당겼는데 결국 로프 끝만 나오자 쓴웃음이 나왔다. 그는 기절하듯 잠들어 있었다. 어젯밤 눈 구덩이가 무너질 때 내가 아끼던 피켈과 등산하며 촬영해온 필름을 잃은 것 같았다. 마음이 너무 아파 적설을 샅샅이 뒤졌지만 나오지 않았다. 우리는 혼령들이 벽을 통과하듯 그 흰 안개 속에 상대가 나타났다 사라지는 모습을 물끄러미 바라보았다.

다시 눈 구덩이에서 일박하고 나자 다음 날은 세상이 바뀐 듯이 청명했다. 눈에 익은 능선들로 동서남북이 분간되자 아, 살았다 하는 느껌이 절로 들었다. 허벅지까지 눈이 올라왔지만 기고 걷고 하면서 결국 웨스트 포베다에 다다르자 저 아래로 두더지처럼 지나가는 그림자가 보였다. 나는 "헤이." 하고 외치고는 썰매를 타듯이 거기로 미끄러져 갔다. 그렇게 찾아 헤매던 제5캠프가 있었고, 이미 무전과 소문으로 내 소식을 들은 카자흐인과 독일인 셋이 있었다. 선 채로 드나들 수 있고 침실은 물론 화장실까지 만들어진 10미터 길이의 근사한 설동이었는데, 뜨거운 차를 불어 마시자 그간의 천신만고가 다 씻겨나갔다. 하지만 독일 의사가 내 손발을 보여달라고 하면서 분위기가 심각해졌다.

장갑을 벗자 얼어붙은 손가락이 나타났다. 정상에 오른 날 후배가 덧장갑을 잃어버려 내 걸 빼서 줬다. 한파에 시달린 후유증이 있긴 했는데 따뜻하게 녹이기만 잘 하면 되지 않나 싶었다. 닷새 동안 고스란히 등산화에 들어 있던 발은 양말이 붙은 채로 얼어 있었다. 느낌이 불안했다. 카자흐 여성 산악인이 내 발을 자기 겨드랑이에 한쪽씩 끼었는데 꽤 지나자 양말이 녹으면서 벗겨낼 수 있었다. 새카만 발가락 열 개가 나왔다.

아, 이건 잘라야 하는데.

발을 내려 보며 나는 착잡해졌다. 독일 의사가 주사기를 들고 내게 다가와서 손가락 발가락 허벅지 양쪽, 잇몸 아래위 모두 스물네 대를 놓았다. 혈관을 넓히는 것이라는데 곧 입안이 붓고 혀가 움직이지 않았다. 사람들이 나를 눕혔는데 무전 오는 소리, 독일 말과 러시아 말이 오가고 하얀 동굴 속이 유리병을 통해 보는 것처럼 휘어지더니 시야의 언저리가 거무스레해졌고 마침내 눈꺼풀이 현실과 나를 캄캄하게 차단했다.

이튿날 새벽에 그들이 흔들어 깨우길래 눈을 떴더니 "너는 동상이니 병원에 가야 하고. 걸을 수는 없고 헬기를 타야 한다."고 경고하듯이 말했다. 나는 "사지가 말을 안 들으니 하루 더 있고 싶다."고 했지만 그들은 고개를 저었다. 나는 단념한 채 후배에게 크레바스로 찾아가서 놓아둔 침구를 가져오라고 부탁했다. 영택이는 순식간에 다녀왔는데 우리가 그토록 찾아 헤맨 제5캠프의 바로 곁에 있었다. 살면서 내가 간절히 구하고자 한 것들은 대부분 그렇게 숨어 있었다.

그리고 카자흐 산악인과 안자일렌을 한 채로, 들것에 실린 채로, 나중에는 정말 생각지도 못했던 헬기를 탄 채로 병원으로 이송됐다. 정상에서 공기가 풍부한 곳으로 돌아오면 소생의 기쁨과 성취감이 차오른다. 나도 마찬가지였지만 서글프게도 심각한 고민이 오랜 벗처럼 내 곁에 남아 있었다. 이제 발가락을 어떻게 해야 하나 하는. 내가 서른이던 그해 청춘이 언저리에 다다른 늦은 여름날 병원 복도를 걸어나오면서였다.

수원 광교산이 바라보이는 운동장 스탠드에는 오전의 볕이 따가워지고 있었다. 귀국한 지 열흘가량 지난 8월 30일이었다. 나는 여전히 마음을 정하지 못했다. 그나마 손가락은 회복됐다. 10년도 넘게 해머와 피켈을 잡고 카라비너에 자일을 꿰어온 나의 오랜 분신. 하지만 발가락을 보면 열 개 모두 선이 그어져 있었다. 살색으로 살아난 부분과 검게 죽어버린 경계선이. "죽은 부분을 긁어내면 된다."고 해서 나는 뼈는 살려두는 줄 알았다. 하지만 모두 잘라내는 것이었다. 산을 타는 의사 선배가 최선을 다해줄 걸 알았지만 그래도 발가락을 자르는 건 싫다. 나는 어서 입원하고 수술받아야 한다는 말을 들었지만 차일피일 열흘이나 흘려보냈다. 살은 괴사했지만 그 속의 신경이 찌릿찌릿 느껴지는 것이다. 아직 죽기 싫어하는 내 일부가. 암릉과 직벽에서 내 중력을 버텨주며 생사고락을 다해온 열 개의 의지가. 나이 서른에 이걸 모두 잘라내고 나면 이제 나는 어떻게 될까? 도려내기 전의 나를 떠나 여태까지 생각해오지 않은 낯선 정신세계로 들어설 것만 같다. 나중은 몰라도 그 입구만은 그늘지고 적막한 세계로. 그래서 발톱은 건들면 뽑힐 만큼 헐거웠고 살도 말라비틀어져갔지만, 나의 미련은 하루 이틀 지나면 소생할 것 같다고 아침저녁으로 기대해보는 것이다.

박훈규 선배가 깎는 사과에서 껍질과 속살의 경계가 차츰 달라졌다. 나는 그걸 물끄러미 바라보았다. 그는 매킨리에서 사고를 겪은 후에 고상돈 선배의 무덤을 한라산에 모셨다. 그는 그날의 추락으로 열 발가락이 다 잘린 발을 등산화에 넣고, 세 손가락에 한 마디씩 남은 손으로 끈을 묶고, 매년 무덤을 찾아가 고인이 좋아하던 담배와 소주를 올린다. 고스톱도 치고 건배도 하고 카메라를 잡고 촬영도 한다. 산을 찍고 그 사진으로 전시회를 열고 수천 미터 되는 산을 오른다. 신기하지만, 해낸다. 그는 다 깎은 사과를 내게 권했다. 하얀 속살이 울퉁불퉁

남은. 그렇게 깎아낸 과일을 나는 본 적이 없다. 그는 아무 말도 없었다. 그 사과에 할 말을 다 해놓고 있었다.

나도 살아간다.

그는 이전에도 산악인이었고 앞으로도 그럴 것이다. 삶은 유한하다. 나는 하고 싶은 걸 해야 한다. 누구나 때가 되면 깨닫는다. 소원하는 것을 위해 나의 일부를 묻어야 한다고. 그래도 손가락 발가락 다 잃고 어떻게 산에 오를까? 하지만 나는 안다. 눈이 안 보이고 귀가 안 들려도 책을 읽고 글을 써낸 사람이 있다. 그것도 뛰어나고 감동적인 글들을. 헬렌 켈러 같은 사람이다. 그가 사과를 베어 먹으면서 말했다.

"우리 이제 장애인 산악회 만들자."

나는 "예." 하면서 고개를 숙였다. 그의 웃음이 보였다.

"그럼, 내가 회장이고 네가 부회장이다."

"예." 하고 나는 말했다. 잘라내자. 나는 마음먹었다. 산을 포기하지는 않는다. 잘라내도 산이 좋아 산을 즐기면 산사람으로 남는다. 나는 이제 또 다른 내가 되어야 한다. 나는 울퉁불퉁한 사과를 먹기 시작했다. 아삭 하는 소리가 들리더니 사과에서 단맛이 흘러나왔다.

산악인 박태원朴泰元 님은 발가락을 잘라낸 후 매킨리 · 아이거 북벽 · 킬리만자로 · 안나푸르나 · 체르코피크 · 알라피크 · 몽블랑을 올랐다.

그는 발가락 열 개를 잘라낸 그해 말부터 혼자 힘으로 걸었다. 한동안은 발가락이 고스란히 없어진 현실이 받아들여지지 않았다. 썰렁한 두 발에 양말을 신거나, 슬리퍼를 꿰고 눈을 감으면 여전히 발가락이 남아 있고, 오물거리는 듯한 감각을 느꼈다. 착각인 줄 알았지만 너무나 선명했다. 하지만 "이제 내겐 미련을 가질 발가락이란 없다."고 현실을 흔쾌히 수용하고 나자 목발을 짚고 다닐 수 있었다.

그는 바닥 창이 딱딱하고 밑창 앞부분이 보통보다 약간 위로 떠 있는 신발을 신는다. 그러면서 무게중심을 유지하고, 옮기고, 예전처럼 경사를 올라가는 방법을 홀로 익혔다.

"가파른 설산을 오를 때는 사실 너무 힘들고 후회스러워요." 그가 말했다. "하지만 다녀와서 장비와 기록을 정리할 때 고통은 저절로 사라져가요. 그리고 즐거움만 남게 되지요. 그러면서 어느 결엔가 다음 산에 오를 계획을 하고 있는 거예요. 지금 우리가 살고 있는 인생이란 이런 게 아닐까요?"

■ 한지현, 「이동」

나의 오른손

°°°°°°°°

말로도 코끼리로도 갈 수 없는 곳에
자기 위에 앉은 사람은 갈 수 있다.

彼不能適 人所不至 唯自調者 能到調方
(피불능적 인소부지 유자조자 능도조방)

−『법구경法句經』

머무는 곳마다 주인이 되면
서 있는 곳마다 진리를 깨친다.

隨處作主 立處皆眞
(수처작주 입처개진)

−『임제록臨濟錄』

1

　그는 고등학교 다닐 때는 학도호국단 간부였다. 운동장에서 행사가 있을 때면 연대장과 함께 학교에서 내준 칼을 차고 다녔다. 학도호국 단은 지금은 해체되고 없지만, 그 무렵에는 꽤 자부심을 갖게 하는 일이었다. 칼은 은빛 나는 칼집에 단단히 들어 있는 길고 가는 것이었다. 그걸 휘둘러본 적은 한 번도 없지만 혼자서 가만히 꺼내볼 때마다 청년의 깨끗한 정신을 상징하는 것 같았다. 칼이 칼집과 은근한 마찰을 일으키며 빠져나오는 순간 챙, 하는 미세한 금속음 때문에 더 그런 것 같았다. 그것은 단정하고 절도 있는 소리였다. 그의 칼은 무기라기보다는 장식용에 가까웠는데 양지 바른 데서 들어올리면 칼끝부터 날을 따라 빛이 윤기처럼 흘러내려왔다.

　하지만 스물두 살의 겨울이 지난 다음부터 그는 그런 단정하고 절도 있는 세계로부터 멀어진 것 같았다. 오른손에 칼자루를 단단하게 쥐어볼 때 그의 안에서 열매처럼 맺히는 긍지와 앞날에의 믿음 같은 것은 이제 더 이상 그에게 없었다. 오히려 캄캄하고 막막한 좌절의 느낌과, 이른 나이에 찾아온 낙담만이 남아 있었다.

그는 스물세 살 봄이 찾아오자 고등학교 시절의 그를 기억하는 사람들을 피하고 싶어졌다. 부산을 떠나 아무도 모르는 곳으로 가서 다시 시작해보고 싶었다.

그는 고등학교 시절부터 의형제를 맺은 친구의 어머니를 양어머니로 모셨는데, 아내는 양어머니의 조카였다. 그보다 다섯 살 적었다. 아내가 고등학교를 마친 뒤 취직에 도움이 되는 부기와 회계를 배우려고 부산에 와 있던 시절 그들은 친해졌다. 몇 년 후 결혼하고 그는 아내에게 언양으로 가면 내 마음이 편안해질 거 같다고 말했다. 부산을 떠나 할머니가 사는 그곳으로 가자고 제의했다. 기차역도 백화점도 고가도로도 없는 산과 산 사이에 난 길쭉한 골짜기의 읍^邑이었다. 도회 생활에 미련이 있던 어린 아내는 한참 동안 쓸쓸해하다가, 오빠 생각이 그렇다면…… 하면서 따라 나섰다. 그가 스물여섯 살 나던 해였다. 벗들은 모두 좀 더 큰 도시를 찾아 떠나던 무렵이었다.

언양에 살던 할머니는 할아버지가 일찍 돌아가시자 혼자 있기 싫어 아버지에게 "자식 하나 없는 셈 치고 여기 은태를 놓아두고 가라."고 부탁했다. 그래서 그는 세 살부터 중학교를 마칠 때까지 언양에서 살았다. 10년 만에 다시 언양으로 찾아간 그는 처음에 아내와 함께 소를 키웠는데, 마리 수가 늘어날수록 여물 먹이는 게 일이었다. 그들은 작업복이나 스웨터 차림으로 들판에 나가서 온종일 풀을 베어왔다. 그러다가 먹기 좋은 풀이 많이 자라는 곳이 언양읍 평리의 오룡 저수지 둑이라는 걸 알게 되었다. 오룡 저수지는 고헌산에서 내려온 물이 평지에서 둥글게 한 번 고였다가 빠져나가는 곳이었다. 저수지를 따라 길고 완만한 경사가 진 둑이 있었는데, 풀 씨가 어디서 날아오는지 초봄에 둑이 푸릇푸릇해지고 나면 늦가을까지 윤기 도는 풀이 쉬지 않고 자라났다. 풀은 저수지의 맑은 물 냄새를 맡으려고 둑에서 다투어 솟아나는 것 같았다. 풀이 오후의 햇살에 익을 때면 낫으로 한 번 벨 때마다 사각거리는 선명한 소리와 함께 선량하고 친근한 냄새가 퍼졌다.

그들은 늘 같이 다니면서 일했는데, 맏딸이 태어나고부터 그들은 풀 베는 곳으로 아기를 데려갔다. 그가 경운기를 몰면 아내는 아기 실은 유모차와 함께 짐칸에 앉아서 들판으로 나갔다. 나중에 오룡 저수지의 주인과 안면을 트고 나자 그들의 아기를 태운 경운기는 늘 거기 있는 둑으로 향했다. 한나절 일한 뒤에 경운기 짐칸에 풀을 가득 싣고 황토색 둑길을 따라 집으로 향하면 아내와 그보다도 아기가 더 좋아했다.

여고를 갓 졸업한 어리고 예쁜 아내의 얼굴은 들판의 햇볕을 받아 조금씩 그을려갔다. 아기는 구김살 없이 자라났다. 풀잎에는 주름진 데가 없고 투명한 소리가 났다. 칼에서 얻던 그의 자긍심은 풀잎 냄새를 맡고 미소 지으며 푸근하고 부드러워졌다.

2

그의 인생이 커다랗게 바뀐 것은 스물두 살 때였다. 이때까지 그가 못할 일이란 없었다. 태권도 선수로서 그랬다.

그가 10대일 때 경찰이던 아버지가 하는 일은 그의 눈에 위태로워 보였다. 아버지는 지친 야근을 마치고 집에 검은 권총을 가져올 때가 있었는데 그에게는 그게 경찰의 호신구라기보다는 아버지의 위험한 작업 환경을 말해주는 것 같았다. 그는 아버지를 보호해야 한다는 생각에 중학교 때 마을 어른으로부터 강변에서 당수를 배웠다. 고등학교에 들어가자 체육관에서 운동하던 모습을 눈여겨본 사범이 그를 태원도부에 스카우트했다. 그는 태권도부 주장이 되었고, 사범이 다닌 인천체대에 들어갔으며, 짧은 시간 내에 3단까지 올라갔다.

무도인의 세계는 결과가 선명했고, 통쾌한 데가 있었다. 그가 주먹을 움켜쥐고 내려치면, 쌓아놓은 기와 열다섯 장이 돌 파편을 튀기면서 절반으로 갈라졌다. 붉은 벽돌도 맨손으로 깰 수 있고, 차돌도 손날로 날렸다. 그는 시합에 나가 상도 잘 받고, 모양새 있는 기술 시범도 잘 보이던 선수였다. 화려한 돌려차기나 직선적인 이단 옆차기로 송판을 쪼개는 건 시각적인 것이어서, 태권도를 선망하는 군중 앞에서 보여주곤 했다. 그런 순간적인 파괴력은 사실 주먹이나 발에 있다기보다 눈에 보이지 않는 호흡에 있었다. 바둑 기사가 대국을 통해 인생을 깨우치듯 그도 무도를 통해 인간의 원리로 접근해가는 것 같았다.

그 무렵 그는 아나운서 변웅전이 진행하던 텔레비전 프로그램인 '묘기대행진'에 나가기도 했다. 태권도 세계 헤비급 챔피언 최정도와 함께였다. "아니, 이걸 쪼갠다는 말씀입니까?" 최정도가 우물물을 긷는 펌프의 철관을 단번에 발로 차서 부수자, 변웅전은 절단된 부분을 응시하면서 눈이 커졌다.

다음은 그의 차례였다. "네, 그러니까, 입에는 성냥개비를 물고, 발로 불을 붙인다는 말씀이군요." 변웅전은 그가 신은 실내화 발바닥에 붙인 걸 보면서 말했다. 거기 붙인 건 성냥갑에서 떼어낸 성냥 마찰면이었다. 그가 그게 달린 발로 공중으로 뛰어올라 한 바퀴 회전 차기를 하자, 입에 문 성냥에선 신속하게 불이 생겨났다. 카메라가 바싹 당겨서 촬영한 성냥불이 화면에 커다랗게 클로즈업되는 순간 스튜디오에 나와 있던 사람들이 놀라서 박수를 쳤다. "아니, 이럴 수가 있습니까? 정말 마술 같습니다." 변웅전은 타버린 성냥개비를 받아들고는 아까보다 더 높아진 목소리를 쏟아냈다.

인생에 꽃다운 시절이 있다면, 그에게는 아마 그 시절이었던 것 같다. 그는 청춘의 한가운데에 있었고, 단련을 통해 에너지를 소진하고 나면 그의 신체는 그만큼 유연하면서도 견고해졌다. 그의 생애는 꽃처럼 만개해갔다.

그는 서울 용산의 외국인 전용 체육관과 화곡동의 일반 체육관 두 곳을 오가면서 사범으로 일했다. 태권도의 세계에서 그를 인정해주는 사람이 갈수록 늘어나자, 그는 앞날에 청와대 경호실에서 일했으면 하고 바랄 때도 있었고, 유럽이나 북미에 사범으로 가서 태권도를 가르칠 꿈도 꾸었다. 주변에서는 그러려면 우선 해군에 입대하라고 했다. 거기에는 유력한 태권도 팀이 있으니까. 거기서 대표선수가 되면 길이 분명히 열릴 거라고. 그의 고등학교 시절 사범도 해군 대표선수 출신이었다. 그래서 그는 스물세 살 되던 해 2월에 해군에 입대할 예정이었다. 벚꽃이 바다로 난 길을 따라 흐드러지게 핀 진해의 군항에서 흰 수병복으로 갈아입은 청년의 모습이 그의 눈앞에 떠올랐다.

그는 입대하기 두 달 전에도 화곡동의 체육관에서 사범으로 일하고 있었다. 아침반 소년들을 가르치고 잠시 사범실에서 눈을 붙이고 있을 때 누군가의 기운이 그의 얼굴에 그늘처럼 드리워졌다. 작은 소년일 거라고 생각했는데, 눈을 떠보자 얼굴도 익지 않고 이름도 모르는 아이가 서 있었다. 이 아이가 왜 여기 와 있을까? 그때 사범실에는 그 말고도 두 명의 사범이 누워서 쉬고 있었는데 그 소년이 출입문에서 가장 먼 곳에 누운 그의 앞으로 찾아온 건 의외였다. 소년이 말했다.

"저기요…… 사범님, 연 좀 내려주세요. 전봇대에 연이 걸렸어요."

처음 보는 소년이 분명했다. 그는, 너 이 체육관에서 태권도 배우느냐고 물어보지도 않은 채 트레이닝복 차림으로 체육관 밖으로 나섰다.

연은 꽤 높은 곳에 걸려 있었다. 다행히 올라갈 수 있도록 디딤 철근이 전봇대의 좌우로 번갈아 꽂혀 있었다. 디딤 철근을 붙잡고, 다시 디디며 올라가는 일은 그에게 어렵지 않았지만 연줄을 잡는 것은 쉽지 않앉다. 상반신을 전봇대의 바깥으로 길게 내뻗어야 했고, 손을 있는 대로 뻗어 연줄의 끄트머리를 용케 붙잡는 순간까지도 그는 무게중심을 잡는 일에만 집중하고 있었다.

하지만 연줄이 손에 잡히는 순간 그의 신체와 인생이 단숨에 감전돼버렸다. 거기는 변압기가 설치된 전봇대였는데, 2만 2,900볼트의 전기가 그의 오른손을 통해 신체를 관통해버렸다. 새벽에 비가 잠깐 내렸는데 전기선에 묻은 물기가 연줄을 타고 내려온 것을 그는 미리 알 수가 없었다. 맨눈으로는 보이지 않았기 때문이다.

그는 전봇대의 높은 곳에서 곧바로 의식을 잃어버렸다. 직후에 일어난 일은 근처를 우연히 지나가던 목격자들로부터 전해들을 수밖에 없었다. 그는 수직으로 곧장 추락하지 않고 무의식 상태에서 몸이 두 바퀴 회전했다. 그리고 머리부터 충돌하지 않고 발바닥부터 쪼그려 뛰기 자세로 착지했다. 두 손은 코 부근에서 마주칠 듯이 주먹을 쥔 채로. 그런 다음에는 곧장 쓰러지고 말았다. 트레이닝복에는 불꽃이 피어올라서 그가 누워 있는 동안 어깨 부분이 활활 타들어갔다. 그는 등을 빼고는 가슴과 배 허벅지 엉덩이 같은 전신의 살갗을 모두 전기 화상으로 소실해버렸다.

체육관의 다른 사범이 그를 처음 실어간 병원은 화상 치료로 유명한 곳이었다. 하지만 그가 두 시간 내로 숨질 거니까 치료할 필요가 없다고 결론 내렸다. 결국 서울에 살던 그의 집안 어른이 그를 세브란스 병원으로 옮겨가 살 수 있었다.

그는 사경을 넘어선 다음에도 계속 혼수 상태였다. 하지만 썩어가는 오른팔을 잘라내자 어렴풋이 정신이 돌아왔다. 왼쪽 다리도 잘라내야 했는데, 그곳의 혈관이 허물어져갔기 때문이다. 하지만 아버지가 집까지 팔아서 그 치료에 필요한 알부민을 사서 복용하게 한 덕분에 왼쪽 다리는 성할 수 있었다. 살갗은 전부 등의 피부를 이식해서 회복시켰다.

그를 치료하던 의사들은 그의 왼쪽과 오른쪽 발바닥에서 백원짜리 동전만 한 둥근 상처를 보았다. 살이 움푹 파여나간 시커먼 흉터였다. 고압의 전기는 그의 오른손을 타고 몸속으로 들어왔다가 그 두 군데를 통해 빠져나갔다. 만일 왼손으로 연줄을 잡았다면 그는 심장에 타격을 입고 현장에서 숨을 거둘 수밖에 없었을 것이다.

게다가 혼수 상태에 빠진 그의 코 좌우측에는 주먹으로 때린 것 같은 시퍼런 멍이 나 있었다. 그가 무의식 상태에서 낙법을 쓰면서 두 손을 얼굴 앞쪽으로 모은 탓에 부딪혀 생긴 자국이었다. 그의 오른손은 감전된 직후였으면서도 저도 모르게 그렇게 움직였던 것이다.

전기가 오른쪽으로 빠져나갔고, 낙법을 썼다는 그 두 가지 이유로 그는 살아났다. 하지만 혼수 상태에서 몇 달 만에 깨어나자 그는 절망적으로 고개를 휘저었다. '차라리 그때 죽어버렸으면.'

팔 하나가 절단되고 없었다. 팔꿈치 아래가 없었다. 그것도 오른쪽 팔이. 차돌을 감자처럼 반으로 날리던 오른손 날이. 박살 난 기와 더미

사이에서 자랑스럽게 들어올리던 오른 주먹이. 가마니를 때리며 단련해서 굳은살이 둥글게 옹이진 그 우직한 오른손이. 아무리 보아도, 보이지가 않았다. 혈관들을 봉합해놓은 곳에는 염증이 생겨났고 그 열이 너무 높아 폐렴까지 앓는 상태였다. 병상에 누워 있는 동안 해군에 입대할 날짜는 이미 지나가버렸다. 앞날도 절단되었고 미래는 그의 앞에서 문을 닫았다. 남겨진 것은 투병이었다. 그는 전구 하나만 켜진 중환자실에서 모기장 같은 망사가 씌워진 침대에 발가벗겨진 채로 누워 있어야 했다. 혈관에 생긴 염증을 꾸준하게 제거해야 하는데 날것으로 드러난 신경을 메스로 건드리면 비명과 눈물이 절로 나왔다.

그가 퇴원할 무렵 같이 일했던 사범들이 찾아와 한강으로 데려갔다. 시원한 바람이라도 한 번 쐬어보라는 것이었다. 하지만 차에서 내려 몇 걸음 내딛자 그는 자기 몸이 완전히 변해버렸다는 것을 알 수 있었다. 다리에 힘이 하나도 없었다. 그는 다섯 걸음도 제대로 걷지 못하고 길바닥에 주저앉았다. 한때 돌려차기와 이단 옆차기로 법전만 한 두께의 송판을 쪼개던 그의 다리는 헝겊처럼 접혔다. 흙 묻은 손을 털지도 못하고 부축을 받아 일어서는 그의 눈으로 오목거울이나 볼록거울로 비춰 보는 것 같은 일그러진 세계가 비현실적으로 들어왔다. 샛노란 개나리가 강변을 따라 돌림노래를 부르듯이 피어 있는 봄날이었다.

3

그가 오른손을 잃고 부산에 내려와 있을 때 친구한테서 전화가 걸려오기도 했다. 그가 입대하기로 한 시기와 비슷한 무렵에 해군에 들어간 고등학교 동창이었는데, 휴가 나온 길이었다. 어머니가 안방에서 전화받는 걸 그는 우연히 마루에서 듣게 되었다. 친구는 그가 손을 잃었다는 사실을 모르고 있었다. 어머니는 "우리 은태도 팔만 안 다쳤으면 지금쯤 휴가를 나왔을 텐데……." 하면서 송수화기를 든 채 소리 내어 울었다. 그는 그 전화를 뒤에서 듣고 있다가 집 바깥으로 뛰쳐나왔다.

집 뒤의 산에는 소나무가 서 있었다. 그는 왼손을 주먹 쥐고 껍질이 두꺼운 소나무를 때리기 시작했다. 어머니가 아들이 팔을 잃었다고 동창에게 털어놓는 그 순간이 떠오르지 않을 때까지 때렸다. 하지만 껍질이 패고 손등의 살갗이 찢어져 피가 나올 때까지도 어머니의 목소리는 귓전에서 사라지지 않았다.

그는 더 이상 전화를 받지 않았다. 송수화기에서 건너오는 관심도 격려도 편하게 받아들여지지 않았다. "힘 내라, 할 일을 같이 한 번 찾아보자." 그런 이야기가 아무리 들려와도 그의 속에서 닫힌 문은 열리지 않았다.

'당신들이 내 심경을 얼마나 알겠어? 내가 하소연해봐야 당신들의 마음속으로 얼마나 스며들겠어? 나와는 완전히 다른 세계에서 살아가는 사람들. 내가 한때 머물렀다가 떠나온, 그래서 돌아갈 수 없는 세계

의 사람들.'

그리고 그는 생각했다.

'세상은 공정하지 않고 이치에 맞지도 않다. 나는 공부하는 대신 태권도를 선택했다. 내게 주어진 몸에는 다른 이들보다 낫거나 특별한 게 조금도 없었다. 나 혼자 힘으로 단련시켰고, 나 스스로 만들어갔다. 그런데 왜? 왜 그게 서서히 꽃 피우고 열매 맺을 무렵에 송두리째 잃어버려야 하는데? 그걸 내가 가장 소중하게 여기고 가꿔온 걸 누구나 다 아는데. 여기에 무슨 공정성이 있고, 여기에 무슨 이치가 있는데. 세상에는 인과에 맞는 점이 하나도 없는 일들이 왜 벌어져야 하는데. 다른 사람한텐 과분하고 난데없는 행운이 주어지기도 하는데, 그게 왜 나한테 일어날 땐 이토록 모질고 불행한 것이어야 하는데. 내가 대체 무얼 얼마나 잘못했길래.'

그러면서 그는 지난겨울 자기를 찾아왔던 그 소년을 생각했다. 그가 화곡동 체육관의 사범실에서 잠시 눈을 붙이고 있을 때 난데없이 찾아왔던 그 초등학교 5학년 아이를. 그는 오른손을 잘라낸 다음 그 아이의 이름을 알게 됐다. 성은 알지 못했다. 아파트에 사는 그 아이의 집을 알아낼 수도 있었다. 하지만 그는 그러지 않았다. 그 아이가 병원으로 문병을 오지 못한 건 자기 때문에 감당 못할 무서운 일이 빚어졌다고 생각하기 때문일 거다. 하지만 내가 오른손이 잘린 채 그 아이 앞에 선다면? 그 아이는 빈 소매를 보고 얼마나 큰 충격을 받을 것인가. 그는 그 아이를 찾는 일을 하지 않기로 했다.

하지만 왜? 그 아이는 그날 왜 나를 찾아왔을까? 그 전봇대나 종이 연과는 아무 상관도 없는 체육관에. 그리고 아무도 아는 사람이 없는 사범실에. 게다가 그때는 나 말고도 사범이 두 사람이나 있었는데 그 아이는 왜 문에서 가장 멀리 떨어진 데 있는 나한테 말을 걸었을까? 왜 그 아이가 내게 나타났을까? 낮도 모르는 그 아이가.

4

그가 아는 사람 없는 언양으로 들어가겠다고 말했을 때 아버지는 반대했다. 속이 깊고 말이 없던 아버지는 뜻을 분명히 했다.

"네가 시골 생활을 잘 몰라서 그런다. 동네 어른들 눈치 보는 일이 쉬운 줄 아냐. 몸도 신통찮은 녀석이 오래 있지도 못할 건데. 차라리 여기 남아서 열심히 해라."

그는 남자다웠던 아버지를 좋아했지만 도회지에 계속 남아서는 아버지를 기쁘게 할 방법이 없었다. 결국 난생처음으로 아버지 말을 어기고 언양으로 들어오자 할머니는 기뻐서 얼굴을 연신 비비고 송아지를 한 마리 선물해줬다. 그의 어머니도 송아지를 사주고 돌아갔다.

그와 아내는 번식우 방식을 택했다. 살을 찌우는 비육우보다, 새끼를 자주 낳게 하는 축산 방식이었다. 하지만 다섯 마리, 여섯 마리, 소가 늘어나니까 어느 때부터인가 암소를 수정시키는 일이 잘 되지 않았다. 그는 농사 짓고 사는 일에 관해 너무나 배움 없이 시작한 것 같아 김해의 영농교육장에 입소했다.

여름날 낮에 농원에 나가 교육받고 저녁을 함께 먹은 뒤 여섯 명이 한 방에서 자는 일과였다. 다른 이들은 모두 반팔 티만 입는데 그는 의수를 숨기느라 긴 팔 옷을 입고 다녔다. 다른 농군들이 "안 덥냐?"고 물어와도 "저는 원래 더위를 안 탑니다." 하고는 목에 흐르는 진땀을 닦아냈다.

예전에 그가 의수를 한 후로 그걸 알아본 사람들의 반응은 갖가지였다. 놀라서 질겁하는 사람도 있었고, 안타까워하고 북돋아주는 사람도 있었고, 무시하고 거리를 두는 사람도 있었다. 장애인들은 못 보고 팔다리가 없다는 이유만으로 마음이 아프지는 않다. 그 이유만으로 피하고 차가워진 눈길이 있을 때 마음 아프다. 가난하고 못 배워서 마음 아프기보다는, 오로지 그 이유만으로 느물거리는 사람 때문에 마음 아픈 것과 마찬가지다. 피부와 눈동자 색깔이 달라서 마음 아프기보다는, 오로지 그 이유만으로 비아냥거리는 눈길 때문에 마음 아픈 것과 마찬가지다.

영농교육장의 농부들은 결국 며칠 못 가 그가 의수 하는 것을 알게 되었다. 어느 날 그가 이부자리에서 불이 꺼진 다음에 늘 하던 대로 의수를 빼놓고 잠이 들었는데 아침에 깨보니 다른 이들이 "이게 당신 팔이냐?"고 물었다. "예, 그렇습니다……." "이 사람아, 이게 뭐 큰 허물이라고 여태 숨겼어? 더운데 팔까지 가리고." "혹시 다른 분들한테 누가 될까 봐 그랬습니다." "누가 되긴. 다들 살 만큼 살았고 겪을 만큼 겪었는데 우리가 이걸 이해 못하겠나?" 그는 교육이 끝나고 헤어질 때 오른손으로 악수해야 할 일을 생각하면서 걱정했는데 이렇게 되어 오히려 잘됐다는 생각이 들었다. "그건 누가 되는 일이 아니네. 자네가 편안하게 지내야 우리한테 누가 안 되지, 그렇지 않은가?"

그 일이 있고 나서 그는 더 이상 다른 이들의 눈길을 의식하지 않았다. 스스로 너무 예민하게 살아왔다고 생각했다. 상처를 많이 받았기 때문이지만 계속 그렇게 살면 마음의 문을 닫는 셈이었다. 그는 그래서 그 후로는 길에서 아이들이 "어? 아저씨는 팔이 없어요?" 하고 물으면 "응, 없어." 하고 아무렇지도 않게 대답했다. 그러면 아이들도 "그렇구나." 하고 그냥 받아들였다. 그는 그르거나 틀린 게 아니고, 남과 다를 뿐이었다. 그가 다르니까 다른 이들이 무심결에 쳐다보는 것이다. 그 역시 팔이나 다리가 없는 이들을 보면 눈길이 갔다. 의식해서가 아니라 다르니까 눈길이 가는 것이다. 나의 것이든 남의 것이든, 다른 것을 수용하면 너그럽고 자연스러워졌다.

그의 삶을 보며 생각하는데, 장애란 무엇인지? 장애가 그렇게 큰 결핍인지? 우리는 한 번 진지하게 생각해보았을까? 몸은 무엇으로 이루어져 있을까? 머리와 팔 다리, 눈과 코, 입과 귀 등이 함께 모인 것이 아닐까? 그런데 그것으로 무엇을 하는 것일까? 인생을 살아간다고 해야 할 것이다. 그러면 그것으로 무얼, 얼마만큼 할 수 있는지 진지하게 생각해본 적은 있는지. 머리에 하루 치의 일이라도 낱낱이 기억해둘 수 있는지? 두 팔로 철봉에서 몇 분 정도 매달릴 수 있는지? 두 다리로 한 길 정도는 뛰어 오를 수 있는지? 눈과 귀, 코와 입으로 1분 앞을 내다보고 들을 수 있는지? 냄새 맡고, 이야기할 수 있는지? 결국 장애 없다는 몸으로 해낼 수 있는 일의 범위도 조그맣고 보잘것없는 것은 아닐까? 이 현실을 사람들이 무시하고 장애/비장애라는 이분법만을 지니면 저도 몰래 오만해지는 것은 아닐까?

정녕 장애란 눈이 있어도 눈앞의 사람을 생각해줄 줄 모르는 안하무인眼下無人 같은 게 아닐까? 귀가 있어도 사람 말을 귀에 담을 줄 모르는 마이동풍馬耳東風 같은 게 아닐까? 머리가 있어도 제 생각이 없는 부화뇌동附和雷同, 손발이 멀쩡해도 제멋대로만 하는 방약무인傍若無人, 많이 배웠어도 배운 걸 비틀고 세상을 속이는 곡학아세曲學阿世, 함께 일하면서도 제 배만 불리려는 아전인수我田引水, 입이 있고 멀쩡하게 생겼어도 입바른 말만 하고 알랑거리려고만 드는 교언영색巧言令色, 이런 게 장애가 아닐까? 못 보고 못 듣고 팔다리가 없는 이들은 착하게 살아가는데, 오히려 남을 아프게 해서 쾌감을 느끼고, 상처를 주고 우월감을 갖는 덜된 사람들 때문에 세상이 힘들고, 살기가 고단해진다. 장애는 몸의 결핍보다 오히려 그를 이해하고 배려해서 함께 살려 하지 않는 마음의 결핍 때문에 생기는 게 아닌지. 내가 현실에서 눈 코 입 귀의 시지를 지닌 신체를 가지고 살듯이 남의 마음 속에도 내 정신 상태를 반영하는 인간의 이미지가 함께 살아간다. 이 이미지가 올바르고 따스할 때 남은 비로소 나를 더불어 살아갈 만한 사람으로 여기지 않을까?

5

그들 부부가 암소에게 인공수정을 시키고 열 달가량 지나자 어미 배는 새끼를 낳을 만큼 불러왔다. 마침내 송아지를 낳는 날이 되면 부부는 밤을 같이 새웠다. 외양간 옆의 분만실에는 좋은 냄새가 나는 부드러운 볏단을 깔아놓았다. 물을 따뜻하게 끓이고, 사료를 듬뿍 넣어 어미가 먹을 먹이를 만들었다. 마침내 송아지가 어미의 몸에서 나올 순간이 되면 금방 나오는 게 아니었다. 어떤 땐 부부가 목까지만 나온 송아지를 끌어안고 밖으로 당겨야 했다. 밖으로 나온 송아지는 마치 거품에 싸여 있는 것 같았다. 어미 자궁에서 가지고 나온 끈끈한 막 같은 게 몸을 감싸고 있었다. 어미 소는 피로도 모른 채 세상에 막 도착한 송아지의 온몸을 혀로 핥아주었다. 머리부터 엉덩이까지 한 군데도 빠짐 없이 긴 혀가 부드럽게 지나갔다. 그걸 보고 있으면 부부의 가슴에는 따스한 밀물 같은 게 다가왔다.

"얼마나 고생스러웠냐. 수고했다. 이건 우리가 너를 위해 만든 특별한 여물이야. 꼭꼭 씹어 먹어. 되새김도 많이 하고. 송아지한테 맛있는 젖 많이 줘라."

커트기로 여물을 잘라 사료와 섞는 일은 그가 하는 일이었다. 여물 통을 들어서 어미 소 앞에 갖다 놓는 일은 아내가 하는 일이었다.

송아지가 한 마리 새로 생길 때마다 부부의 살림도 늘어났다. 소들을 배불리 먹이려면 여물을 풍부하게 만들어야 했다. 그들은 풀도 베어서 가져오고, 옥수수처럼 생긴 수단 그라스도 심었다. 추수가 끝난 논에서 볏단도 얻어왔다. 낫으로 풀을 베는 일은 아내의 몫이었다. 그걸 묶어서 경운기에 올려놓고 운전해가는 것은 그의 일이었다.

그들은 자다가도 빗소리만 들리면 일어나 볏단 쌓아놓은 곳으로 함께 달려갔다. 그는 혼자서는 볏단을 비닐로 빨리 덮을 수 없었다. 왼쪽 귀퉁이를 잡는 것은 그의 일이었다. 오른쪽 귀퉁이를 잡는 것은 아내의 일이었다.

어느 초여름, 부부는 오롱 저수지로 나가 무릎까지 자란 풀을 한 아름씩 베어다 경운기에 싣고 돌아왔다. 부부의 얼굴과 목이 땀으로 다 젖었는데 그가 혼잣말하듯이 말했다.

"생각해보니까 내가 혼자서 못하는 게 없더라고. 면도도 하지, 신발 끈도 묶지, 넥타이도 매지, 컴퓨터도 다루지, 자동차도 몰지. 그리고 이렇게 경운기까지 모니까 말이야."

"그래도 당신 혼자 못하는 게 있어요."

"그게 뭔데?"

"당신 혼자서 왼쪽 소매 단추 잠글 수 있어요?"

그는 경운기 운전대를 붙잡은 왼손을 바라보았다. 왼손으로 왼쪽 팔목의 단추를? 그는 어느 결엔가 쿡쿡, 하고 웃기 시작했다.

"여보, 조심해요. 경운기 옆으로 가요."

그는 그날이 아주 빨리 지나간다고 생각했다. 그리고 저녁 무렵 뭔가 스며들어오는 것 같았다. 여태까지 전혀 깨닫지 못했던 뭔가.

'시간이라고 다 같은 게 아니다. 시간마다 성격이 다르다. 즐겁고 기쁜 시간은 빨리 지나가고, 괴롭고 힘든 시간은 느리게 지나간다. 고통의 날이 길고 지루하고, 늙어서 내 인생이 괴로움뿐이었다고 여기는 것, 이런 게 모두 시간의 그런 성격 때문이 아닐까? 즐겁지도 괴롭지도 않은 평범한 시간을 아끼고 소중하게 여기면 어떻게 될까? 과거의 그늘도 미래의 불안도 없는 현재의 소박한 시간을 담담하게 음미하면 어떻게 될까? 그렇게 음미한 만큼 내가 더 행복해지고 인생이 더 풍요로워지는 게 아닐까?'

그 옛날, 의사들은 2만 2,900볼트의 전기는 바위도 쪼갤 수 있다고 그에게 말했다. 그는 아기를 가질 수 없을 거라는 생각에 절망했다. 하지만 생명은 신비로웠고 그와 아내는 두 딸과 아들 하나를 낳았다. 그는 얼음이 녹는 저수지와, 개구리가 우는 논두렁과, 비가 오는 옥수수밭과, 눈 내리는 겨울 숲을 지나며 신나게 살았다. 저녁에는 몸이 아파 끙끙 앓다가도 아침에는 힘을 내서 여물을 만들었다. 영농일기를 10년 썼고, 소는 마흔 마리로 불어났고, 아버지는 그를 미더워했고, 군수도 장관도 그에게 상을 주었다. 아이들은 풀 길을 달리며 키가 컸고, 즐겁

게 재잘거렸고, 뻐꾸기 소리에 잠이 들었으며, 종다리가 노래하면 잠
에서 깼다.

6

그들 부부가 꽃 농사를 짓게 된 건 키우던 소가 마흔 마리를 넘어
선 뒤였다. 마흔 마리의 여물을 만들고 나면 그의 왼손은 퉁퉁 부어올
랐다. 자고 나도 회복 안 되는 날이 늘더니 나중에는 약간만 연장을 잡
아도 손이 아팠다. 그들은 소들을 처분하고 비교적 덜 힘든 꽃 농사를
준비했는데 그 뒤부터 소 값이 뛰어올랐다. 웃을 거리가 생겨 좋았다.
"그만두니 좋아지네." 대신 밤새 손이 부어 꼼짝 못하는 피로는 생기지
않았다.

그는 소철과 야레카야자, 아스파라거스를 키웠다. 수송용 트럭이 도
착하지 않아 5년 동안 길러온 수만 포기의 군자란이 하룻밤 사이에 서리
를 맞고 다 죽은 날도 있었다. 하지만 공기를 맑게 해주는 스파티필름은
수확이 아주 좋았다. 그의 아내는 꽃꽂이를 2년 동안 배운 뒤에 언양 읍
내로 나가 꽃집을 열었다. 꽃집에서는 동백나무 벚꽃나무 해송나무 광
나무를 키웠다. 꽃들은 피어날 때마다 다른 느낌을 주었는데 잎이 두툼
한 군자란이 겨울에 주황색 꽃이라도 피우는 날에는 웬일인지 무슨 일
을 해도 잘 풀릴 것만 같았다. 아직 추위는 살갗에 달라붙는데 붉은 동

백 꽃잎이 조금씩 벌어지면 하루 종일 그 꽃 한 점이 눈에 선했다.

그렇게 꽃집을 하며 키운 맏딸이 대학을 졸업하고 짐을 한 가방 싸서 캐나다로 연수를 떠난 날, 그날은 아주 평온하고 평범한 날이었다. 이제 그는 오래 가꿔온 화단이 꽃들로 만발할 일만 앞둔 것 같았다. 그는 그날 잠이 들었다가 꿈을 꾸었다.

……풀이 무성한 오룡 저수지의 둑이 보였다. 그가 바람에 흔들리는 풀을 따라 걷자 풀은 서서히 손이 되었다. 둑에는 아주 많은 손이 생겨났다. 손들은 하나하나 일어나서 밝은 광채 속에 윤곽만 드러난 어느 사람의 어깨에 차례차례 가 붙었다. 그렇게 수많은 팔을 가진 사람. 그는 처음에는 그이의 광채에 눈이 부셔 두 손으로 가리며 보았지만 빛은 차츰 편안하고 부드러워졌다.

그는 눈부시게 빛나는 이가 누군지 알 수 있었다. 천수관음보살이다. 천 개의 손을 가진 보살. 그 많은 손으로 중생들의 소원을 하나하나 들어주는 보살. 그는 고헌산 고암사에서 할머니의 재(齋)를 올린 뒤부터는 수행 삼아 법당에서 백팔배를 해왔다. 꿈을 꾸면서 그의 머릿속 깊은 곳에서는 아주 오랫동안 묻혀 있던 질문이 솟아나왔다.

그 아이는 왜 나를 찾아왔나? 낯도 이름도 몰랐던 그 아이는?

한참 고요가 이어졌고 그의 속 어딘가에서 대답이 느릿느릿 흘러나왔다.

'그 아이는 손이 필요했던 거다. 자기가 오를 수 없는 곳에 걸린 연을 내려줄 손이. 그 아이는 태권도 사범이면 무엇이든 다 해낼 수 있다는 생각을 했던 거다. 그래서 체육관으로 왔고, 희미하게 잠든 내 얼굴을 보면서 기댈 데를 보았던 거다. 그러고는 말했다. 사범님, 잠깐 사범님의 손을 빌려달라고. 제 눈에는 무엇이든 다 해낼 것 같은 사범님의 손을 빌려달라고. 그 아이는 나를 해치러 온 게 아니었는데. 오래전부터 알고 있던 그 사실이 이제야 분명해지다니. 다시 그런 부탁을 받으면 나는 어떻게 할까? 도와줄 수밖에 없으리라. 그때보다는 더 조심스럽게. 우리는 누군가의 손이 되고 싶다. 우리는 누군가의 소매 단추를 채워주고 싶다. 우리는 누군가 잃어버린 연을 찾아주고 싶다. 우리는 누군가를 위해 작은 천수관음이 되고 싶다. 세상을 위해 천 개의 팔을 가진 사람이 되고 싶다…….'

꿈에, 그의 앞에 나타난 천수관음은 푸른색이었다. 그 푸른 보살은 어느 결엔가 다시 둑의 끝없는 풀로 바뀌어갔다. 그는 부드러운 들풀 속으로 들어가 풀잎을 한 움큼 가만히 붙잡았다. 그렇게 풀을 쥔 채로 그는 눈을 떴다. 새벽의 희붐한 방이 보였다. 아내가 곁에서 곤히 잠들어 있었다.

맏딸이 비행기를 타고 떠난 다음 그는 아내에게 "잘 키워줘서 고맙다."고 말했다. 아내는 그를 돌아보며 말했다. "아니에요, 비관하지 않고 살아줘서 도리어 당신한테 고마워요." 울림이 오래가는 나직한 목소리였다. 그의 손은 잠든 아내의 손을 어느 결엔가 붙잡고 있었다.

따스한 손, 그의 오른손이었다.

간은태簡銀泰 님은 화훼업을 시작한 뒤에 울산 울주군 삼남면에 장애인들이 모여서 일할 수 있는 직장인 삼남장애인근로작업시설을 세웠다. 그는 감전으로 생긴 혈관의 염증을 치료하면서 격심한 통증을 자주 참아내야 했다. 그는 "그러고 나니 평생 웬만해서는 아프다고 말한 적이 없다."고 말했다. 그는 "그때 전기가 워낙 강력해서 몸속의 해충이나 나쁜 균이 모두 박멸된 것 같다."고 말하며 웃었다.

"저기 캔버스가 있다."

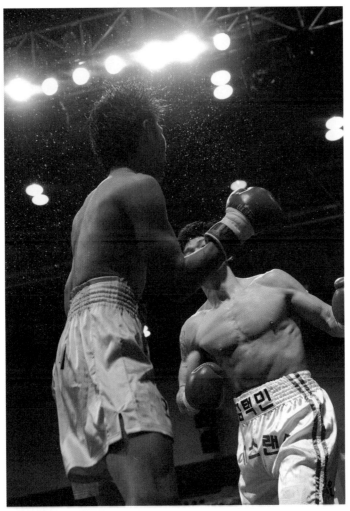

■ 전용한, 「경기」 www.sangju.info

승리보다 더 승리한 패배가 있다.

-미셸 드 몽테뉴 『수상록隨想錄』

숱한 작은 일에 이기지 않아, 크게 이길 수 있다.

以衆小不勝 爲大勝也
(이중소불승 위대승야)

-『장자莊子』

주먹이 단련되는 곳은 체육관이 아니다.
복서의 주먹은 마음속에서 만들어진다.

-무하마드 알리

1

"어금니를 깨물어본 적 있니? 겨뤄서 이기려고 할 때 우리는 어금니를 깨물어. 살을 에는 눈보라를 뚫고 갈 때 우리는 어금니를 악물지. 무겁고 고단한 일을 해내야 할 때, 아파도 참고 나가야 할 때 우리는 어금니를 물어. 어금니에 힘을 줘서 물면, 딱 소리가 나고 모든 아래윗니가 꽉 맞춰지지.

투수도, 복서도 공을 던지고 주먹을 던질 때 어금니를 물어. 복서는 그래서 마우스피스를 입에 무는 거야. 실리콘으로 만든 거지. 어금니를 보호해주거든. 투수도 껴. 얼굴에 주먹이 날아와도 마우스피스를 끼면 아래윗니를 꽉 잡아주지.

그래서 복서는 플라스틱 갑에 나만의 마우스피스를 담아 다니는 거야. 가지런하거나 들쭉날쭉하거나 어쨌든 자기 이빨 모양을 본뜬 마우스피스를 말이야. 경기가 있기 전에 투명한 물컵에 내 흰 마우스피스를 빠뜨려놓으면 약간 벌어진 채로 물속에서 밤새 잠자지 않고 독백을 하지. "꼭 이기겠노라."고 말이야. 링의 가운데로 나가기 전에 복서는 마지막으로 입을 벌리고 마우스피스를 낀다. '자, 이제 어금니를 물었어. 나는 준비가 다 됐어.' 모든 복서는 그렇게 다짐하는 거야.

우리가 복서를 보면서 내 일처럼 생각이 드는 것은 우리 모두 세상이라는 링에 나가기 때문이야. 권투에는 치열하게 사는 세상 사람들의 인생이 담겨 있어. 이기고 지고, 쓰러지고 다시 일어나는 모든 것이 말이야."

2

프로복서 김택민. 열아홉 살 때는 승부의 길이 한 치 앞을 모르는 가시밭길인지도 몰랐다. 이른 추석이 있던 그해 9월에 영등포의 체육관에서 있은 프로 테스트에 나갔다가 겨룬 상대와 함께 쓴잔을 마셨다. 중학교 때부터 킥복싱과 태권도를 해와서 권투 배우는 체육관에 다니면서는 "체력 좋고 스피드 좋고 앞으로 크게 되겠다."는 칭찬을 늘 들어왔다. 하지만 막상 프로 테스트 링에 오르자 큰 주먹을 붕붕 날리면서 막싸움꾼처럼 경기를 했던 것이다. 링 사이드에서 팔짱을 끼고 냉담하게 쳐다보던 심사위원들은 "아직 자세가 안 갖춰졌으니 더 배우고 오라."고 고개를 저었다. 김택민은 '점수 따기 아마추어 권투는 할 필요가 없다.'고 생각했고 어서 프로복서 자격증을 따서 졸업반 친구들 앞에서 보여주고 싶었는데 씁쓰레하게 링에서 내려와야 했다.

'나는 도대체 얼마나 자만을 잘하는 인간인가.'

그런 생각이 들면서 스스로가 부끄러워졌다.

두 달 후 의정부에 가서 두 번째 테스트를 받을 때는 '기본이 됐다.'는 걸 보여주려고 너무 긴장했고 근육이 다 굳는 느낌이었다. 심판이 테스트를 통과했다고 그의 손을 들어올리자 가슴이 뛰며 소리라도 지르고 싶었지만 같이 링에 오른 상대를 보자 그럴 수 없었다. 심판은 상대의 손은 올리지 않았고 훨씬 나이 든 상대는 어둡고 굳은 얼굴로 고개 숙인 채 링을 내려갔다. 링은 그런 곳이었다.

그리고 다시 두 달 후인 1월 그는 스무 살이 되었고 난생처음 프로 경기에 나갔다. 진눈깨비가 희끗희끗 날리고 얼음이 쩍쩍 갈라지는 날이었는데 글러브가 든 가방을 메고 서울에서 전남 무주의 체육관으로 찾아갔다. 다니던 록키 체육관 사람들이 같이 갔는데 시합 시간이 다가올수록 그는 주위가 낯설었고 냉정을 찾지 못하고 있었다. 프로 테스트 때까지만 해도 헤드기어를 썼다. 두 눈과 코 있는 부분만 T자형으로 앞이 열려서, 헤드기어를 쓰면 엄폐호 안에서 좁다란 틈으로 적을 바라보는 적당한 폐쇄성과 보호받는다는 느낌이 있었다. 하지만 이제 더 이상은 헤드기어가 주어지지 않았다. 프로라는 자부심이 있는 세계, 아마추어보다 더 인간의 헌신을 적나라하게 드러내는 세계였다.

그는 킥복싱과 태권도를 거쳐오면서 대적하는 일이 무섭다고 생각해본 적이 없었다. 하지만 이날만은 진정하기 위해 대기실에서 은박지에 싸둔 우황청심환을 꺼내 먹어야 했다.

그래도 권투에는 경기 전에 선수를 전사戰士로 만드는 의식이 있다. 전날 옷을 다 벗고 체중계에 오르고, 상대와 눈을 마주치는 첫 대면을 하고, 경기 당일 낭심보호대를 차고, 팬츠를 입고, 복싱 슈즈의 끈을 묶고, 손가락 사이 사이로 붕대를 감고, 글러브를 끼고, 얼굴이 찢어지지 않게 바셀린을 바르고, 링 위에 오르고, 마우스피스를 끼고, 주심을 사이에 두고 링 가운데로 나가면 아무것도 안 보인다. 오로지 글러브를 낀 상대 선수만 눈에 들어온다.

그도 마찬가지였는데 링 바깥으로는 스크린을 친 것처럼 아무것도 보이지 않았다. 어느 틈엔가 정신통일이 되었고 자신마저도 의식하지 못했다. 하지만 그의 눈에 들어온 상대는 나이도 여섯 살 많고 키도 더 크고, 훈련하면서 봐온 그 어떤 복서보다 더 매서운 인상이었다. '이제 겨우 1전 링에 올라온 애송이.' 상대는 그렇게 여기고 그를 제물로 삼으려는지 입가에는 자신하는 표정이 알게 모르게 지나갔다. 그런데 그게 이상하게 그를 자극했다. 투혼이란 마음속의 응원단과 같다. 조심하면서 가만히 있게 하기보다 실수하더라도 도전하는 쪽을 택하게 한다. 비록 그 응원단이 자기 혼자뿐이더라도 어떨 때는 도리어 혼자라는 그 사실이 도전을 더 맹렬하게 만든다.

공이 울리자 상대는 투우처럼 돌진해왔는데 김택민은 그때 자기 속에 숨겨진 스타일을 알게 되었다. 피하는 게 아니라 맞받아 응전하는 방식이라는 걸. 둘은 링을 돌며 탐색하는 것도 없이 바로 타격전으로 나갔다. 상대는 갈수록 뒤로 밀리는 쪽이 되었다. 2회 들어 상대는 눈에 띄게 힘을 잃었고 김택민은 스트레이트와 훅을 쉴 새 없이 섞어가며 그로기로 몰아갔다. 그가 왼손 스트레이트에 이어 결정적으로 훅을 던지려는데 상대가 뒤로 쓰러져버렸다. 갑자기 눈앞이 탁 트이고 링 바깥이 시야에 들어왔다. 케이오를 거둔 것이다. 그는 저도 모르게 두 손이 올라가고 뜨거운 기쁨에 어쩔 줄 모르다가 링을 겅중겅중 뛰며 돌았다. 첫 케이오의 감격은 며칠이고 가라앉지 않았고 그의 안에 들어 있는 전사를 일깨웠다. 그는 한참 지난 후에야 경기 전에 우황청심환을 먹은 것을 생각해냈다.

그의 어머니는 아담하면서도 뜻이 굳었고 집안 정리에는 집요하기까지 했다. 그가 권투 하는 걸 알고는 이렇게 말했다.

"네가 누구한테 맞는 게 정말 싫다. 더 싫은 건 누굴 때리는 거다."

어머니는 그가 대학에 입학해서 기뻤고 청춘을 누리며 학과에 매진하길 원했다. 어머니는 한 번도 경기장에 찾아오거나 텔레비전을 통해서도 경기를 보지 않았다. 하지만 시합이 끝나고 나면 반드시 그에게 전화했다.

"오늘은 어떻게 됐니?"

"이겼어요."

그는 언제나 이런 대답을 하고 싶었다.

하지만 2차전에서 판정승을 거둔 후에 3차전에선 판정으로 졌다. 그 경기는 그해의 신인왕 준결승이었고 미래의 챔피언을 예약해놓겠다는 그의 행진은 중지되고 말았다. 판정이란 알 수 없는 것이었다. 이길 때는 당연해 보였는데, 지고 나니 수긍하기 쉽지 않았다. 승부를 가리기 힘든 난타전이었고 1라운드는 그가, 2라운드는 상대가 이긴 것 같았다. 주심이 치켜든 손은 상대의 것이었다. 심판의 눈으로 보고 심판의 마음으로 판정하는 일은 힘들었다.

승리의 감동이 차오르던 1, 2회전에선 헤드기어 없이 맞은 주먹 맛이 어떤 건지 알지 못했다. 그러나 경기에 지고 나서야 알 것 같았다. 몸보다 마음이 더 아프고, 그 상처가 오래간다는 것을. 재기하겠다고 어금니를 물고 나서야 마음의 상처는 알싸한 대로 아물어갔다. 그해 2월 말 쌀쌀한 시장 거리를 지나 체육관으로 들어서면 그는 몸 거울 앞에서 주먹으로 가드를 한 채 독백을 했다.

'이제부터 누구한테 지지 않으려면 지금 이 훈련을 힘들다 생각하면 안 된다. 힘이 있을 때 견디는 건 누구나 다 한다. 진정한 승자가 되려면 힘이 다해도 견뎌야 한다. 누가 시켜서 해서는 안 된다. 나 스스로 해야 한다.'

'지금 나를 봐라. 지고 나면 잠을 못 이루고 삶에 기쁨이 없다. 누군가를 이기는 건 그렇게 만드는 것이다. 그에게 죄를 짓는 일이다. 적게 훈련하고 이기면 더 큰 죄다. 이기고 나서 부끄럽지 않으려면 내 모든

걸 내려놓아야 한다.'

경기를 위해 술 담배 끊은 지는 오래. 그는 갓 입학한 대학을 휴학하고 휴대폰을 끄고 친구들을 만나지 않았다. 매일 청계산을 달려 오르고 10킬로미터 로드워크, 집에서는 팔 굽혀 펴기·윗몸 일으키기, 체육관에서는 실전 연습, 힘이 있을 땐 단련을 하고 힘이 다하면 경기만을 생각했다. 그는 체육관의 샌드백 세 개 중에 가장 단단한 것만 쳤고, 주먹에는 뼈가 튀어나와 울퉁불퉁 굴곡이 생겼다. 보통 주먹보다 외면상 거칠어 보이고 살갗을 만져보면 두꺼운 가죽처럼 늘어졌다. 훈련하다 오른손 뼈가 부러졌지만 아물자마자 샌드백을 다시 두드렸다. 처음에는 통증이 왔지만 5분만 견디면 아프지 않았다. 그는 권투 하는 수도승이 되어갔다.

나만의 무기가 없다는 생각이 들었고 쭉 뻗어 치는 오른손 스트레이트를 주무기로 삼았다. 신속하고 힘이 센 스트레이트가 물러서지 않고 전진하는 그의 인파이터 스타일과 결합했다. 매일 샌드백과 미트에 정타를 쏟아내는 훈련을 했다. 오른손의 타점이 손에 익었고 난타전에서도 승리할 전력이 만들어졌다.

3

그렇게 열한 달을 준비했는데, 꽃다운 신입생 시절을 청춘에서 고스

란히 거둬냈는데, 학과 동기들이 누군지도 모를 만큼 혼자서 훈련했는
데……. 이듬해 1월에 시작된 신인왕 1차전에서 그는 다시 패배했다.
링을 내려와 글러브를 벗고 붕대를 풀어내자 지난 삼백 몇 십 일 동안
샌드백을 두드렸던 두 손, 열 손가락이 탈진한 짐승처럼 힘을 잃고 구
부러졌다. 그는 말을 잃고 그 가엾은 짐승의 사지를 내려다보았다.

복서든, 회사원이든, 수험생이든 경쟁에서 패배한 사람의 아픔은 비
슷했다. 경기가 끝나고 링에서 판정을 기다리며 주심 좌우에 상대와
나란히 선 순간, 링 밖에서 갑자기 환호성이 터지고, 그게 상대의 손이
올라가는 걸 본 상대 트레이너한테서 나온 소리임을 알게 되는 몇 초.
그 몇 초는 재생되는 화면처럼 경기가 끝난 후에도 머릿속에서 시도 때
도 없이 반복됐다. 아픔은 오래오래 이어졌다. 어디다 시선을 둘 데가
없어 고개를 숙일 때, 승자가 된 상대가 가까이 다가와 뭐라 뭐라 이야
기를 하지만 한 마디도 귀에 들어오지 않고, 단지 환한 그 얼굴만 시야
에 가득 클로즈업되는 것이다. 졌구나, 그 긴 세월의 노력들.

2 대 1 판정패였다. 판정을 이해하는 일은 참 쉽지 않았다. 그는 온
갖 기량을 다했고 이긴 경기라고 생각했다. 누군가 다가와 "네가 이겼
다. 저 판정은 잘못됐다."고 말했다. 하지만 아무런 위로가 안 됐다. 경
기는 지나갔고 승부는 이미 과거의 것이 돼버렸다. '내가 케이오로 못
이겼으니까 판정으로 간 거고 판정은 심판이 하는 거다. 그러니 내가
진 거지.' 차라리 그렇게 받아들여야 했다. 하지만 그게 진저리를 칠 만
큼 힘들었다.

승리는 상대에게, 그리고 그에게는 불면증이 찾아왔다. 눈을 붙이려고 불을 끄고 누우면 눈꺼풀 위에 희미하고 불그스레한 등을 켜놓은 것 같았다. 왜 졌을까? 내가 진 게 맞을까? 밤새워 자책감을 비추고 분노를 흔드는 등불이 그의 마음속에서 흔들렸다. 그는 자다가 이부자리에서 일어나 얼굴을 무릎 사이에 파묻고 여명을 맞았다.

네 번 싸워 두 번 이기고 두 번 졌다. 그것도 신인끼리 맞붙는 신인왕전에서. 전적은 일그러졌고 복서로서 끝난 것 같았다. 고등학교 때 아마추어를 거쳤더라면 달라졌을 텐데. 여러 번 져도 경험을 얻고 프로 복서로 새 출발을 하면 아마추어 전적은 옛날 일이 돼버릴 텐데. 아마추어를 해보지 않은 게 처음으로 후회됐다. 잠을 자려고 술을 다시 입에 댔지만 마셔도 도무지 취하지 않았다. 그러고는 무얼 해도 즐겁지 않은 시간이 찾아왔다. 모두 다 텔레비전 화면을 보며 웃는데 혼자만 입술을 다문 채 가라앉는 시간이 찾아왔다. 왜 졌을까? 왜 져야 했을까? 그래도 여전히 이유는 알 수 없고 자책감은 서서히 세상을 향한 배신감으로 바뀌어갔다.

승리하는 데는 눈에 보이는 게 전부가 아니지 않은가. 실력만으로 다 되는 게 아니지 않은가. 승부를 관장하는 운이란 게 있다. 그 운을 끌어들이려고 지난 삼백 몇 십 일 할 수 있는 건 다 했다. 견딜 수 있는 건 다 견뎠다. 나를 기쁘게 하는 일은 다 피했다. 그래도 안 되면…… 이제 뭘 더 해야 한단 말인가. 뭘 더?

한국권투위원회 홈페이지는 신인왕 대진표기 점점 간추려져 히루

하루 체급별 결승으로 향하고 있었다. 하지만 그는 이제 더 이상 체육관으로 나가지 않았고 훈련은 한 번도 더 받고 싶지 않았다. 집에 오는 전화도 받지 않았다. 질릴 대로 질렸는데. 그 아프게 받아냈던 복근운동 볼도, 팔이 저릴 만큼 돌렸던 줄넘기도, 주먹 뼈가 부서지도록 두드린 샌드백도 모두 다 질려버렸는데. 이제 뭘 더 해야 한단 말인가. 뭘더, 내가 더 이상 뭘 더…….

4

탐스럽고 다채로운 요리가 주는 기쁨을 무엇에 비할 것인가. 행복은 거룩한 데 있지 않고 성찬을 맛있게 먹고 포근한 잠자리에서 실컷 자고 났을 때 생긴다. 자연은 다람쥐나 곰이나 구렁이가 얼마나 힘들게 사는지 알기에 실컷 먹고 푹 잠드는 겨울잠을 허락했다.

하지만 복서의 행복은 승리에 있을 뿐인가. 복서는 링에 올라서야 하는 한 무명이든 챔피언이든 끝없는 배고픔 속에 살아야 한다. 체중을 조절해야 하기 때문이다. 가격당한 아픔보다 공복을 견디는 일이 더 힘들다. 하지만 나사를 조이고 기름을 치는 직공처럼, 쿠폰을 모으고 푼돈도 아끼는 주부처럼, 복서도 몸에서 1그램의 군살마저 빼내려고 한다.

58.969킬로그램. 그가 택한 슈퍼페더급의 한계다. 그의 평소 체중보

다 10킬로그램이 적다. 그는 보통 시합 2주 전까지 66킬로그램으로 맞춰놓고 하루 0.5킬로그램씩 빼나갔다. 밥은 겨우 몇 숟갈씩, 그것마저 건너뛸 때도 있고 신경은 갈수록 날카로워져서 식구나 동료들은 눈치를 보며 피해간다. 내복 두 개를 입고 모자 달린 후드 티와 땀복에 파카 점퍼까지 걸친다. 그렇게 로드워크에 나서면 땀이 절로 나서 체중은 분명히 빠지지만 현기증이 찾아온다. 여름에도 그렇게 뛰지만 반팔 티 차림의 행인들은 이상하다는 눈으로 쳐다본다. 그렇게 살을 태우고 나면 손 하나 움직일 힘이 없다. 그래도 샌드백 훈련할 차례가 오면 몸이 알아서 움직인다. 어떻게 그렇게 되는지는 스스로 생각해도 이상하다.

그리고 시합 전날 체중계에 오르는 계체량이 찾아온다. 그 전날은 고행의 마지막 고비다. 관장약을 먹어 대장 속을 다 비우고 시디신 비타민 C를 입안에서 굴려 고인 침을 종이컵에 뱉는다. 스무 번도 넘게 뱉지만 빠지는 체중은 고작 100그램 정도. 그래도 안 하면 안 빠진다. 입 속은 하얗게 말라가고 머릿속은 어찔어찔 어지럼증이 돈다.

그리고 배가 고파 잠이 오지 않는 밤이 마왕처럼 찾아온다. 해가 저물고 땅거미가 내리고 달이 지나가는 모습을 뜬눈으로 지켜보는 길고 느릿한 밤. 다음 날 오전에 심판들 앞에 팬티 하나만 걸친 채 추걸이 저울에 발을 올리고, 아래위로 까딱까딱 움직이는 눈금자가 수평으로 멈춰 설 때, 유심히 숫자를 쳐다보던 심판이 "통과." 하고 비로소 선언할 때, 긴 숨을 내쉬고 트레이너와 함께 밥집을 찾아 설렁탕 한 그릇이라도 비우고 났을 때, 슬로모션 같던 그 밤이 겨우 끝난다. 그러면 내일 경기만 남은 것이다.

매년 열리는 신인왕전이 대단한 건 그런 계체량을 두세 달 사이에 네 번이나 다섯 번 감내해야 하기 때문이다. 프로 복서들이 그렇게 자주 계체량을 하는 건 신인왕전 때가 유일하다. 그가 쓴잔을 마신 두 번의 경기는 모두 신인왕전이었다.

체육관으로 가는 발길을 끊고 계절이 바뀌는 동안 그는 권투 용구들을 마루에 풀어놓고 물끄러미 내려다보곤 했다. 머리가 있을 자리에 놓아둔 헤드기어, 그리고 플라스틱 갑에 든 마우스피스, 양 손이 있을 자리에 놓아둔 글러브, 그리고 허리 부분 아래의 낭심보호대와 그 위를 덮은 팬츠, 그 아래에는 끈이 풀린 복서 슈즈와 아무렇게나 던져둔 줄넘기. 분해된 전사의 텅 빈 투지처럼 그의 용구들은 주인 없이 흩어져 있었다. 늘 배고프던 나날처럼 배가 있을 자리는 아무것도 없이 비어 있었다. 챔피언이라면 벨트라도 놓아둘 텐데. 운동을 그만두고 나서도 그는 늘 허기가 졌다.

체육관 사람들은 그를 놓아주지 않으려고 했다. 관장과 사범 그리고 이제는 링을 떠난 선배들은 현역 시절을 그리워했다. 링에 오르면 당장의 결전을 빼고는 아무런 생각이 나지 않는다. 상념은 사라지고 오로지 링에 오른 이 순간에 전 존재가 다 들어찬다. 은퇴해서 나이 든 선배들은 그때 감정을 한 번만이라도 다시 겪어보고 싶다고, 간절한 향수를 느낀다고 했다. 하지만 그 시절로 돌아갈 순 없어 현역의 후배들을 대신 응원한다고 했다.

그 말은 공감할 수 있었다. 그 역시 로프를 걷어 올리고 링에 들어가 공이 울리기를 기다리던 때의 강렬한 긴장을 이제 잘 알았다. 상대와 두 글러브를 맞추는 피스트범핑을 하고 타격전이 번개처럼 시작되면, 육신을 가진 자신마저 사라져버리고 오로지 경기만이 살아 움직인다. 그렇게 극한의 경기 몰입을 하고 링을 내려와 시간이 지나면 다시한 번 경기를 잘해보고 싶다는 생각이 든다. 마루에 놓인 용구들을 바라보며 그가 어렴풋이 느낀 감정은 그런 시간들을 향한 희미한 그리움이었다.

인생의 벽에 부딪혔을 때 해답의 열쇠는 자기가 쥐고 있다. 인생의 벽에는 흐릿하고 불분명한 것들이 벽돌로 꽂혀 있다. 워낙 사적이고 미묘한 것들이어서 남들이 알아보고 설명해줄 수는 없다. 자신이 더듬고 두드리고 마침내 남에게 가르쳐줄 만큼 깨달았을 때 벽에 숨겨진 문을 찾아낸다.

그는 잠 못 든 채 무릎 사이에 얼굴을 묻곤 했지만 창가의 여명은 언제나 부드러웠고 거리의 아침은 늘 신선했다. 그가 고달프고 무참해하는 동안에도 태양은 어김없이 반원형을 그리며 그의 바깥 풍경을 가로지르고 우거진 숲에는 꽃들이 피어났다. 세상은 시시각각 그를 초대하고 있었다.

봄이 훌쩍 지나고 여름이 시작되고 있었다. 그는 또 긴 불면이 밤을 보내고 아침을 맞았지만 창을 열고 신선한 공기를 마시며 독백하고 있었다.

'인생에서는 초기에 몇 번 실패하는 게 오히려 바람직하다. 초기에 실패하고 나면 자유로워진다. 나는 절대 실패하지 않겠다는 압박감에서.' 이제 겨우 스물두 살일 뿐이었다. '나이도 적고 경력도 짧은데 다시 도전하는 게 뭐가 부끄러운 일인가. 지나간 실패는 더 이상 실패가 아니다. 그저 가르침을 주는 교훈일 뿐.'

그리고 그도 역시 다른 복서들처럼 복싱 잡지 「크로스카운터」의 책갈피를 넘기며 가슴이 두근거렸다. 처음 신인왕전에 나갔을 때 「크로스카운터」에는 놀랍게도 그가 주먹을 던지는 사진이 있었고 그 아래에 이렇게 쓰여 있었다. "이번 시즌에 나온 유망주 중 가장 기대를 모으는 선수." 그는 고양되어서 기사를 읽고 또 읽었다. 그는 그런 격려를 한 번 더 읽고 싶어졌다.

그는 전화기를 들어 다음 주부터 나가겠다고 체육관에 알려놓았다. 쑥스러웠지만 마음이 놓였다. 학교 다녀오면 자기 방에 칩거하는 생활을 반년이나 하고 난 7월 어느 날이었다. 그날은 더웠지만 잎사귀가 무성한 거리의 나무들 사이로 그의 시선을 잡아 끄는 무언가 있었다. 가지들 사이에는 청명한 하늘이 있었다. 그는 그 하늘을 좀 더 잘 보려고 걸음을 이리저리 옮겼다. 하늘은 머리 위에 없다가 난데없이 나타난 것 같았다. 가지에 앉았던 작은 새 한 마리가 공중으로 박차고 오르더니 하늘 깊숙이 날아가며 까마득하게 멀어졌다. 그는 그 모습을 물끄러미 올려다보았다.

5

목표는 세 번째로 신인왕전에 나가는 것. 12월의 대전이 찾아오기 두 달 전부터 그는 다시 수도승이 되었다. 지난해 연습경기를 하도 많이 해서 이제는 횟수를 좀 줄여도 될 것 같았다. 계체량을 하는 날 대진표가 나왔는데 첫 상대는 한두 살 어리지만 아마추어 서울 대회에서 우승한 유망주이고 강타자였다. 김택민의 사범은 왕년의 밴텀급 복서였는데 대진표 앞에 서서 말했다.

"택민아, 너 걱정할 것 하나도 없다. 해오던 대로만 하면 된다."

복서든, 회사원이든, 수험생이든 모두가 똑같다. 링에 오르면 선수로 갈고 닦은 게 고스란히 드러난다. 데뷔 때부터 지금까지 쌓아온 기량만 다하면 된다. 얕보지 말고 자만하지도 말고, 경기로 압도하면 된다. 선수는 경기로 말한다.

열한 달 만에 치른 경기는 1회 공이 울리고 57초 만에 끝났다. 전광석화 같은 경기였다. 그는 처음 글러브를 맞대고 인사한 다음 잽을 툭 툭 던졌고 타력을 맛본 상대가 물러나자 따라가며 스트레이트를 적중시켰다. 가격은 신들린 듯이 이어졌다. 상대는 윗몸을 돌리며 몇 번 피했지만 그의 어퍼컷에 몸이 한 번 들렸다. 그는 이어서 여름날 폭우가 마른 땅을 두드리듯 상하좌우로 연발 훅을 쏟았다. 판정은 그의 영역이 아니었다. 그의 영역에서 승리하려면 반드시 케이오를 거둬야 했다. 하지만 상대가 쓰러지는 걸 보면서도 그는 1분 내로 케이오를 거둘 거라고는 생각지 못했다.

다음 시합이 열리기 전에 그는 상대의 경기 비디오를 보고 또 보았다. 링에 오른 상대는 비디오에서처럼 스트레이트를 잘 날렸다. 둘 다 주무기가 같았다. 1라운드에선 스트레이트를 교환했다. 그러나 상대는 팔이 짧았고 그의 사거리가 더 길었다. 연타를 많이 맞은 상대는 2라운드 들어 갈수록 지쳤고 힘이 약해졌다. 그는 강한 스트레이트를 적중시키면서 자기식으로 경기를 풀어갔다. 상대는 2라운드 1분 59초에 두 번째로 쓰러졌고 경기는 그것으로 끝났다.

그는 링에 올랐을 때 뭔가 속에서 복받쳐 오르는 걸 느꼈다. 지난 한 해 얼마나 암울하게 지내왔나. 손가락 마디마디마다 뭔가 맺혀 있는 것 같았다. 케이오를 거두고 링을 내려왔지만 주먹에는 힘이 빠지지 않았다.

다음 상대는 그보다 두 살 많았고 아마추어 30전 경력에 전국 우승을 한 유망주였다. 상대는 노련했고 그의 주무기가 스트레이트인 걸 잘 알았다. 그가 가격하면 스웨이백으로 피하고, 풋워크로 빠져나갔다. 그의 사거리로 좀체 들어오지 않았고 그는 상대의 복부를 치며 스피드를 뺏어야 했다. 그는 시간이 갈수록 경기를 자기 것으로 만들었지만 결국 4라운드 판정으로 승리를 거두었다. 주심이 그의 손을 올릴 때 그는 알 것 같았다. 자기가 두 번 케이오를 거두고 나자 방심했다는 것을.

그리고 그는 알고 있었다. 패배한 상대들은 훈련을 소홀히 하지 않았다는 것을. 오늘 밤 제대로 잠을 잘 수도 없으리라는 것을. 그리고 어쩌면 지난 한 해 그가 그랬던 것처럼 쓰라린 좌절의 나날을 시작할지 모른다는 것을.

스물두 살 나던 해는 그렇게 저물어갔다. 패배의 아픔이 가시지 않아 떠들썩한 친지들 사이에서 혼자 말이 없던 설날. 하지만 이제 잇따른 세 번의 승리가 상처를 어루만지며 세모가 저물고 있었다. 그리고 이제는 형뿐 아니라 그의 권투를 그토록 내켜 하지 않던 아버지도 관중석을 찾아왔다. 실전 권투를 처음 보는 아버지는 선수보다 더 긴장해 있었다. 아버지는 내색하지 않았지만 그가 아픔을 딛고 일어서는 것을 마음으로 기뻐하고 있었다. 연말연시를 맞아 집을 찾아오거나 망년회를 가지는 아버지의 친구들은 그를 보면 화들짝 반가워했다. "아! 택민이! 네가 바로 택민이냐!" 그들은 그를 껴안고 싶어 했고 그의 얼굴과 주먹을 만져보고 싶어 했고 그의 머리카락을 쓰다듬고 싶어 했다. 과묵한 아버지는 아들의 승전보에 들떠서 친구들에게 열심히 전해온 것이다.

6

　이듬해 1월이 밝아오자 결승은 3주 앞으로 다가왔다. 새해는 쌀쌀해
도 맑은 날씨로 시작했지만, 갈수록 비구름이 많아졌다. 경기를 일주
일 앞둔 13일에는 전국에 눈과 비가 내렸다. 밤새 폭설이 길가의 차들
을 감싸듯이 덮었다. 느릿느릿 오가는 차들마다 앞창에 와이퍼가 밀어
낸 반원형이 있고 뒤로는 긴 바퀴 자국을 남겼다. 사람들은 빨개진 얼
굴로 고개를 숙이고 입김을 내쉬며 걸었다.

　결승 예상은 한 가닥으로 정리되고 있었다. "김택민이 질 거야." 한
국권투위원회에서부터 그런 이야기가 나왔다. 거기에는 선수들을 훤
히 아는 노장이 즐비했다. 냉정하지만 일리 있는 예상이었다. 상대는
동갑이었고, 그와 같이 3승 2케이오로 결승에 올랐다. 키는 7센티미터
더 컸고, 슈퍼페더급 중에 최장신이었다. 당연히 팔 길이가 훨씬 길었
는데 펀치에 파괴력이 있었다. 가장 무서운 건 주먹이 다양하다는 점이
었다. 어느 각도, 어느 상황에서도 능숙하게 주먹을 날렸다. 허점을 보
는 눈매가 날카롭고, 기습에도 능했다. 공격하고 붙었다가 떨어지며 쏘
는 펀치도 강했다. 아마추어에서부터 갖가지 경기를 치르며 갈고 닦은
기량이었다. 그는 관장, 사범과 함께 녹화 필름을 보면서 생각지도 못
한 벽에 부딪힌 느낌이었다. '내가 신인왕과는 인연이 없는 게 아닌가.'

　결승이 목요일로 다가온 마지막 주 월요일과 화요일, 그는 아침부

터 내린 진눈깨비를 맞으며 청계산을 달리고, 섀도복싱을 했다. 큰 키에 긴 머리카락, 자신감 넘치는 표정의 결승 상대 얼굴은 이제 충분히 눈앞에 떠올릴 수 있었다. 상대가 던지는 잽과 훅, 스트레이트도 역시. 그리고 상대가 윗몸을 낮춰 좌우로 움직이는 위빙과 머리를 숙여 주먹을 피하는 더킹도 역시. 그 스피드를 잡기 위해 그는 아침의 찬 공기를 무수하게 갈랐다.

그리고 양재동 시장통을 달리고 지하 체육관으로 내려가 맹렬하게 소리 나는 줄넘기를 계속했다. 소리는 샌드백을 칠 때 가장 육중했고, 펀치 볼을 때릴 때 최고로 빨라졌다. 천장에 매달린 검고 둥그스름한 펀치 볼은 주먹으로 두드리면 앞뒤로 급속히 움직였고 갈수록 속도가 붙었다. 타격과 진동은 금세 리듬을 만들었고 그는 아찔한 배고픔 속에서도 마음이 가라앉았다.

극기의 밤이 지나자 그는 일과처럼 계체량을 통과했고 내일 결승만을 남겨두었다. 그는 체육관의 샌드백 옆에 서서 사각의 링을 쳐다보았다. 아무도 남아 있지 않은 늦은 오후의 체육관은 은회색 형광 불빛 아래 홀로 선 그의 모습과 텅 빈 링을 몸 거울들에 비추고 있었다. 그는 알았다. 내일 경기가 마지막이라는 것을. 신인왕전은 프로 전적 5전까지만 나갈 수 있다. 그리고 6라운드 경기에 나가본 선수는 더 이상 참가할 수 없다. 내일 결승은 처음 치르는 6라운드 경기였다. 그는 이제 더 이상 신인이 아니었다.

과연 이길 수 있을까?

그러나 거울 속의 그는 승리를 확신하지 못했다. 하지만 그는 알고 있었다. 태어나 자기 힘을 처음으로 다 쏟아본 것이 권투라는 것을. 그 전에는 몰두할 곳이 없어 늘 세상을 이리저리 기웃거렸다. 그러다 인생의 에너지를 쏟을 출구를 찾아냈는데 결승을 앞두고 이렇게 힘들어하다니. 거울 속의 링은 그가 6년 전에 처음 찾아와서 보았던 그대로였다.

링은 그가 기나긴 죽음의 후유증에 시달리다가 찾아낸 비상구 같은 것이었다. 그가 서울의 성수대교 난간을 타고 나가 매달려본 건 중학교 3학년이던 해 7월이었다. 내려다보니 다리 아래를 빠져나온 물결이 수면에 주름을 잡으며 도도하게 흘러갔다. 1킬로미터쯤 앞의 동호대교뿐 아니라 좌우의 그 높은 아파트며 둔덕들이 왜소해 보일 만큼 강폭은 압도적이었다. 여름 강물은 시퍼렇고, 두툼했으며, 물밑을 보여주지 않았다. '죽을 수도 있겠다.' 그런 생각이 들었다.

그와 친구들은 예전에도 동호대교 같은 데를 건너다가 "야, 우리 나중에 여름에 더우면 여기서 한 번 뛰어보자."고 말하곤 했다. 하지만 막상 뛰어내리기 직전까지 가보니 머릿속에서 위험신호가 울렸다. 수면에서 높이 35미터, 아파트라면 11층이나 12층인데 난간을 타고 넘기 전에는 왜 위험하다고 생각하지 않았을까?

그 무렵 그에게 일상은 너무나 단조롭고 지루했다. 학교 끝나고 보습학원 다녀오면 밤 12시였다. 초등학교를 마친 뒤부터 내리 3년째 그렇게 살았고 지겹고 지쳐 있었다. 성수대교에 모인 친구들이 다 그랬다. 그들은 언제부터인가 학교를 빼먹고 몰려 다니며 고함 지르고 세력도 겨루는 교실의 아웃사이더, 밤의 반항아가 되고 있었다. 그런 모습을 보고 다른 이들은 인생을 소모한다고 했지만 그야말로 인생을 아껴가며 살고 싶었다. 그는 학교 대신 뭔가에 열렬히 빠져들고 싶었고 그런 일을 찾아 늘 두리번거렸다. 하지만 그런 게 보이지 않아서 고민하다가 해답을 못 찾고 접곤 했다. 그가 그러면서 골치를 썩이자 선생님은 며칠 안 남은 여름방학 때까지 학교에 나오지 않아도 된다고 했다. 꼭 정학을 시키는 것 같은 자극적인 말이었다. 그는 마음이 아팠지만 그러지 않아도 뭔가 일탈하고, 분출해보고 싶었다. 이렇게 자기 삶을 짓누르는 모든 압박으로부터의 일탈. 그러고 나면 열여섯 살 인생에 뭐라도 달라질 것 같았다. 이렇게 지루하지만 않다면 뭐라도 해보고 싶었다.

성수대교에서는 그가 맨 먼저 나섰고 두 명이 더 뛰어내리기로 했다. 나머지 셋은 머뭇거렸다. 그는 인도에 선 친구들을 뒤로하고 어느 순간 난간에서 손을 놓아버렸다. 낙하하면서 저도 모르게 몸을 회전시켰는데 배부터 닿으면 죽을 것 같아 좀 더 몸을 돌려 등부터 수면을 때리면서 들어갔다. 그렇게 수면까지 떨어지는 데 약 2초가 걸렸다.

그리고 다시 물 밖으로 나오기까지 몇 초 동안 그는 자기 평생을 담은 필름을 보았다. 유치원 시절 아주 작은 집에 살 때 골목에서 자전거 타고 다니던 장면, 어머니의 손을 잡고 초등학교로 가던 장면, 중학교 교실 뒤에서 친구들과 시시덕거리며 어울리던 장면, 그리고 그 자신의

장례식까지. 장례식 땐 구슬피 우는 아버지와 어머니, 그리고 한 살 많은 형이 울다가 담배를 꺼내 피우며 착잡해하는 장면, 그의 이름을 부르며 흐느끼는 친구들 얼굴까지 또렷이 눈에 들어왔다. 주르륵 지나가는 그 장면 하나하나가 언제쯤에 있었고 무슨 내용인지 다 알 정도였으니 봄바람에 한꺼번에 낙화하는 벚꽃 이파리들을 하나하나 헤아리듯 쳐다본 것 같았다. 열여섯 해가 몇 초 만에, 어떻게 그렇게 빨리 지나갈 수 있을까? 인생이 정말 그렇게 짧은 것일까? 이 숱한 순간들은 어디에 숨어 있다가 이렇게 숨 가쁘게 나타난 것일까? 그는 믿을 수가 없었다.

등이 수면을 때리며 받은 충격은 예상보다 컸다. 몸은 조금도 멎지 않고 선을 마저 긋듯이 물속으로 쑥 내려갔다. 그리고 그는 생각했다.

'아, 나는 이제 죽었구나. 이렇게 죽는 거고, 사실 나는 아무것도 특별하지 않구나. 어릴 때는 특별하다고 생각했는데. 그냥 그렇게 학교에도 적응 못하고, 제멋대로 살다가 자기 생명을 이렇게 스스로 깎아먹고 가는구나. 아무것도 아닌 그저 그런 존재로.'

그때 찾아온 슬픔이나 허무함을 어떻게 표현할 수 있을까? 그는 물속에서 슬픔으로 가득 찼다. 예상보다 훨씬 차가운 여름의 물속에서 그는 생각했다. '나는 이미 죽었고 가슴을 치는 오만 가지 감정은 이미 숨진 채로 느끼는 것'이라고.

'이제 옥황상제나 염라대왕처럼 죽은 이를 심판하는 누군가의 앞에 불려가는 건가. 사람이 죽으면 찾아온다는 검은 옷을 입은 누군가 내 앞에 나타나는 건가.'

부유물로 가득한 물은 한 치 앞도 보이지 않을 만큼 캄캄했다.

그럴 때 갑자기 양쪽 귀가 펑 하고 뚫렸다. 수심 깊숙이 파고들었다가 얼굴이 그제야 물 바깥으로 나온 것이었다. 처음에는 숨이 안 쉬어졌다. 가슴을 일부러 헐떡여도 그랬다. 숨을 안 쉬면 죽는다. 숨을 쉬어야 한다. 그렇게 생각하는데, 입에서 피가 쏟아져나왔다. 떨어지면서 몸을 돌려 등부터 수면을 때렸지만 장이 파열된 것이다. 흘러나온 선혈이 수면 위에 붉게 퍼져서 떠내려갔다.

'아, 나, 죽어가고 있구나. 살 가망이 없구나.'

머릿속에서는 분명히 그렇게 생각하는데도 그는 살기 위해 헤엄치기 시작했다. 10미터도 안 되는 곳에 교각이 있었다. 그는 기를 쓰고 헤엄을 쳤지만 웬일인지 교각을 받치는 시멘트 기단까지 도무지 닿지 않았다. 팔 몇 번 내저으면 다다를 곳인데. 장이 파열된 몸은 움직여지지 않았다. 초여름 비가 많았던 강물의 부피와 기세는 압도적이었다. 물을 거스르기보다는 제자리에서 발버둥을 치는 느낌이 들었고, 그마저도 하지 않으면 무참하게 물에 떠내려갈 것 같은 공포심이 들었다. 그 공포심의 힘으로 팔을 내저었다. 그가 생사의 기로에서 사투를 벌이는데 35미터 위의 다리에서는 수백 대의 크고 작은 차량에 탄 사람들이 음악을 틀고 리듬에 맞춰 핸들을 두드리거나, 선글라스를 끼고 뉴스를 듣거나, 휴대폰으로 잡담을 나누거나, 저만의 생각에 빠진 채로 8차선 도로를 달려가고 있었다. 한강의 남쪽과 북쪽에는 수백만 채의 집에 천만 명이 산다. 그러나 누구도 지금 목숨을 건 그의 투쟁을 알지 못했다. 그가 기진맥진해서 물에 떠내려가고 죽고 말아도 세상의 시간은 그렇게 숱한 사람의 의식과 일상으로 흩어져서 도도하고 무심하게 흘러갈 것이었다. 그는 결사적으로 살고 싶었고, 필사적으로 헤엄쳤다. 바로 앞의 기단에 닿는 데 2분도 넘게 걸렸다. 물을 수백 번 때려서 겨우 콘크리트에 손을 대는데 물이끼가 있거나 비죽비죽 튀어나온 게 너무 많았다. 거기 매달려 올라서느라고 손바닥은 다 찢어지고 손톱은 다 해져버렸다. 나중에 알았지만 몸이 수면에 꽂힐 때 그의 바지의 실밥이란 실밥은 다 터진 상태였다. 기단 위로는 방대한 시멘트 교각이 공간을 적막하게 내리누르고 있었고, 그 위에는 아치형의 거대한 철 구조물이 수면을 무심하게 굽어보고 있었다.

그 위에서 다음 친구가 뛰어내렸다. 수면을 향해 검고 빠른 수직선 하나가 휙 그어지더니 첨벙, 하고 물이 거세게 갈라지는 소리가 났다. 하지만 친구는 몸을 돌리지도 구부리지도 않은 채 수직으로 꼿꼿하게 떨어졌고, 발바닥이 편평하게 수면을 때리면서 다리 뼈가 부서졌다. 하반신을 제대로 쓰지 못하자 살려고 발버둥쳐보지도 못하고 물살에 밀려가버렸고 며칠 후에 숨진 채로 발견됐다. 세 번째 뛰기로 한 친구는 공포에 질려 난간을 붙잡은 채 포기하고 말았다.

사람은 얼마나 많은 시행착오를 겪어야 자기 길을 갈 수 있을까?

살아남은 그는 몸이 낫기까지 그날 일의 의미를 되새길 여유가 없었다. 하지만 시간이 지나자 아, 내가 그런 짓을 했구나, 후회했다. 숨을 거둔 친구가 생각나면 가슴이 아파왔다. 죽으려고 투신한 것이 아니었다. 얼마나 지치고 무료했으면 그런 일을 했을까? 그렇게 열여섯이 지나갔다. 청춘이 찾아오기도 전에 삶이 무언지, 죽음이 무언지 고민하면서. 뭘 해야 할지 여전히 답을 못 찾고서.

그는 이듬해 공업고등학교에 들어갔고 과거의 허물을 벗은 듯이 보였다. 꼿꼿이 앉아 수업에 몰입했고 반에서 1등이나 2등을 했다. 그는 더 이상 두리번대고 기웃거리는 대신 일과에 충실하고 싶었다. 선생님은 그런 그에게 학급 반장을 시켰다. 그는 한 번도 해보지 않은 학예회와 체육대회 준비를 하면서 알 것 같았다. 눈에 보이지 않는 곳에서 일이 성사되게끔 애쓰는 사람들이 있다는 것을. 사소한 일들을 가꿔놓는 사람들이 있어서 무심한 사람들도 무난하게 살아간다는 것을. 그는 눈코 뜰 새 없이 살려고 했다. 고깃집 아르바이트를 반년 넘게 했고 공부에 지치면 태권도 도장에 나갔다. 2학년이 되자 학교는 그에게 학생회장을 시켰다.

학생회장 일이 끝나가던 이듬해 2월 어느 날 그는 우연히 친구를 따라 처음으로 권투 체육관에 들어섰다. 샌드백 치고, 줄넘기 하고, 펀치볼 소리 요란하던. 바깥은 귀가 빨개질 정도로 추운데도 운동하는 선수들의 등은 T자형으로 축축하게 젖어 있었다. 그는 바쁘게 살려고 그렇게 애를 썼지만 마음속에는 숨겨진 텅 빈 방이 있었다. 하지만 체육관 풍경을 구석에서 물끄러미 바라보자 내가 찾던 곳에 다다른 것은 아닌지 하는 느낌이 왔다. 그는 보름, 한 달 체육관에 나올수록 이 세계에 빠져드는 자기 자신을 알아보았다. 주먹에 붕대를 감으면 마음이 맑아졌다. 내 마음을 뺏어갈 그 무엇을 찾아 헤매던 시절의 아픔이 어렴풋이, 나중에는 뭉클 하고 솟아나는 것을 느꼈다.

혹시 이게 아닐까?

인생의 길은 고대하고 헤맬 때 보이는 게 아니었다. 묵묵히 살아내면 어렴풋이 나타나 서서히 모습을 드러내는 것이었다. 생각지 못한 동안 가슴에 물처럼 고이고 차올라 마침내 벅찬 감동으로 흔드는 것이었다.

결승전 전날의 시곗바늘은 무심하게 정적을 가르고 그는 여전히 체육관의 텅 빈 링을 홀로 보며 서 있었다. 아무도 없고 오로지 거울 속의 그만이 샌드백에 손을 댄 채 서 있었다. 그는 알았다. 이제 어떻게 살아야 할지 몰라 다시 유랑할 수는 없었다. 어떻게 살아야 할지 몰라 목숨이 오가는 뛰어내리기를 할 수는 없었다.

'그래, 죽었던 목숨이 되살아나 링에서 울고 웃고 최선을 다했다. 내가 원하는 세계로 들어온 것만도 일생의 행운이다. 맞아도 도망가지 않고, 져도 비굴하지 않고, 있는 힘 다하다가, 패배가 주어지면 패배하고, 승리가 주어지면 놓치지 않는다. 나는 이제 기쁘게 싸우러 간다.'

'링 바닥을 우리는 캔버스라고 부른다. 그래, 캔버스다. 화가가 붓질하는 캔버스, 복서가 승부를 겨루는 캔버스. 우리의 승부는 예술이 될 수 있다. 가자, 링으로, 내 인생을 향해. 저기 캔버스가 있다.'

7

드디어 결전의 날이 밝았다. 서울보건대학 체육관 특설 링. 방송용 텅스텐 조명등은 눈부시게 밝고, 링 사이드 여기저기의 테이블에는 크고 작은 카메라들이 나란히 놓인 채 경기 시작만을 기다린다. 아버지가 저기 나와 있다. 링 옆의 객석에. 형도 앉아 있다. 그 곁에. 아버지는 자신이 링에 서는 것처럼 긴장하고 있다. 두 사람 모두 두 손을 모은 간절한 표정이다. 아아, 어머니, 어머니는? 이 시간 집에서 홀로 눈을 감고 기도하고 계시겠지. 제 고집대로 권투의 길로 나선 자식, 오직 잘되기만을 빌면서. 연이어 열리는 체급별 결승으로 관중석은 달아오를 대로 달아올랐다. 트레이너가 마우스피스를 끼우고 그를 링에 올려보냈다. 이제 세상에는 그와 상대만이 있는 것 같다.

나에겐 적이란 없다. 방심만이 나의 적수
나에겐 기적이 없다. 최선만이 나의 기적
나에겐 묘수가 없다. 정직만이 나의 묘수
나에겐 주먹이 없다. 집중만이 나의 주먹

상대의 가드는 철벽 같고 풋워크는 춤처럼 현란하다. 사각 링을 살랑살랑 쉴 새 없이 옮겨 다닌다. '승리는 내 거야.' 그렇게 자신하는 것만 같다. 상대의 잽에 이은 라이트 훅이 깊게 파고들어왔다. 역시 사거리가 길고 힘은 무섭다. 그가 스트레이트를 거푸 날리고 가드가 살짝 열린 찰나, 상대의 훅이 대번에 날아들었다. 한두 번 가격으로 그의 오른 눈 주위는 부어올랐다. 그의 오른손 스트레이트가 빗나가는 순간 그의 마음속에선 소리가 들린다.

'내가 왜 복싱을 하게 됐을까?'

경기 중에 그의 투지를 번번이 뒤흔든 독백이다. 하지만 이번에 그는 단호하다.

'그 생각은 이기고 나서 하자.'

그는 곧장 스트레이트를 적중시킨다.

상대는 팔 길이를 이용해서 바깥으로만 나도는 아웃 복서는 아니었다. 그러면 쫓아가며 가격할 필요는 없다. 스트레이트성 잽으로 가야 한다. 잽은 견제용으로 툭툭 치는 주먹이다. 그는 거기에 스트레이트에 버금가는 힘을 넣었다. 주먹이 들어갈수록 상대의 얼굴은 붉어지고 당황해했다. 맞아도 물러서지 않고, 치고 들어가 가격하는 그의 스타일이 상대는 낯선 것이다.

2라운드. 상대는 경기가 풀리지 않자 템포가 급해지고 거리 조정을 못해냈다. 경기는 마음의 표현이다. 상대를 응시하는 그의 투혼은 고양되고 시야는 민감해졌다. 화가가 미세한 색깔 차이를 감지하고, 소믈리에가 와인의 정확한 생산연도를 알아채듯이, 그의 눈앞에서 1초는 잘게 쪼개졌고 상대의 주먹은 상세하게 포착됐다. 3라운드가 되자 상대는 페이스를 잃고 분노했다. 경기는 타격전으로 변해갔다. 날아가

직격으로 때리는 정권들, 흔들리는 로프와 삐걱거리는 강철 케이블, 진동하는 캔버스와 요란한 풋워크, 공방하는 권투는 생의 본질이다. 상대는 그의 사거리로 자주 들어와서, 자주 맞고 휘청거렸다. 자신감을 잃고 있었다.

4라운드. 공이 울리자마자 그도 모르게 글러브가 상대에게 날아가기 시작했다. 가로로 그어진 로프 앞에 세로로 선 상대는 툭 튀어나와 보였다. 자줏빛 궤적만이 보이는 속공, 작렬하는 소리가 피부에서 튀는 정권들이었다. 상대의 다양한 주먹은 더 이상 보이지 않고 대신 움직이는 건 돌아가는 턱과 뒷걸음질뿐. 로프는 출렁이고, 조금만 더, 그가 대시하며 부르짖는 순간 뭔가 날아갔다. 하얀 것, 상대의 입에 끼운 마우스피스였다. 상대는 곧 쓰러질 것처럼 비틀거렸고, 이어서 그의 등 뒤에서 뭔가 다시 날아올랐다. 처음엔 하얀 새처럼 보였다. 처음 보는 것이었다. 곧이어 심판이 그의 앞으로 뛰어들어왔다.

'아아, 타월이구나. 저편에서 타월을 던졌구나.'

그는 꿈꾸는 기분이 되었다. 잠시 상대도, 링도 보이지 않았다. 링 위로 떠오른 하얀 타월의 잔상만이 남아 있었다. 4라운드 48초 티케이오, 그는 어느 순간 신인왕이 되어 있었다.

관객들의 함성에 한 번 귀가 멍해진 후부터 더 이상 세상의 소리는 그의 청각에 잡히지 않았다. 시간은 아주 느리고 무겁고 섬세하게 지나갔다. 그는 오로지 두근대며 맥박 치는 고동 소리만으로 존재했다. 아버지가 느릿느릿 달려와 그를 껴안았다. 무어라 소리치고 있었지만 그는 알아들을 수가 없었다. 붉게 달아오른 얼굴의 아버지는 입술이 부풀어오른 채로 울고 있었다. 형이 달려왔다. 그는 두 사람을 단숨에 쓸어안았다. 그도 울고 있었다. 시합 끝나고 녹화 필름을 보면서 알았다. 그는 복받쳐서 울고 있었다. 그렁그렁 맺힌 눈물이 하염없이 뺨을 타고 흘러내렸다. 그렇게 울기는 처음이었다. 그렇게 많은 사람이 보는 앞에서 하염없이 눈물을 흘리기는.

8

"마지막 공이 울리고 경기가 다 끝났을 때 다가가 서로 부둥켜안는 선수들을 바라봐. 바싹 다가온 상대의 눈에는 실핏줄이 빨갛게 드러나 있어. 퉁퉁 부어서 뜨이지 않는 실눈으로 무어라 간곡하게 말하며 마우스피스가 드러날 만큼 웃고 있어. 우리는 조금 전까지도 눈가를 때리고 보디블로를 날렸는데. 왜 그렇게 서로 감격스러워할까? 마지막까지 최선을 다했기 때문이야. 우리는 둘 다 이길 수 없어. 하나는 져야해. 그 현실을 너무 잘 알고 있어. 하지만 여기까지 와준 네가 고맙다. 너도 나도 경기하면서 같이 성장했다. 그렇게 인사를 하는 거야.

링에서 1, 2라운드를 치를 때는 그런 생각이 지나가지. '내가 어쩌다가 권투를 시작하게 됐을까?' '이번 시합만 끝내면 이제 그만둬야지.' 선수라면 이 번뇌를 모르지 않을 거야. 회사원이든, 수험생이든, 누구든 이 번뇌를 모르지 않을 거야. 너무나 힘이 들고, 순간순간 온 힘을 다 쏟아야 하니까. 한 동작마다 내 한계를 넘어가야 하니까. 그 고비를 넘기고 우리는 마지막 공이 울릴 때까지 견딘 거야.

나는 두 번 지고 나서부터 링에서 내려오면 경기장을 떠나기 전에 상대편을 찾아갔어. 결승 때도 그랬지. 상대는 아쉬워하면서 링을 내려갔어. 그에게는 놓친 경기였을 거야. 내가 찾아가니 가족이 와 있었어. 다가가니 코뼈가 부어 있었어. 나는 '죄송하다.'고 고개를 숙였어. '서로 후회 없이 잘한 것 같다.'고, '나중에 만날 때 더 좋은 경기 하자.'고 말했어. 그리고 우리는 손을 맞잡았어. 막 붕대를 풀어낸 그 두툼하고 축축한 손은 정말 내 손 같았어. 그 친구도 아마 그렇게 생각했을 거야. 우리가 그때 웃은 건 아마 그런 생각 때문이었을 거야."

:

　프로 복서 김택민金澤旻 선수는 한국 슈퍼페더급, 슈퍼라이트급 챔피언이 되었으며, 범아시아권투협회PABA 슈퍼페더급 챔피언이 되었다.

　그는 "승부는 정말 알 수가 없어요."라고 말했다.

　"저도 있는 힘을 다하지만 승부는 상대가 있으니까요. 처음부터 케이오를 거두겠다고 마음먹으면 그것도 오만한 건지 몰라요. 상대가 대단하다고 인정하고 내가 긴장하면, 경기가 도리어 잘 풀렸어요. 하지만 내가 너무 자신감에 차 있으면, 경기가 힘들었어요. 차라리 저는 마음을 비우려고 해요. 승부는 링에 올라가봐야 아니까요."

　그는 그래서 이긴다고 해도 상대가 못나서가 아니라고 했다.

　"승부가 그날은 그렇게 된 것 같아요. 다른 날 하면 달라지지 않을까요?"

■ 강민범, 「집으로 가는 길」

집으로 가는 길

∞∞∞∞∞∞

평온하건 험난하건 한결같아야 한다.

夷險一節
(이험일절)

－구양수歐陽脩『주금당기晝錦堂記』

바다에서 표류한 것도 하늘의 뜻이요,
사지에서 여러 차례 되살아난 것도 하늘의 뜻이다.
이 섬에 이르러 저 배를 만나는 것 또한 하늘의 뜻이다.
천리는 본래 올바르니 어찌 하늘의 뜻을 어기고 속이는 일을 하겠는가?

－최부崔溥『표해록漂海錄』

고슴도치 위猬, 위도猬島는 해안선이 세심하게 발달했고 털을 곤두세운 고슴도치를 닮았다 하여 붙여진 이름이다. 희고 긴 모래밭과 울창한 숲, 기암절벽과 탁 트인 바다 전망이 좋다. 주민들은 『홍길동전』에 나오는 율도국이 이 섬이라고 말한다.

　그날은 10월의 일요일이었고 위도의 파장금항에는 나라의 곳곳에서 온갖 일을 하는 사람들이 골고루 다 모여 있었다. 위도에서 보리와 마늘 고구마 농사를 짓는 농부 겸 어부들, 초등학교 양호교사인 아내와 어린 아들을 만나러 섬에 건너온 고등학교 교사, 정신병자를 뭍의 큰 병원에 입원시키려고 데리고 나선 경찰, 다음 날 결혼식을 올리려고 처갓댁에 인사 온 예비 신랑과 신부, 모친상을 무사히 치르고 서른한 명이나 되는 일가와 함께 뭍으로 나가려는 노인과 아내, 한 살 난 아기를 포대기에 싸서 업은 젊은 엄마, 여덟 살 난 초등학생, 단합대회를 하려고 섬으로 들어온 동사무소 직원들, 부인과 뭍으로 나들이에 나선 농협 소속의 철선 선장, 방송사 직원들, 육군본부의 대령과 중령,

고시 양 과에 합격한 젊은 관료, 청와대 비서관으로 일했던 경제학 박사…… 아름다운 섬에 사는 사람들이었고, 섬이 아름다워 찾아온 사람들이었다.

배는 아침 8시 50분에 빈 채로 파장금을 출항해서 벌금항과 식도에서 승객들을 태우고 9시 반에 다시 파장금으로 들어왔다. 낙도 사이를 운항하는 일본 배들을 참조해서 3년 전에 만든 배였는데, 길이 33미터, 너비 6.2미터, 깊이 2.7미터, 총 톤수 110톤에, 날개가 네 개씩 달린 두 개의 스크루를 가졌다. 배는 1층인 상갑판에 올라섰다가 계단을 내려가면 하부객실과 창고 화물창 기관실 타기실舵機室이 있고, 상갑판에는 상부객실과 식당이 있었다. 그 위에 있는 2층인 셈인 유보갑판에는 조타실 선장실 선원실 우등객실이 있었다.

배가 부두에 접안하자 기다리던 승객들이 뱃전에 댄 널을 건너 갑판으로 줄을 지어 들어섰다. 표 받는 이는 있었지만 정원을 넘었다고 제지하지는 않았다. 늘 그래왔기 때문이다. 주민들이 배 편을 늘려달라고 요구했지만 운항사는 들어주지 않았다. 늘 적자여서 하루 한 편도 힘들다고 했다. 여름휴가 때는 배 편이 늘었지만 사람들로 넘쳐나서였다. 승객들은 출근이나 등교, 복귀나 귀대를 해야 해서 무슨 일이 있어도 배에 타야 했다. 표가 없는 이는 갑판에서 구입할 수도 있었다. 이날 아무도 승객 수를 헤아려보진 않았지만 248개의 구명조끼 숫자는 훨씬 넘어선 게 분명했다.

뭍에 있는 해운조합 지부 운항실에는 무선전화가 있었지만 위도의 배에 뭐라고 감독할 수는 없었다. 거리가 먼데도 중계소가 없어 무선이 닿지 않았던 것이다.

항해사는 이날 휴가를 떠났고 선장은 갑판장을 불러 조타기를 잡게 했다. 선장은 출항 전 점검보고서를 작성은 했지만 해운조합의 누구에게 보고하기보다는 늘 하던 대로 자신이 보관했다. 선장은 조타실의 시계를 확인하더니 선착장 앞바다를 내다보았다.

"파도가 센데. 바람도 그렇고."

그는 출항을 미룰까 걱정하기 시작했다.

그가 선 조타실 아래에는 공무원 생활 33년째인 전주시의 서기관 한 사람이 타고 있었다. 그의 회상은 낚시로 시작한다.

"제가 낚시를 좋아하는데, 섬진강 상류의 옥정호, 충주호로 자주 갔어요. 하루 저녁에 수십 마리 월척을 낚는 사람들도 나오지요. 그런데 저는 그런 욕심을 낸 적은 없어요. 고기들은 낚시터나 집에 와서 친구나 이웃한테 나눠줬어요. 마음이 심란하다가도 강이나 호수를 보고 나면 잔잔해지지요. 저한테는 고기 바구니 채우는 일보다는 마음이 평안해지는 게 더 중요했어요.

그 배에 타고 나서도 위험할 거라는 생각은 없었어요. 낚시를 못하고 간다는 게 좀 아쉬웠지만. 생활체육협회 직원 하나가 작은아버지 집이 위도에 있다고 해서 전날인 토요일에 여럿이 같이 낚시를 왔더랬어요. 저녁밥 먹고 고기 잡으려고 작은 배를 탔는데 바람이 센 거예요. 입맛을 다시고 다음 날 눈을 떠봤는데 회오리바람까지 부는 거예요. 아이구, 안 되겠다. 9시 40분 배 타고 집에 가자. 그렇게 생각하고 짐을 싼 거예요.

그날따라 낚시하러 사람들이 많이 왔어요. 10월이면 고기들이 살이 오르는데다, 한 주 전에 일간지에서 위도가 좋다고 특집을 했거든요. 전날 한글날이고 그날 일요일이어서 이틀 쉬는 사람도 많았어요. 올 때는 작은 배 타고 왔던 분들도 나갈 땐 바람이 세서 다들 그 배에 오르려고 했지요. 뭍으로 가려면 하루에 그 배밖에 없으니까. 선착장이 장바닥처럼 붐볐지요. 왁자지껄하니 활기가 넘치고 선실에선 벌써 동동주며 떡이며 안주며 나눠 먹는 모습이 보이고.

사람도 많았지만 갑판에는 갖가지 통들이 즐비했어요. 위도에는 젓갈이 좋은데 뭍의 시장에 내다팔려고 가져가는 것이지요. 페인트 통만 한 것부터 드럼 통만 한 것까지 통로를 따라 길게 줄을 지었는데 다다미방 선실까지 그런 통들이 쌓여 있었어요. 아, 저런 건 묶어둬야 하는데. 그런 생각이 들었고, 내 느낌인지, 그런 통들이 많아서인지 배가 물 아래로 더 내려간 것 같았어요.

매표소에서는 '바람은 세지만 무슨 경보가 떨어진 게 아니라서 배가 뜬다.'고 하긴 했어요. 배는 예정보다 10분 늦은 9시 50분쯤에 그렇게 북새통이 되어서 부두를 떠났지요. 부안 격포까지는 14킬로미터 떨어졌고 배로 40분 거리예요.

제가 평소에 물을 좋아해서 배를 타면 늘 바깥에서 담배를 핍니다. 이날도 배의 좌현 중간쯤 되는 갑판에 서 있었는데 출항하고 10분쯤 지났나, 배가 방파제를 다 빠져나오니 갑자기 왼쪽 선수에 집채만 한 파도가 때리는 거예요. 바닷물이 난간을 넘어 마구 쏟아져 들어왔어요. 저도, 다른 승객들도 하는 수 없이 선실로도 들어가고 우현 통로로도 건너갔어요. 저는 상부객실(2등선실) 안쪽으로 밀려 들어갔는데 통로의 신발 벗는 자리에서 누가 제 다리를 꽉 잡는 거예요. 놀라 돌아보니 20년 전에 관청에서 책상을 같이 붙여놓고 근무하던 친구예요. 이름은 윤길중이라고. '형님! 무엇 하러 배 안으로 들어가십니까? 나하고 여기 앉아 이야기나 나누며 갑시다.' 그 친구가 궁둥이를 틀 자리를 마련해줘서 우리는 무릎을 맞대고 앉았지요.

이때도 배는 5도나 10도쯤 왼편이 들린 채로 운항 중이었어요. 2, 3분쯤 후에 파도가 다시 왼편을 때렸어요. 이때 배가 오른편으로 크게 기울었지요. '아이쿠!' 하는 비명이 여기저기서 나오고 다다미방에 앉은 승객들이 자리에서 겨우겨우 일어섰어요. '어, 이거 배가 왜 이래!' 하면서 모두 공포에 질렸어요. 저와 친구도 깜짝 놀라서 말을 멈췄고요."

쉰여섯 살의 선장과 마흔두 살의 갑판장은 위도에서 살았고 격포까지 뱃길을 잘 알았다. 그 배의 출항 금지는 초당 풍속 12미터, 파고 2.5미터를 넘어가거나 시정, 그러니까 눈으로 보이는 거리가 1킬로미터 이내일 때였다. 이날 일기예보는 이 제한선에 딱 들어가지는 않았다. 북서나 북동풍이 10~14미터, 파고 2미터였다. 사고 당시에 풍속은 5.5미터, 순간최대 10.5미터 수준이었다. 하지만 정확히 사고 지점이 아니라 인근의 관측장치에 기록된 것이다. 승객들이 체감한 북풍이나 돌연히 일어난 파도는 상당히 거셌다. 선장은 바람과 조류에 배가 남쪽으로 밀려갈까 봐 통상보다 약간 북쪽으로 항해하게 했다. 배에는 승무원을 포함해서 221명까지 탈 수 있었는데 이날은 362명이 배에 올랐다. 9톤 무게인 새우젓갈 600여 통이 실려서 과적 상태이기도 했다. 많은 승객이 바람을 피해 우현에 몰려 있었고 그래서 배가 오른쪽으로 약간 기우뚱해진 상태였다.

이럴 때 왼쪽 스크루가 제대로 돌지 않았다. 이유는 알 수 없었다. 왼쪽 엔진의 회전 수가 뚝 떨어졌다. 선장은 "왼쪽 엔진을 느리게 돌리고 타를 우현으로 15도에서 20도 틀어라." 하고 지시했다. 진로를 유지하기 위한 조치였다. 그런데 이어서 오른쪽 엔진에서도 "쿵!" 하는 굉음이 들렸다. "푸드득 푸드득" 소리와 함께 오른쪽 스크루마저도 제대로 돌지 않았다.

엔진에 도대체 무슨 일이 벌어진 걸까? 3년밖에 안 된 500마력짜리 튼튼한 디젤 엔진이 두 대인데 왜 갑자기 이러는 걸까?

선장은 조타실 내의 갑판장과 기관장을 쳐다보았다.

"여객선이 기울자 사람들이 너나없이 넘어지고 오른편으로 미끄러져서 이중 삼중으로 쌓였어요. 그 많던 젓갈 통이 요란하게 굴러 떨어지고. 상자들, 바구니들, 낚시 가방들, 아이스박스들이 쏟아지듯이 와 장창창 하면서 오른편으로 몰려들었어요. '이게 무슨 일이야?' 하면서 그때부터 비명이 여기저기서 터져나왔지요. 원래 배는 파도를 타고 앞 뒤 좌우로 흔들리긴 하지만 그 배는 이번에는 원위치로 복원을 못하는 거예요. 그러다가 파도가 재차 때려 치니까 더 심하게 기우뚱하더니 바닷물 속으로 잠기더군요.

'배가 침몰한다!'

누가 처절하게 외쳤어요. 나는 설마 설마 하면서 겨우 버티고 있었 는데 갑자기 내 앞 창문 옆에 섰던 승객 한 사람이 재빠르게 튀어나가 면서 뒷발로 내 얼굴을 걷어찼어요. 나는 그 바람에 쓰러지고 말았고, 그사이에 출구로 먼저 나가려는 손과 몸뚱이들이 뒤엉키면서 배가 순 식간에 바닷물 속으로 2, 3미터 가라앉아버렸어요."

배가 가라앉기 전 왼쪽이 거의 멎고 오른쪽 스크루에 힘이 걸리자 승객들은 날씨가 너무 험해서 배가 오른쪽으로 선회하여 부두로 회항 하려나 보다 생각했다. 하지만 그마저 힘을 잃어버린 후에 거의 배 길 이만큼 길고 높은 파도가 배를 뒤에서 비스듬하게 덮쳤다가 기우뚱하 게 띄워 올린 뒤에 빠져나갔다. 선박 아래의 타기실에는 유사시에 기 운 배가 원위치로 돌아가게끔 자갈이 7.3톤이나 들어 있었지만 힘을 쓰지 못했다.

배가 옆으로 쓰러지자 바닷물은 배 아래의 하부개실로 쾅쾅거리며 쏟아져 들어갔다. 하부객실의 앞문은 테두리를 따라 검은 고무 패킹이 되어 있고 문의 핸들을 돌리면 문설주에 꽉 밀착되는 수밀문水密門이었다. 그러나 이날은 많은 승객이 드나들어 거의 열려 있었다. 하부객실에 앉으면 배의 흔들림이 덜했다. 게다가 바닷바람과 쌀쌀한 날씨를 피할 수 있어서 아기와 엄마, 초등학생, 나이 든 부부가 많이 앉아 있었다. 하부객실에는 구명조끼가 벽에 걸려 있었지만 배는 채 손을 쓸 틈도 없이 쓰러졌다.

출구 가까이 앉았던 승객들이 너나없이 비틀거리며 바닥이 된 벽을 기어서 나가려 했지만 쓰러진 배의 공간은 이전과 완전히 바뀐 상태였다. 찬 바닷물이 두 사람 어깨 너비만 한 계단을 통해 몰려 내려오자 출구의 승객들은 도리어 객실로 떠밀려 들어갔다. 상부객실도 마찬가지였다.

"전날 섬에 들어갈 때도 그 배를 탔거든요. 그때 갑판에 구명조끼가 걸린 위치를 눈여겨봐뒀지요. 쇠줄에 걸려 있었고요. 그런데 사고가 실제로 나니까 거기까지 가서 빼내 입을 틈이 없었어요. 아주 빠른 사람들은 출구를 찾지 않고 그 와중에 유리를 깨고 나가기도 했어요. 갑판에 나와 있던 사람들은 바로 물로 뛰어들 수 있었고요. 얼른 생각하기에 그 객실에는 150명 정도가 있었던 것 같은데 아수라장이 됐어요. 옆으로 누운 배는 곧바로 완전히 뒤집혀버렸어요. 그러니까 선실 천장이 바닥이 되고 바닥은 천장이 된 거지요. 그리고 조명등이 다 나가서 눈앞이 캄캄해졌어요. 그 상태에서 물이 밀고 들어오는 거예요.

그래도 배가 돌멩이처럼 물에 쑥 잠기지는 않아요. 좌로 기우뚱, 우로 기우뚱 하고 시간을 끌면서 내려앉는데, 밖으로 나가려면 문을 찾아야겠다고 생각은 했지만 사람들하고 화물하고 뒤엉켜서 도저히 감을 잡을 수가 없는 거예요.

좀 다행인 것은 제가 수영도 웬만큼 하고 바다 경험이 많다는 점이었어요. 어릴 때는 한강 상류를 헤엄쳐서 왔다 갔다 했어요. 작살 들고 쏘가리를 잡느라고 잠수를 하기도 했고요. 그래서 정신을 잃기보다는 바닥이 된 천장을 밟고 어떻게 살아날까 궁리하면서 잠시 망설였어요. 그러는 사이에 수위가 쑥쑥 높아졌어요. 저는 한 번 잠수하면 40초 정도는 무난히 있어요. 그런데 배가 움직이고 저도 움직여야 하니까 그 정도도 못 참겠더라고요. 한 번 물에 들어갔다가 나와 구석에서 숨을 쉬려고 하니까 배가 요동치면서 물이 탁, 얼굴을 덮치고. 또 잠수하고 나와 쉬려고 하니까 배가 흔들리면서 물이 탁 때리고. 세 번째 물에 들어갔다가 수면 위로 고개를 내밀었는데 그만 물이 천장에 가 붙어버린 거예요. 전후좌우를 더듬어봤는데 철판하고 단단한 벽체만 만져졌고요. 그 순간에 '아, 이제 내가 죽는구나.' 생각이 드는 거예요. 그리고 움푸악, 움푸악 하고 물을 뱉어내면서도 먹기 시작했고요. 갑자기 어깨에서 힘이 죽 빠지고 체력이 바닥나서인지 정신이 몽롱해졌어요. 그리고 내가 하늘로 올라가는 연기처럼 몸 위로 붕 떠오르는 거예요. 그게 영혼인지 내가 착각해서인진 몰라도 그랬던 기억만큼은 지금도 가지고 있어요.

　아, 죽을 때 이렇게 되는 거구나.

　그런 생각이었고, 그리고 순간적으로 아주 많은 생각이 일어났어요. 가족들 생각이요. 여든다섯인 어머니는 3년째 치매였어요. 평생 저와 같은 집에서 사셨거든요. 아내는 내가 스물아홉일 때 스물세 살 나이로 선봐서 결혼했고 신혼 집에서부터 시어머니를 모셨어요. 공무원인 내 뒷바라지 하고 애들 키우면서 꽃 같은 시절 다 보내고, 이제라도 무슨 보답을 해야 하는데, 그런 생각을 했어요. 아들은 다 커서 서울에 올라가 있고, 딸은 학원 다니며 재수를 하고 있었어요. 시험도 얼마 안 남았고. 내가 애를 보살펴줘야 하는데, 그런 생각이 들었어요. 도저히 죽을 수가 없었어요. 물이 가득한데도 '아, 나 죽으면 안 돼.' 그렇게 소리쳤어요."

　안간힘을 다해 죽고 사는 고비를 넘어선 사람들은 자기가 아니라 식구들을 위해 그렇게 견뎠다고 말하곤 한다. 『어린 왕자』의 작가 앙투안 드 생텍쥐페리는 공군에 입대해서 조종간을 처음 잡았고 제대한 뒤에는 사하라 사막과 남미의 안데스 산맥을 넘나드는 항공우편 비행사로 일했다. 그는 생사를 넘나든 일들을 사실 그대로 에세이처럼 옮긴 『인간의 대지』에서 그런 체험을 고스란히 그리고 섬세하게 묘사했다. 그는 서른다섯 살 때 기관사 앙드레 프레보를 태우고 파리에서 이륙하여 베트남의 사이공까지 가는 사흘 거리의 비행에 나섰다. 지중해를 건너고 벵가지에 기항한 뒤에 사하라 사막을 야간 비행했다. 하지만 레이더도 없고 항로나 무선마저 부실하던 시절이어서 캄캄한 하늘에서 길을 잃고 바다에 불시착하려다가 땅에 충돌한다.

'날이 밝은 뒤, 우리는 황막한 고원 꼭대기에 있는 비스듬한 언덕을 거의 닿듯이 들이받았다는 것을 알게 되었다. 충돌점의 모래에 난 구멍이 마치 쟁기로 파낸 것 같았다. 비행기는 재주넘기를 하지 않고 성난 길짐승이 꼬리를 휘두르듯 배밀이를 하며 나아간 것이다. 시속 270킬로미터로 배밀이를 한 것이다. 우리가 살아난 것은 아마 모래밭 위에서 제멋대로 굴러다니는 동그란 검은 돌들이 마찰을 줄여준 덕분일 것이다.'(안응렬 번역. 이하도 마찬가지)

물탱크는 터지고 커피 반 리터와 포도주 4분의 1리터만 남았는데 3,000킬로미터나 되는 지역을 뒤질 구조 비행기의 탐색은 아마 6개월가량 걸릴 거라고 생각한다. 프레보는 "분하다. 고통 없이 한 번에 죽을 수 있었는데……." 하고 중얼거린다. 생텍쥐페리는 옛날 비행사 친구인 기요메가 안데스 산맥에 추락했다가 동북동쪽으로 걸어나와서 살아난 것을 떠올리고는 막연하게 그쪽으로 아무 희망도 없이 걸어나온다. 그는 발자국 남기는 걸 잊기도 하고 큰 호수나 요새, 이슬람사원의 첨탑 같은 것의 신기루를 보기도 한다.

그들은 물 한 방울 마시지 않은 채로 60킬로미터나 걸어다니다가 동료들에게 발견되기 위해 비행기 잔해로 돌아와 날이 캄캄해지자 불을 지른다. 하늘로 올라가는 불꽃을 보며 프레보가 눈물을 흘리는데 어깨를 두드리며 위로하는 생텍쥐페리에게 "내가 나 때문에 우는 줄 압니까?" 하고 말한다. 생텍쥐페리는 여기서 "명백한 사실을 깨달았다."고 적고 있다. 그는 내가 아니라, 내가 살아 돌아올 거라고 기다릴 식구와 벗과 이웃들이 도리어 난파하는 배 위에서 사람 살리라고 부르는 '이상 야릇한 주객전도의 환상'을 본다.

'기다리는 눈들이 떠오를 때마다 나는 눈이 데는 것 같은 느낌을 받는다. (…) 아아! 나는 편안하게 잠들 것이다. 하룻밤 동안이거나 여러 세기 동안이거나 잠이 들면 그 차이를 알 수 없다. 그리고 얼마나 평안할 것인가! 그러나 저 너머에서 울릴 그 부르짖음, 그 크나큰 절망의 불길…… 나는 이런 영상을 견딜 수가 없다. 나는 그 파선들을 눈앞에 보며 팔짱을 끼고 우두커니 있을 수가 없다! 침묵의 1초 1초가 내가 사랑하는 사람들을 조금씩 죽여가는 것이다. 그리고 내 안에서는 큰 격노가 부글거린다. 늦기 전에 가서, 빠지는 저 사람들을 구하지 못하게 왜 이 사슬들은 나를 방해하는 건가? 왜 우리의 불은 우리들의 부르짖음을 이 세상 끝까지 가져가지를 못하는가? 조금만 기다려요…… 곧 갑니다! 우리가 곧 가요! 우리는 구조대다! (…) 우리의 위대한 화염 메시지는 끝이 났다. 그것은 이 세상에서 무엇을 움직이게 하였는가? 아, 나는 그것이 아무것도 움직이게 하지 못한 것을 잘 안다. 그것은 들리지 않는 기도였던 것이다.'

비행기의 잔해가 남긴 불길이 사그라지는 것을 보면서도 그는 그들을 위해 살아나야 한다고 다짐하는 것이다.

"어떻게 해서든지 살아나야겠다는 생각에 다시 한 번 몸부림을 쳤어요. 물을 많이 먹고 신체 마비가 오는 것 같았는데 어떻게 그런 생각 하나로 몸을 제대로 움직일 수 있었는지! 위쪽의 철판을 손으로 밀었더니 몸이 아래쪽으로 밀려 내려갔어요. 그런데 물속에서 뭔가 환하게 보이는 거예요. 나중에 생각하니까 항상 거기는 그렇게 환하게 밝았어요. 잠수할 때마다 주의해서 보지 않아서 지나쳤을 뿐이지. 내 왼쪽에서, 그리고 비스듬하게 위쪽에서 환한 거예요. 뒤뚱거리며 가라앉는 배의 그쪽이 수면으로 올라갈 때마다 거기는 주위를 밝힐 만큼 환해졌고 또 물속으로 내려앉으면 캄캄해졌고. 잠수해서 거기로 가봤어요. 뿌연 유리가 있었어요. 선실 유리창이었지요. 배는 여전히 시소처럼 좌우로 기우뚱거리며 흔들리고 있었어요.

'문을 찾기보다 당장 여기로 나가야 한다.'

다른 생각 할 것도 없이 저는 그대로 머리로 유리를 들이받았는데 얼마나 절박하게 때렸는지 윗몸이 반쯤이나 바깥으로 빠져나갔어요. 그것 말고는 퇴로가 없었으니까요. 거의 동시에 유리가 수면 위로 들렸어요. 숨이 막혔다가 아마 그때 찬 공기를 들이마셨을 거예요. 한데 난감한 게 몸이 바깥으로 다 빠져나온 게 아니니까요. 손으로 짚든지 발로 뭔가를 박차야 하는데, 배는 내가 있던 쪽이 들려서 발에 닿는 게 없었지요. 어깨를 내놓고 버둥거리는데, '어어, 다시 내려간다.' 눈앞이 캄캄해졌고 가슴이 깨진 유리에 끼인 채로 도로 바다로 내려앉았어요. 그런데 만시기 히시라고 한탄할 틈도 없이 기적 같은 일이 벌어졌어요. 선실로 쏠려 들어와 오른편을 가득 채우고 있던 바닷물이 배가 시소처럼 좌우로 흔들리니까 이번에는 왼편의 제가 있는 깨진 창으로 빠져나왔어요. 저는 힘을 쓸 겨를도 없이 누가 등 뒤에서 밀어내는 것처럼 순식간에 바다로 빠져나왔어요.

그때 생긴 머리의 흉터가 아직 남아 있는데, 아마 유리를 깨면서 머리의 왼쪽 윗부분 머리카락이 순간적으로 끼었던 모양이에요. 배 바깥으로 나오면서 어느 때인가 그 부분에 어린애 손바닥만 한 크기로 피부와 머리카락이 송두리째 뜯겨나갔어요. 당시에는 그런 걸 몰랐어요. 물 바깥으로 나와서도 피가 흐르는지 어쩐지 알 수도 없었고.

수면에 올라와 보니 뒤집힌 배가 물 위로 1, 2미터쯤 바닥을 드러내고 흔들리고 있더군요. 온통 '사람 살려요.' 하는 아우성이었어요. 바다에 비는 안 오는데 바람은 아주 셌고요. 한 마흔에서 쉰 명 되는 승객이 목만 겨우 나온 채로 손을 저으면서 허우적거리고 있었는데, 벌써 기절했는지 축 늘어져서 바다 위에 떠 있는 사람도 여기저기 보였어요. 낚시 가방, 낚싯대, 둥근 통들, 신발, 학생용 가방, 짐 보따리, 아이스박스, 판자, 무슨 용품들이 파도에 휩쓸리고 아수라장이더군요.

배는 여전히 좌우로 흔들리며 침몰해가고 있어서 거기를 피해야 했어요. 내가 헤엄칠 때마다 사람 손들이 스쳐가고 붙잡으려고 했지요. 그러더니 누군가 뒤에서부터 나를 꽉 싸안았어요. 어찌나 세게 몸을 끌어안는지 꼼짝달싹할 수가 없었고요. 순간 큰일났구나 생각했어요. 저는 그전부터 알고 있었거든요. 물에 빠져 허우적거리는 사람을 구하려면 뒤로 돌아가라. 머리카락을 붙잡든지 다리를 잡아라. 정면으로 접근하면 큰일난다. 물가에 가면 형님들이 그런 말을 많이 했으니까요.

'아, 이러면 안 돼요. 같이 죽는단 말이에요. 뭐든 뜨는 걸 붙드세요.'

생각은 그렇게 했지만 목이 막혀 말로 나오지 않았어요. 나는 눈앞이 캄캄해져서 그 사람과 같이 물속으로 가라앉기 시작했어요. 움직일 수가 없었거든요. 그런데 깊이 들어가자 그 사람도 숨이 가빴는지 손을 풀고 떨어져나가는 거예요. 다시 물 위로 올라오자 나는 생각했어요.

'얼른 여기를 뜨자.'"

기상대와는 별도로 날씨를 파악하는 해군은 높은 파고를 조심하라는 황천 4급 경보를 서해 중부 해상에 발령한 상태였다. 부안경찰서의 경찰관은 나중에 살아 나와서 "배를 뒤집을 만큼 큰 파도가 때린 건 아니었다."고 했다. "배가 오른쪽으로 급선회했는데 파도가 때려 중심을 못 잡다가 기우뚱하며 넘어갔다."고 했다. 구명 튜브는 네 개뿐이었고, 조타실이 있던 유보갑판에 스물다섯 명이 탈 수 있는 팽창식 구명벌(筏)이 기록상 아홉 개 있었다. 하지만 배가 워낙 급속하게 뒤집혀서 누군가 밧줄로 붙잡아둘 겨를도 없이 구명벌은 자동 이탈한 뒤 파도에 떠내려가버렸다.

배는 물살에 파묻힐 듯이 가라앉았다가 우현 다음에는 좌현이, 좌현 다음에는 우현이 뒤뚱거리며 떠올랐다. 흰 물거품이 그물처럼 둘러싼 파도가 높게 일어섰다가 뱃전이나 선미를 때렸다. 파도가 솟구쳐서 만들어낸 날카로운 모서리들이 앞으로 꺾이며 흰 물거품이 되고 물보라를 일으켰다. 전복되고 10분쯤 후에 배는 완전히 가라앉아 바닥마저 사라졌다.

선실의 승객들은 거의 빠져나오지 못했다. 이런저런 일을 하던 마흔두 명의 공무원이 배에 올랐는데 아홉 명만 살아남았다. 국정감사를 마치고 홀가분하게 섬을 찾아왔던 경제기획원 공정거래위원회의 총괄정책국 관료들 중에 선실에 있던 열 명은 모두 숨졌다. 좌석표가 없어 입석표를 사서 갑판에 서 있던 세 명은 살아남았다. 선실의 승객들은 두려움에 서로 끌어안았다. 엄마는 아기와 어린아이를, 결혼이 눈앞인 신랑은 신부를, 아버지는 초등학생 아들을, 노인은 아내와 손자를 부둥켜안았다. 선실 기둥을 안은 이들도 있었다. 바닷물은 화장실에 앉은 사람도 쓰러뜨리고 고스란히 덮쳤다. 그들의 몸은 나중에 그렇게 발견됐고 끝내 떨어지지 않는 이들도 있었다.

갑판에 나와 있고 헤엄칠 수 있는 사람들은 수면에 떠다니던 널빤지와 플라스틱 통에 매달렸다. 물 위에 가장 많이 떠 있던 것은 아이스박스였다. 곳곳에서 찾아온 낚시꾼들이 그 배에 탔고 물고기로 채워 넣으려던 아이스박스는 빈 채로 물 위에 수십 개가 떠올랐다. 두세 명이 아이스박스 하나에 매달려 함께 파도를 맞기도 했다.

"아이스박스가 진공이어서 물에 뜹니다. 저는 이걸 하나 붙잡고 발버둥치듯이 해서 배 근처를 빠져나왔어요. 배가 가라앉은 곳은 선창

가에서도 보였고 제가 있던 데도 마찬가지였어요. 하지만 파도는 연신 덮쳐오고 힘이 없어 눈앞이 캄캄했어요. '과연 살 수 있을까?' 하는 의문이 들었어요. 저는 숨을 가누면서 생각했어요. '위도 부두서도 침몰하는 걸 봤으니 무전을 칠 거다. 어제 격포항에서 〈해양경찰〉이라고 쓰인 작은 경비정을 봤는데 그게 올 것 같다. 비상이 걸리면 경찰들이 모이고 여기까지 배를 타고 올 건데, 격포에서 위도까지 40분이니 넉넉잡고 한 시간을 버텨야 한다.' 왜냐하면 그렇게 빨리 올 것 같진 않았어요. 일요일인데, 다방에 들렀을 수도 있고, 소집하는 시간이 있으니.

'오래 떠 있으려면 몸부터 가볍게 해야겠다. 밤 낚시를 하려고 옷을 두툼하게 입고 왔는데.' 그렇게 생각하고 발을 비벼 운동화를 벗었어요. 바지도 벗으려고 했지만 몸에 찰싹 붙어 포기하고 말았고요. 지퍼를 안 채운 점퍼를 벗으려고 왼쪽 팔을 빼고 나니 기진맥진한 거예요. 이때 집채만 한 파도가 밀려와서 아이스박스와 제가 얻어맞았어요. 물속에 잠긴 후에 아이스박스가 먼저 떠오르고 제가 다음에 고개를 내밀었지요.

점퍼는 결국 쉬었다가 다 벗어버렸어요. 그런데 잘못한 것 같더라고요. 체온도 중요한데. 파도가 계속 때려서 저는 힘이 더 빠졌고 추위가 몰려오더군요. 그때 수온이 15도인데, 체온이 계속 내려가서 23도쯤 되면 심장이 멎는다니까. 그러는 사이에 떠 있던 사람들도 너른 바다로 뿔뿔이 흩어지고 그 많던 짐들 통들 가방들도 떠내려가서 보이지 않았어요.

그동안 수영한 경험이 있어서, 물에서 쉬려면 뒤로 누워서 머리까지 물속에 넣고 코와 입으로 숨을 쉬면 견딜 수 있다, 그런 생각을 하면서 배영을 했어요. 가슴 위에 아이스박스를 올리고 양쪽에 손잡이를 잡았는데, 세찬 파도에 밀려다니다 보니 또 물을 먹고, 얼굴을 계속 닦아줘야 하고. 다행히 아이스박스 뚜껑이 열리거나 하는 일은 없었는데, 제가 너무 힘이 드는 거예요.

한 시간 20분쯤 그렇게 버텼는데 주위에는 배가 오는 아무런 기척이 없고, 힘이 다하다 보니 몸이 자꾸 처지고 내려가고 나중에는 아이스박스에서 떨어져나와 물속에 수직으로 매달리게 됐어요. 어깨와 팔은 하도 아파 감각도 없고. 아, 이제 죽는구나 생각이 드는데 망망대해에 나 혼자밖에 없어서 무서웠지요. 몸은 추워 쉬지도 않고 덜덜 떨리고 그 시퍼런 바닷속으로 금방이라도 빨려 들어갈 것만 같았어요.

저는 힘이 하나도 없는 채로 소리쳤어요. '으으으!' 그리고 다시 힘을 모아서 '으으으!' 하고 외쳤어요. 입술은 부르트고, 얼굴은 파랗게 질리고, 추워서 아래윗니는 따각따각 마주치고. 그 상태로 또 외쳤어요.

'으으으!'

사실 제가 머릿속으로 생각하는 말은 '하나님'이었어요. 얼마나 남은 힘이 없었는지 그게 '으으으' 하고 흘러나오는 거였고 그런 소리만 나오는 걸 귀로 듣고 있었어요. 나 스스로 얼마나 가련하고 절망적이던지. 그래도 할 수 있는 일이 없잖아요. '으으으' 그 말밖에는.

저는 전주고 다닐 때부터 교회에 가긴 갔어요. 어머님이 권사셨거든요. 외가에는 목사도 있고. 크리스마스 때에야 여학생들과 놀기도 하니까 갔고 부활절이나 부흥회가 있으면 이벤트가 있으니 갔고. 결혼하니 아내도 권사예요. 그래도 목사님 강론은 도무지 와 닿지가 않았어요. 교리를 심각하게 부정하는 건 아닌데 교회에 가도 몸만 갔지 마음은 안 간 거예요. 제가 어울리기 좋아하니 교회 가면 맞아주는 사람은 많지만 그래도 심취가 안 되는 거예요. 목사님 말은 나하고 별개의 세상에서 하는 말이고.

그런데 이제 아이스박스에서 손을 놓자니 시퍼런 바다에 빨려들 일만 남았는데 그게 무서워서 소리도 안 되면서 외치는 거예요.

'으으으 으으으!' 외친다고 그토록 막막한 바다에서 뭐가 바뀌겠습니까? 스무 번쯤 소리를 쳤는데 나중에는 한스러운 마음이 들었습니다.

'뭐라도 해주셔야 하는 것 아닙니까? 제가 지금 죽어가고 있습니다.'

그러다가 무슨 생각에서였는지 아이스박스를 붙잡은 채로 처음으로 뒤를 돌아보았어요. 그런데 뭔가 보이는 거예요, 15, 6미터 떨어진 곳에. 눈이 둥그렇게 떠졌어요. 파도가 얼굴을 때려서 손으로 문지르고 아이스박스를 돌려서 다시 보았어요.

커다란 원뿔이 물 위에 서 있는 거예요. 내 눈에 갑자기 나타났어요. 저게 뭐지 싶었는데 구명벌이었어요. 어제도 배가 올 때 갑판에서 봤는데 배가 침몰할 때 자동으로 부풀어오른 거였어요. 정말 놀라웠어요. 기적 같았어요. 저는 서둘러서 아이스박스를 앞세우고 헤엄쳐갔지요.

구명벌은 너비는 거실만 한데 드니드는 통로는 앞뒤로 두 개기 있는 거였어요. 큰 물놀이 기구 같은 거라고 생각하면 되는데 통로의 문턱을 잡으니까 물렁물렁했어요. 바닥에는 벌써 10여 명이 정신을 잃고 쓰러져 있고, 세 사람이 앉아 있어요. 저는 아이스박스를 흘려보냈어요. 그리고 문턱에 두 손을 얹어놓고 오르려 했는데 몸이 말을 듣지 않는 거예요. 몇 번이나 기를 썼는데 다 실패했어요. 당장 쓰러질 정도로 탈진했으니까요. 거기 먼저 와 있는 사람들도 비슷했어요. 눈들이 퀭하고 어깨가 축 처졌고 넋이 나갔어요.

'내 손 좀 잡아주시오!'

몇 번을 고함쳐도 전혀 반응이 없어요. 그냥 멍하니 보고만 있어요. 전날 나와 같이 동행한 직원은 모두 네 명이었는데 둘은 죽고 한 명이 구명대 저쪽 출입구 앞에 앉아 있어요. 내가 아등바등하는데도 물끄러미 쳐다볼 뿐이었어요. 아, 어찌 이럴 수가. 아마 넋이 나간 것 같아요. 매달린 한 순간마다 마른걸레를 쥐어짜는 것 같고. 아, 이러다가 죽겠다. 아, 이래가지고는 가망이 없다. 그래서 가까이 앉은 사람 앞으로 고개를 깊숙이 밀어서 쳐다보며 간청을 했어요.

'선생님! 나 좀 살려주시오. 이제 나 혼자 힘으로는 도저히 올라갈 수가 없소!'

그제야 그가 왼손을 내밀어 저의 오른팔을 잡아요. 그런데 그게 다이고 잡은 팔에 아무 힘이 없어요. 자기들도 어떻게 해서 올라왔을 뿐이지 생각이 있고 살아 있는 게 아니에요. 그래서 저 혼자 어금니를 물고 죽도록 오르려고 하는데 안 되는 겁니다.

그런데 모래언덕처럼 커다란 파도가 뒤에서부터 다가왔어요. 저는 구명벌하고 같이 공중으로 들려 올라가고. 구명벌이 파도 꼭대기까지 올라섰다가 먼저 내려가는데 제 손이 문턱을 놓칠락 말락 했어요. 정말 속이 바싹바싹 타는 순간이었지요. 그런데 파도가 저를 계속 뒤에서 밀어올리지 뭡니까? 저는 그 파도에 떠받쳐져서 문턱에서 물구나무를 서더니 구명벌 속으로 내동댕이쳐졌어요. 정말 기적이지요.

사람들은 디딜 틈도 없이 쓰러져 있는데 그 위를 내가 덮쳐도 누구 하나 아프다는 말도, 신음도 없어요. 내 몸은 뒤틀린 상태였고 머리는 구명벌 바닥에 닿았는데 손가락 하나 움직일 힘이 없어요. 맨 나중에 올랐으니 탈진도 제가 가장 심한 거죠. 귀 높이까지 올라올 만큼 물이 고였어요. 파도가 한 번 치면 얼굴 위를 지나가면서 입과 콧속으로 물이 들어왔어요. 실신할 지경이어서 숨이 막힐 것 같을 때 한 번 코 주위를 닦고 저는 꼼짝달싹 못했어요. 뒤엉키고 다리가 끼어 일어날 수도 없었어요. 죽고 산다는 생각보다 멍하니 있다가 신음만 내고. 모두 마찬가지였지요. 당장 가라앉아도 그렇게밖에 못했을 거예요."

배는 위도에서 7킬로미터 떨어진 바다에서 침몰했는데 그 소식은 파장금으로 금세 다다랐다. 배가 밑바닥을 드러내는 것을 본 16톤 선양호의 선장은 무전기로 사고를 가까운 배들에 알렸다. 12톤 일성호가 침몰선 가까이에 가장 일찍 다다랐지만 파도가 높아 한동안 어쩌지를 못했다. 두 배에는 모두 낚시꾼들이 타고 있었다. 가족들을 떠나 보내고 왠지 배가 위태해 보여 부두에 남았던 사람들도 있었는데 시야에서 까마득히 사라진 배가 갑자기 가라앉았다는 말을 듣고 그 자리에서 기절하거나 주저앉아 통곡을 했다. 학교에서 당직을 서던 교사와 집에서 쉬던 주민들은 텔레비전의 자막을 보거나 아우성을 듣고 부두로 달려 나왔다.

110톤짜리 배를 가라앉힌 바다로 훨씬 왜소한 배들이 풍랑에 흔들리며 나섰다. 5톤밖에 안 되는 통통배들이 가랑잎처럼 흔들리며 산 사람과 죽은 이를 건져 올렸다. 뒤집힌 배의 스크루를 붙잡은 채 숨이 넘어가던 사람을 살려내기도 했다. 아홉 개이던 구명벌은 파도에 대부분 쓸려가고 두 개만 멀찌감치 떠 있었는데 문턱을 넘지 못해 매달린 승객들을 통통배의 어민들이 구해냈다. 아이스박스와 널빤지에 매달린 사람들도 구해서 태웠다. 낚시꾼이 함께 나선 18톤 종국호는 마흔세 사람을 살려냈다.

배가 와서 온몸이 젖은 채 실신한 사람들을 부두에 부려놓으면 주민들이 달려들어 숨을 불어넣고 가슴을 눌러 피가 돌게 했다. 주민들은 자기 옷이나 마대를 찢어 들것을 만들고 체온을 잃고 늘어진 이들을 제 집으로 데려갔다. 거기서 이불로 감싸고 온돌에 불을 지피고 미음을 먹여서 살려냈다. 주민들은 아침에 낯선 이들을 살려내고도 낮부터는 어버이와 형제자매, 친구와 이웃이 죽어 돌아온 것을 보고 곡을 했다.

"우리한테도 고깃배가 왔어요. 종국호라는 꽤 큰 배였어요. 처음엔 누군가 뱃전에서 구명벌 안을 기웃기웃했는데 배로 건너오라고 했어요. 여기와 저기 사람 둘이 손을 맞잡은 다음 저기서 당기려고 했는데 배와 구명벌 높이가 다르고 파도가 치니 서로 잡을 수가 없는 거예요. 우리 쪽에서 누군가 외쳤어요.

'로프를 던지세요! 거기 배의 프로펠러나 쇠붙이에 닿으면 구명벌이 찢어져서 가라앉아요!'

하지만 그 소리는 엔진과 풍랑 소리에 파묻히고 그 배는 포기했는지 멀리 가버리더군요. 좀 지나자 구명벌 주변을 두어 바퀴 돌더니 엔진을 끄고서 다가오는데 로프 두 줄을 우리한테 던졌어요. 우리 쪽의 두 사람이 로프 한 줄씩을 붙잡았고. 그런데 한 줄은 뱃전에 부드득 갈리더니 툭 끊기고 한 줄만 남아서 고깃배와 가까워졌어요. 그러자 넋을 잃었던 이들이 너나없이 출구로 몰려드는데 구명벌이 기우뚱하는 거예요. 아까 그분이 또 고함을 쳤어요.

'서로 먼저 타려고 하면 다 죽어요! 앞에서부터 한 사람씩 타세요! 내가 가장 늦게 탈 거예요.'

그제야 사람들이 정신을 차렸는데, 뱃전에는 두세 사람이 나와 구명벌이 한 번 가까워지면 출구에 선 사람을 끌어당겼어요. 손에 잡히는 대로 허리띠 같은 것을 움켜쥐고 하나 둘 호흡을 맞춰서 당겼는데, 그러다가 몇몇은 배의 난간에 걸려 바다로 도로 떨어졌어요. 힘이 하나도 없었는데 손을 놓치고 물로 쑥 들어가버리면 아무 소리도 못하고 끝니는 상황이었지요. 안타깝고 무서웠어요. 나는 고깃배 사람들에게 몸을 맡겨두었는데 배 바닥으로 던져졌어요. 밑에 벌써 서너 명이 누워 있고, 또 한 분이 내 위로 날아왔어요. 우리는 그렇게 쌓인 채로 뭍으로 갔어요. 그제야 살 수 있겠구나 생각이 들었어요. 하지만 너무 추워 벌벌 떨리고 신음을 내지 않는 사람이 없었어요."

끝없는 사하라 사막에 내팽개쳐진 생텍쥐페리는 어떻게 되었을까? 그와 프레보는 첫날은 포도를 조금 먹었고, 사흘째는 오렌지 반쪽과 사과 반 개를 먹었을 뿐이다.

'설령 다른 먹을 거리가 있었던들 그것을 씹어 삼킬 타액이 있었을까? (…) 이 뻣뻣한 목구멍, 이 석고 같은 혀, 이 그렁거림과 입안의 몹쓸 맛, 나로서는 처음 경험하는 느낌이다.'

그들은 배고픔은 잊어버렸고 갈증과 피로만 느끼는데 눈에는 반짝거리는 점들이 보이기 시작하고 그것이 불꽃처럼 변할 때 쓰러지리라는 것을 안다. 거의 200킬로미터를 쏘다닌 셈이어서 이제 200미터를 더 가는 일도 힘들다.

'태양은 내 안의 눈물샘을 말려버렸다. 그런데 나는 무엇을 보았던가? 바다 위에 광풍이 지나가듯 희망의 숨결이 내 위를 지나갔다.'

그들은 모래에 박힌 사람의 발자국을 기적적으로 발견하고 살 가능성을 본다. 생텍쥐페리는 사막에서 개 세 마리가 쫓고 쫓기는 환각을 볼 정도여서 실신하기 직전까지 간 상태인데, 낙타를 끌고 가는 베두인 사람을 멀리서 발견한다. 그는 모래 둔덕을 지나면서 나타났다가 사라졌다가 하는 것이다. 생텍쥐페리는 성대가 침 한 방울 없이 말라붙어서, 외쳐도 외쳐도 소리가 나오지 않는다. 그래도 뛸 수가 없고 잔혹한 마귀가 베두인 사람을 그에게 슬쩍 보여주고는 다시 끌고 가는 것이라고 생각한다.

'우리는 소리를 지른다. 아주 작게. 그래서 우리는 팔을 흔든다. 굉장한 신호를 하늘에 가득 채워놓는 것 같은 심정으로. 그러나 그 베두인 사람은 여전히 오른쪽을 바라보고 있다. (…) 그러다가 천천히 4분의 1가량 몸을 돌리는 것이 아닌가! 그의 얼굴을 정면으로 보게 되는 그 순간, 모든 것은 성취될 것이다. 그가 우리 쪽을 바라보는 그 순간에 그는 벌써 우리의 목마름과 죽음과 신기루를 지워버릴 것이다. 그가 4분의 1쯤 몸을 돌리려 했을 뿐인데, 그것은 벌써 세상을 바꾸어버렸다. 단지 상체의 움직임만으로, 다만 한 번의 휘둘러봄으로, 그는 생명을 창조하고, 내게는 마치 신처럼 보였던 것이다. (…) 기적이다. (…) 그는 신이 물 위를 걸어오듯 우리를 향해 모래 위를 걸어온다!'

생텍쥐페리는 약혼한 적이 있지만 공군 조종사가 되려고 하자 그녀의 집안에서 반대했고 결국 제대 후 파혼하게 된다. 그는 부에노스아이레스로 건너가서 알게 된 미망인 콘스엘로를 파리로 데려와 결혼했고 사하라에 추락하고 나서는 아내를 다시 보려고 살아 돌아가려 했다. 하지만 길 없는 사막에서 어느 방향으로 가야 살아날지 궁리해도 그는 뾰족한 정답이나 논리를 찾기 힘들었다. 다만 예전에 조난당했다 살아난 비행사 친구 기요메가 동북동쪽으로 걸어나온 것을 떠올리며 똑같은 방향을 택했을 뿐이다. 그가 살아난다면 요행인 셈이었다.

사막이나 빙원이나 밀림에는 오랜 세월 내버려진 그토록 많은 이들의 유골이 있다. 이들도 실신하기 전까지 갖은 애를 기울이고 힘을 썼겠지만 왜 거두어주는 손길을 만나지 못했을까? 구원이란 갖은 힘을 다 쏟았다고 해도 보답까지 받을 생각을 해서는 안 되는 것일까? 프란츠 카프카는 일기에 적었다. "구원이 오지 않더라도 나는 그 어느 한 순간에라도 구원받을 만한 가치가 있고 싶다."고. 그러면 어떠할 때 그만한 가치가 있는 것일까? 그만한 가치가 있는 것이 운이 좋은 것보다 더 소중하거나, 필요하고, 근본적일까? 신은 왜 이들부터 구원해주지 않을까? 그리고 왜 이들을 모두 구원해주지 않을까?

재난은 연거푸 찾아온다. 일단 재난이 일어나면 주위의 사람도 환경도 평소와는 판이해지기 때문이다. 무엇보다 자신의 주의력부터 흩어진다. 이때는 그저 뭔가를 빠르게 판단하는 것을 넘어서 지금 내가 제대로 판단하고 있는가 하는 질문까지 던져야 한다. 착오하거나 방심하면 다른 일이 곧장 재난이 되어 다가온다. 그래서 완전히 안전해지기 전까지는 '이제 다음 할 일은 뭔가.'를 끊임없이 생각해야 한다고 생텍쥐페리는 말했다. 레이더도 항로도 없던 시절 그는 낯설고 물선 곳에 불시착과 추락을 여러 번 했던 것이다. 그에 따르면, 나중에는 주위는 모두 잠잠해졌는데도 자기 자신 속에 위기가 숨어 있을 수도 있다.

"격포항에 도착하니 난리였고 사람들이 새카맣게 나와 있었어요. 구조대원들이 우리 한 사람씩 어깨를 끼고 '동굴식당'이란 곳으로 옮겼는데 거기 시계를 보니 11시 50분이었어요. 출항한 지 두 시간, 침몰한 지 한 시간 50분이 지난 거예요. 구조대원들이 우리를 팬티만 남기고 젖은 옷을 모두 벗기더니 담요나 이불을 주면서 방바닥에 누워 몸을 녹이게 했어요. 불을 지펴서 바닥은 펄펄 끓는 게 분명한데 몸은 계속 덜덜덜덜 떨리는 거예요. 몸이 속에서부터 얼었으니까. 그때부터 지서 직원이 한 번 오고, 또 오고 또 묻는 거예요. '이름은? 나이는? 주소는?' '조금 전에 이름이 정광호라고 했습니까? 정광오라고 했습니까?' 저는 정광우입니다. '나이는 41세라고 했습니까? 47세라고 했습니까?' 또 면사무소에서 나와 묻는 거예요. '이름은? 나이는? 주소는?' 나중에는 신경질이 나고 탈진해서 말을 할 수도 없었어요.

그러다가 옆에서 누군가 소리를 질렀는데, '이 사람 맥박이 뛰지 않아요!' 그래요. 구조대원들이 뛰어들어와 인공호흡을 했지만 그분은 살아온 보람도 없이 숨지고 말았어요. 얼마나 고생을 해서 돌아왔는데. 가슴을 치고 눈물이 흐르도록 안타까운 일이지요. 이때 식당 바깥에서 경찰 헬기가 요란한 소리를 내면서 착륙했어요. 구조대원들이 '급한 사람부터 세 명씩 나오라.'고 안내해서 두 번을 실어 날랐어요. 나는 다음 차례는 타겠지 싶고 너무 피곤해서 두루마리휴지를 베고 누웠어요. 그러다가 뭔가 이상해서 일어나 앉았는데 휴지에 피가 흥건하게 고여 있어요. 손으로 더듬어보니 머리카락은 말라서 뻣뻣하고 손바닥에 피가 벌겋게 묻어 있어요. 배의 유리를 들이받을 때 머리가 찢어진 걸 그때 알았어요. 그 피가 어떻게 그때까지 흘렀는지. 그대로 잠들었으면 출혈 과다가 되었을 텐데. 죽을지도 모를 위험이 나한테 있었는데 그걸 몰랐구나. 내가 놀라서 구조대원을 불렀더니, 이렇게 말해요. '아니, 이 할아버지가 가장 급하시군요!' 그렇게 해서 헬기를 타고 바다를 내려다봤는데 언제 사고가 있었느냐는 듯이 잔잔하더군요. 그 심경을 뭐라고 해야 할까요, 가슴이 저리면서 미어졌어요.

저는 부안의 병원 중환자실에 누워 있었어요. 아내와 딸아이가 전주에서 달려와서 부둥켜안고 얼마나 울었는지 몰라요. 말도 못하고 눈물만 흘리는 거예요. 저는 그날로 전주의 병원으로 옮겼는데, 병원까지 살아온 승객도 돌아가셨어요. 저와 동행했다가 구명벌을 같이 탄 그 직원도 병원에서 만났어요. '그때 도대체 어떻게 된 거냐?'고 물어보니 멍하니 있다가 '생각이 안 나요.' 하고 고개만 절레절레 흔드는 거예요. 그리고 다음 날 아침인가 일어나 보니 침몰한 배의 선장과 선원들이 살아서 달아났다는 이야기가 나와 깜짝 놀랐어요."

"선장은 10톤가량의 회색 배에 구조됐고 파장금항 방파제에 내려서 마을로 걸어갔다."고깃배로 구조에 나선 어부 한 사람이 그런 모습을 보았다고 말했다. "방파제 입구에서 보았고 명찰 달린 제복을 입었다."고 했다. 선장을 본 사람은 여럿이었다. 선장을 잘 아는 수영 코치는 "선장이 너무 놀라서 근처의 식도에 몸을 숨기고 있는데 곧 자수할 거라고 한다. 식도 주민이 전화하면서 나한테 말하더라."고 했다.

하지만 선장은 자수하지 않았다. 검찰과 경찰은 위도, 식도의 민가와 숲을 샅샅이 수색했고 수사대를 변산 장항 군산까지 내보냈다. 전남 송이리 앞바다에는 구명벌이 빈 채로 발견됐는데 검찰은 승무원들이 탔을 수 있다고 보았다. 검찰은 선장과 승무원 일곱 명 전원을 전국에 지명수배했다. 하지만 행적을 찾을 수 없었다.

위도의 주민들은 분노로 들끓어 올랐다. 해양경찰은 오전 11시가 조금 넘어 사고가 난 바다로 들어섰다고 했지만 어민들은 새빨간 거짓말이라고 고함을 쳤다. 어민들은 낮 1시가 넘어서야 헬기와 경비정이 왔다고 했다. 어민들은 평소에 배를 증편해달라고 그렇게 호소했는데도 들어주지 않았다고 통탄을 했다. 침몰한 배를 운항하던 회사가 그제야 대신 오양호를 여객선으로 보내오자 어민들은 어선으로 들이받아 밀쳐내버렸다. 해운항만청이 더 큰 배를 보내와도 되돌려 보냈다.

군산의 해운항만청 직원은 증거 서류를 불태웠다가 구속됐다. 하루 이틀이 지나도 경찰은 배에 몇 명이 탔는지 알아내지 못했다. 부안군청이나 경찰은 살아난 사람과 죽은 사람, 실종된 사람 숫자를 알지 못했고 발표할 때마다 각각 달랐다. 해양경찰에는 즉각 사람을 구해낼 시스템이 없었고 그게 필요하다고 뜻을 갖고 애를 쓴 위정자도 없었다. 해양경찰은 죽은 이를 건져내는 일을 주로 했다.

"저와 같이 객실에 앉았던 친구 윤길중이 사흘째 되던 날 시신으로 인양됐어요. 다정했던 친구였고, 이 친구 덕분에 내가 배에서 쉽게 탈출했는데. '형님! 나하고 여기 앉아 이야기나 나누며 갑시다.' 그 목소리만 듣고도 나는 그가 누군지 알았고 우리는 마주 보고 환하게 웃었지요. 우리가 같이 일했던 때는 아이들이 갓 초등학교에 입학했을 때였어요. 우리는 창창하게 젊었지요. 사고 난 후로 제가 많이 울었어요. 자다가도 악몽을 꿔서 소리를 지르고 발버둥을 치고 울음을 터뜨리고. 눈을 감으면 춥고 삼각파도가 몸을 때리고. 죽기 직전까지 가서 '으으으, 으으으' 하던 소리가 귀에서 떠나지 않아요. 견디기 힘들었어요. 그리고 거기서 죽은 사람들이 얼마나 가여운지 몰라요. 가만히 있는데도 울먹울먹하다가 눈물이 줄줄 흘러나왔어요.

제가 그 바다에서 네 번, 다섯 번 고비를 넘기고 살아났어요. 하나님한테 소원을 뜨겁게 가져라. 교회에서 그렇게 말하는데 제가 그래서 살아난 것 같아요. 아내와 함께 교회를 찾아갔는데 자리에 앉아 두 손을 맞잡으니 눈물이 막 쏟아져 내리는 거예요. 감사하다고, 진심으로 감사하다고 기도를 드렸어요.

그리고 산다는 게 무엇인지, 어떻게 살아야 하는지, 이걸 정리해둬야 한다고 생각했어요. 나보다 어려운 사람을 돕고 진솔하게 살자. 양보하고 화목하게 살자. 그렇게 절실하게 느낀 적이 없어요. 세월이 지나고 그 노력이 그때만큼 안 돼서 이게 뭔가 생각할 때도 있지만 그런 마음은 옳은 거예요.

그리고 어머니한테는 아무 말도 하지 않았어요. 제가 병원에서 돌아오니 어머니는 아무것도 모르는 채로 반갑게 맞아주셨어요. 치매를 앓으시니까요. 어린 시절에 어머니는 밥상머리에서 몇 토막 내놓은 갈치 접시를 나와 누님에게 밀어내셨어요. '어머니, 왜 안 잡수세요?' '나 도저히 속이 메스꺼워 못 먹겠다. 너희들 많이 먹어라.' 하지만 이제 어머니는 어린애가 된 것 같아요. 과자도 이불 아래에 숨기시고. 갈치가 나오면 당신에게 당겨서 수저로 토막을 내서 드시는 거예요. 그러면 저는 '어머니, 갈치 많이 있으니 맛있게 드세요.' 하고 말씀드렸어요. 어머니는 고생을 많이 하셨어요. 아버님은 곳곳에 지점이 여럿인 회사를 차렸는데 그 재산을 다 잃고 농지도 내놓고 일찍 돌아가셨지요. 어머니는 칠남매의 외동딸로 자랐는데 삯바느질을 해서 우리 오누이가 먹을 됫박 쌀을 얻어오셨어요.

어머니는 늘그막에 거동이 불편하셨고 매일 조금씩 기억을 잃으셨어요. 어제 일도 생각을 못해내시고. 평생 속내를 털어놓은 친구 이름도 모르셨어요. 누님이 찾아와 인사를 드리면 이렇게 말씀하셨지요. '어이, 동생, 요새 잘 지내요?' 어머니는 이런저런 이름을 잊어가면서 세상과 헤어질 준비를 하신 거겠지요. 텔레비전에는 서해훼리호가 침몰했다면서 몇 며칠 보도를 했어요. 저는 어머니 옆에서 아무것도 모르는 체 화면을 보고요. 제가 만일 바다에서 숨졌어도 어머니는 그런 사실을 알지 못했을 거예요."

나흘째 되던 날까지도 신징과 선원들은 종적이 묘연했다. 갑판원한 사람만 숨진 채 물에서 나왔다. 선장과 선원이 어민의 배를 타고 몰래 살아났는데 왜 구해준 어민은 나타나지 않을까? 부두에는 수백 명이 있었는데 왜 일고여덟 사람만 선장을 보았을까? 사람들은 의문을 가지면서 말을 삼가기 시작했다.

닷새째 되던 날 백운두 선장은 조타실에서 숨을 거둔 몸으로 수면 위로 나왔다. 물에 젖어 늘어진 몸이 경비정 갑판에 눕혀지자 인양을 지켜보던 주민들은 선장임을 알아보았다. 선장은 통신실에 들어가 구조 요청을 하려 한 것으로 보였다. 승무원들은 조타실이나 갑판에서 일했고 거기는 곧장 바다로 뛰어들기에 좋은 곳이었다. 그래서 사람들은 그들이 달아났을 거라고 생각했다. 하지만 갑판장 기관장 모두 마지막에 일하던 조타실에서 발견됐다. 승무원들은 누구도 달아나지 않았고 끝까지 자신들이 일하던 배에서 숨을 거두었다. 경비정에 탔던 어민들은 지난날 선장과 승무원을 둘러싸고 오갔던 소문들을 생각하며 고개 숙이고 슬퍼했다. "마지막까지 임무를 다하려고 했는데 그동안 우리 모두 너무 심했다."고 말했다. 인양된 시신이 도착하는 군산운동장에 갑판장의 시신이 도착하자 형이 죽은 몸을 부둥켜 안으며 비통하게 울었다. "연만아, 연만아, 이제 누명이 다 벗겨졌다. 그동안 네가 말도 못하고 얼마나 마음이 아팠냐. 네가 얼마나 우직하고 착한데. 이 형이 다 안다." 앰뷸런스 곁에서 열세 살 난 딸이 "아빠! 아빠!" 하고 가녀리게 부르면서 눈물을 닦으며 하염없이 울었.

배는 한 번 건져 올렸지만 다시 가라앉았으며 열이레 만에 두 번째로 인양됐다. 배는 건조된 군산으로 옮겨져 조사받았는데 뜻밖에도 스크루 기축에 지름 10밀리미터의 나일론 로프가 감겨 있었다. 이 로프는 바다에 떠다니던 것으로 보였다. 왼쪽 오른쪽 기축에 모두 깊숙이 파고들어갔고 배가 침몰한 주요 이유의 하나로 꼽혔다. 로프는 먼저 왼쪽 추진기와 기축을 감았고 스크루가 제대로 돌지 못하게 했다. 로프는 잇따라 오른쪽 추진기와 기축을 감고 베어링 속까지 파고들었다. 누구도 생각하지 못한 일이 벌어진 것이었다. 사람들은 조타실에서 일하던 선장과 승무원들이 마지막에 느꼈을 당혹과 공포를 이해할 수 있었다. 시간이 오래 지난 후에야 위도로는 훨씬 더 큰 배가 하루에 여러 차례 오가게 되었다.

"시간이 흐르고 흘러서 눈물이 마르고 제 마음이 슬프지만 맑을 때가 찾아왔어요. 제가 전북도청에서 일할 때 공예품점에 부탁해서 십자가를 만들었어요. 테두리가 금빛 나는 것이었는데, 거실에 걸어둔 십자가 아래서 어머니는 찬송가를 부르셨어요. 이상도 하지요. 기억을 거의 다 잃으셨는데. 성경 내용도 기억하셨어요. 어머니가 찬송가를 부르면 제가 곁에 앉았어요. 그러다가 내가 바다에서 간절하게 소리쳤던 이름을 떠올리면서 생각을 하곤 했어요.

'나는 다른 사람들을 위해 살아남아야 한다고 생각할 때 힘을 얻었다. 하지만 우리를 사랑으로 살피시는 존재가 나를 돌본다고 생각할 때 더 큰 힘을 얻었다. 내가 외롭지 않고 위로도 아래로도 좌로도 우로도 사랑으로 연결돼 있다고 생각할 때. 세상이 모두 하나로 이어져 있다고 생각할 때.

그렇다면 나는 그 섬세한 고리들로 이어진 다른 이들에 관해 얼마나 무관심했었나. 그들을 위해 내가 살아나야 할 때도 있지만 다른 누구도 아닌 나를 위해 살아나야겠다고 다짐할 사람도 있는 것을. 그 같은 이들에게 싫증을 내고 일상을 지루하게 여긴 것은 그들과 이 생활이 언제나 내 곁에 머물 거라고 생각했기 때문인가. 그러나 내게 남은 생이 이번처럼 이제 하루나 한 시간뿐이라고 생각할 때 그것은 눈앞에서 얼마나 소중하고 선명하게 타들어갈 것인가.'

저는 어머니 곁에서 찬송가를 따라 불렀어요. 샹들리에와 대리석으로 된 으리으리한 성전이 아니라 늙고 병들고 정신마저 흐릿한 어머니의 목청에서 흘러나오는 거칠거칠한 노래. 저는 죽을 위기를 맞아서야 어머니를 향한 사랑이 강렬하게 타올랐어요. 어머니를 보살펴드리려면 살아서 돌아가야 한다고. 하지만 정작 어머니는 아무것도 모르는 채로 노래 부르면서 도리어 저를 어린아이처럼 가만 가만히 위로하셨던 거예요."

정광우鄭光祐 님은 후에 전주 완산구청장을 지냈다. 소탈하고 후덕하여 좋아하고 따르는 이가 많았다. 그는 정신적인 상처를 치료하기 위해 병원에 다니며 오랜 기간 애를 썼다. 지인인 서예가로부터 '서해에서 다시 태어났다.'는 뜻의 '서해갱생西海更生' 편액을 받아 집에 걸어두고, 마음에도 써두었다. 그의 어머니는 해방 후에 전주성결교회를 세우는 데 참여한 분인데, 그가 살아오고 나서 평안한 말년을 보내다가 이태 후 영면에 들었다.

■ 이상곤, 「비상」

하늘로 난 길

∞∞∞∞∞

모험은 그 자체로 해볼 가치가 있다.

– 아멜리아 에어하트

애써보고 실패하는 데도 성공하는 것만큼 용기가 필요하다.

– 앤 린드버그

1

"저희는 네 식구예요. 딸 둘이 있는데 이젠 다 결혼했고요. 딸들이 어릴 적에는 극장에서 애니메이션을 하면 손을 잡고 가서 나란히 앉아서 보았지요. 아이들은 극장에 다녀와서도 신이 나 있었는데 스케치북에 디즈니 캐릭터들을 그린다, 칠을 한다, 하면서 주제가를 부르곤 했어요. 저는 텔레비전에서 하던 어린이 만화도 딸들하고 같이 봤어요. 제가 봐도 왜 그렇게 재밌지요? 깔깔대고 함께 웃으면 아이들은 하지 않던 이야기도 술술 하게 돼요. 그러면 저는 아이들을 훨씬 더 잘 이해하게 되지요.

딸들이 더 어릴 땐 육아일기를 썼어요. 우유 먹일 때 아기 표정과 내 기분, 손에 쥐여준 장난감, 아기가 아플 때나 밤에 자다가 깨어나 칭얼거린 일, 배밀이하다가 아장아장 걷게 됐을 때 겪은 과정을 써놓았어요. 몇 살 며칠에 배탈이나 감기로 아파서 무슨 약을 몇 그램 먹이고,

보리차는 얼마나 주었고, 잠은 몇 시간 재웠는지, 대소변 양은 얼마나 됐는지 적었어요. 딸들이 결혼할 때 선물로 줬더니 소중하게 생각하면서 가져갔어요. 손주 키울 때 몇 번 꺼내놓고 보겠지요.

큰딸과 작은딸이 자기 용품은 스스로 정리하게 했어요. 옷장은 봄 여름 가을 겨울로 나눠서 내가 없어도 쉽게 쓰게 했고요. 아이들 생일에는 카드를 적어서 줬어요. 아이들이 내성적이어서 '강한 여자가 돼야 한다.' 그런 말을 주로 했어요. 장롱 서랍 안에는 개켜놓은 옷들 안에 내가 주는 편지를 꽂아뒀어요. 가끔 새로 써서 꽂아두기도 했는데 저는 이를테면 그걸 유서 같은 거라고 생각했어요. 제가 더는 집에 돌아오지 못하는 날이 오더라도 아이들은 내 글을 읽고 힘을 내겠지요. 그래서 이런 말들을 썼어요.

'무슨 일을 당할 때 최선을 다했는데도 안 될 때가 있다. 그래도 당황하거나 포기하지 말아라. 차선으로 대처해라. 인생도 마찬가지다. 안 되는 일을 붙잡고 있으면 아까운 시간만 흘러간다. 해결이 안 되면 신속하고 과감하게 바꿔라. 답답한 일, 그까짓 거 다 잊어버려라. 하늘에서 보면 사람 사는 게 다 성냥갑 같단다. 작은 일에 연연하기엔 인생이 너무 아깝잖니?'"

2

「저는 1934년에 평안북도 강계에서 태어나 자랐어요. 그러니 제가
얼마나 옛날 사람이에요. 어릴 때 살던 데는 열 여남은 채 가옥이 모여
있던 자그마한 동네였는데 여우 늑대가 나타나서 가축을 물어갈 정도
로 깊은 두메산골이었어요. 우린 팔남매였는데 제 위로는 언니 둘, 오
빠 둘이 있었어요. 좀 자라서는 신의주로 옮겨갔는데 부모님은 딸들도
열심히 공부하게 했어요. 저는 압록강 건너편의 안동에 있는 국제학교
에 들어가 공부했어요. 중국 옷을 입고 중국 말로 재잘거리며 뗏목 타
고 학교로 가고 압록강 다리 위를 뛰어다니던 기억이 나요. 해방되던
해 10월에 서울로, 말하자면 피란 왔는데 부모님은 김치를 만들어 시
장에 내다 파셨고 오빠들은 연희전문에 들어가 기숙사 생활을 했어요.
학교에는 일본 아이들이 싹 빠져나가서 우리는 학교를 골라서 갈 수 있
었는데 저는 언니들과 한성여중에 다니다가 동덕여고로 진학했고요.
  2학년이던 어느 날 강당으로 전교생이 모이라는 방송을 듣고 가서
앉았더니 대단한 분이 나타났어요. 귀 가리개가 있는 비행사 모자에
선글라스를 끼고, 비행복에 무릎까지 오는 가죽 장화를 신은 분이었어
요. '우리나라에 여자 비행사가 있구나.' 하고 신기해했어요. 해방 전에
숙명여고에 다니다가 일본 다치카와 비행학교를 마친 이정희李貞喜 조종
사였어요. 그분은 비행술을 어떻게 배웠는지 이야기했는데 높은 하늘
로 올라가 바가지로 구름을 퍼 담고 내려와 집에서 베고 누워 잔다는

말씀을 했어요. 동화처럼 환상적인 이야기였는데 저는 그게 사실인 줄 알았어요. 물론 감동받긴 했지만 강연을 마음에 담아두거나 그러진 않았어요.

그리고 몇 달 지났나. 겨울방학이 코앞에 왔고 저는 열심히 공부해서 내년에 물리학과로 가고 싶었어요. 퀴리 부인처럼 되고 싶었고 세상을 깜짝 놀래줄 발명을 하고 싶었거든요. 제가 국어 지리 역사 음악은 못했는데 수학 기하 물리는 꽤 잘했어요. 하루는 교장선생님이 찾으신다는 담임선생님 말씀을 듣고 교장실로 쭈뼛쭈뼛 들어갔어요. 마룻바닥이 오래되어 삐걱삐걱했고요. 교장선생님이 뒷짐을 지고 창가를 내다보고 있다가 돌아보셨어요.

"아, 너 왔구나. 너, 비행사 후보 됐으니까 내일 연필 들고 화신 앞 강당에 가서 시험 한 번 쳐봐라." 그러시는 거예요. 저는 갑자기 무슨 말씀인지 의아해서 눈이 둥그레졌어요. "비행사요?" 예전에 학교로 찾아왔던 조종사가 그때는 머릿속에 떠오르지도 않았어요. 학교에서는 그때 저한테 알리지도 않은 채로 후보 추천부터 했던 거예요.

"그게 뭘 하는 겁니까?" 그렇게 여쭤보니까 선생님 눈가에 웃음기가 돌더군요. "이 녀석, 교장이 한 번 해보라면 하는 거지 묻긴 뭘 또 물어? 넌 우리 학교 대표로 가는 거니까 빠지지 말고 내일 시험 잘 봐, 알겠지?"

선생님은 콧등으로 내려온 안경테를 쑥 밀어올리면서 확인이라도 받으려는 듯이 제 눈을 쳐다보셨어요. 저는 어리둥절하기도 하고 실감이 나지 않았지만 그러겠다고 말씀드리고 나왔지요. 하지만 내가 비행기를 몬다고?

그해는 정부가 세워진 해였고 이승만 대통령은 코리아라는 나라가 어디 있는지도 모르는 나라가 많으니 여자 비행사들을 길러서 다른 나라에 나가 시범 비행을 보여주면 인상적이지 않을까, 그런 생각을 했어요. 미국에 있을 때 공군에서 지원 비행을 하던 여자 비행사들을 놀라운 눈으로 보셨대요. 그래서 전국 여학교에 학생들을 추천받았는데 그사이에 몇 번 추려져서 이삼백 명이 되어 있었어요.

이튿날 지금 종각 자리에 있던 한청 빌딩의 강당으로 갔는데 공군이 마련한 임시시험장이 있었어요. 경기니 이화니 동덕 · 숙명 · 진명 · 대전 · 전주여고 같은 데서 찾아온 여학생들이 빽빽하게 모여 앉아 있었어요. 종로 거리에는 찬 바람에 전깃줄이 윙윙 우는데 강당 안에 들어서면 눈빛 초롱초롱한 여학생들의 열기가 가득한 거예요. 양 갈래로 땋은 머리에는 윤기가 흐르고, 검은색과 흰색이 어우러진 교복에는 다림질 선이 선명한, 한눈에 보아도 자존심 강하고 단정한 여고생들을 모아놓은 거예요.

솔직히 저는 별생각 없이 응시하는 데 의미를 뒀는데 어쩐 일인지 최종 열다섯 명 후보 가운데 하나로 뽑혔어요. 발표가 나던 날 신문에 제목이 시커멓게 뽑히고 여학생 후보들 얼굴하고 소개 글이 커다랗게 실린 걸 보았어요. 전국 여고생들 가운데 대한민국 최초의 여성 비행사 후보들이 선발됐고, 국방경비대에 입대시켜 훈련시킨다는 내용이었어요. 비행기는 국방경비대에 있었고, 비행사가 되려면 일단 군인이 돼야 했어요. 제 나이 그때 열일곱이었어요. 군인이 되고 총을 쥐는 게 무섭기는 했지만 겨울방학을 지나면서 비행사의 세계가 무언지 어렴풋이 이해하게 됐어요. 창공을 가르는 조인鳥人이 된다는 것, 신비로운 일이었지요. 보장된 건 없지만 머나먼 곳에의 동경이 있었어요. 하지만 아버지는 달랐어요. 신문에 난 기사를 보고 대번에 미간에 주름이 잡히더니 집안을 뒤집어버리셨어요.

"남자도 못하는 위험한 조종사를 무슨 여자애가 한다는 거야. 집안을 웃음거리로 만들 거냐? 당장 집어치우지 못해! 그리고 누가 너더러 군인이 되라고 했니? 너 정신 나간 거냐?"

사실 아버지를 이해 못하는 것도 아니었어요. 제가 얼마나 어리고 철없어 보였겠어요. 그 나이에 사내들이 득시글한 군대에 가겠다고 하니 어이가 없으셨겠지요. 저는 사각모를 쓴 오빠들이 도와주었으면 했어요. 하지만 제 기대가 지나쳤지요.

"경오야, 어린 누이는 군대 보내고 오빠들은 대학 다니고, 친구들이 우릴 어떻게 보겠니? 우리가 망신당하는 걸 보고 싶은 거냐? 제발 정신 차리고 그만둬라. 아니면 정말 다리 몽댕이를 부숴버릴 거다."

함께 뛰논 오빠들이라 충분히 이해할 만도 한데 그렇게 박대를 하니 억장이 무너지는 거예요. 어머니는 아버지 눈치만 보고, 언니들도 저를 말렸지요. 1년 남은 학교나 마치라는 거예요. 하지만 그렇게 경쟁이 심한 선발에 이렇게 뽑혔는데 여기서 말아야 하나요. 내년에 또 뽑는다는 보장도 없는데. 방에 돌아와 등 뒤로 장지문을 닫았는데 참았던 눈물이 막 솟구쳤어요. 하지만 저는 손등으로 눈물을 훔치고 나서 반드시 비행사가 되기로 했어요.

그날은 1949년 2월 15일이었어요. 여성 항공대 후보 열다섯 명을 소집하는 날이었지요. 집에서 알면 난리가 날 게 뻔해서 몰래 떠나기로 했어요. 숨도 죽여가며 제가 있던 방 창을 열어보니 바깥에는 밤새 내린 눈으로 천리강산이 하얗게 덮여 있고, 싸락눈이 날리는 마을의 지붕들은 아직 개지 않은 아침의 잠잠함 속에 잠들어 있었어요. 저는 창문 아래 쌓은 이불을 딛고 올라서서 맨발로 창틀을 넘어 뒤란으로 뛰어 내렸어요. 떨어지자마자 손바닥 발바닥 모두 눈밭에 파묻혔고 몸에는 한기가 돌더군요. 하지만 신경은 한 군데에만 쏠려 있었어요. 어른들이 눈치채지 않았을까? 저는 숨소리도 내지 않고 언 발이 푹푹 파묻히는 눈길을 달려가 친구 집에서 해진 운동화를 빌려 신었어요. 그리고 그 길로 을지로 4가의 집에서 종각까지 한참을 걸어갔더랬어요.

항공회 사무실이 문을 열자 국방경비대에 입대하는 신청서를 써야 했는데 책상에 앉은 공군 아저씨가 저를 보고 냉정하게 말했어요.

"너는 가정 추천서가 없잖아. 옆으로 빠져라."

저는 가슴이 철렁 내려앉았는데 아저씨는 대수롭지 않은 무정한 얼굴인 거 있죠. 다른 여학생들은 다 서류를 준비해왔는데 저만 빠지려니 민망하고, 또 분하기도 했어요.

"아저씨, 그럼 저 어떡해야 돼요?"

수문장처럼 제 앞에 앉아 있던 그분이 '여류 비행사 모집 취지의 글' 위에 있는 흑백 사진을 가리켰어요.

"글쎄다, 저분 정도가 추천서를 써주면 모르겠지만."

'네가 어떻게 받아낼 수 있겠니?' 아저씨는 그렇게 생각하는 게 분명했어요. 사진에 든 분은 짧고 희끗희끗한 백발에 굵고 검은 안경테, 굵은 눈썹에 입을 꾹 다물고 양복을 입고 있었어요. 항공회의 회장이었는데 국회의장이기도 했어요. 신익희申翼熙, 바로 그분이었지요. 제가 그 아저씨를 똑바로 보면서 진지하게 물었어요. 이분 지금 어디 있느냐고. 아저씨가 재밌어하는 표정이 되더니 "경복궁 뒤에 가면 국회의장 공관이 있어. 거기 가볼 테야?" 하고 말했어요. 지금 총리 공관이 있는 자리예요. 제 속에서 도무지 알 수 없는 용기가 생겨났고 저는 장담하듯이 대답했어요.

"아저씨, 저 갔다 오기 전에 트럭 떠나면 안 돼요! 아셨죠?"

제가 추천서 용지 한 장만을 들고 사무실 문 밖으로 나서니까 아저씨가 어이없어 하면서 말했어요.

"그래, 어디 한 번 해봐."

종각에서 경복궁 뒤편까지 행인들을 피해가며 젖은 운동화로 얼마나 달렸던지. 물어 물어 공관에 다다르니까 하얀 입김이 얼마나 나오던지. 눈송이가 다시 굵어져서 그걸 맞으면서 허리를 굽힌 채로 몇 번이나 숨을 가눴어요.

당시에는 정국도 혼란하고 테러가 벌어지곤 했는데 공관 정문에 총을 든 경찰들이 있었지요. 저는 숨을 가다듬자마자 경찰들 사이로 열린 공관 문을 머뭇거릴 틈도 없이 내달렸어요. 정원을 가로질러 현관까지 내처 갔지요.

"야, 서! 너, 서! 거기 못 서!"

경찰들이 저를 잡으려고 쫓아왔는데 무슨 인연인지 바로 그때 현관 문이 열리더니 나이 지긋한 신사 한 분이 나오더라고요. 백발에 뿔테 안경, 의젓해 보이는 회색 양복 차림, 사진에서 본 그분이었어요. 저는 예의를 차릴 겨를도 없이 두 팔을 양쪽으로 쭉 뻗어서 그분 앞을 가로막고 다급하게 말했어요. 골목에서 아이들이 서로 앞을 막을 때처럼 말이지요.

"저는요, 이름이 김경오인데요, 아버지가 '여자가 무슨 조종사냐.'면서 추천서에 서명을 안 해주셨어요. 그런데요, 선생님께서 서명을 해주시면 된대요."

트럭이 떠날까 봐 저는 마음이 급했고 앞뒤를 다 잘라먹고 급한 말만 두서없이 쏟아냈어요. 하지만 국회의장님은 무슨 뜻인지 금세 알아차리셨지요. 제가 비지땀을 흘리면서 숨을 할딱거리며 말하는 모습이 안돼 보였는지도 모르지요. 그분은 '더 물어볼 것도 없다.'는 표정을 짓더니 뒤에 따라오던 비서에게 큰 소리로 말했어요.

"찍어줘라."

비서가 곧장 서류가방을 열어 도장을 꺼냈어요. 저는 인장을 받자마자 머쓱해하는 경찰들 틈을 지나 아까보다 더 빨리 정원을 가로질렀어요. 멀리서 국회의장님이 저한테 소리를 높였어요.

"너 이름이 뭐라 했냐?"

"김경오인데요."

그리고 저는 다음 말은 기다리지도 않은 채 눈길 위를 달렸어요. 그분이 제 등을 보면서 큰 소리로 외치시더군요.

"너, 꼭 성공해야 한다."

오래도록 제 귓가에 쟁쟁하던 말씀이었지요.

눈길을 죽죽 미끄러지며 화신으로 가보니까 다른 후보 열네 명을 태운 트럭이 글쎄 떠나고 없는 거예요. 야속하게 여기지도 않았어요. 남은 직원에게 물어보니 방금 떠났고 광화문 쪽이라고 하더군요. 제 눈에 그 차가 안 보였으면 제가 그날 어떻게 했을까요? 하지만 제 눈이 그때 독수리 눈이 됐던 거 같아요. 그날 눈이 그렇게 많이 내린 바람에 벌써 사라졌어야 할 군용 트럭이 저기 저편에서 엉금엉금 가고 있는 거예요. 저는 종로통을 또 달렸어요. 트럭이 막 달릴까 봐 얼마나 가슴이 뛰었는지 몰라요. 광화문 사거리를 넘기 전에 겨우 차를 따라가서 소리를 질렀어요.

"아저씨! 여기 추천서요!"

조수석의 그 아저씨가 차창을 열고 보더니 황당해하면서 차를 세우더군요. 제가 뒤 칸의 동기들 틈에 끼어 앉고 나서 얼마나 가쁜 숨을 내쉬었는지요. 한참 지나 젖은 운동화를 벗어보니 속에 든 발이 시뻘겋게 얼어 있었어요. 그리고 저는 비행사가 되기 위해 그날로 입대했어요.

트럭은 김포비행장의 내무반 앞에 저희를 내려줬는데 마중 나온 사람은 하나도 없고 휑뎅그렁한 벌판에 눈만 내리는 거예요. 그리고 저 보이지 않는 곳까지 이제 우리가 돌아갈 수 없는 길처럼 바퀴 자국만 기다랗게 나 있었어요. 잠시 후에 이발병들이 들어오더니 한 명씩 의자에 앉히고는 머리를 싹둑 잘라버리더군요. 저는 양쪽으로 땋은 머리를 하고 있었는데 그 삼단 같은 머리카락이 갑자기 잘려 바닥에 까맣게 쌓이는 걸 보고는 눈물을 콩죽처럼 흘렸어요. 이튿날인가 대장이 왔는데 학교 강당에서 봤던 이정희, 그분인 거예요. 마른 몸에 군복을 입고 있었는데 지난달에 입대하여 중위가 되셨고 여자항공교육대를 세우셨다더군요. 그분은 더 이상 푹신한 구름 이불이 나오는 동화 같은 이야기는 하지 않았어요. 허리춤에 손을 얹고 "너희를 조종사로 만들겠다." 그러셨어요. 우리는 밤에는 바라크 바깥으로 일절 못 나갔고, 무슨 탈이 벌어질까 봐 밖에는 초병이 와서 지켜주었어요.」

3

「아버지는 허락도 안 받고 가출한 저한테 "호적에서 팠으니 집에 오지 말라."고 하셨어요. 그래도 저한테는 비행기가 있었어요. 봄이 되자 풀밭에 세워둔 연습기 앞에 나란히 서서 사진도 찍고, 조종석 옆에 앉아 관습비행을 나갔어요. 경비행기에서 내려다보면 산천이니 시가지가 얼마나 아름다운지 몰라요. 작고 위험한 비행기지만 하늘에서 한강과 시내를 굽어보니 세상이 얼마나 장난감 같고 예쁘장한지. 저는 으쓱해져서 왕이 된 것 같았고 내 손으로 비행기 조종간을 꼭 잡아봐야겠다, 그렇게 다짐을 했지요. 한 번은 대통령이 경무대로 우리 열다섯 명을 불러 격려해주고 나자 우리는 조종사가 되리라는 걸 꿈에도 의심하지 않았어요. 학교를 마치지 않고 입대한 후보들도 있었는데 대통령은 항공교육 1년을 받고 나면 졸업장을 만들어주라고 지시도 하셨어요.

교육까지 잘되어서 이듬해 2기생도 서른아홉 명이나 받고 제가 교육 담당이 되었는데 그렇게 순조로운 봄날도 결국 얼마 못 가더군요. 그날은 일요일이었는데 대원들 모두 외출이나 휴가를 받아서 나갔어요. 저는 온양온천으로 가 시집간 언니를 만나고 둘이서 극장에 앉아 있는데 갑자기 상영이 중단되고 방송이 나오는 거예요. "군인들은 전부 원대 복귀하라." 저는 훈련이겠지, 하고 거리로 나왔는데 이게 뭔가요. 소 달구지에 밥솥이며 쌀가마며 이불이며 싣고 피란 내려가는 사람들이 벌써 줄을 선 거예요. 아, 이거, 큰일이다. 정말 전쟁이 났구나. 부랴부랴 기차 타고 천안역에서 서울역으로 가 항공대로 와보니 벌써 하늘에는 북에서 내려온 전투기가 상공에서 저공비행을 하면서 정찰을 하는 거예요. 우린 당시에 전투기도 없어서 대응을 할 수가 없었어요. 그런데 그러고 이틀 후부터는 기총 소사를 하더군요. 퀸셋 지붕에 탄환을 내리꽂는데 사람들은 이리 뛰고 저리 뛰고 본부며 내무반에 구멍이 뻥뻥 나고 금세 쪼개지는 거예요. 대장님도 안 계시고. 우리는 결국 남자 대원들하고 같이 남하를 하기로 했어요. 공군본부나 그런 곳들도 전부 남하를 했거든요.」

공군은 당시 여자 훈련생들에게 귀가 명령을 내렸다.

「우리는 밤에만 움직였고, 급하면 하수도 같은 데 숨기도 했어요. 이정희 대장님은 우리 동기인 정숙자와 함께 정릉 집에 들렀다가 완장 찬 사람들한테 끌려갔어요. 숙자는 대장님 부관이었는데 함께 붙잡혔다가 끌고 가던 어른들이 풀어줬어요. "넌 아직 스무 살도 안 된 아이구나. 너무 가여우니 어서 도망가라."고 놓아주어 목숨을 걸고 빠져나왔고요. 여자항공대는 그만 구심을 잃고 해편이 돼버린 거죠. 이정희 대장님은 바싹 마른 몸에 담배를 많이 피우던 마흔두 살의 올드미스였어요. 담배를 안 피우는 저희 몫으로 나온 화랑담배도 가져가서 늘 입에 물고 계셨지요. 비행사가 되겠다던 우리의 꿈도 그 담배연기처럼 그렇게 흩어져간 거예요.」

전쟁 무렵 국내에는 최초의 여자 비행사인 권기옥權基玉이 국회 국방위 전문위원으로 일하고 있었다. 평양에서 태어나 자란 그는 독립운동을 하다가 멸치잡이 배를 타고 중국 상하이로 밀항했고, 1925년 윈난雲南 육군항공학교를 졸업하면서 단독 비행을 하는 조종사가 되어 일본군을 폭격했다. 뒤를 이어 박경원朴敬元이 일본 가마다비행학교를 1927년 졸업하고 이듬해 비행사 자격증을 받아 최초의 여성 민간인 비행사가 되었다. 그보다 열 달가량 후에 자격을 얻은 세 번째 여성 비행사가 이정희였는데 피랍된 것이다.

「전쟁은 처참했어요. 그때 비행사가 되겠다는 개인의 꿈 같은 건 아무것도 아니었지요. 인천상륙이 성공하고 공군본부가 다시 신세계백화점 건너편의 커다란 건물로 옮겨와 자리 잡을 때 제가 거기로 복귀했어요. 저는 이등중사를 거쳐서 소위 계급을 달았지요. 방년芳年이라면 꽃다운 나이를 말하는데 동기들은 피란 가다 폭격 맞아 죽고, 실종되고, 살아남은 이는 제대해서 시집을 가더군요. 저희는 항공사관 1기생들하고 같이 공부를 시작했는데, 그러니까 공사 1기죠, 그이들은 전부 3년 만에 과정을 마치고 하늘로 날아 올랐어요. 그런데 저는 참 쓸쓸한 '고아'가 돼 있더군요. 아무도 챙겨주는 사람이 없었어요. 통신 항법 정비 조종 이론 실기 다 배웠는데 "김소위, 이제 조종간 잡아야지." 그렇게 인사라도 하는 사람이 없었어요. 분한 마음도 들었어요. 가만 내버려뒀으면 공부해서 내가 하고 싶었던 물리학을 배우고 있을 텐데. 집에서 쫓겨나면서까지 여기 와서 매 맞고 기합받고 어금니를 물고 버텨왔는데 그분들은 약속을 지키지 않으니까요. 동기들도 거의 남아 있지 않아서 제가 주로 듣는 인사는 "김소위, 이제 시집이나 가지." 그런 말이었어요. 저는 늘 슬펐어요. 하지만 방법이 없고 하소연할 곳도 없었어요.

그런데 기회가 한 번 오긴 하더군요. 전쟁은 안 끝났지만 휴전회담이 계속되던 때였는데 항공의 날인가 하는 행사가 있었어요. 중앙대학교 앞쪽으로 해서 한강으로 나가던 둑에 강이 내다보이는 단상을 만들고 대통령과 요인들이 자리를 잡았고, 비행기가 한강 다리 아래로 들어갔다가 빠져나오는 에어 쇼를 했어요. L-5라고 폭탄도 사람이 손으로 떨어뜨리는 작은 비행기였는데 다리를 빠져나왔다가 솟구칠 때마다 대통령이 박수를 치던 기억이 납니다. 대통령은 단상에서 경호원들에 에워싸여서 장군들도 가까이 갈 수 없었어요. 저는 요행히 공군본부 소속이어서 단상 근처까지는 갈 수 있었는데 군복을 입어서 표가 안 나는 것인지, 6, 7미터 거리가 있어서인지 대통령이 전혀 알아보지 못하는 거예요. 제발 저를 좀 알아봐주고 불러줬으면 해서 이리저리 왔다 갔다 했는데 안 되더군요. 팔순이 다 되셨는데 전쟁까지 치르셨으니까요.

낙담을 하던 차에 '그냥 여기서 끝장을 보자.'는 생각이 나더군요. 조종간을 못 잡을 바에야 제 날은 다한 거니까요. '내가 가봐야 군법회의에 영창밖에 더 가겠나. 조종 못하나 영창 가나 나한테는 아무 차이가 없다.' 그렇게 생각했어요. 대통령 좌석으로 다가서는데 어쩐 일인지 경호원들이 제지를 안 했어요. 바로 앞까지 가서 거수경례하고 "소위 김경오입니다." 하고 말씀드렸어요. 대통령께서 저를 보긴 하는데 영문을 몰라 하셨어요. "대통령 지시로 비행기 몰려고 공군에 왔는데 기회를 주지 않습니다." 거두절미하고 그렇게 말씀드렸어요. 잠시 침묵이 있었는데 옆에 앉은 교통부 장관이나 공참총장이나 참 황당하셨을 거예요. 정말 제가 어렸고 어이없는 일을 한 거죠. 소위가 그리고 나섰으니까요. 저는 그냥 차려 자세로 '이제 헌병을 부르겠구나.' 그러고 있었어요. 정말 그 1, 2초가 무섭도록 길게 지나가더군요. 총장이 "자네,

지금 뭐 하고 있나. 어서 내려가지 못해!" 그렇게 호통칠 수도 있었을 거예요. 그런데 대통령은 그때 저희 동기생들을 희미하게 떠올리고 알아보는 기색을 하셨어요. 그다음 일은 머릿속에 또렷하지 않아요. 저는 하여튼 단하로 내려왔고 얼굴이 화끈거리고 얼얼했어요. 내가 지금 무슨 일을 한 거지? 뭐 그랬을 거예요.

그런데 한두 주가 지나니까 공참총장 명령이 내려왔는데 '명命 사천 비행장'이라는 것이었어요. 아, 이제 조종사가 되는구나. 저는 웃음이 나올 것 같았어요. 차편으로 내려갔더니 논밭에 텐트를 쳐놓고 눈에 익은 항공사관 1기생들이 훈련을 하고 있더라고요. 이제 그이들하고 같이 비행을 하는 거예요. 그런데 갑자기 저한테 기상반 배치 명령을 내리더군요. 매일 기상 리포트와 천기도를 그리는 일인데 제가 그간 실컷 해온 일이었거든요. 사람을 무시해도 이럴 수가 있나. 그런 생각이 들더군요. 제가 활주로로 지나가면 침을 뱉으면서 "이거 원, 재수 없어서." 그런 이도 있었고, "뭐 하려고 여자가 왔냐."는 이도 있었어요. 그보다 심한 일은 그냥 저만 알고 있을게요. 저는 항의했어요. 정덕창 비행단장한테 이야기했는데 "그래, 알았다. 기다려." 하더니 서울 갔다 오고도 아무 말씀이 없었어요. 또 말씀드렸지요. 그리고 또요. 끝까지 해보는 거였어요. 그랬는데 공군본부로 다시 오라더군요. 거기서 총장을 만났는데 "꼭 조종해야 하느냐."고 하시더군요. 참모들이 "남자 한 명이라도 더 길러내는 게 급하다."고 하던 때였거든요. 저는 지지 않고 "여자는 애국하면 안 됩니까?" 하고 맞섰어요.

그러다가 웬일일까요? 물에 열을 가하면 미동도 없다가 100도씨가 되고서부턴 수증기가 되어 훨훨 날아가지요. 제게 그런 일이 벌어진 걸까요? 저는 새로 온 봄날에 대구 동명비행장으로 가라는 명령을 받았는데 드디어 거기서 단독 비행 훈련을 받으라고 하더군요. 꿈에 그리던 일이었지요. 유대식 소령이 제 교관이었고요. 저는 총장 전용기를 타고 훈련을 했어요. L-19 804호였지요. 남자 장교들이 "우린 무전 하는데 왜 저이는 비행을 하느냐."고 투덜거리는 이야기도 들었어요. 보통은 20시간 타고 단독에 나서는데 저는 "절대 사고 없게 하라."는 명령이 있어서 52시간이나 탔어요. 지긋지긋할 정도로 탄 거죠. 유대식 소령은 차분한 성격이었는데 저한테 차마 매는 대지 못하고 매일 호통을 치고, 착륙하면 비행기를 발로 콱 걷어차면서 울화통을 터뜨리곤 하셨지요. 하기는 제가 잘못하면 그분도 끝장이니까요. 게다가 총장 전용기가 부서지면 그분이 어떻게 되겠어요.

5월 12일 단독 비행하는 날이 찾아왔는데 소문이 어떻게 퍼졌는지 비행장 풀밭에 아침부터 치마저고리 입은 아낙네까지 사람들이 쫙 깔려서 앉아 있고, 누워 있고 했어요. 신문에도 났다더군요. 저는 교관이 "손발톱 깎아서 어머님 드리고, 목욕하고 오라."고 해서 무슨 뜻인지도 모르고 그렇게 했어요. 대구 와 있던 어머니는 제 비행에 큰 관심이 없으셨는데 "무슨 뜻인진 모르지만 그냥 받아놓기는 할게." 그러셨어요. 나중에야 저는 그게 '죽을 각오'라는 걸 알고 울먹울먹했어요.

드디어 제가 활주로 끝까지 비행기를 몰고 가서 임밍업을 하는데,

전쟁 중인데도 군중이 그렇게 많고 활주로는 길고 또 긴 거예요. 그때 제가 열아홉이었어요. 영웅이 된 듯 좀 흥분한 것 같아요. 저 사람들 바로 눈앞에서 이륙해야겠다. 그렇게 생각했지요. 파워 넣고 질주하는데, 어쩐 일인지 비행기가 안 뜨는 거예요. 군중 모인 곳을 지나고 활주로 3분의 2를 지나는데도 그래요. 사람이 너무 많아 제가 정신이 잠시 나갔어요. 보니까 글쎄 플랩^{flap}을 안 올린 거예요. 비행기 이륙할 때 양 날개 뒤편에 기다란 직사각형 플랩을 올려야 하거든요. 그제야 작동시키니 크극 하고 올라가더니 비행기가 푸르릉 하면서 바로 떠오르는 거예요. 그때 안 올렸으면 아마 저는 몇 초 내로 활주로 끝에 가서 부딪혀 죽었든지 사단이 났을 거예요. 저는 그 일을 혼자 알고 있기로 하고 이날 이때까지 아무한테도 이야기하지 않았어요.

하늘에 떠오르니까 안심이 되고 한숨이 절로 나오더군요. 과제 지시는 '1,000피트 상공에서 시위 비행을 하라.'는 것이었어요. 제가 배운 걸 전부 보여야 했어요. 좌선회, 우선회, 45도 경사 비행, 급상승, 급강하에 맨 마지막에는 공중에서 엔진을 끄는 것이었어요. 교관은 훈련 때 이 부분만 되면 고함을 치고 어마어마하게 기합을 넣었어요. 엔진을 끄면 실속하고 글라이더처럼 부양하게 되지요. 자칫하면 사고가 나요. 공중이 고요하고 정신이 아찔해지더라고요. 호흡도 멎고. 손에 진땀이 잔뜩 난 채로 다시 엔진에 시동을 넣으니까 크르르릉 하면서 비행기가 힘을 받았어요. 그때는 비행기가 참 기특하지요. 그제야 제가 숨을 쉬겠더라고요.

저는 무사히 착륙해서 기다리고 있던 교관 앞에 가 섰어요. 유대식 소령이요. 저는 관습대로 "비행 끝." 하면서 거수경례를 했어요. 그분은 마주 보고 경례하더니 악수를 청하더군요. 그러고는 돌아서서 목이 메는지 사람들 보는 데서 흑흑거리면서 우는 거예요. 저는 가만히 서 있다가 그걸 보고 저절로 눈물이 흘러나와 한참을 같이 울었어요.」

4

「비행에 성공하고 나니 더 이상 저한테 비아냥거리는 사람이 없었어요. 저는 급하거나 비밀한 문서들을 다른 비행장까지 배달하는 연락기 조종사가 됐어요. 착륙하면 프로펠러를 끄지도 않았는데 사병이 와서 뒷문을 열고 문서를 가지고 갔지요. 훌륭한 임무라고 여겼고 애를 많이 썼어요. 제 이야기는 신문에도 나왔는데 대통령은 자기 생각이 성사되어서 매우 기뻐하셨어요. 제가 스물세 살이고 대위이던 시절에 경무대로 부르셨는데 "비행도 하게 됐고 이제 군에는 더 이상 있을 이유가 없겠다. 미국으로 가서 민간항공을 배워오라."고 하시더군요. 감히 생각해보겠다는 말도 못하고 짐을 쌌어요.

공군 경비행기는 조종간이 스틱이에요. 민간항공기는 반달형이거든요. 둘이 다르니 가서 배워보자, 비행사로 정말 큰 사람이 되어보자 해서 두쿄 하와이 샌프란시스쿄 사흘 동안 비행기를 갈아타가며 찾아간 곳이 노스캐롤라이나 주 그린스보로예요. 거기 길퍼드 대학이 있는데 첨에는 저한테 기숙사 독방을 주더군요. 영문과로 등록을 했지만 영어를 하나도 못하니 며칠을 굶다가 이러다 죽겠다 싶어서 학교 앞에서 바나나를 사와서 그것만 먹었어요. 다른 음식 없이요. 나중에는 편도염에 걸릴 지경이 됐어요. 내가 하도 보이지 않으니까 사감이 찾아왔는데 말이 안 통한다는 걸 알고 인근을 수소문해서 한국 여학생을 불러와 통역을 시키더군요. 결국 대학에서 앤 테일러라는 4학년생을 제 방 룸메이트로 붙여주고 저녁 6시부터 8시까지 저한테 갖은 영어로 이야기를 나눠서 말문이 트이게끔 애를 써주었어요. 저는 그런 교습비로 한 달에 20달러씩을 만들어 줬지요.

하지만 영어는 잘 늘지 않고, 제가 티에이치(th) 발음을 아주 잘해낸 것 같아 으쓱해 있으면 교수님이 무슨 말인지 전혀 알아듣지 못하고 "넌 참 영어에 소질이 없구나." 그렇게 면박을 하셨지요. 그리고 제가 가난한 나라에서 온 초라한 행색을 한 여자라 학생들이 이리저리 비아냥거릴 때도 있었어요. 휴일이나 명절이 돼도 저는 갈 곳이 없었어요. 하도 답답해서 그냥 죽어버리면 어떨까 하고 밤에 학교를 쏘다녔는데 '여기다.' 싶은 교내 호숫가의 고목이 나왔어요. 그런데 서치라이트가 거기 매달린 명패를 비추는데 거기서 자살한 학생들 명단이었어요. 내 이름이 거기 올라갈 걸 생각하니 무서워서 그냥 기숙사로 달음박질쳤어요. 그리고 자살하는 일도 체념하고 말았지요.

그러다가 첫 학기 어느 땐가에 학교에서 군화에 안경을 쓰고 다니는 미국 남학생을 만났는데 우리말로 하면 복학생이에요. 자기가 수원 비행장에 있었다더군요. 거기서 착륙한 비행기 앞에서 깃발 들고 주기장까지 유도하는 병사였어요. 제 설명을 했더니 "아! 나, 너 안다! 너희 나라에 여자 조종사가 한 사람 있다더니, 네가 어떻게 여기까지 왔냐?" 하면서 손뼉을 치고 펄쩍 뛰는 거예요. 그 친구가 학교 교지 편집장이 었는데 아주 재밌어 하면서 저를 인터뷰해갔어요. 며칠 지나서 기숙사 방문 아래로 학교 신문이 쑥 들어오는데 맨 앞장에 제가 하늘을 올려 보는 사진이 커다랗게 났어요. 그걸 보고 그 지방 신문에서도 제 기사를 냈어요. 「노스캐롤라이나 그린스보로 데일리뉴스」라는 데였어요. 영어도 제대로 못하는 제가 미국에서 졸지에 유명인사가 되려는 거예요. 저는 그런 걸 바라고 간 것도 아닌데. 나중에는 「뉴스위크」, 「뉴욕타임스」까지 나오고 「라이프매거진」에서도 기사를 냈어요. 거긴 인터뷰를 한 다음에 돈을 주는데 거의 한 학기 등록금만큼 주는 거예요. 한 푼이 아쉬웠는데 정말 깜짝 놀랐어요. 그러면서 저한테 L-19를 타보라고 하더군요. 제가 L-19를 모는 것은 조금도 힘든 일이 아니었거든요.

몇 년이 지나고 나서는 아주 유명한 프로그램인 CBS의 「왓츠 마이라인?」에서도 초청을 해주었어요. 네 사람의 패널이 무대 출연자 셋 중에 저를 정확히 알아맞히는 프로그램이었는데 저는 누군지 탄로나지 않게끔 태연하고 간명하게 "예." "아니오." 대답을 잘해냈거든요. 거기 출연한 뒤로는 교포들 사이에서도 아주 많은 분이 저를 알게 됐어요. 그때 부상으로 받은 자동차와 에어컨 냉장고는 모두 우리 대시관에 기증하고, 이튿날 출연료를 들고서는 저는 그토록 가고 싶던 뉴욕의 보석가게를 찾아갔어요. 저는 카메라와 조명 앞에서도 주눅 들지 않고 출연을 잘해낸 저한테 선물을 해주고 싶었어요. '김경오, 잘했어.' 그렇게요. 저는 오드리 헵번이 영화(「티파니에서 아침을」)에서 찾아가던 티파니 보석가게로 운동화를 신고 가서 다이아몬드 반지를 샀어요. 정말 큰 마음을 먹었지요. 동화 속의 공주들만 끼는 줄 알았던 7부 3리의 투명한 반지는 이제 제 손에 놓였어요. 둥근 원 속에는 깨끗하고 세심하게 깎인 정사각형과 삼각형들이 담겨 있었지요. 저는 더 이상 아시아에서 온 바싹 마른 촌뜨기 아가씨가 아니고 뉴욕에 와서도 당당한 패셔니스트가 되고 싶었던 거예요.

저는 그러면서 이런저런 분들한테서 아멜리아 에어하트를 전해듣고 알게 됐어요. 주로 나인티나인스(99's)의 회원들한테서였어요. 에어하트는 죽은 지 오래됐어도 여전히 미국이 사랑하는 여성 비행사였어요.」

에어하트는 살아생전 영화배우나 되어야 나오던 럭키 스트라이크 담뱃갑의 모델이 될 만큼 대중적으로 사랑을 받았다. 짧게 자른 머리에 군살도 화장기도 없는 얼굴, 장난기 넘치는 회청색 눈동자에 고개를 갸웃하고 입을 꼭 문 채로 끝만 당겨 웃는 수줍은 표정, 비행용 가죽 재킷에 긴 부츠를 신고 비행기 앞에 선 모습은 첨단에 선 여성의 스타일을 보여주는 것이었다.

처음에 그녀는 부유한 여성 조종사의 제안을 받고 남자 조종사 둘

사이에 끼어서 대서양을 비행기로 건넜는데, 그걸로는 부족하다고 스스로 생각해서 서른네 살 나던 해에 혼자서 대서양 횡단에 나섰다. 그녀가 죽을 경우를 대비해서 가족들에게 남긴 유서는 담백한 것이었다. '위대한 모험이여 만세! 성공하고 싶었지만 시도해본 것만으로도 만족해요. 어디서인진 몰라도 우리 다시 만나길 기도할게요. 이 모험은 정말 해볼 만한 가치가 있었고 내 인생은 행복했어요. 행복한 기분으로 마지막을 맞았으니 괜찮아요.'

그녀는 수천 미터를 올라간 다음 폭풍우를 만났는데 단발 프로펠러기는 동체에 결빙이 생기고 다기관多岐管에 용접이 떨어지고 배기관에서 불이 날 정도로 위태로워졌다. 나중에는 앞뒤 날개를 버티는 받침대가 부서진 상태로 런던 데리 근처의 목초지에 뛰놀던 소떼 위를 날아 풀밭에 내려앉았다. 정해진 항공로도 없던 시절 그녀는 달 착륙 수준의 위업을 해낸 셈이어서 뉴욕 맨해튼의 귀국 퍼레이드에서는 뿌려진 색종이만 몇 톤에 달할 정도였다. 비행장까지 이용할 차편이 없어서 걸어다녀야 했던 가난한 사회복지사 출신의 조종사가 미국과 유럽 양쪽에서 대인파를 몰고 다니며 대통령도, 황태자도 만나기를 청하는 영웅이 된 것이다.

「제가 에어하트를 처음 알게 된 건 나인티나인스에 가입하고 나서예요. 여기는 처음에 미국여자비행사회였는데, 이제는 국제여자비행사회라고 하지요. 나인티나인스라는 이름은 아흔아홉 사람으로 시작해서 붙여진 건데, 이 모임을 만들고 회장이 된 분이 바로 에어하트예요.

루이스 스미스라는 그 당시의 나인티나인스 회장이 그린스보로에 살고 있었어요. 제가 참 운이 좋지요. 그분이 「그린스보로 데일리뉴스」에 난 기사를 보고 궁금해서 대학 기숙사까지 저를 만나러 찾아온 거예요. 그분은 제가 회원이 되면 참 좋겠다고 했는데, 일단 비행 테스트를 하겠다고 했어요. 이틀 걸려 테네시 주의 공군 비행장까지 무사히 왕복 비행을 마치면 가입이 되는 거였어요.

그때는 경비행기에 레이더가 있던 시절이 아니에요. 눈으로 봐가면서 날던 시절인데, 제가 있던 노스캐롤라이나나 테네시나 드넓은 초지와 구릉이어서 하늘에서 지표로 삼을 만한 지형이 딱히 없었어요. 저는 항공지도를 보면서 공부했는데 그린스보로 공군 비행장에 가니 미군 여자 대위가 나타나서 "네가 미국 온 지 몇 달 되지도 않았는데 미국 지리에 익숙하지 않아 힘들 거다. 내가 뒤에 타고 가겠다."는 거예요. 참 고마운 일이었어요. 그이는 "테네시에는 말 키우는 목장이 많으니 말들이 많으면 비행이 다 돼간다고 생각해라. 록나스 비행장에 다다르면 말이 아주 많을 거다." 그렇게 말하는 것이었어요. 두 시간, 세 시간 비행을 하다 보니 졸리더군요. '지금 방향이 맞는 건가?' 불안하기도 하고요. 이러다 비행장도 못 찾고 연료가 다 떨어지는 건 아닌가 하는 걱정도 들었어요. 그런데 예정 소요 시간을 20분쯤 앞두고, 그러니까 네 시간쯤 비행하니까 저 아래에 풀을 뜯는 새끼손가락만 한 흰 말이 보이는 거예요. 말은 차츰 많아지더니 나중에는 목장 가득히 떼를 지어서 달리는 것이었어요. 여전히 쌀쌀한 2월이었는데 초지는 푸르고 말들은 씩씩한 거예요. 아, 여기구나! 제가 관제탑에 무전을 치니 비행장이 2킬로미터 전방이래요.

그렇게 다녀오고 나서 저는 에어하트가 만든 모임에 들게 된 거예요. 나중에 뉴욕 지부의 모임이 있어 나갔더니 에어하트의 여동생(그레이스 뮤리엘 에어하트)을 만날 수 있었어요. 주름이 자글자글한 노인이 되어 있더군요. 제가 아시아에서 온 조종사인 걸 알고 반가워해주셨어요. 에어하트가 마지막 비행에 나설 때 지켜본 이야기를 해주더군요.」

에어하트는 서른여덟 되던 해에 하와이에서 캘리포니아까지 가는 태평양 횡단 비행을 최초로 해냈고, 캘리포니아에서 멕시코로 가는 북미대륙 종단 비행도 성공했다. 마흔 살이던 1937년 미국에서 유럽과 동남아시아 남태평양을 거쳐 귀국하는 최초의 세계일주 비행에 나섰다가 남태평양 하울랜드 섬 인근에서 비행기와 함께 실종되었다.

「그 노인은 "언니가 이륙할 때는 날이 궂어서 한참을 기다렸고, 비행기가 막 떠오르자마자 석양이 퍼져서 아름다웠다."고 하더군요. 그러고는 말했어요. "비행기에 오르기 전에 퍼트남(남편)이 말했어요. '달링, 조심해서 비행해.' 하고 말이지요. 그러자 언니가 얼굴을 비비며 '달링, 사랑해.' 하고 말했어요. 퍼트남의 얼굴에서 눈물이 흘러내렸지만 언니는 천천히 돌아서서 비행기로 걸어갔어요. 이게 둘의 마지막이었어요." 저는 참 아멜리아 에어하트답다는 생각이 들더군요. 저도 결혼하기 전에는 마흔 살까지 미혼으로 살다가 비행기와 함께 죽겠다는 생각을 하곤 했거든요. 가을이 오면 설악산에는 하늘에서 보아 가장 아름답게 단풍이 드는 봉우리가 있어요. 제가 눈여겨봐둔 곳이에요.

　학교를 마치고 귀국하기 전 겨울에 나인티나인스 뉴욕·뉴저지 지부 월례회에 나가 저는 우리나라에서 여자 후배들을 기르는 데 쓰게 연습기를 한 대 사가고 싶다는 이야기를 꺼냈어요. 회원들이 너나없이 "그건 무리다."고 말하더군요. 그 비싼 비행기를 어떻게 사들인단 말인가? 모두 그렇게 생각하고 있었어요. 그런데 가만 보니 주부들이 슈퍼마켓에서 물건을 사면 그린 스탬프를 나눠주는데 저는 그걸 한 번 모아보자고 제안했어요.」

　기록에 따르면 나인티나인스는 당시 현금으로 누군가를 지원할 수 없다는 규칙이 있었는데 일종의 상품교환 쿠폰인 그린 스탬프를 모으는 것은 아주 좋은 아이디어였다. 그린 스탬프는 모두 400종이 있는데 그중에 1종을 택해서 1,500장을 모으면 스탬프북 한 권을 가득 채울 수 있다. 그런 책 2,500권을 모으면 경비행기 파이퍼 콜트를 살 수 있는 돈이 되었다. 미국 곳곳의 주부들이 1961년에서 1962년까지 그린 스탬프를 모아서 나인티나인스에 전달했다.

　「저는 저대로 강연을 뛰었어요. 그 무렵 저는 천신만고 끝에 영어를 잘하게 됐거든요. 강연에서 『춘향전』을 요약해서 말해줄 정도는 됐으니까요. 회원들이 뉴저지의 한 비행장에 저를 후원하는 본부를 만들어놓고 강연 요청을 받아줬어요. 그리고 회원들 비행기로 강연장 근처까지 날라줬고요. 소식이 퍼지다 보니 비행기 만드는 회사에서 연습기인 파이퍼 콜트 기를 저한테 거저 주기로 했어요. 거기다 그린 스탬프 회사에서 "우리 스탬프를 알려줘서 고맙다."고 정말 큰 돈을 저한테 보내 줬어요. 정말 지성이면 감천이고, 티끌 모아 태산이지요.

나인티나인스는 이 비행기를 분해해서 해군 군함에 싣고 와서는 인천에서 컨테이너로 여의도까지 가져와 조립을 해주었어요. 저는 원래 파이퍼가 준 기체에 성능을 높이려고 모아온 돈으로 갖가지 옵션을 붙였어요. 그리고 아름다울 미美, 지혜로울 지智를 써서 저의 애기愛機한테 '미지'라는 이름을 지어줬어요. 미지美智, 이거야말로 우리가 추구해야 할 가치가 아닐까요? 조종사가 되려고 낯선 병영에 들어가 땋은 머리가 뚝뚝 잘리는 걸 보고 쿡쿡 울던 소녀가 이제는 자기 비행기까지 가지다니. 저는 혼자서 놀라워하곤 하다가 11월 30일 여의도 비행장에서 미지를 타고 초겨울 하늘로 날아올랐어요.」

그녀는 이듬해인 1964년 5월 미국 매사추세츠 주 웨스트필드에서 열린 미국여자비행사경기대회에 참가했다. 1,500미터로 비행하다가 7개 비행장을 통과할 때는 120미터 고도로 강하한다는 조건으로 480킬로미터를 비행하는 경주였는데 그녀는 8위에 올랐다. 그리고 그녀는 약속대로 우리나라에서 여성 비행사 지망생들을 받아 미국에서 모은 돈으로 이들을 가르쳤다. 그녀는 김상희 함광란 두 사람을 조종사로 만든 후에 애기 미지를 항공대학교에 훈련기로 기증했다.

5

「그리고 1967년 6월이 되었고 저는 흰색 동체에 빨간 줄이 쳐져 있는 파이퍼 트윈 코만치를 김포비행장에 세워놓고 궂은 하늘을 올려다보고 있었어요. 비는 그칠 듯 말 듯 이어지고, 이륙을 준비하던 저와 환송객들을 서서히 지치게 하고 있었지요. 우리 정부는 일본과의 사이가 싸늘한 채로 계속 갈 순 없고 조금씩 바뀌어야 하는데 두 나라의 여성 비행사가 친선 교환 비행을 해보자는 아이디어를 냈어요. 나라가 조종사로 만들어주었으니 제가 흔쾌히 맡아야지요. 그리고 저한테는 바다를 건너 다른 나라로 날아가는 비행을 반드시 해보겠다는 희망도 있었고요. 하지만 제가 서른하나에 결혼하고, 이듬해 4월에 맏딸을 낳고 네 달이 못 가서 훈련을 시작했거든요. 산후우울증이 있었고 얼굴이 부석부석 부어오르고 눈 밑에 그늘이 져 있었어요. 저는 예전의 나와는 다르다는 걸 알게 모르게 느끼고 있었어요. 에어하트의 비행과는 달리 이건 나라 일이기도 해서 절대 사고가 나선 안 되었어요. 그래서 훈련도 열 달가량이나 계속됐어요. 나이 든 예전의 유대식 선생님이 참관자로 제 곁에 같이 가기로 했고요.

비가 멎을 때까지 저는 느낌이 이상했고 시간이 꽤 늦은 채로 날아올랐어요. 비행을 하다 보니 기분이 좋아지더군요. 김해에서 기름을 넣고 현해탄을 넘어가다 보니 조종석 안으로 일본 말 방송이 흘러나왔어요. '아, 여기서부터는 일본이구나.' 곧 이어서 아사히신문이라고 쓰여진 항공기가 가까이 날아와 촬영을 했고 저는 창밖으로 손을 흔들어 주었지요. 비행기는 후쿠오카 근처의 오구라 비행장에 착륙했어요. 저로서는 처음 일본까지 날아간 것이었어요.

거기서 일본 여자 비행사 노조키 야에^{乃位野衣}를 태우고 도쿄로 날아갔어요. 그이는 다음에 한국으로 건너올 저의 파트너였는데 제가 박경원이 추락한 하코네 산^{箱根山}을 찾아가보고 싶다고 했더니 그이가 같이 가자더군요. 반 시간 정도 날아가다가 호수와 숲이 많은 지역을 지나니까 날개 아래 꽤 높은 산이 서 있었어요. 노조키가 일본 말로 "저게 하코네 산입니다. 세 봉우리 가운데 저 첫 번째와 두 번째 사이에 비행기가 충돌했어요." 하고 가리키더군요. 봉우리의 아주 가파른 경사면이 조종석 유리창 아래로 바라다보였어요. 거기서 돌아가신 지 벌써 34년이 되었더군요.」

박경원은 서울 평양을 거쳐 만주 신경까지 가는 장거리 비행을 하기로 하고 1933년 8월 일본 하네다 공항을 이륙했다가 하코네 산에서 악천후를 만나 추락하여 숨졌다. 하코네 산에는 추모비가 세워졌고 유골은 국내로 들여와 모교인 대구 신명여고 학생들의 마중을 받은 뒤에 덕산^{德山} 불교 포교당의 추도회장으로 옮겨졌다.

「속도를 잃고 산중에 부딪힌 비행기가 눈에 보이는 것 같아 슬펐어요. 작은 나사나 일그러진 부품들이 몇 백 미터나 날아갔을 텐데. 불이라도 나지 않았을지. 선배님이라는 생각에 저는 조의^{弔意} 비행을 했어요. 아무 말 없이 비행 속도를 낮춰서 하코네 산 주위를 크게 세 바퀴 돌았어요. '편히 잠드세요.' 그렇게 마음으로 빌었어요.

그런데 그렇게 돌아오고 나서부터 제가 좀 예민해진 것 같더라고요. 박경원이 도쿄 하네다 공항에서 날아오르기 직전에 촬영한 마지막 사진을 보고 나서는 오랫동안 눈을 감고 있었어요. 비행기 잔해가 자꾸 눈에 밟히는 것 같고. 이러저러한 친선 행사를 갖고 이틀 후에 귀국 비행을 하러 하네다로 들어섰는데 카메라들 앞에서 제가 오른손을 들고 인사하고 있더라고요. 생각해보니 박경원과 같은 포즈였어요. 그래서 기자들에게 "다시 하겠다."고 말했지요. 제가 예민해지고 긴장한 거예요. 아까와 달리 왼손을 들고 흔들다가 활주로로 나갔어요. 뭔가 불안한 기분이 들었고 환하게 웃긴 했지만 두 손으로 얼굴을 힘껏 비비고 싶은 느낌이었어요.

'그래, 긴장할 필요 없어. 박경원이 이륙하던 날에는 하늘도 궂었는데 오늘은 이렇게 맑잖아. 해오던 대로만 하자.'

그리고 마스터 스위치에 열쇠를 꽂아 돌리고 시동 버튼을 눌렀어요. 연료 펌프가 움직이고 프로펠러가 돌아가더니 갖가지 계기 바늘들이 제자리를 찾아가더군요. 사전에 지루할 만큼 오래 워밍업을 시킨 비행기라서 가뿐하게 날아올랐어요.」

직선으로 400킬로미터 떨어진 오사카 공항이 기착지였다.

「아침에 받은 기상 리포트에는 군데군데 구름이 있어도 비행하기에 무난한 날씨라더군요. 지형 리포트상으로도 문제가 없었고. 비행은 순항이었어요. 저는 아기 생각에 빠졌던 것 같아요. 맏딸은 돌이 한 달

보름 정도 지났는데 방글방글 웃는 모습이 정말 귀여웠거든요. 저는 아기한테 공을 많이 들였어요. 출산이 다 됐는데도 하늘로 날아올랐는데 아기에게 좋으라고 맑은 공기를 한껏 들이마시려고 했어요. 진통을 이틀이나 겪었는데 의사가 지쳐서 주저앉을 무렵에야 출산했어요. 뱃속에서 무럭무럭 커서 4.2킬로그램이나 됐어요. 아기가 몸을 뒤집거나 힘을 다해 앞으로 기어오는 걸 보면 그렇게 귀여울 수가 없어요. 어서 집에 가서 안아줘야지. 훈련하느라 같이 놀아주지도 못했는데. 지금 엄마 찾아 울고 있는 건 아닌지 모르겠네. 그런 생각을 했던 것 같아요.」

그는 비행사인 자신을 잘 알고 있었다. 자신이 비행하면서 잡념에 빠질 거란 생각은 한 번도 해본 적이 없었다. 실제로도 그렇게 해서 위기에 빠진 적은 없었다. 하지만 사람이 제대로 알아볼 수 없는 유일한 대상은 자기 자신이 아닐까? 사람은 육안으로도 스스로를 입체로는 볼 수 없다. 기껏해야 거울이나 사진, 화면에 비친 평면적인 자기 얼굴만을 볼 수 있다. 얼굴에 그처럼 많은 속성이 담겼는데도 사람은 다른 이의 얼굴처럼 자기 얼굴을 한 바퀴 빙 둘러가며 보진 못한다. 자기를 빼고 누구든 그럴 수 있는데도 말이다. 그래서 사람들은 자기 옆이나 뒷모습을 보면서 낯설어 하고 놀란다. '내가 이렇게 생겼나?' 머쓱해한다. 얼굴만 아니라 성품에서도 사람은 오직 자기만 모르는 부분들을 갖고 있다. 그게 적을수록 삶을 보는 눈매가 무르익은 게 아닐까? 그는 엄마가 된 조종사에 관해선 잘 알지 못했다. 엄마가 된 지 겨우 한 해 지났을 뿐이니까. 아이가 얼굴을 앞세우고 엄마 머릿속으로 아기작아기작 기어오는 장면을 잡념이라고 끊어낼 생각을 못했다. 그의 속에 든 조종사보다 엄마가 앞서 나가 아기를 안아들었기 때문이다. 하지만 그녀가 몰랐던 그런 면모가 그녀를 위기로 데려가고 있었다.

「한 순간 비행기가 좌우로 크게 흔들렸어요. 그전부터 조금씩 흔들렸는데 제가 그때 알아차린 건지도 모르겠어요. 파이퍼 트윈 코만치는 경비행기 중에선 좀 큰 편인데 기체가 덜덜 떨리고 있었어요. 정신이 번쩍 들더니 눈이 크게 뜨였어요. '아니, 이게 웬일이지? 앞이 안 보이다니.' 구름 속에 들어와 시야 확보가 전혀 안 되는 거예요. '어떻게 이럴 수가 있나.' 그저 크다는 말만으로는 부족한 크나큰 구름이었어요. 지상에서 올려다보면 하늘을 완전히 가려버릴 만했어요. '아냐, 그래도 차분해지자. 좀만 더 날아가면 이 구름을 벗어날 거야, 좀만 더 가면.' 그렇게 생각했어요.」

그것은 온 하늘을 다 덮곤 하는 난층운이었던 것으로 보인다. 흔히 비구름이라고 부르는데 구름 바닥이 지상 200미터까지 내려오기도 하고 꼭대기가 7,000미터까지 올라가기도 해서 비행기를 오래 가둬놓을 수 있다. 이 비구름은 때로 적란운으로 바뀌어 훨씬 높은 하늘로 치솟기도 하는데 수증기도 많이 품지만 힘센 난기류가 위협적이어서 이겨낼 동력이 안 되는 경비행기는 절대 그 안으로 날아가서는 안 된다. 이 속에선 찬 공기가 더운 공기와 만날 때 빠르게 오르내리는 기류가 생기는데 공기가 소용돌이치기도 하고 수직으로 솟구치기도 한다. 안전한 고도로 날아가던 경비행기도 여기에 휘말리면 힘을 못 쓰고 내리꽂히게 된다.

그리고 비행기가 순항한다는 느낌을 주는 것은 투명한 공기를 통해 내다보이는 위아래 먼 곳의 풍경이 속도감을 아주 완만하게 제공해줄 때다. 이럴 때는 지면의 전체적인 외관을 봐가며 고도를 짐작할 수 있고, 구름의 움직임을 보고 바람의 방향이나 속도를 알아볼 수도 있다. 하지만 그렇게 철저하게 먹구름에 갇힌 채로 구름의 검은 타래들이 바로 조종석 창을 스치며 맹렬하게 지나가는 것을 보자 그녀는 당황하기 시작했다. 비행 방향을 몇 번 바꿔서 구름을 벗어나려고 해봤지만 소용 없는 일이었다.

그 구름은 물기를 잔뜩 지녀서 비행으로 달궈진 엔진이 지나가자 금세 빗방울이 기체를 적셨다. 그리고 기체가 끊임없이 두둡두둡 하는 소리를 낼 만큼 흔들렸다. 프로펠러를 물고 있는 스피너부터 양 날개, 수평과 수직 안정판, 방향키까지 부품 하나하나가 다 흔들리는 것 같았다. 조종석 앞의 패널에는 속도계 고도계 수평계 방향지시계 같은 계기들이 즐비했는데 일제히 고장 나서 바늘이 제자리를 찾지 못하고 좌우로 빠르게 흔들렸다. 고도 파악이 안 되니 비행기가 서서히 내려가다 충돌할지 모른다는 두려움이 생겼다. 게다가 비행기는 제자리에서 나는 듯한 착각을 일으켰다. 최고 시속 330킬로미터인 비행기의 좌우 프로펠러가 맹렬하게 돌아가는데 눈앞에서 구름의 회색 무늬만 바뀔 뿐 나아가지 않는 것이었다. 비현실적이고 기괴한 착시였다. 그녀는 금세라도 비행기가 구름 속에서 나타난 무언가와 충돌할 것 같아서 손에 진땀이 흐르고 가슴이 철렁 내려앉는 것 같았다. 그리고 통신이 끊겨 무전이 되지 않았다. 오사카 공항에 가까워지면 에스코트 비행기가 이륙해서 마중을 나오기로 했는데 이렇게 가다간 구름 속에서 그 비행기와 충돌할 위험만 남은 셈이었다. 다행인지 불행인지 연료계 바늘만은 흔들리지 않았는데 그나마 비상을 알리는 붉은 선 안으로 들어서고 있었다. 착륙지에 가까이 와서 헤맨 탓이었다. 유대식 중령도 별생각 없이 앉아 있다가 위기라는 걸 알고는 얼굴이 굳어지고 당황했다. 그는 손가락으로 동그라미를 그려 보이며 "아직 괜찮다."고 말했다. 연료가 금방 바닥나지는 않는다는 말이었다. 하지만 이 위험을 빠져나갈 방법이 없었다.

「살아야 하는데 생각하면서 조종에 온 정신이 쏠렸어요. 하지만 이미 머릿속이 백지장이 된 것 같았어요. 저도 모르게 눈물이 흘렀어요. 아아, 조사 나온 사람들이 조종 미숙이라고 하겠지. 미국까지 가서 공부하고 왔는데…… 그러겠지. 조종 미숙으로 죽는다니, 이렇게 낯선 하늘에서 죽는다니…… 사진 찍을 일 때문에 이륙하기 전에 공들여서 화장을 했는데 마스카라와 아이섀도가 눈물에 녹았어요. 그리고 후회가 되었어요. 내가 끝까지 비행하려고 했으면 결혼하지 말았어야 했는데. 아기를 낳지 말았어야 했는데. 그런 후회였어요. 그리고 고달팠던 군대 생활이 떠올랐고 남편하고 좀 더 얘기 많이 나누고 살걸, 이렇게 헤어지는데 왜 좀 더 아껴주지 못했을까, 그런 생각이 들었어요. 그리고 나만 보면 웃던 아기가 생각났어요. 앞으로 나 없이 어떻게 살아갈지 걱정이 많이 됐어요. 이제 우리 아기가 앞으로 평생을 어떻게 살아갈까? 어떻게 소녀가 되고, 학생이 되고, 결혼을 할까? 그러면서 많은 눈물이 흘러내렸어요.

그러는데 비행기 진동이 더 심해졌어요. 아, 정리하자. 그런 생각이 떠올랐어요. 조종사들은 죽을 때 깨끗해야 돼요. 비행기가 무고한 사람들을 덮치면 안 돼요. 그리고 이건 내 일이면서 나라 일이었어요. 흉하게 나타나면 안 되거든요. 제가 가던 방향에서 왼편으로 죽 가면 바다가 나와요. 그래, 깨끗하게 사라지자. 바다로 가면 아무도 우릴 못 찾겠지. 그러니까 마음이 편해졌어요. 페달을 밟았다가 떼면서 비행기를 왼편으로 돌렸는데 구름 타래들이 빠르게 아래위로 흩어졌어요. 오사카 공항을 포기한 건데 도리어 속이 맑아졌어요. 비행기가 도는 방향으로 몸이 쏠린다고 느낀 순간에, 2, 3도 우측의 저 위에서 하얀빛이 보였어요. 1초의 반의 반도 안 되는 순간이었을 거예요. 구름의 높은 부분이 햇빛을 받아 드러난 것이었어요. 그리고 그 위로 푸른 하늘이 지나갔어요.」

조각보 같은 하늘, 신기루 같은 하늘이었다.

「이게 마지막 기회일 거야. 그렇게 생각했어요. 조종간을 움켜쥔 손에 있는 힘을 다했어요. 조종간을 심장에 넣어버릴 듯이 아주 바싹 당겼어요. 쌍발 단엽인 파이퍼 트윈 코만치는 수직 상승을 하듯이 솟구쳐 올라갔어요. 한참을 올라갔어요. 몸이 등받이로 강하게 밀리는 중력감이 왔는데 불쾌하지 않았어요. 시야가 내내 캄캄했는데 한 순간에 환하게 트였거든요.

오오, 하느님!

참 광대한 구름 바다더군요. 구불구불한 구름의 이랑과 고랑이 끝도 없이 펼쳐졌는데 그 바깥으로 보잘것없이 작은 비행기가 날아오른 것이었어요. 저 높은 곳에서는 번쩍이는 6월의 태양이 보였고요. 언제나 우리 머리 위에 살고 있던 희디흰 태양이었어요. 이렇게 살아 있는 게 너무나 감사해서 몸을 부르르 떨었고 다시 눈물 한 방울이 눈가에 맺혔어요. 늘 봐오던 하늘인데 참으로 아름다운 거예요.」

구름 위를 비행하자 기체가 차츰 정상으로 돌아왔다. 계기 바늘들이 제자리를 찾더니 츠즛거리며 무전이 가능해졌다. 레이더를 통해 비행기의 위치를 파악하던 관제탑에서 "지금 그 위치에서 고도 800피트까지 내려오라."고 주문했다. 구름 바닥으로 내려가면 장애도 없고 시야가 열린다는 말이었다. 비행기가 다시 구름을 뚫고 하강하자 왼편으로 야마토 강이 흐르고 비행 방향으로 멀지 않은 곳에 오사카 공항의 활주로가 길고 반듯하게 누워 있었다. 아래로 잘 자란 숲과 채소밭, 목초지와 민가와 가느다란 도로가 지나가더니 기상 관측을 하는 공항의 하얀 목조물이 작은 각설탕처럼 눈에 들어왔다.

「착륙하고 비행기를 활주로 끄트머리까지 가져갔어요. 거울을 보니 화장이 얼룩지고 눈이 부어 있더군요. 저편에 사람들이 기다리고 섰는데 화장이 생각만큼 잘 닦이지 않았어요. 그래서 하는 수 없이 선글라스를 꺼내 쓰고 밖으로 나갔어요. 그런데 어쩐 일인지 다들 제가 큰일날 뻔한 걸 알고 있었어요. 그날은 참 비행하기에 힘든 날이었나 봐요.」

일본항공 정비사들이 비행기를 오후 내내 정비했는데 왼쪽 엔진이 운항할 수 없을 만큼 고장 난 것을 찾아냈다. 결국 현해탄을 건너는 비행은 연기되었다.

「이튿날 김포공항까지 날아가는 데 세 시간 반이 걸렸어요. 상공에서 내려다보니 많은 분이 저를 기다리고 있었어요. 그런데 그렇게 높은 하늘에서도, 그렇게 많은 사람 속에서도 식구를 알아볼 수 있었어요. 남편이 집에서 쓰던 분홍 이불을 가지고 나와 있었어요. 아기가 담겨 있는 포대기였지요. 비행기가 활주로를 달려가서 정지하자 저는 조종석 문을 열고 달려갔어요. 그리고 몰려선 사람들 사이에 서 있던 남편한테 가서 포대기를 건네받았어요. 하도 가벼워서 도무지 아기가 그 속에 들어 있다고는 의심스러울 지경이었어요. 포대기의 깃을 들치고 숨겨진 아기의 얼굴을 내려다보자 아기가 천진난만하게 웃는 거예요. 엄마가 어디를 어떻게 다녀왔는지도 모르는 채 다시 만나 반갑다고. 방긋 하고 소리가 나는 것 같았어요. "엄마 많이 기다렸어?" 저는 아기를 껴안으며 그렇게 말했는데 목소리가 나오다가 말았어요. 저는 무엇에 복받쳤는지 눈물이 솟아나왔어요. 도무지 참을 수 없이 솟구쳐 나왔어요.」

6

「이게 제가 서랍에 개켜둔 옷들 사이로 딸들에게 주는 편지를 꽂아 둔 이유였어요. 그렇게 일본을 다녀오고 몇 년 후에 박경원의 40주기 가 찾아와서 저는 일본 하코네 산으로 다시 찾아갔어요. 가엾은 분이 고 제사를 지내주고 싶었어요. 그런데 거기 찾아온 분들 중에는 박경 원의 가마다 비행학교 동창이 있더군요. 일흔이 넘은 분이었고 그때 가 되도록 옛 동창을 잊지 않고 찾아주는 모습이 좋아 보였어요. 그분 이 저한테 말했어요. "박경원은 미인은 아니어도 단정했고 유머가 좋 아서 인기가 많았어요. 동창들 모두 좋아했어요." 그리고 그분은 "나는 박경원을 매우 좋아했어요. 그래서 뺨에 입술 한 번 맞춰보는 게 소원 이었어요." 하시더군요. 그리고 말했어요. "저는 라디오에서 추락 소식 을 듣고 하코네로 달려와서 비행기가 떨어진 곳까지 뛰듯이 올라갔어 요. 잔해가 보이는 곳에서 저는 두렵기도 하고 힘이 다해서 천천히 걸 어갔지요. 박경원은 다친 곳이 하나도 보이지 않았고 꼭 조종간 위에 엎드려 자는 것처럼 보였어요. 저는 눈물이 글썽글썽해진 채로 다가가 서 그이의 뺨에 입술을 맞췄어요. 그게 아직도 잊히지 않아요."

황혼에 물든 하늘이 아름답듯이 지나놓고 보는 인생은 아름다워요. 제가 비행에 처음 성공하니 참모총장이 비행사 흉장인 파일럿 윙을 직 접 달아주신다고 해서 찾아갔지요. 참모들이 모두 서 있었어요. 남자 들은 제복 위 단추를 풀고 안감으로 나온 흉장 바늘의 캡을 끼워줘야 하는데 나이 든 참모총장은 그러려다 말고 낯이 어색해지더니 말했어요. "이 보게나, 자네가 어떻게 좀 해보게." 결국 저는 캡을 씌우지 못한 채로 신고를 했지요. 그렇게 받은 파일럿 윙을 가슴에 평생 동안 달고 다녔어요. 그걸 달기 전까지 저를 보면 고개 돌리고 침 뱉고 비웃던 분들까지 저는 마음으로 감사하고 또 사랑해요. 그분들이 있어서 제 인생이 풍성해졌고, 제가 더 강해졌어요. 저는 모자라고 뒤처졌지만 그분들을 넘어서기 위해 쉬지 않고 노력했거든요. 잊지 마세요. 인생은 힘들고 고달파요. 하지만 지나놓고 나면 그 모든 것이 아름다운 황혼에 물든다는 것을요.」

:

　김경오金璟梧 님은 자기가 조종사로 태어나는 데 김신金信 장군이 도움을 줬음을 나중에 알았다. 백범白凡 김구金九 선생의 아들인 그는 당시 공군본부 작전참모였는데, 참모들 가운데 유일하게 "여성 조종사를 만들 필요가 있다."고 주장하여 길을 열어주었다. 후에 김경오 님은 공군사관학교 생도로 여성을 선발할 것을 김영삼金泳三 대통령에게 건의하여 사관학교 가운데 처음으로 여성을 위한 문을 열게 했다.

　그녀는 비행사로서 청춘을 살았던 박경원에게 깊은 연민을 가지고 있었다. 그녀는 박경원의 비행기 '청연'의 검게 탄 속도계를 일본에서 가져와 고이 간직했다. 그녀는 소녀 시절 자신에게 길을 열어준 신익희 선생의 뒤를 이어 노년에 대한민국항공회에서 일했다. 그녀는 일생을 다 살고 나면 비문 하나를 남기고 싶다고 했다. '내가 하늘에서 얻은 것은 망각의 미덕이었다.'는 글귀라고 했다. 일을 할 때는 조종간을 잡은 것처럼 상념을 씻고 집중해야 한다는 뜻이다.

신철희의 하늘

라라야, 안녕

꧁꧂

개는 말하지만, 들을 줄 아는 사람만 듣는다.

-오르한 파묵 『내 이름은 빨강』

어떤 개들은 입을 길게 당겨 사람의 웃음을 흉내 낸다.
개들은 우리를 신이라고 생각하진 않겠지만
갖은 추리를 다해 우리의 뜻을 섭리처럼 따르려고 한다.

-엘리자베스 마셜 토머스

그는 산세 좋고 물 맑은 곳에 '나 자신의 집'을 짓고 싶었다. 평생 일한 번다한 거리에서 떠날 날이 되자, 하루에도 몇 번씩 산과 숲과 계곡을 그려보고 거기 들어설 집의 얼개를 그렸다.

그는 나이 들어서는 복사기 부속품을 제록스에 납품하는 회사를 차려 운영했는데 나라의 외환이 바닥난 환란을 겪고 부도가 나자 자기 회사에서 직원으로 백의종군해야 했다. 그전에는 고속버스 운전기사로 전국을 누볐다. 그래서 은퇴하고 머물 새집 터를 찾으려고 낯선 고장을 돌아다니는 일은 어렵지 않았다. 겨울 아침 소나무 숲길을 달려가면 가지 위에서 서리가 빛났다. 희붐한 안개가 낀 댐 위를 넘어갈 때도 그와 아내는 기대에 부풀었다.

삼척에서 태어난 그가 강원도의 산골에 정착하기로 한 건 자연스런 일이었다. 평창군 진부면 송정리. 대관령에서도 가장 높은 곳. 알을 품은 둥지처럼 두타산과 두루봉 매봉이 둘러싸고 바로 앞의 신기 계곡물이 오대천으로 흘러들었다. 강릉 속초와도 가깝고 월정사 전나무 숲길이나 영월 동강의 비경과도 멀지 않았다. 아들딸과 손주들이 찾아오기 좋게끔 시외버스 터미널과 스키장 역시 가까웠다. 집 앞이 열렸으면서도 아늑했다.

그는 집을 짓게 되자 인천에서 주말마다 내려와 집이 유아처럼 자라나는 걸 지켜보았다. 푸른 지붕에 노란 벽, 하늘에서 보면 직사각형, 단순하면서도 단단한 집이었다. 겨울이면 쌓인 눈이 흘러내리게끔 삼각 지붕을 냈고 두 개의 지붕 창도 삼각형이었다. 그 창들은 멀리서 보면 웃는 사람의 눈 같았다. 거실에 난초들과 푹신한 기역자 소파를 들여놓으니 집보다 그 자신이 완성된 것 같았다.

그들은 송정리로 이사 가면서 라라를 데리고 갔다. 라라는 소설 『닥터 지바고』에 나오는 유리 지바고의 애인인데 그들이 키우는 허스키 암컷 개의 이름이기도 했다. 그들은 라라를 차 뒷좌석에 태웠는데 개는 차창 밖으로 바뀌는 풍경이 신기했는지 이리저리 움직여 다녔다.

"라라야, 가만 있어. 왔다 갔다 하면 털 날려."

개는 얼마나 말을 잘 알아듣는지 곧장 엎드렸다. 라라의 부드러운 귀는 우뚝 서 있곤 했고 눈망울에는 푸른빛이 살짝 돌았다. 그 눈은 아주 가끔 화가 날 때면 발그스름해졌다. 에스키모들의 썰매를 끄는 개라서 몸집이 진돗개보다 훨씬 컸다. 앞가슴에는 흰 털이, 등에는 검은 털이 자랐는데 촘촘히 난 속털을 부드러운 겉털이 감싸고 있었다. 두툼한 발에는 흰 털이 북슬북슬했다. 꼬리도 털로 두껍게 덮였는데 늘

한 바퀴 감겨서 등 위에 슬며시 놓여 있었다.

　서울의 막내딸이 스물여섯 살 때 강아지이던 라라를 사들여서 안고 다니며 방 안에서 키우다가 그에게 선물한 것이었다. 그 역시 라라를 방에 들여놓고 키우고 부부와 같은 밥을 먹였다. 라라는 아주 어릴 때는 안경테 모양의 짙은 무늬가 눈 주위에 있었는데 자라면서 차츰 없어졌다. 힘이 넘치는 장난꾸러기여서 무엇이든 물고 당기곤 했다.

　"자, 라라야, 발톱 깎자. 늑대처럼 이게 뭐냐, 응?"

　그러면 라라는 가벼운 앞발을 그의 손에 얹고는 발톱이 다 깎일 때까지 쳐다보고 있었다. 라라는 체구가 날로 커졌고 털이 갈수록 윤이 나고 부드러워졌다.

　송정리로 와서는 그도 라라도 매일매일이 즐거웠다.

　"자, 라라야, 너한테 주려고 이렇게 대궐 같은 집을 지었다."

　라라가 맘껏 뒹굴 큰 집을 완성해서 보여주자, 라라는 앞발을 그한테 올리며 얼굴이며 목을 혀로 마구 핥았다. 라라는 벌판에 풀어놓자 마침내 강산의 일부가 된 듯이 훨훨 뛰어다녔다. 그래서 도시에서와는 달리 더 이상 발톱을 깎아주지 않아도 되었다. 라라는 송정리로 온 뒤로는 눈에 보이지 않을 만큼 멀리 산야를 달려가서는 나무 옆에 오줌을 누고 껍질에 목을 비비고 돌아오곤 했다. 자기 영역을 표시해놓는 것이었다. 라라가 만들어놓는 영역이 그의 마음속의 안뜰이었다. 라라 말고도 그 영역을 자기 것처럼 오가는 짐승들이 있었는데 그가 키우던 닭과 오리였다. 라라는 이놈들과 친구처럼 지냈다.

그는 늘 라라와 함께 다녔다. 산에 올라가 두툼하게 땔나무를 해서 묶어놓고는 라라의 허리에 채워놓고 말하곤 했다. "라라야, 집에 가져 가자." 그러면 라라는 아무리 무거워도 땔감을 끌고 마당까지 왔다. 땔 감이 끌린 흔적이 저 골짜기 깊은 곳에서부터 마당까지 빗질한 것처럼 길게 이어졌다. "너 꼼짝 말고 여기 있어." 하면 라라는 절대 움직이지 않았다. "라라야, 왜 거기로 가." 하고 말하면 걸음을 멈췄다. 그가 오 토바이를 타고 진부면으로 달려가면 라라가 항상 앞장서서 달렸다. 동 네 사람들은 정말 부러워했다. "라라가 꼭 오토바이를 끌고 가는 것 같 네요." 그러면 그는 왜 그렇게 어깨가 으쓱해지던지.

라라가 저 멀리 둔덕과 풀숲에서 뛰노는 모습을 보면 그는 반짝이는 시간이 그의 곁에 머무르는 것 같았다. 어디선가 풍금의 건반이 저 홀 로 움직이면서 아름다운 멜로디가 흘러나오는 듯했다. 아들 둘 딸 하 나는 모두 결혼해서 가정을 꾸렸다. 이제 나만의 시간에 도달했다. 더 잃을 것이 없는 자유의 한가운데에. 20대 초반의 무얼 어떻게 해야 할 지 모르는 막막한 자유와는 완전히 다른 것이었다. 내려놓을 걸 내려놓 고 이제는 한가하고 홀가분해진 그런 자유. 젊은이들은 청춘이 인생의 꽃이라고 생각하고 노경에 접어들수록 불행해질 거라고 여기지만 사 실은 그렇지 않다. 나이가 들면 격렬한 감동 대신 자유로운 인식을 즐 길 수 있는 것이다. 고집스레 꼭 한 가지 시각으로 보지 않고 여러 입장 이 되어 보면서 젊을 때는 모르던 이유들을 이해하는 기쁨이 있는 것이다. 인생이라는 한평생 걸리는 드라마에서 최고의 시간이 남은 것이다. 겨우내 거뭇거뭇하던 산야에 푸르스름한 신록이 퍼져가는 봄날을 보거나, 밭에 뿌려진 두엄 냄새 속으로 평범한 나비들이 날아가는 초여름이 지나면, 바쁘고 속 타던 도회지에선 몰랐던 흐뭇한 안도감이 몸에 퍼진다. 거기다 아침저녁으로 다가와 품에 안기는 라라까지 있으니.

이사 오고 나서 어느 해 초봄에 라라는 배가 커다란 럭비공처럼 불러와 산통을 하기 시작했고, 그는 죽을 먹이면서 힘을 북돋워주었다. 아내는 라라의 집 안으로 들어가 일곱 마리나 되는 새끼를 차례차례 받아냈다.

"이 산골에 개도 없는데 어디 가서 새끼를 만들어왔을까?"

그들은 라라가 어디서 짝을 찾았는지 고개를 갸웃하면서도 라라가 장하기만 했다. 라라는 서울의 딸네 집에서도 출산을 했는데, 그때는 그가 일부러 같은 허스키종 수컷을 만나게 해줘 순종을 낳았다. 라라를 빼다 박은 새끼들이었다. 이번에는 그때만큼 닮진 않았지만 앙증맞고 보얀 강아지들이 세상 빛에 눈부셔 하면서 나왔다. 라라는 강아지들이 세상에 나온 순간부터 사랑해주기 시작했다. 갓난 새끼들은 미동도 없이 쓰러져 있는데 라라의 혓바닥이 지나는 대로 구를 만큼 작고 가녀렸다. 라라는 깨끗하게 핥아준 다음에는 옆에서 잠들게 했다. 아내가 일곱 번째 탯줄을 잘라주고 나자 라라가 그를 올려다보았다. 헬쑥하고 파리해진 얼굴. 선하디 선한 어미 개의 얼굴이었다.

갓 태어난 강아지들이 감은 듯 만 듯 졸린 눈으로 하품을 할 때, 뒷발로 일어서서 어미 젖을 물 때, 짧은 앞발을 내밀 때, 조그만 얼굴로 험상궂은 표정을 지을 때 그는 귀여워서 가슴 깊숙이 안아주었다. 그래도 라라는 전혀 꺼려 하지 않았다. 새끼들은 발에 힘이 없어 처음에는 서로 껴안거나 머리나 등을 맞대고 누워 있었다. 새끼들의 주둥이는 연분홍색이었는데 비슷한 색깔인 라라의 젖꼭지를 시도 때도 없이 찾았다. 라라는 그다지 피곤해하지도 우울해하지도 않고 담담하게 새끼들을 내려다보았고 편안히 누워서 젖을 먹였다. 새끼들은 차츰 다리에 힘이 생기자 라라의 꽁무니를 쫓아다녔는데 어미가 방향을 바꾸는 대로 왼쪽이면 왼쪽, 오른쪽이면 오른쪽으로 일곱 마리가 나란히 낑낑대며 따라다녔다. 그런 모습이 귀엽고 예뻐서 주위에서 강아지 좀 달라고 매일같이 줄을 섰다.

2006년에는 그의 집과 아주 닮은 새집이 옆에 들어섰다. 7월 12일 완성된 처형네 집이었다. 처형과 동서는 송정리로 와보더니 그들 부부가 단출하게 사는 방식이 마음에 들었는지 "우리도 이런 데서 살고 싶다."고 했다. 그는 터를 내주었는데 나중에 처형네 집이 완성되자 '우리 집도 새끼 낳았다.'는 생각에 혼자서 쿡쿡 웃었다. 자기가 노년을 보내는 방식이 뿌듯했던 것이다.

처형네는 당장 이사 오지는 않고 당분간은 주말마다 오기로 했다. 진부면에서 일하는 목사가 처형네 집을 찾아와 현판을 선물해주고는 돌아갔다. 목사는 그에게 교회에 한 번 나와달라고 권했다. 그가 이사 왔을 때도 권한 적이 있었다. 하지만 그는 "이 나이에 새삼스레……." 하고 겸연쩍게 말하고 말았다. 일에서 풀려난 데다 숲에서 만나는 봄 여름 가을 겨울이 너무 좋아 그는 성소에서 하소연해야 할 고달픔 같은 게 거의 없다고 생각했다.

처형네 집이 지어진 지 이틀 후부터 여름 하늘이 먹물을 푼 것 같더니 폭우가 내렸다. 텔레비전을 보니 강원도 곳곳에 집중호우가 내린다고 했는데 실제로 비가 양동이로 퍼다 붓는 것 같았다. 거실 앞마당이 보이지 않을 지경이었다. 빗줄기는 슬라브 지붕과 목재 데크, 시멘트 바닥과 천변 길에서 튀며 붐볐고 빗소리가 빗물보다 더 큰 홍수를 이뤄 흘러 넘쳤다.

다음 날도 그랬다. 주말이었지만 처형네가 오지 않아 집은 비었고, 아내는 아침 일찍 읍내로 나가 그 혼자 빗소리를 다 듣고 있었다. 빗소리 사이로 우웅 우웅 우웅 하고 하늘과 땅이 울고 있었다. 잿빛 하늘에서 이따금 섬뜩한 섬광이 다 자란 나뭇가지처럼 서너 줄기 번뜩이더니 쿠궁 하고 육중한 쇠 종(鐘)을 철판에 내려놓는 듯한 소리가 생겨났다. 비는 오전 11시쯤에야 차츰 줄어들었는데 세상이 다 적막해지는 것 같았다.

"누구세요?"

누가 현관 참에 서성거려서 그가 나가보니 개천 건너 사는 정씨의 부인이 사색이 되어 있었다.

"우리 집이 물에 떠내려갈 것 같아요. 개천 건널 엄두가 안 나요. 밭일 보다가 이제 오는데 이게 도대체 무슨 일이래요?"

정말 개천은 그새 강이 되어버렸다. 평소엔 저 먼 발치에서 흘러갔는데 얼마나 불어났는지 그의 마당 바로 앞까지 넘어왔다. 다행히 비가 가시고 있으니 이젠 좀 줄겠지. 그가 거실로 돌아와 앉았는데 곧 이어 문 드리는 소리가 났다.

"김진문 씨, 김진문 씨, 큰일났어! 저기 정씨 집이 다 떠내려가려고 그래!"

그가 얼른 나가보니 옆집 부부가 정씨 부인을 안쓰러워하며 서 있었다. 어쩐 일인지 물살이 더 불어나는 것 같았다. 물이 산에서 얼마나 흙을 파냈는지 온 개천이 흙탕물이었다. 무너진 축사에서 나온 판자, 닭 돼지는 물론이고 계곡 위의 낙락장송이 뿌리째 뽑혀서 선 채로 떠내려가고 있었다. 물살에 밀린 바위도 굴러갔다. 아래에는 이미 바위에 부딪혔는지 전신주가 꺾여 있었다. 보다 보니 어이가 없었다. 불어난 물살은 흙덩이나 다름없었고 사납고 무지막지했다. 물줄기가 솟구쳤다 뒤집히는 모습은 수천 마리 소떼가 불침을 맞고 질주하는 것만 같았다. 그런 물길에 빨려들면 바로 죽는 것이다. 처음 보는 끔찍한 광경이었고 이전에는 한 번이라도 이런 광경을 떠올려본 적조차 없었다.

"아아, 우리 집이 다 잠겨버렸어요."

정씨의 부인이 발을 동동거리며 울먹거렸다. 그들은 뭐라 위로해줄 말도 잊은 채 넋을 잃고 개천 건너를 쳐다보고만 있을 뿐이었다. 그때였다. 무언가 세상을 훤히 밝히는 듯한 섬광이 강렬하게 몇 번 번쩍거렸다. 그리고 하늘을 쪼개는 듯한 굉음이 순식간에 터져나왔다. 천상의 소리란 소리가 모두 주사위만 한 공간에 갇혀 있다가 부수고 나와 상공을 뒤흔드는 것 같았다. 천둥은 포성처럼 울리더니 거대한 대포가 천상의 궤도를 옮겨가며 포를 쏘듯이 몇 초 동안에 건너편으로 가로질러갔다. 하나하나가 여태껏 그가 들은 천둥 소리를 모두 모아 한꺼번에 터뜨리는 듯했다. 그는 선 채로 얼어붙었고 고막의 흔들림을 느낄 지경이었다.

더 큰일은 다음 순간이었다. 그렇게 크나큰 소리가 땅을 후려갈긴 뒤에 아무 일이 없다면 그게 오히려 이상하다고 해야 할까. 쿠구구궁! 땅이 마구 흔들리는 소리가 나더니 발바닥에 진동이 느껴지고, 눈앞의 풍경이 두셋으로 보이게끔 출렁거렸다. 개천 건너의 사람들 뒤로 산이 물보라를 일으키며 무너져 내렸다.

"어어, 저거 어째! 저거 어쩌나!"

"피해요! 산 무너져요!"

그들은 건너를 향해 핏대가 서도록 고함을 질렀다. 저이들은 이제 어떻게 해야 하나. 앞으로는 물이 범람하고 뒤로는 산이 무너지는데. 하지만 이게 무슨 일이란 말인가. 건너에선 도리어 그들을 보고 손을 화급하게 내저었다. 무슨 경고를 하려고 날카롭게 소리치고 있지만 물이 넘치는 개천의 폭음 때문에 알아들을 수 없었다.

'저게 도대체 무슨 몸짓이지? 무슨 뜻일까?'

그때였다. 콰과과과 콰과곽! 하는 격렬하고 단호한 소리가 뒤에서부터 그들을 압도하듯이 몰아쳐왔다. 땅이 흔들리자 목덜미부터 종아리까지 살갗이 저절로 푸르르 떨고 흰자위가 드러나도록 눈이 커졌다. 다음 순간 언덕보다 더 큰 흙더미가 등 위에서부터 그들을 제압하듯이 덮쳤다.

'아니, 어떻게 이런 일이. 내 뒤에는 우리 집이 있는데.'

산머리에서 쏟아진 흙더미의 기세가 집 자체를 무너뜨리고 기습해왔다. 하지만 무슨 판단을 할 틈도 없이 그들은 규모도 모를 산사태에 파묻혀버렸다. 개천 건너에서 놀라 손짓하던 주민들은 그를 포함해 네 사람 모두 죽었다고 망연자실했다. 사태는 한 순간이었다. 해일이 일어서서 한가한 해변으로 몰아치듯이, 산 자체가 평지로 달려들어온 것 같았다. 천둥이 워낙 폭발적이어서 그는 이날 이후로 한동안 천둥 소리 때문에 산사태가 벌어졌다고 생각했다. 그런데 그들의 건너편이나 뒤편뿐만 아니라 송정리 일대의 산이란 산은 다 무너지고 있었다.

그러나 더 큰 사실은 송정리뿐 아니라 호랑이가 울었다는 호명리, 새로 잡은 살림터라는 신기리, 물 항아리처럼 생겼다는 수항리…… 진부면 전역에서 산비탈이 크고 작은 수풀을 업은 채로 미끄러져 내렸다. 하늘에서 보아야 알 수 있었던 더 큰 사실은 진부면뿐 아니라 평창군에서, 그리고 인제군과 횡성군에서도, 강원도 내륙의 산이 높은 고장 대부분에서, 이날 산비탈이 잘리고 무기력하게, 하지만 맹렬하게 흘러내렸다는 것이다. 그 일대는 깊이 뿌리 내려 흙을 잡아준다는 소나무가 수도 없이 자라는 곳이었다. 그래서 오래전에는 청송현青松縣이라고 불렸다. 하지만 흙 속에는 막대한 빗물이 스몄고, 물이 기반암 위에 고이면서 힘이 팽팽하게 부풀었다. 마침내 산비탈을 떼내서 미끄러뜨리는 그 힘은 무서운 것이었다.

한날 한시에 하늘과 땅이 모두 움직이는 그 힘을 겪은 인간은 스스로 얼마나 왜소한지 알게 된다. 인간은 손목시계의 한 눈금보다 작은 세계에서 벌어지는 일들은 잘 알지 못한다. 손으로 만지고 쓰다듬을 수 있는 한 팔 길이의 세계, 1미터 정도의 세계가 가장 친숙하다. 10미터 정도의 세계에선 목소리로 생각을 주고받을 수 있고, 100미터 정도의 세계는 눈으로 살펴볼 수 있다. 사람은 한 면이 1킬로미터가 넘는 건물을 지어본 적도, 그만한 동물이나 식물을 본 적도 없다. 100킬로미터가 넘는 강이나 초원이나 산맥이라면 자동차로 그 곁을 따라 달려본 적은 있지만 사실 어떻게 생겼는지는 지도로만 대략 알 뿐이다. 1,000킬로미터 규모의 구름이나 바람, 해류나 빙하, 대륙의 움직임에 관해서라면 감각으로는 아무것도 알 수 없다. 인간들은 마우스 휠로 구글 어스를 키웠다가 줄이듯이 자기 삶의 조건을 실컷 확대하고 맘대로 축소할 순 없다. 그러나 반대로 하늘과 땅 규모의 삶의 조건들은 과잉 확장된 인간 개개인의 자의식을 픽셀 하나만 하게끔 만들어버릴 수 있는 것이다. 그래서 지구 전체를 한 장에 촬영한 사진을 보면, 그 숱한 인간은 찾아볼 길이 없고, 그들이 만든 잠수함과 항공모함, 댐과 대교와 도로도 알아볼 수가 없다. 오로지 누르스름한 대륙과 푸르스름한 바다의 경계선, 그 위를 티끌 하나 없는 흰빛으로 휘감고 움직이는 크나큰 구름만이 보이는 것이다. 그럴 때 우리는 과연 이 행성은 무엇으로 이루어졌는지, 우리 삶이 실제로는 어떠한 것인지 희미하게 깨닫는 것이다.

그래서 그날 송정리의 계곡 옆에 섰던 그들은 알지 못했다. 며칠 전에 위니아 태풍이 소멸되고 나서 생긴 이 비구름이 도대체 얼마만 한 상공을 덮고 있는지. 도대체 얼마만 한 빗물을 얼마만 한 산지에 내쏟았는지. 그래서 그들은 알 수 없었다. 개천 건너 이웃에게 피하라고 힘껏 소리 지를 때 정작 등 뒤에선 무슨 일이 벌어지고 있었는지. 왜 도리어 건너 주민들이 놀란 눈으로 그토록 화급하게 손짓을 했는지.

그리고 그는 눈을 뜰 수도 숨을 쉴 수도 없었다. 자기가 죽은 게 아닌가 생각했다. 몇 초인지 몇 분인지 정신을 잃고 의식이 아득해져 있다가 차츰 자기가 어떻게 됐는지 알게 되었다. 그의 전신은 바닥에 큰 대자로 엎어졌고 그가 봤던 흙더미가 조금의 틈도 주지 않은 채 누르고 있었다. 질척한 흙이 눈꺼풀을 막아버려 앞이 캄캄했고 흙 무게에 눌려 호흡이 제대로 안 되었다.

원래는 화강암이었다가 노화되어 모래알보다 더 잘게 부서진 진부면의 흙은 깊이가 1미터도 되지 않았다. 빗물은 급속히 스며들어 그 속의 바위층 위를 막처럼 덮었다. 그러면서 흙 속에서 꿈틀거리며 자연의 굴이나 짐승들이 파놓은 굴로 들어가 웅크렸다. 하지만 빗물은 지하에서 막대한 덩치로 커졌고 힘을 얻었고 흙을 쪼개고 굴을 부수고 나무들을 하나 둘 쓰러뜨리다가 마침내 산비탈 하나를 쪼개면서 밖으로 분출했다. 하늘에서 내려다보아 몇 백 미터에 이르는 그 산비탈에 비하면 그는 바늘귀 하나만 한 크기라고 해도 좋을 정도였다. 그는 엎드린 채 생각했다. 내 등 위의 흙이 만일 내 키보다 높다면 나는 꼼짝 못하고 죽겠구나. 하지만 안간힘을 다해 시도해보자 어깨를 들썩일 수 있었다. 아주 조금이었다. 흙이 엄청난 건 아니구나. 굳은 흙이 아니고 진흙이니. 일단 일어서자. 손을 바닥에 대고 윗몸부터.

하지만 손은 자꾸 흙바닥으로 쑥쑥 빠져들어갔다. 빗물에 물러진 바닥은 손을 받치지 못했다. 그는 질식사하겠다는 생각에 초조해졌다. 그래, 큰 걸 붙잡아야 한다. 그걸 누르면 일어설 것 같은데. 그는 흙 속에서 손을 꿈틀꿈틀 움직였고 잡히는 것들을 샅샅이 더듬었다. 왼손에 장작개비인지 굵은 가지 같은 게 잡혔다. 아아, 있긴 있구나. 하지만 오른손에는 잡히는 게 없고 호흡만 가빠졌다. 누가 제발 저를 좀 도와주세요.

그러고 나자 오른쪽에 뭔가 단단하고 편평한 게 만져졌는데 좀 더 더듬어보자 제법 두툼한 판자였다. 됐다. 이제 해볼 만하다. 그는 판자에 손바닥을 밀착시키고 가지를 꽉 붙잡았다. 내가 고작 이 진흙을 뒤집어쓰고 죽으면 늙어 힘을 못 썼다고 하겠지. 아아, 제발!

그는 단번에 살길을 열려고 힘을 다했는데, 윗몸을 일으키고 한쪽 다리를 딩겨 집고 흙 속에서 쪼그려 있있다. 불쑥 위로 일어서자 싱반신이 흙더미 바깥으로 토용처럼 뚫고 나왔다. 진흙은 그의 허리까지 쌓여 있었고, 코끝으로 물 냄새와 신선한 공기가 와 닿았다. 아찔한 현기증이 일어났다.

이제 살았구나. 속이 뭉클해졌고 안도감이 생겼다. 다른 사람들은 어떻게 됐을까? 그는 탈을 쓴 것처럼 얼굴을 덮은 진흙을 손으로 벗겨냈다. 그가 걸음을 옮기자 진흙이 그의 발과 다리를 조이듯이 감싸고 따라왔다.

그런데 허리 부근에 차가운 느낌이 빠르게 밀려들고 있었다. 느낌이 아니라 무너진 산을 따라 쏟아져 내리는 물살이었다. 정말 다른 사람들은 어떻게 됐을까? 그때 물살이 수위를 급속하게 높이더니 콱! 하면서 두껍고 힘센 물줄기가 그의 등을 밀쳐버렸다. 그는 진흙에서 나와 앉지도 못한 채 숨을 돌리고 있었는데, 그런 위협이 생길 줄은 생각지도 못했다.

그는 다시금 진흙 더미에 쓰러져버렸다. 그런 채로 물살에 휩쓸려 바닥을 구르고 미끄러지면서, 손쓸 틈도 없이, 넘쳐 흐르는 개천으로 휩쓸려 들어갔다. 바위도 굴리는 사나운 흙물에. 저기 휩쓸리면 죽겠다고 생각한 바로 그 물에. 한 순간의 일이었다.

'아, 이럴 수가.'

집중호우 때의 물살은 소리만으로도 사람의 넋을 빼앗는다. 바닥이 고르지 않거나 경사가 급한 곳에서는 맹수처럼 치솟아서 주위를 가차 없이 허물어뜨린다. 사람이 휩쓸리면 잠시 바닥에 바로 서본다든지 물

가로 걸어나오는 일은 해낼 수 없다. 유속이 워낙 빨라 무얼 붙잡을 엄두도 못 낸다. 완전히 물의 뜻에 따라 빙빙 돌며 넘어지고 고꾸라지고 물을 먹고 뱉으면서 죽을 때까지 결박당한 듯이 끌려다녀야 한다. 홍수에 숨지는 사람은 그래서 나온다.

'아아, 이 개천에서 내가 끝나는가.'

다행이라면 물살이 차서 의식이 또렷해졌고 눈 근처의 진흙이 씻겨나간 것이었다. 모든 게 너무 빨라 뭘 생각하고 말고 할 겨를이 없었다. 그가 마음먹은 한 가지는 정신을 차리자는 것이었다. 살 틈도 정신을 차려야 보인다.

하지만 소용돌이 치는 흙탕물에서 정신을 어떻게 차릴까? 균형을 잡고 떠내려가는 일도 불가능했다. 물 힘은 압도적이었다. 그는 한 바퀴 돌다가 뒤로 떠내려갔다. 고개가 물속에 잠겼다가 뭔가에 험하게 부딪혔다. 그는 물속에서도 비명을 질렀고, 물 밖에서도 고함을 쳤다. 하지만 사방은 적막했고, 물소리만 났고, 그는 혼자였다. 소나무와 낙엽송이 뿌리째 뽑혀 천변을 좌우로 때리면서 내려갔고 나무는 수면에 누운 채로 지나며 그의 살갗을 찢었다.

헤엄치는 흉내도 낼 수 없었다. 고개만 들 수 있으면 다행이었다. 그러다가 대여섯 걸음 앞에 바위가 나타났다. 새카만 바위가 물에 뜬 채로 미끄러지다가 바닥에 부딪혀 떠올랐다. 그리고 다시 급류에 떠밀려 굴러왔다. 너무 공포스럽고 위험해서 초현실적이었다. 피할 겨를이 없었다. 콱! 하고 받히고 나니 숨이 막혔다. 가슴이 깨진 듯한 통증이 왔고 호흡이 되질 않았다. 바위와 같이 구르다가 물속에서 깔릴지 모른다는 전율이 왔다. 하지만 저도 모르게 몸은 바위와 다시 떨어지더니 급류에 쓸려갔다.

'정신 차려! 정신!'

시멘트 다리가 나타났다. 기차 지붕에 올라서서 가다가 낮은 굴을 만난 것 같았다. 평소에 다리 높이는 수면과 여유가 있었는데 이젠 물살이 불어 그 사이로 빠져나갈 공간이 없었다. 그가 고개를 집어 넣고 물에 완전히 잠기자마자 상판을 스칠 듯이 빠져나갔다. 그러나 다친 가슴으로 숨이 차왔다.

'이러다가 정말 죽겠다.'

눈앞이 잠시 밝아졌다. 개천이 굽은 곳에서 물이 다소 느려졌다. 그는 물가의 풀이나 뭐라도 손아귀에 잡으려고 했지만 어림도 없었다. 결국 빈손으로 물굽이를 지나자 눈앞에 시멘트 다리가 또 나타났다. 이번에는 부딪히고 죽을 것만 같았다. 다리 밑에는 떠내려온 나무들이 땔감처럼 모여 있었다. 교각에 막혀 차곡차곡 쌓여 있었다. 비죽비죽 나온 가지들이 날카로워 찔려 죽을 것 같았다.

'아니다, 그래도 저걸 붙잡아야 한다!'

신경이 곤두선 채로 언뜻 그런 생각이 들었다. 그는 떠내려가며 힘을 다해 물가로 옮겨갔다. 발로 바닥을 긁어 속도를 조금이라도 늦춰 보았다. 그리고 몸을 지키는 방패처럼 두 손을 내밀며 나무 더미에 부딪혔다. 아아악! 손등과 손바닥이 찢기고 찔리는 감각에 비명이 나왔다. 하지만 그는 나무 더미에 바싹 붙어서 등으로 물살에 맞섰다. 조금만 균형을 잃으면 쓸려갈 것 같았다. 조금만 더 힘을! 조금만 더! 그는 안간힘을 다했는데 몸이 나무 더미를 누르면서 간신히 멎었다. 나무들은 교각에 막혀 떠내려가지 않았다. 그는 손바닥으로 나무 더미를 누른 채로 물에서 발끝을 더듬어 조금이라도 물가로 옮겨갔다. 여기서 우물거리면 뒤에 오는 바위나 나무에 또 얻어맞는다. 어서! 빨리! 물가에 가지인지 풀인지가 만져졌다. 그는 단숨에 팔을 뻗어 대번에 그걸 당겼다. 있는 힘을 다해 몸을 던져 물살을 가로질렀다. 몸이 슬쩍 떠밀려가는 채로 물가의 비탈에 아슬아슬하게 얹혀졌다. 그는 그 기세 그대로 한 걸음에 비탈을 올라갔다. 물에서 나오자 긴 숨이 저절로 나오면서 힘이 다 빠져나갔다. 그는 두 다리를 뻗고 앉아서 한숨을 쉬었다.

마지막 기회였구나. 방금 빠져나온 다리의 하류는 경사가 훨씬 급하고 물살이 무지막지했다. 거기로 떠내려갔다면 죽었을 거라고 그는 생각했다. 워낙 흙탕물이어서 그는 흙구덩이에서 나온 것 같았다. 몸은 공포 때문인지 추위 때문인지 사시나무처럼 떨렸다.

그는 다른 생각 할 겨를도 없이 근처의 민가로 들어섰는데 놀란 부부는 그를 보고 어쩔 줄 몰라 했다. 그가 "따뜻한 물 좀 끓여달라."고 부탁하자 물을 데워 머리 위에 부어주었다. 진흙인형을 녹이듯이 눈가와 귀 코의 흙을 다 씻어냈다. 그는 더운 물을 마시자 살 것 같았고 말문이 열렸다.

"너무 아파서 꼼짝을 못하겠어요. 저기 우리 집 앞에 산사태가 났는데 세 사람이 묻혔어요. 사람들하고 같이 가서 제발 좀 살려주세요."

가슴이 쪼개진 듯이 아팠다. 바위에 부딪혀 갈비뼈 두 대가 부러진 것이었다.

이웃들이 달려가 보니 그의 집 앞은 흙더미가 지형 자체를 바꿔놓은 상태였다. 그가 빠져나온 자리에는 사람만 한 크기로 구멍이 나 있는데 사람들이 진흙을 가르면서 다가가자 근처에서 신음소리가 났다.

"거기 누가 있습니까?"

대답이 없었지만 사람한테서 나온 게 분명했다. 하지만 진흙이 계속 밀려오며 거대한 주름을 만들어내 누구도 섣불리 접근할 수 없었다. 결국 건장한 최학규 씨와 다른 두 사람이 근처 나무와 밧줄로 연결해서 다가갔다. 삽을 들고 파헤쳐가자 세숫대야인지 큰 그릇인지 모를 진흙더미가 나왔다. 그 아래 정씨의 부인이 쓰러져 있었다. 흙더미가 밀려오자 엉겁결에 그걸 뒤집어썼고, 그 덕분에 공기가 들어갈 틈이 생긴 듯했다. 그녀가 얼마나 빨리 움직였는지는 상상할 수 없었다. 1초도 안 되는 여유가 있어 해본 것이 숨을 쉬게 했다. 하지만 같이 파묻힌 옆집 부부는 진흙 속에서 숨을 거두었다. 이웃들은 시신들을 찾아서 들어내오며 허이허이 울었다. 사방에 흘러 넘친 막대한 토사 아래 사람들이 너무나 작고 가엾어 보여 눈물을 훔쳤다.

날이 개자 송정리를 두른 봉우리든 언덕이든 모두 내려앉아 시뻘건 흙의 단면이 드러났다. 흙물의 폭포가 생겨나 잘린 산에서 흘러내렸다. 처형 집은 터만 남았고 그의 집은 벽뿐이었다. 집을 덮친 흙더미는 벽을 부수고 거실을 가로지르고, 유리문을 내처 깨고, 마당으로 쳐들어왔다. 언덕처럼 쌓인 흙은 잔해만 남은 집의 새로운 주인 같았다. 집뿐 아니라 오리도, 닭도 없었다. 그리고 라라마저…… 라라를 잃다니.

사람은 자연과 더불어 살아갈 수 있다는 희망을 품으려고 개와 함께 살게 되었다. 자연이 난폭하고 잔인한 것만은 아니니 내 품에서 기르고 안아볼 수 있으리라는 바람에서 개를 선택했다. 사람들이 그런 기대로 들판에 나가 눈여겨본 새끼 늑대는 오랜 과거에, 아마 10만 년 전쯤에 사람들의 굴속으로 들어와 화톳불 곁에 처음으로 웅크렸다. 개는 진드기나 벼룩처럼 작지 않고, 기린이나 코끼리처럼 크지 않으며, 손으로 만지고 쓰다듬을 수 있는 팔 하나 길이만 한 세계의 자연이다.

개는 희미하고 가느다란 냄새와 소리를 잘 잡아내지만 색채감과 입체시(視)는 약하다. 대신 사람의 감각 능력은 반대여서 개와 서로 도와가며 살 만했다. 개는 굳이 실용적인 능력이 없어도 사랑받을 만했다. 사람의 말을 알아듣기 때문이다. 개는 수십 가지, 때로는 수백 가지의 말을 알아듣는다. 그리고 개는 표정과 짖는 소리를 가지고, 꼬리를 흔들고 몸통을 굴려서, 하소연하고 칭얼거리고 무서워하고 노여워하고 반가워한다. 사람은 그걸 눈여겨보고, 귀 기울이고, 말을 붙이고, 음식을 주고, 문 안에 들이고, 품 안에 껴안아준다. 라라와 그가 그랬다. 그것만으로도 같이 살 이유는 충분했다. 사람은 늘 사랑을 갈구하기 때문이다. 사람은 개에게 소소한 사랑을 베풀면서 자기 속에 아직 박애를 베풀고 자연의 자비를 받을 여지가 있음을 느끼는 것이다.

그리고 개는 태어나 숨지기까지, 일생의 생로병사를 사람이 지켜보게 허락한 자연이다. 지켜보게 할 뿐 아니라 일생을 사람에게 거의 맡긴 자연이다. 사람은 개가 출생하는 모습을 보고, 짝을 지어주고, 병과 상처를 치료하고, 출산을 도와주고, 벌판으로 나가 일체의 속박에서 풀어줄 수 있다. 운명을 다하려는 개를 돌봐줄 수 있고, 기도해줄 수 있고, 안락사를 시킬 수도 있다. 팔 하나 길이만 한 세계에서 벌어지는 생로병사를 보면서 사람은 결국 자신도 그런 길을 걸어가는 자연의 일부임을 깨닫고 느끼는 것이다.

그는 누군가 라라와 그의 사이를 시샘한 것만 같았다. 꽃들도 벌과 나비가 있어야 피듯이 그의 삶에는 라라가 필요했다. 그는 라라가 송정리의 둔덕 너머로 마음껏 달려가 사라질 때 비로소 자신이 은퇴하고 자연으로 온 것을 실감했다. 라라가 미지의 하늘 아래로 찾아가 자기 짝을 만나고 스스로 임신해왔을 때 그는 신비로움과 해방감을 느꼈다. 하지만 이제는 그런 라라가 곁에 없는 것이다.

주인과 함께 순장당하듯이 무기력하게 묻혔을 개가 떠올랐다. 나는 이렇게 살아 나왔는데 흙더미에 갇혀 죽은 거냐. 라라야, 미안하다. 여기 와서 우리 그렇게 좋아했는데, 라라야. 그는 굵은 주름을 남기고 굳어 있는 진흙 더미의 마당 가에 주저앉아 외롭고 미안해서 고개를 수

그렸다.

그는 병원에 갔지만 늑골은 깁스를 할 수 없고 주사 맞으며 견뎌야 한다고 했다. 라라를 생각하자 병원에 갈 의욕도 없었다. 주사도 맞지 않은 채로 생으로 통증을 참았다. 수재민들이 비좁게 모여 있는 마을 회관에서 오지 않는 잠을 청하다가 눈을 떠보면 가슴이 저며왔다.

'아아, 이렇게 황폐하게 될 줄이야. 집도 개도 다 잃고. 이렇게 축축한 마을회관에 누울 줄이야. 기쁨도 설렘도 가슴에서 진흙이 되었구나. 내가 이러려고 여기 온 게 아닌데. 이러려고 여기 집을 지은 게 아닌데.'

며칠 후 군부대가 나와 복구를 시작했다. 그는 자기가 묻혔던 구멍을 찾아가 삽질을 천천히 했다. 진흙에 묻혔을 때 붙잡고 일어선 게 무엇이었는지, 그를 살린 게 무엇이었는지 알고 싶었다. 왼손에 붙잡힌 것은 예상대로 굵은 가지였다. 그리고 오른편에서 길고 넓적한 판자가 온통 마른 진흙에 뒤덮인 채로 나타났다.

'이건 도대체 무얼까? 어디서 나온 걸까?'

산사태가 나고 사흘이 지나자 물이 빠진 개천에 낯익은 가금들이 나타났는데 그가 키우던 오리 여섯 마리였다. "과연 오리구나. 물에 빠져 죽을 리가 없지." 그는 반가워서 달려갔는데 오리들은 도리어 꽥꽥거리면서 달아났다. 오리들은 어마어마한 산사태와 물난리를 그냥 피한 것이 아니고 날이 이상하게 궂자 큰일나겠다는 예감이 들어 큰비가 내리기 전에 어디론가 미리 달아났다가 찾아온 것이었다.

민간에서도 지원을 해주었다. 불도저와 포크레인이 흙무더기를 밀어냈다. 그런데 포크레인이 마당의 흙더미를 퍼낼 때 안에서 가냘픈 소리가 났다. 이게 뭐지? "우우우우!" 하는 소리는 늑대 울음 같기도 했다.

"라라 같아요. 라라가 살아 있는 거예요."

"무슨 소리야? 산사태 나고 9일이 지났는데. 굶어서도 죽었지, 어떻게 살아?"

그는 아내한테 말도 안 된다는 듯이 이야기하면서도 기사한테 조심해서 파달라고 당부했다. 그런데 큰 삽이 흙을 퍼낼수록 신음소리는 더 크고 선명해졌다. 마당 바닥이 드러날 만큼 흙더미를 벗겨내자 진흙으로 칠갑이 된 라라가 목을 내밀더니 차츰 윗몸이 나타났다.

"아니, 라라야!"

그는 갑자기 일손을 놓고 눈이 둥그레져서 소리쳤다. 라라는 그를 마주 보며 쓰응 쓰응, 하면서 신음했다. 그는 흙에서 빠져나온 라라를 싸 안고 입을 맞춰주고 밥을 비벼주었다. 라라는 처음엔 덜덜 떨면서 하반신을 못 썼고 앉은뱅이처럼 부자연스럽게 흙더미 위를 옮겨다녔다. 한두 시간 지나자 다리를 절름절름하며 걷더니 한나절이 지나자 예전처럼 걸어다녔다. 이튿날에는 거뜬하게 회복해서 흙무더기 산야를 거침없이 내달렸다.

나중에는 그가 키우던 닭들도 진흙 속의 닭장에 갇혔다가 살아 나왔다. 그러고 보니 그의 집과 처형네는 숨진 목숨이 하나도 없었다. 다만 닭 한 마리가 궁둥이 부분이 썩어 들어가고 다리를 덜덜 떨며 신음소리를 자꾸 냈다. 그러자 라라가 불쌍하게 여겼는지 어느 틈엔가 콱 하고 물더니 곧장 흔들어서 죽였다. 배가 고파서가 아니었다. 그의 집에서 일하던 군부대 중대장은 라라가 죽은 닭을 물고 개천 건너 산 아래로 가서 흙을 파고 묻어주는 걸 따라가서 보고는 신기해했다. 주인인 그는 그렇게 하고 돌아온 라라가 대견해서 목덜미를 쓰다듬어주었다.

처형네는 집을 다시 지을 엄두를 못 냈다. 하지만 그는 어떻게 해서든지 살던 집을 재건하고 싶었다. 다행히 정부 지원이 다소 나왔고 나머지는 그들 부부가 어렵게 돈을 빌려왔다.

건축업자가 집을 짓는데 그도 일을 거들려고 했다. 하지만 가슴에서 뚜걱뚜걱거리는 소리가 새어나왔다. 아물지 않은 갈비뼈가 맞물렸다가 떨어지는 소리였다. 그래서 그는 예전처럼 라라와 놀아주지 못했다. 대신 건축하는 사장이 보살펴주자 라라가 따르는 눈치였다. 사장은 라라와 같이 놀고 쓰다듬고 안아주었다. 그는 차츰 위축되어갔고 라라를 키울 자신이 없어지는 걸 느꼈다. 정확히 말하면 라라를 굶기는 날이 더 많아졌다. 일대는 밭이나 논, 집이나 언덕의 구분이 완전히 없어진 황무지가 되어버렸다. 주민들도 끼니와 잠자리를 해결하지 못해 미을회관 신세를 져야 했다. 라라 혼지 어딘가에서 스스로 끼니를 해결하는 게 불가능했다. 썰매를 끄는 근육질의 중형견인 시베리안 허스키는 매일매일 뛰놀아야 하는 운동량이 개들 가운데 최고 수준이다. 고기를 섞어서 간식까지 하루 몇 끼씩 먹는 식성은 소형견의 몇 배나 된다. 라라를 예전처럼 돌봐줘야 하는 그는 거동이 힘든 부상자였고, 아내 역시 이제는 종일 읍내에 나가 일을 해야 했다. 그리고 집에는 돈이 너무 부족했다. 제대로 뛰놀지도 먹지도 못하는 라라가 저녁 무렵 신음소리 내는 걸 들으면 그는 마을회관에 가서 잠이 오지 않았다. 밤새 쓰응쓰응거리는 소리를 들은 다음 날도 밥을 줄 수 없었다. 개는 배가 고파서 뛰놀지도 못하고 황무지 언덕에 배를 붙인 채 누워 있곤 했다. 그는 갈비뼈가 부러진 것보다 라라가 가엾어서 더욱 가슴이 아팠다. 그는 어느 날 건축하는 사장 앞으로 다가가 부끄러움과 결심이 뒤섞인 표정으로 말을 꺼냈다.

"저…… 라라를 한 번 키워보지 않으시겠어요? 밥을 못 먹어서…… 저렇게 말라가는데…….""

사장이 뭐라고 대답할까? 좋다고 하든 아니든 그의 시야는 까무룩 어두워질 게 분명했다. 사장은 눈이 커지면서 얼굴이 환해졌다.

"어유, 저 귀한 개를요? 저야 주시면 잘 키우지요."

그는 무릎의 힘이 빠지는 막막한 기분이 되었다. 그는 황무지 가운데 서 있는 라라를 바라보았다. 그의 속에서 누군가 말했다.

'사랑은 손아귀에 넣는 게 아니다. 라라를 동네 비렁뱅이로 만드는 건 사랑이 아니다.'

"제가 돈은 한 푼도 안 받을게요." 그는 사장에게 다짐을 받았다. "대신 절대 때리거나 구박하지 마세요. 그러지 않아도 영리해서 말을 잘 들으니까요. 라라가 어릴 적부터 제가 보듬어 안고 가르쳤어요. 그리고 모르는 남한테 파셔도 안 됩니다. 제발 잘 보살펴주세요……."

그의 목소리가 흐려졌고 말이 이어지지 않았다. 내 처지가 왜 이렇게 되었는가. 왜 라라까지 남에게 주게 되었는가.

이튿날 집 짓는 사람들이 일과를 마치자 사장은 트럭을 가져왔다. 오후 5시 반이었다. 그는 트럭 짐칸에 부대를 곱게 깔고 라라를 껴안아서 들었다. 뚜걱뚜걱 갈비뼈 부딪치는 날카로운 통증이 왔다. 그의 품에 든 충견은 예전처럼 털이 부드럽고 윤기가 흐르지는 않았지만 여전히 따스하고 우직한 중량감을 가졌다.

"라라야, 가만 있어."

그는 그 선한 개를 꾸짖는 게 아니었다. 작별인사를 하고 싶었다. 그는 라라를 부대 위에 놓고 얼굴을 마지막으로 느릿느릿 비볐다. 서로 비참해진 채로 구속할 필요는 없다. 여기 아닌 다른 곳에서 새롭게 살아가려무나. 그는 라라의 앞발을 들어 마지막으로 손안에 넣어보았다. 가냘펐다. 이제라도 맘을 바꿔야 하는 게 아닐까? 그런 생각이 들었다. 아니야. 내가 힘들다고 라라까지 그러면 안 돼. 개가 그를 바라보고 있었다. 라라는 아는 것 같았다. 주인이 자기를 안으면 아파하고 가슴 뼈가 부러졌기 때문이라는 걸. 그는 콧등이 시큰해지고 코 안이 축축해졌다.

"라라야, 보고 싶으면 아빠가 찾아갈게. 그때까지 밥 잘 먹고⋯⋯."
그는 목이 메었다. "⋯⋯밥 잘 먹고, 잘 지내야 한다." 쉬어서 갈라지는
목소리가 나왔다. 그는 눈물이 그렁그렁한 채 라라를 쳐다보았다. 개
를 사랑하는 데 동물학은 필요하지 않다. 그는 그저 이 동물이 거짓 없
고 충직해서 좋았다. 그러나 그 보상을 마음만큼 해줄 수가 없었다. 이
대로 두면 아흐레나 진흙 속에 두었던 것과 똑같은 일이었다. 라라는
이 트럭이 무엇인지 알고 있었다. 자기가 뒷자리에 앉아 있으면 집을
떠나야 한다는 것도. 그의 눈과, 부드럽고 축축하고 믿음으로 가득 찬
라라의 눈이 서로를 잠시 응시했다.

"이제 가도 될까요?"

트럭 운전석에 앉은 사장이 돌아보며 말했다. 주인인 그는 개를 바
라보는 채로 고개를 끄덕였다. 라라는 무슨 뜻인지 알고 있었다. 태어
나 그를 한 번도 실망시킨 적이 없는 라라의 눈에 슬픔이 스며들고 있
었다. 그는 지금 가장 아끼는 좋은 친구가 떠나가고 있다는 걸 알았다.

트럭이 시동을 걸고 서서히 미끄러지는 소리. 그는 눈물이 흘러나와
등을 돌렸지만 트럭이 시야에서 사라질 무렵 다시 돌아보고 말았다.
라라는 그때까지도 그가 앉혀둔 자세 그대로 그를 쳐다보고 있었다.
그가 라라와 얼굴을 비비고 떼냈을 때의 마지막 표정이 고스란히 남은
채로. 사람들은 헤어진 이들과는 언젠가 다시 만나게 된다고 말한다.
삶 저편에 있는 세상에선 사랑하지만 못 만나던 이들과 마침내 재회하
게 된다고. 그의 눈에는 선연히 보이는 것만 같았다. 나중에 거기서 누

가 그를 기다리고 있을지. 우수 어린 푸른 눈동자에 하얗고 부드러운 털을 가진 나이 든 개가 그를 바라보고 있을 것이다. 그가 가장 피폐하고 어렵던 시절 헤어진 어떤 낯익은 개가. 하지만 그를 다시 만난 반가움에 꼬리를 맹렬하게 흔들며 달려와 앞발을 들어올리고 그에게 안길 하얀 개가. 우리 꼭 다시 만나자, 라라야.

12월이 되자 완전한 건 아니지만 황량하던 흙무더기 마을이 예전처럼 바뀌고 있었다. 그리고 빚을 진 대로 그의 집도 다시 지어졌다. 그는 지원 물자로 들어온 텔레비전을 거실에 들이고 나자 고맙다는 마음이 생겨났다. 그런 마음은 그가 찾아낸 판자를 보면서 더 커졌다. 흙에 묻혀 일어서려 했을 때 손을 받쳐준 판자였다. '이게 없었다면 나는 매몰되어 죽었겠지.' 개울가에서 진흙을 씻어내니 판자에 새겨진 글자가 하나하나 모습을 드러냈다. 굵은 붓글씨체였다.

'창대하고 풍성한 은혜.' 그리고 손바닥으로 문지르자 작은 글자들도 진흙을 벗었다. '네 시작은 미약하였으나 네 나중은 심히 창대하리라. 욥기 8:7.'

처음에는 이게 내가 짚었던 판자가 맞는지 의심이 생겼다. 그런데 그가 빠져나온 구멍 오른쪽에 묻혀 있던 판자는 이것 하나뿐이었다. 이건 성서에 나오는 말 같은데. 그는 절박한 마음에 그냥 아무것이나 단단한 걸 손에 잡았을 뿐이었다. 하지만 나중에 이 글자들이 진흙으로 스며들어 판지에 새겨진 것만 같았다. 그가 아내에게 이 이야기를 하니 아내는 별 의문도 없이 처형네 거실에 걸렸던 현판이라고 말했다. 그런데 살림살이가 모두 부서지고 떠내려갔는데 이건 어떻게 진흙 속에 들어와 내 손 옆에 놓였을까? 그는 이게 기적인지 우연인지 알 수 없었다.

연말이 되자 현판을 선물해준 목사가 와서 교회를 찾아달라고 다시 권했다. 그는 물끄러미 바라보다가 그러겠다고 했다. 그의 대답이 예전과 달라지자 목사는 놀라서 고개를 갸웃하더니 흡족한 얼굴이 되어 마을을 내려갔다.

1월 1일이 되자 그는 따뜻한 물로 목욕하고 새 옷을 입었다. 마을에는 눈이 내려 진부면으로 나가는 길이 하얗게 덮였다. 그는 아내와 함께 길 위에 섰다. 라라가 있다면 벌써 저 앞에 달려가고 있을 텐데. 그는 자꾸 뒤를 돌아다보았다. 개가 남긴 발자국이 찍혀 있을 것만 같았다. 썰매 개의 후손인 라라는 눈이 내리기 시작하면 고개를 들고 기쁨에 차서 뜰을 맴돌았다. 눈을 붙잡으려고 공중으로 펄쩍펄쩍 뛰어올랐다. 차가운 바람이 불어오자 눈이 풀썩풀썩 일었다. 새로 지어진 그들의 집이 잠깐 사라졌다가 다시 나타났다.

진부면에는 동계올림픽 유치를 기원하는 플래카드들이 날리고 있었다. 시골 교회에는 나지막한 첨탑이 있고 소박한 스테인드글라스가 있었다. 그가 들어서자 목사는 "고맙다."고 손을 붙잡았다. 그는 현판 이야기는 꺼내지 않았다. 나이 들어 너무 거창한 이야기를 하는 것 같았고 사람들이 어떻게 생각할지 자신이 없었다.

다만 그는 예배당에 들어가 두 손 모아 기도를 했다. 어려울 때 찾았다가 나아지면 잊어버리는 내가 될까 봐 이렇게 찾아왔다고. 힘들게 살고 있는 많은 사람과 우리 라라를 행복하게 해달라고. 그러자 트럭에 실려 멀어져가던 라라의 마지막 표정이 또렷하게 살아났다. 그 개가 진정으로 말하는 것을 그는 알 수 있었다.

'괜찮아요, 할아버지. 저는 그동안 기쁘게 잘 지냈어요. 키워주고 곁에 같이 있어줘서 정말 고마워요.' 라라는 그의 눈길이 닿는 허공 속에서 그렇게 말하는 것이었다. '그러니 이제는 그만 슬퍼하고 마음 편히 지내세요.'

:

김진문金振文 님은 산천이 수려한 곳에 들어가 살다가 산사태와 불어난 물의 무서움을 알게 되었다. 그는 진흙 속에서 찾아낸 현판을 오래도록 보관했다. 그는 집 안의 마당에 라라가 살던 나무집을 옮기지 않고 놓아 두었다. 라라와 같은 시베리안 허스키는 하루에 백 리씩 달려갔다가 길의 냄새를 맡으면서 고스란히 돌아올 수 있다. 다른 집에 팔려간 새끼들을 만나서 핥고 쓰다듬어주다가 오고, 사랑하는 짝을 찾아가 코를 맞대고 목을 비비다가 돌아온다. 그는 오랫동안 멀리서 희고 검은 얼룩 개가 보이면 라라가 돌아온 것 같아서 마음이 두근거렸다고 한다. 그는 라라가 강릉에서 살다가 전주로 옮겨갔다는 이야기를 들었다.

Ahmed Sajjad Zaidi, 「Nanga Parbat」

태어나 가장 기쁜 악수

◇◇◇◇◇◇◇

나는 완전 몰입할 때 생의 기쁨을 느낀다.
그 순간을 위해 산에 올라간다.

– 이현조

내 가장 큰 기쁨은 험한 산을 기어오를 때 있었다.
살면서 고난이 자취를 감췄을 때 그보다 삭막한 것은 없었다.

– 프리드리히 빌헬름 니체

1

정상에 오르게 해달라고 양을 잡아 제사 지냈다. 낭가파르바트 산을 지키는 여신에게. 그리고 나면 꼭 폭설이 쏟아지고 눈사태가 일어났다. 그 순백색의 답례를 받고 나면 속이 허무해지고 다음엔 두려움이 찾아왔다. 자만하지 말고 방심도 하지 말라, 그런 경고 아닌가.

히말라야 낭가파르바트 산의 남쪽 루팔 벽은 1970년 라인홀트 메스너 형제가 처음 정복하고 35년 동안 아무도 오르지 못한 코스다. 그 앞에 서서 처음 올려다보자 60도가 넘는 설벽이 4,500미터나 솟아 있어 도무지 지상의 풍경이라고는 생각되지 않았다. 길 없는 길을 찾아 피켈로 찍고 하켄(쇠못)을 박아 넣는 나날이 벌써 한 달하고 며칠인가. 오른 만큼 마음에는 산이 솟는다. 그러나 오르고 올라도 또 오를 곳이 남아 있으니.

이제 7,550미터, 정상까지는 600미터 남았다. 자정 넘어 캠프 4를 떠나 오전 10시 반까지 얼음 벽을 찍고 타고 오른 고도다. 가슴이 두근거렸다. 하지만 눈앞에는 좁디 좁은 바위 협곡 메르클 린네가 올라가고 있다. 거칠고 커다란 암벽 사이로 겨우 나 있는 길이다. 이렇게 광막한 산을 오르는 길이 겨우 두 사람 붙어서 지날 만큼 좁다란 이 길뿐이라니. 정확히 말하자면 길도 아니어서 코스라고 해야 한다. 게다가 위를 보니 벽이 직각을 넘어 아예 내 머리 위로 넘어온 오버행이 가로막는다. 일본 등반대가 얼마 전 눈사태를 맞아 네 사람 모두 실종된 곳이다.

햇빛이 차츰차츰 비치기 시작했다. 워낙 산들이 높아 이제야 날이 제대로 밝아왔다. 내 속에서 누군가 이건 유리한 건가, 하고 물었다. 아니, 그렇지 않다. 따스한 여명에 밤새워 얼어붙은 눈덩이가 녹고 아래로 미끄러져 내렸다. 급경사에 위태롭게 얹혀 있던 돌과 바위를 두드리면서. 잔돌이 내 옆으로 투둑, 투둑, 다투어 떨어졌다. 나는 곧장 오버행을 넘어가려 했지만 저 아래에 조장인 송형근宋炯根이 소리 질렀다.

"하켄 하나 박고 가."

하켄? 그래, 그래야겠다. 하켄을 박고, 자일(밧줄)을 연결해놓는 게 낫겠다. 그래야 혹시 내가 발을 헛디뎌도 몸에 묶은 자일이 하켄에 걸린다. 그러면 아래에 따라오는 대원들한테 충격도 덜 가고.

탕, 탕, 탕, 해머가 하켄을 때리는 타격점에 정신이 가 닿는다. 등산화의 앞코에도 신경이 가서 정지한다. 앞코에 나온 아이젠의 쇠못들은 가파른 눈 비탈에 단단하게 박혀 있다. 몸을 받쳐주는 것이다. 해머로 가격할 때마다 눈가루가 흩어지고 잔돌이 스쳐갔다. 탕, 탕, 탕. 하지만 그런 것들마저 서서히 느껴지지 않는 완전몰입이 찾아온다. 가장 앞선 선등자가 자기 책임을 다하는 때이다. 탕, 탕, 탕. 그런데 다음 순간,

우르르릉, 콰광!

나는 반사적으로 오버행 아래 머리를 숙이고 몸을 바싹 붙였다. 책상만 한 바위가 떨어져 오버행 바로 위에서 박살 났다. 정수리 위에서 폭발이 일어난 듯했다. 날카롭게 쪼개진 굵은 파편들이 투두투두, 투두둑, 수직으로 스쳐가는 소리. 작은 파편들이 내 배낭과 방한복을 때리고 갔다.

시간에도 속도가 있다. 이런 순간은 영원처럼 느리다. 생사가 엇갈리고 있기 때문이다. 이런 걸 운이라고 해야 하나. 이 육중하고 흉포한 순간 아래서도 나는 다친 데가 없다. 히말라야에 오를 때마다 운이라는 요소를 생각하면 무기력해진다. 내 열정과 의지를 다 퍼붓고도 최후의 승패는 운에 맡겨야 하다니. 인생의 도전이란 다 이런 건가. 내 판단에 따라 전진하지만 어느 때엔 누군가의 손에 잡힌 장기판의 말이 된 것 같다. 송형근의 말을 듣지 않고 오버행을 곧장 올랐다면 나는 방금 서른네 살의 운명을 마감했으리라. 그런데 다른 친구들은?

"괜찮아? 모두들?"

아래를 보며 고함쳤지만 외침 소리는 바람에 날려간다. 50미터 아래에 선 송형근이 거기서 또 50미터 아래의 김미곤金米坤과 주우핑朱祐平을

내려다보더니 내게 외쳤다.

"상태가 안 좋아. 다쳤어."

저 아래 김미곤이 쓰러져 있다. 아아, 이 높고 가파른 데서 사람이 다치다니. 헬리콥터도 날지 못하는, 하늘이나 다를 바 없는 여기서. 하얀 눈이 쌓인 암벽 위로 수백 개의 오리털이 날아오르고 있다. 너나없이 잔돌에 맞은 방한복이 찢겨서 나온 것이다. 마치 개구쟁이들이 침대에서 신나게 베개 싸움을 벌인 다음 같다. 무언가를 축하하려고 일부러 뿌려놓은 것 같은. 희극적인 상황이다. 인생을 살며 우리는 모순에 찬 이런 광경과 얼마나 자주 마주치는가. 죽음의 차가운 손이 방금 우리 얼굴을 쓰다듬고 갔는데. 나는 이 상황을 평생 잊지 못하리라.

우리는 서둘러 김미곤에게 내려갔다. 얼마나 아프게 맞았는지 조금만 움직여도 이 우직한 후배의 입에서 아아악 하고 비명이 새어나왔다. 오른쪽 어깨는 이미 쓸 수 없고, 발등도 부러진 것 같았다. 그는 지난해에도 로체에 오르다가 낙빙을 맞았는데. 주우평도 허벅지를 맞아 쓰라린 표정을 짓고 있다. 하지만 시선은 걱정스레 김미곤에게 가 있다. 낙석이 이렇게 한 번 일어나면 반드시 후속 낙석이 따른다. 재앙의 원리와 같다. 첫 번째 낙석은 운으로 사망자가 나오지 않았다. 두 번째 낙석을 맞는다면 불운이 아니라 사람이 느슨했기 때문이다. 우리는 베이스캠프에 일방적으로 상황 보고만 날린 채 무전을 끊었다. 그리고 부상자를 옮겨 나를 준비를 서둘렀다. 투둑, 투둑, 작은 낙석과 낙빙이 쉬지 않고 이어졌다. 위험신호가 계속되는 것이다.

나는 아까 올랐던 데서부터 자일을 빠르게 회수해왔다. 배낭에 프레임으로 쓰던 골조를 뜯어내서 김미곤의 부목으로 갖다 댔다. 일단 이 협곡을 될수록 빨리 벗어나야 한다. 모두 테이프를 뜯어내 방한복 찢어진 곳에 발랐다. 김미곤과 주우평의 배낭은 놓고 간다. 자, 이제 빨리 하산, 빨리.

그런데 김미곤은 도대체 뭘 하고 있는 건가. 그는 쓸 수 없는 오른손 대신 왼손을 뒤로 돌려 오른쪽 허리 부근으로 뻗고 있었다. 거기에는 칼이 있는데.

"너, 도대체 뭐 하는 거야?"

우리는 누가 먼저랄 것도 없이 소리쳤다.

"나 여기 두고 가요. 어서요."

우리는 자일을 끊으려는 그 손을 막았다. 김미곤의 아래로 수천 미터의 급경사가 보였다. 7,450미터, 이런 높이에서 부상당한 사람을 무사히 하산시킨 전례는 없었다. 그의 소망은 부상당한 채 혼자 추락해버리는 것이다.

"그런 소리 하지도 마. 같이 올라왔으니까 같이 내려가야지."

송형근이 김미곤을 제지하며 외쳤다. 그러나 부상자의 표정은 비감했다.

"내려가요. 어서요."

나는 콧등이 시큰해졌다. 저 아래 하얗고 날카로운 수천 미터의 비탈이 추락의 속도와 파괴력을 보여주고 있었다. 다른 나라 등반대의 경우 부상자를 포기한 채 내려가기도 했다. 혼자서 내려가기도 벅찬 고도니까. 이런 데서 지체하면 동상을 피할 수 없으니까.

하지만 그게 생존이고 합리주의인가. 불운을 만난 사람을 방치하는 게. 자칫하면 내가 그 불운의 손가락에 지목될 수 있었는데. 우리에게는 장기판의 말과 같은 한계가 있을지 모른다. 그렇더라도 다른 말을 희생하고 살아남는 게 무슨 의미가 있나. 양심의 생존이 더 소중한 것이다. 우리는 죽으면 같이 죽고, 살아 내려오면 동상 걸린 손발 같이 자른다. 그런 게 아직 오염되지 않은 한국의 정서인 것이다.

내 눈에는 김미곤의 두 살 난 아들 종윤鍾潤이가 생각났다. 부드러운 뺨과 살짝 나온 배, 토실토실한 팔, 참 귀엽고 씩씩한 아기였다. 그 아기의 아버지는 우리를 위해 죽으려고 하는데 우리는 왜 그렇게 못한단 말인가. 송형근이 부상자의 몸에 자일 하나를 더 걸면서 말했다.

"같이 내려간다. 이제 아무 걱정 하지 마."

철컥, 하고 안전벨트에 쇠고리 거는 소리. 우리가 부상자를 끌면서 옆 걸음으로 그 협곡을 겨우 빠져나가는 찰나, 들려왔다. 와그르르, 하는 소리였다. 우리가 섰던 자리로 이전보다 훨씬 굵은 낙빙들이 휩쓸고 지나갔다.

사고가 나고 나흘째 되는 날 새벽 1시 반에 우리는 베이스캠프에 다다랐다. 김미곤과 함께 4,000미터를 내려간 뒤였다. 텐트 앞에는 수많은 랜턴 불빛이 어둠 속에 기다리고 있었다. 우리가 도착하자 그 불빛 너머로 낯익은 얼굴들이 흑백의 윤곽을 드러내고 있었다. 누가 먼저랄 것도 없이 눈물이 솟구쳐 나왔다. 그리고 광선들이 이리저리 움직였다. 산에서 내려온 사람들과 랜턴을 들고 있던 대원들이 서로 껴안기 시작했다.

사고 나고 캠프 4까지 400미터 내려가는 데 한나절이 걸렸다. 자일에 묶인 부상자를 비탈 아래로 내리는 건 쉽지 않았다. 신체는 중력 방향으로 곧게 내려간다. 캠프로 가려면 코스를 향해 가야 하는데. 우리는 끊임없이 줄을 당겨 김미곤을 끌어와야 했다. 그는 앉거나 비스듬히 누워 있었다. 공기는 희박했다. 그가 눈 비탈을 길게 쓸고 오면 지친 나나 송형근과 주우평이 절벽에 기댄 채 거세게 숨을 몰아 쉬었다. 산소 부족에 시달리는 사람들처럼.

캠프 4는 벼랑 가운데를 파고 텐트를 친 것이었다. 우리가 거기서 탈진한 채 칼잠을 자고 나자 캠프 3에서 대원들이 올라왔다. 산소호흡기를 코에 댄 듯한 느낌, 살 것 같았다. 베이스캠프에서부터 부상자를 살리기 위해 모두 나섰다. 김미곤은 캠프 1에 도착하자 비로소 들것에 실렸다. 그는 위태롭게 하강하는 동안 아프다는 신음소리도 내지 않았다. 하지만 거기 도착하자 무슨 생각을 하는지 눈물이 뺨 아래로 흘러내렸다.

살아 내려온 거다.

나와 송형근은 베이스캠프에 도착하자마자 한 발자국도 떼지 못할 만큼 힘이 고갈돼버렸다. 우리는 서로 등을 기대고 누운 채로, 나귀를 타고 병원으로 가는 김미곤한테 말했다.

"미곤아, 엑스레이 한 장 찍고 얼른 와라. 웬만하면 같이 올라가자."

그렇다. 나흘 전의 불운은 사소해졌다. 사소한 불운은 유용하다. 우리는 그 대가로 조심성을 얻을 수 있으니까. 이런 하산은 패배가 아니라 역경이다. 승리는 지나간 게 아니라 지연됐을 뿐이다. 우리가 포기하지 않는 한 이것이 진실이다.

2

우리가 캠프 4로 다시 올라오는 데 사고 나고 열엿새가 걸렸다. 베이스캠프에서 열사흘 쉬다가 7월 8일 출발해 사흘 만에 올라왔다. 눈발이 날리고 영하 25도, 시계와 카메라가 얼어붙었다. 칼바람이 지나가고 눈사태가 날 때마다 텐트가 흔들렸다.

텐트는 비탈에 바싹 붙지 않은 상태였다. 위에서 눈사태가 쏟아지면 떠내려가지 않게끔 우리는 등으로 텐트를 밀어붙였다. 바깥에 나가 쌓인 눈을 퍼내기도 했다. 그럴 때 가끔 강풍이 치면 저 아래서부터 분분하게 일어나는 눈가루들. 입김이 꺾이고, 바람에 몸이 뜨는 것 같았다. 우리는 그러면서 기다리는 것이다. 때가 찾아오기를, 날이 좋아지기를.

그러나 기회는 쉽게 오지 않았다. 눈은 멎지 않고 식량이 바닥을 보이자 12일에는 송형근이, 13일 오전에는 김주형 형이 등정을 양보하고 내려갔다. 김창호 형과 나만 남아 텐트 위에 쌓인 눈 무더기를 치웠다. 진눈깨비와 눈사태는 계속되고, 시야는 그냥 하얗기만 했다. 날씨는 더 나빠지진 않겠지만 이 상태로 계속될 것 같았다. 논리적으로 따지면, 이런 날씨에는 히말라야 등반을 하지 않는다.

하지만 일이 되고 안 되고 하는 데는 논리 이상의 것이 있다. 베이스캠프에서 우리는 파키스탄 주민들과 즐겁게 잘 지냈다. 같이 축구도 하고, 구덩이에 빠진 지프도 함께 밀고. 그들은 우리에게 정을 느껴 신선한 채소와 쌀, 고기를 선뜻 내주었다. 지난 35년 동안 루팔 벽 등반 실패의 역사를 지켜본 그들이 우리한테만은 성공할 것 같다는 이야기를 해왔다. 등반대원 모두 화목했고, 어느 한 사람 포기하는 듯한 말을 입에 올린 적이 없다. 마치 돌탑을 쌓듯이 작은 데서부터 하나하나 쌓아 올리고 있었다. 이런 혼연일체에서 나온 기운을 나는 좋아했다. 보이지 않지만 오히려 그래서 더욱 분명하게 느낄 수 있는, 논리를 넘어선, 지극한 정성의 힘을. 뭇 사람이 만들어낸 음덕陰德의 힘을.

그래, 그럼 오늘 밤에 출발한다. 이유는 조건이 좋아졌기 때문이 아니다. 더 이상 이 자리에 있을 수 없기 때문이다. 그러면 몇 시에? 지난번 실패는 오전의 햇빛 때문이었다. 눈이 녹고, 바위가 흔들리고, 그게 우리한테 굴러 내려온 것이다. 우리는 운명에 청구권이 없다. 지난번 불운을 면하게 해달라는 권리가. 저번에는 자정에 출발했다. 이번에는 밤 10시 출발이다. 그리고 속도감 있게 올라간다.

우리는 마음이 굳어지자, 좁다란 텐트에서 정상 도전을 준비했다. 미리 잠을 자두고, 옷가지를 말리고, 스트레칭으로 몸을 풀고, 사진과 지도를 몇 번씩 보면서 코스를 익히고. 물통과 산소통, 자일과 사탕 몇 알, 카메라와 장갑, 몇 번씩 짐을 쌌다가 풀면서 배낭 무게를 줄였다. 그리고 나는 칼을 꺼내 장갑의 라벨을 잘라냈다. 장갑에는 고무줄이 두 개 있는데, 그중 하나도 잘라냈다. 이것들이 도대체 몇 그램이나 될까? 이런 건 준비라기보다 자기 암시다. 원인을 알 수 없는 결과를 운이라고 한다. 하지만 원하는 결과를 향해 사소한 인과因果라도 시도해야 하는 것이다. 바람에 텐트 떠는 소리가 고요를 갈랐다.

밤 10시. 진눈깨비가 내리지만 주위는 가라앉아 있다. 벼랑을 때리며 울부짖던 광풍도, 쉬지 않고 떨어지던 낙석도 밤에는 고요했다. 어둠은 모든 것을 단일하게 만들고, 오직 헤드랜턴 불빛만이 정신을 집중시켜주었다.

선등자가 멈춰서 줄을 잡아주고, 그동안 다른 사람이 올라오는 방식이 안전하긴 하다. 하지만 메르클 린네를 신속하게 올라가려면 방법을 달리해야 했다. 앞뒤에서 동시에 올라가는 것이다. 멀리서 고요를 깨고 눈사태 나는 소리. 김창호 형이 아이젠의 쇠발톱이 비죽 나온 등산화 끝을 비탈에 꽂자 낙빙이 일어났다. 얼음들이 뒤따라가는 내 방한복을 때렸다. 낙빙은 그가 한 번 킥을 할 때마다 일어났다. 형과는 원래 20미터쯤 떨어져서 걸었는데, 낙빙의 충격을 줄이기 위해 2미터만 떨어져 올라가기로 했다. 이렇게 가까우면 한 명이라도 실수할 경우 저 캄캄한 비탈로 함께 추락하는 것이다. 그러나 이렇게 방식을 달리하자 이전의 사고 지점을 새벽 2시 반에 통과할 수 있었다. 위험의 대가는 돌려받았다. 여기까지는 성공이다. 오버행을 넘어가자 다시 가슴이 두근거렸다.

루팔 벽은 여전히 쉽지 않았다. 7,600미터 지점으로 올라가자 어둠 속에 족히 50미터는 되어 보이는 위풍당당한 절벽이 수문장처럼 서 있었다. 그 아래를 헤드랜턴으로 비춰보자 갖가지 색깔의 자일들이 시든 칡넝쿨처럼 널브러져 있었다. 낡고 바랜 것부터, 깨끗한 새것까지. 지난 35년간 포기의 역사였다. 각국의 등반대가 여기까지 와서 자일을 던지고 내려간 것이다. 사람 흔적은 여기가 끝이었다. 내가 태어나기도 전에 올라갔던 사람이 있을 뿐이다. 바람이 바닥을 훑고 가자 눈가루가 일어섰다. 우리는 착잡하게 절벽을 비춰보았다. 그래도 해봐야지. 우리는 갖고 온 자일을 바싹 쥐었다.

거의 직벽이었다. 딱히 손에 잡을 것도 없었다. 보통 절벽을 보면 표면에 주름이 나 있다. 이 주름에 손이나 발을 잘 얹어야 하는데, 그럴 수가 없었다. 보통처럼 주름이 아랫부분이 윗부분을 덮고 있는 게 아니라 그 반대였다. 발바닥을 놓을 지지대가 없었다. 방법은 하나. 벽에 반쯤 묻힌 돌기둥 같은 부분을 껴안고 어떻게 해서든 올라가는 것이다.

첫 번째는 한참 오르다가 더 이상 싸 안을 곳이 없어 내려와야 했다. 두 번째도 마찬가지였다. 내려오는 게 더 위태로웠다. 아래에서 보면 꼭 길이 있는 것 같은데, 막상 올라와 보면 아니었다. 그러면 이 모든 게 헛수고였나? 그렇지는 않다. 다는 못 올라가도, 오른 만큼 시야가 트였다. 아래에서 보면 모두 다 길 같고, 해보면 될 것 같다. 하지만 올라와 보면 다르다. 어떤 게 진정한 길이고 어떤 게 아닌지는 오른 만큼, 실패한 현실만큼 보이는 것이다.

세 번째는 그렇게 벼랑에 매달린 채로 길을 찾아냈다. 그러고는 다시 바닥으로 내려와서 시작했다. 이번에는 장갑을 벗고 맨손으로 올라갔다. 극단적인 방식이었지만, 손바닥의 감각을 높이기 위해서 하는 수 없었다. 확실히 장갑을 꼈을 때보다 절벽에 달라붙는 느낌이 분명했다.

10미터, 20미터, 30미터, 나는 올라가는 게 아니라 들어가고 있다. 나를 잊어버리는 몰아沒我의 세계로. 한 번의 실수도 용납하지 않을 절대집중의 세계로. 내면으로 난 이 통로 끝의 세계로. 나는 이런 시간이 좋았다. 그래서 등산을 선택했다.

그러나 기온은 영하 15도. 얼어붙은 두 손이 먼저 몰아의 세계에서 빠져나왔다. 너무 시렸다. 나는 절벽에 두 발 끝의 쇠못을 꽂은 채로 한쪽 손을 다른 쪽 겨드랑이에 넣고 문질렀다. 좀 더 올라가서는 반대쪽 손을 비볐다. 자칫하면 중심을 잃고 추락할 것 같았다. 그렇게 45미터까지 올라가니, 손에 감각이 사라져 벼랑을 잡았는지 아닌지 느낌이 없었다. 하지만 몸이 서 있을 선반 같은 테라스를 발견했다. 거기 발을 얹고 자일을 아래의 형에게 내려주었다. 형은 그 줄을 잡고 나를 지나쳐 절벽 끝까지 능숙하게 올라갔다. 방한복 아래로 잘 단련된 근육이 조직적으로 움직이는 느낌이 났다. 그리고 형은 나를 당겨주었다. 절벽 끄트머리에 발을 올린 다음 그 지점을 넘어설 때의 상쾌함. 저 아래 6,800미터 부근에는 구름 바다가 펼쳐져 지상은 보이지 않고, 우리는 마치 천상 세계로 올라선 것 같았다. 칼바람, 눈가루도 차갑지 않았다.

만족감은 오래가지 않았다. 여신은 제사를 드려도 폭설로 답하지 않았나. 올라갈수록 수직에 가깝게 일어선 빙벽들과 눈이 다져지고 얼어붙은 경사면, 셀 수조차 없는 얼음 탑과 거대한 고드름으로 가득했다. 햇살이 비치고 나서부터 정상에서 작은 낙빙과 낙석이 계속됐다. 형이 선등자로 나서서 날카로운 고개를 넘어갔다. 나는 그 발자국을 따라 올라갔다. 손에 쥔 피켈로 타격을 할 때마다 튀어나온 얼음 조각들이 고글을 때리고 날아갔다. 한 걸음, 두 걸음, 다시 자일을 잡아당기는 순간,

"아아아아악!"

내 위에 박혀 있던 하켄이 뽑히면서 나는 바로 추락했다. 죽는구나, 하는 의식마저 제대로 들지 않는 아찔하고 아득한 순간. 하켄이 박힌

곳에 얼어붙은 눈 조각들이 우수수 소리 내며 함께 떨어져 내렸다. 눈앞이 캄캄해졌다가 다시 정신을 차려보니 나는 쌓인 눈 속에 배를 깔고 파묻혀 있었다. 폭 1.5미터가량의 테라스 같은 완만한 비탈에 얹혀 있었다. 나는 아무런 조처를 취할 수 없었는데, 이런 일을 기적이라 해야 할까, 요행이라 해야 할까? 하지만 골반뼈가 쪼개질 듯이 아파왔다. 뒤로 떨어져서 골반부터 충돌했다가 협소한 비탈에서 일시에 반 바퀴만 돌고 정지한 것이었다. 올려다보니 추락한 높이는 8미터가량이었다. 내가 얹힌 완만한 비탈 아래로는 압도적인 경사의 높디높은 낭떠러지가 기다리고 있었다. 이 테라스는 어쩌다가 이 자리에 있는 것일까? 그리고 발이 조금 바깥으로 나가 있었는데, 조금만 균형을 잃었으면 내 이름은 이 산에서 생을 마감한 자들의 긴 명단에 올라가야 했다. 왜 뽑혔을까? 하켄이. 눈발이 희끗희끗 내려오자 나는 엎드린 채로 고독해졌다. 형이 고개 너머 나타나 미안한 얼굴로 괜찮은지 물었다. 나는 괜찮다고 말했다. 나는 형이 다시 내려준 자일을 붙잡고 가파른 고개를 올라갔다.

내가 입은 방한복과 고소 내의는 두께가 2센티미터가량 되었다. 나중에 보니 추락할 때의 충격으로 그 두께 속에 들어 있는 살이 다 까졌다.

충격이 가해진 골반뼈가 걸음을 옮길 때마다 아파왔다. 거기다 메르클 린네 초입부에서 낙빙에 맞은 무릎이 계속 아렸다. 8,000미터를 오르게 되면 가장 뛰어난 체력으로도 쉬지 않고 열 걸음을 걸을 수 없다.

나도 예외가 아니었다. 공기가 희박하다는 건 무서운 일이다. 장엄한 히말라야의 산들 너머로 황혼이 지더니 밤이 찾아오고 있었다. 일어서서 가다 주저앉기를 반복하자 포기하고 싶은 유혹이 지나갔다. 따스한 물에 몸을 씻고 눕고 싶다는.

하지만 퇴로가 없었다. 유혹은 지속되지 않았다. 내 신체 조건이야 어떻든 앞으로 선택할 길이 하나뿐이라고 생각하니 오히려 자유로워졌다. 공중에 떠 있는 돌에게 낙하하지 않겠다는 선택은 없다. 낙하가 정해져 있으니까. 그 돌은 번뇌하지 않을 것이다. 다음을 알 수 있다면 우리는 홀가분해진다. 내가 이제 뭘 해야 할지 분명히 알고 있다면. 승패와 상관없이 해야 할 일이 하나뿐이라면.

아까 베어내지 않았나. 칼날 끝으로 떨어져 나가던 얇은 라벨이 눈에 보였다. 그리고 캄캄해진 밤 하늘 가운데 몸을 숨기고 있을 정상이. 대장님과 대원들 모두 저 아래 무전기 앞에서 모여 있을 텐데. 나 혼자 포기할 권리 역시 없었다.

피켈은 등반가의 혼. 힘들더라도 피켈을 더 깊이 박아야 한다. 피켈을 휘두르는 스윙이 한 번 두 번 모이고 쌓여 고도를 높이고, 정상으로 가는 것이다.

그리고 밤 11시. 김창호 형과 나는 뜨겁게 끌어안고 무전을 날렸다.
"대장님, 더 높은 곳이 없습니다. 여기가 정상입니다."
한국에서 출발한 지 94일 만이었다. 잠도 안 지고 베이스캠프에 모여 있던 대원들의 터질 듯한 함성이 무전기를 통해 다 건너왔다. 북풍한설에 나는 흐르는 눈물을 막을 수가 없었다. 송형근과 김미곤의 손이 보였다. 그 탁월한 알피니스트들의 손이. 루팔 벽을 오르기 위한 자일의 대부분은 그 뛰어난 등반가들이 이전에 거의 다 쳐놓은 것이었다. 나는 그들의 피와 땀이 묻어 있는 밧줄을 잡고 루팔 벽을 오른 것이다. 무전기의 환호성 속에 송형근의 목소리를 알아들을 수 있었다.

"친구야, 네가 여기 왔어야 하는데."

나는 목이 메어 더 이상 말을 잇지 못했다.

영하 22도. 카메라도 작동되지 않아 형과 나는 등정의 증표로 우리를 마지막까지 연결하고 온 자일을 선택했다. 정상의 바위 틈에 자일을 남겨두고, 거기 있던 알루미늄 막대 하나를 배낭에 담았다. 나중에 이 막대 속을 열어보니 1978년 메스너가 남쪽 루팔 벽 대신 북쪽 디아미르 페이스로 다시 올라왔다는 기록이 들어 있었다. 우리도 이제 디아미르 페이스로 내려가야 했다. 난이도가 좀 더 낮은 코스였지만, 우리는 안심할 수 없었다. 최고의 등반 기술은 생존, 등정은 살아서 내려가는 것으로 완성되는 것이다.

우리는 남쪽 루트의 캠프 4에서 수면 없이 25시간째 전진해서 정상에 올랐다. 쉬고 싶었지만 곧바로 반대편 북쪽 루트의 캠프 4로 내려가야 했다. 체력이 바닥난 건 분명했다. 하지만 정상처럼 높은 곳에서의 비박은 휴식의 효과가 없다. 희박한 공기 때문이다.

역시 눈이 많이 오는 산이었다. 여름에도 하룻밤 사이에 2미터가 넘는 눈이 쌓이곤 했다. 무릎까지 빠지는 건 예사고, 허리까지 눈 속에 들어갔다가 나오곤 했다. 나는 절름거리긴 했지만, 등정의 기쁨에 이젠 아픔도 전해지지 않았다. 앞서가는 형은 산길을 찾아내는 능력이 탁월했다. 형의 헤드랜턴이 캄캄한 밤 공기를 가르며 내려가는 대로 따라가면 길이 나왔다. 밤은 낮에 비해서 고요하고 차분했다. 바람 부는 소리만 슬쩍 지나갈 뿐. 낙석이나 낙빙은 없을 것 같다. 나는 잠잠해진 위를 바라다보며 그렇게 생각했다.

하지만 어떠한 상태도 영원하지 않고, 영원한 현상은 변화뿐이다. 안전한 상태 역시 그렇다. 새로운 위기는 발 아래서 찾아왔다. 산에선 어제 내린 눈이 얼어붙은 위로, 새로 내린 눈이 뒤따라 언다. 새로 언 눈은 널찍한 판처럼 되고, 거기를 선등자가 밟고 가면 발자국을 따라 판이 잘리게 된다. 뒤이은 사람이 그 판에 발을 얹으면 잘린 부분이 언제든 떠내려갈 가능성이 잠복하는 것이다. 판 형상의 눈사태, 판상 눈사태의 가능성이.

우리는 자신이 생각하는 것보다 훨씬 더 어리석다. 내 발 아래서도 그게 일어날 수 있다는 생각을 못하다니. 숱한 알피니스트들이 거기 휩쓸려 죽음의 문턱을 넘어갔는데.

형의 헤드랜턴이 비탈을 저만큼 앞서서 가로질렀다. 내가 뒤이어 그 사면에 올라서는 찰나, 외그르르, 발 아래서부터 폭음이 솟구쳤다. 나는 순식간에 넘어졌다. 그리고 어쩌지도 못할 속도로 내려가기 시작했다. 눈 쌓인 얼음판이 몸 아래 있었다. 그게 비탈을 따라 급속도로 미끄러졌다. 차라리 추락에 가까운 것이었다.

'아아, 이렇게 끝나고 마는구나.'

허무감이 가슴을 때리고 지나갔다. 미끄러지는 속도가 너무 빨라 쓰러진 채로 목이 저절로 젖혀졌다. 정상이 감춰진 캄캄한 밤 하늘이 번개처럼 눈앞으로 지나갔다. 나는 양팔로 눈 바닥을 긁어서 마찰을 일으켰지만, 긁힌 눈 무더기만 날아오를 뿐이었다.

"찍어! 찍어! 찍으란 말이야!"

김창호 형이 목청이 터지도록 외쳤다. 추락 방향은 죽음을 향해 나 있었다. 나는 엎드린 자세로 양손의 피켈을 연거푸 때려 박았다. 그러나 정지는 불가능했다. 피켈로 타격하는 순간 내 몸은 벌써 저만큼 내려가 있었다. 눈 사태는 그냥 하얀 게 아니었다. 폭력적이었다. 아래에 있는 것들을 마구잡이로 몰고 가는 난폭함이 있었다. 피켈을 내리 꽂고, 또 꽂았다. 그 잔인한 기세를 향해. 그러나 타격당한 얼음판은 터지듯 깨진 채 조각조각 날아오를 뿐이었다.

지겹도록 준비를 했다. 우리의 원정 사무소는 광주에 있었다. 거기 루팔 벽을 촬영한 전지 크기의 대형 사진을 붙여놓고 땟국이 흐를 때까지 보고 또 보았다. 메스너는 낭가파르바트를 오른 경험을 『벌거벗은 산』이란 책으로 내놓았는데, 줄을 안 친 곳이 없을 만큼 시커멓게 읽었다. 그리고 산더미 같은 등반 보고서와 자료들, 사진들.

　수없이 올라간 월출산과 설악산, 무등산. 마칼루도, 브로드 피크도, 시샤팡마도, 남극도, 북극도 오직 루팔 벽을 위한 준비라고 생각했는데. 군에 들어가서도 언젠가 있을 등반 준비를 위해 해병 수색대를 자원했는데.

　이렇게 죽을 수는 없었다. 마지막까지 몸부림을 쳐야 했다. 백 번을 해도 일어나지 않는 일이 불과 한 번 만에 일어날 수 있다. 포기하지 않는 사람이 그 한 번을 붙잡는다.

　옆으로 몸을 굴렸다. 헤엄치듯 팔을 휘저으며 몸을 굴렸다. 화그르르, 무너지는 눈과 얼음 속에 몸을 굴렸다. 구르다 보니 느껴졌다. 경사가 좀 더 약한 곳이. 비탈에 닿는 몸에 저절로 느껴졌다. 조금만 더, 조금만 더. 몸속에서 에너지가 솟구쳤다. 필사의 에너지였다. 이전에는 내가 도무지 느껴보지 못한 것이었다. 몸이 빠져나가고 있었다. 경사가 좀 더 약한 곳으로. 얼음판의 흐름이 좀 더 느린 곳으로. 얼음판의 외곽으로.

　마지막으로 몸을 굴린 뒤에 있는 힘을 다해 내리 찍었다. 피켈로 내리 찍었다. 마침표를 찍듯이. 그 추락의 마침표든지, 내 인생의 종지부든지. 피켈이 내리 박히면서 내 몸을 때린 눈 무더기가 부챗살처럼 솟구쳐 올랐다. 그리고 정지했다. 처음 있는 일이었다. 추락이 정지되기는. 나는 다시 한 번 힘을 다해 몸을 굴렀다. 완만한 곳으로. 뒤따라온 눈사태가 바로 옆으로 지나갔다. 방금 전까지의 에너지가 어디로 다 사라졌는지, 나는 사지를 있는 대로 뻗은 채 긴 숨을 내쉬면서 눈을 감았다.

나는 방금 살아난 것이다.

내 옆을 지나간 눈사태는 조금 더 아래의 비탈에서 4,000미터 절벽 밑으로 바로 낙하하고 있었다. 낮이었다면, 그래서 눈밭에 찍힌 발자국들을 보았다면 이런 일은 일어나지 않았을까? 아니, 일어날 수도 있다. 그래도 불행의 경우를 예상해두면 실제 닥쳤을 때 한결 견디기 쉽다. 나는 그런 예측조차 하지 않았던 것이다.

김창호 형은 비탈 위 어둠 속에 남아 있을 텐데 한참 동안 찾을 수가 없었다. 그러다 갑자기 뒤에서 부르는 소리가 들려 돌아보니 형이었다. 형 역시 악전고투를 겪은 후였다. 10미터가량 되는 절벽에서 추락해 헤드랜턴과 안경을 잃어버렸고, 얼굴은 피범벅이 된 채 비틀거리고 있었다.

우리는 이미 캠프 4가 있을 만한 지점을 지나쳐버린 상태였다. 우리는 같이 내려가기 시작하면서 도무지 이해할 수 없는 현상들을 만났다. 둘이 같이 환각을 겪게 된 것이다. 형은, "너 옆에 누군가 있어. 따라가지 말고 이리 와." 하고 말했다. 나 역시 뜻 모를 말을 주절거리며 지금 내가 비정상이라는 걸 알고 있었다. 비탈 위에 난데없이 나타난 불빛들을 보면서 캠프 4라고 하기도 했고, 누군가 우리를 현혹하려고 불빛으로 실험하고 있다고 말하기도 했다. 새벽 3시, 4시가량 되는 시각. 우리는 공기가 희박한 고도에서 거의 30시간을 수면 없이, 제대로 된 식사 없이 버텨오면서 환각에 빠져버린 것이다.

한 가지 다행인 점도 있었다. 그 캄캄하고 광막한 산속을 헤매면서도 내 앞의 지형들이 낯설지 않았다. 이상한 일이었다. 분명히 초행길인데도 나는 이제부터의 모든 하산길을 다 알고 있었다. 실제 꺾어지는 내리막길이나, 옆으로 횡단해야 할 지점, 쪽 곧게 내려가야 하는 길들이 모두 내가 생각하는 대로 나타났다. 나는 신기해하면서도 도대체 왜 이리 내 예측이 잘 맞는지 알 수 없었다.

결국 우리는 그렇게 내려가다 지쳐 거대한 눈 비탈의 하단부에서 잠시 비박하기로 했다. 방한복이 두꺼운 나는 앉은 채로 잠을 청했고, 형은 방한복이 그렇지 못해서 선 채로 휴식을 했다. 그러다가 눈을 떠보니 새벽 5시. 저 멀리 산 위쪽으로 또 다른 외국 등반대 아홉 명이 조를 이루어 올라가고 있었다. 그 헤드랜턴을 눈여겨보자 알 수 있었다. 아까 정신이 혼미하던 때 캠프 4처럼 보인 불빛이 사실은 저것이었구나.

캠프 3을 지나면서 우리는 개별적으로 하산하기로 했다. 형은 몸이 많이 상한 상태여서 쉬었다가 내려가야 할 것 같았다. 하지만 나는 거기서 쉴 경우 며칠이 지나도 도무지 일어나지 못할 것 같았다. 이대로 하산해서 베이스캠프에서 녹아 떨어지고 싶었다.

홀로 하산하면서도 나는 여전히 내 앞의 길을 모두 다 알고 있었다.

실제 길들은 내 생각대로 나타났고, 나는 마음이 편안해졌다. 하도 신기한 경험이어서 어느 결에 나의 이런 능력이 사라져버리지나 않을까 두려웠다. 한 번도 가본 적 없는 캠프 2가 있는 곳까지 금세 알아차렸다. 그리고 거기서 누군가 예쁜 여자가 나와 차를 끓여줄 거라고 생각하자, 실제 누군가 텐트 앞에서 차를 끓이고 있었다. 그러나 가까이 다가가자 그는 스페인 출신의 할아버지 등반가였던 점이 내 예상과는 달랐다.

차를 한잔 얻어 마시고 기운을 차리자 나는 다시 하산에 나섰다. 다리는 절름거렸지만 이미 몸은 피로를 친구 삼아 동행하기로 했다. 그리고 형이 이제는 내려오지 않을까, 하는 생각에 한 시간가량 쉬었다가 오렌지 주스 한잔 분량을 길 옆에 남겨두고 내려갔다. 형이 내려오다 마셨으면 했다.

얼마 가지 않아 너른 눈밭이 나타났다. 그래, 이제 모두 벗어났다. 위험지대 모두. 나는 긴 숨을 내쉬었다. 눈앞에는 발자취인 듯한 자국이 보여 그게 찍힌 대로 걸어갔다. 하지만 어느 결엔가 눈앞이 이상해졌다. 이제까지의 길을 다 아는 듯한 익숙함과 편안함이 갑자기 사라지고 전혀 모르는 지형이 나타났다. 좀 더 내려가자 거대한 얼음 덩어리들이 솟아 있는 빙폭 지대가 나타났다. 다른 행성에 찾아온 것처럼 아름답고 신비로웠지만 위험하고 생소한 지형이었다. 역시 내가 전혀 예측 못한 광경이었다.

'아, 그 행운처럼 생겨났던 길눈이 사라져버렸구나.'

하지만 나는 한참이나 움직이지 않고 서 있다가 뭔가를 알 것 같았다. 우리가 따내는 열매는 우리가 심은 나무에서 열린 것이다. 하산하면서, 내게는 이미지 트레이닝의 효과가 생겨났던 것이다. 그 무수하게 들여다본 낭가파르바트의 지도와 사진, 등반 보고서와 책들. 보고나서 잊어버린 줄 알았는데 사실은 그것들이 기력 잃은 내 하산을 도운 것이다. 내 의식의 밑바닥에 모형의 낭가파르바트를 세우고. 목숨을 잃을 뻔한 판상 눈사태, 환각 속에 혼미해진 판단력, 그렇게 위기를 거듭하자 긴장한 무의식이 내 눈앞에 길을 보여준 것이다. 그러나 이제 너른 곳에서 안전해졌다고 생각하자 다시금 가라앉은 것이다. 이미지 트레이닝의 효과가 무의식 깊은 곳으로, 그때까지 나를 도와온 수호천사가 제 소임을 다하고 내 무의식의 하늘로 승천한 것 같았다. 그 익숙함은 분명히 수호천사가 만들어준 것이었다.

더 이상 길을 알아볼 수 없다 해도 나는 두렵지 않았다. 이제 하산은 거의 마무리된 셈이었다. 빙폭 지대에서 뒤돌아보자 멀리 캠프 1이 보였다. 나는 잠시 길을 잘못 접어든 것이다. 캠프 1을 지나 베이스캠프로 향하자 저 먼 길 끝에 세 사람이 마중 나와 있었다. 처음에는 남쪽 베이스캠프에서 산을 빙 둘러온 우리 대원들인 줄 알았다. 반가워서 손을 흔들고 뛰어서 내려가다 주저앉곤 했다. 그럴 때마다 그들은 내게 힘내라고 고함을 쳤다. 소리를 들어보니 모두 외국인이었다. 그들은 모두 세 시간 동안이나 그곳에 선 채 힘이 되어주었다.

마침내 오후 4시, 다리를 절면서 베이스캠프 입구에 도착하니, 그들은 이탈리아 스페인 파키스탄 사람이었다. 히말라야의 베이스캠프에선 누군가 다른 나라 대원들이 정상에 갔다 왔다고 해도, 잠깐 텐트 지퍼만 내리고 인사하는 게 대부분이다. 그래서 그들이 왜 세 시간이나 나를 기다리고 섰는지 알 수가 없었다. 내가 한국 사람이라고 하니, 이탈리아 등반가는 자기가 예전에 에베레스트를 오르다가 환각에 빠진 우리나라 사람을 구해준 적이 있다고 말했다. 그러고는 악수를 청해왔다.

"어젯밤 꼭대기에 불빛이 보였다. 그때 알았다. 여기선 아무도 안 올라갔는데. 드디어 35년 만에 루팔 벽으로 올라간 친구들이 생겼구나. 축하한다. 너흰 정말 미친놈들이야."

내가 고맙다고 말하자마자 흰빛이 터져나왔다. 카메라 플래시였다. 플래시는 한 번, 두 번, 세 번, 연거푸 터지기 시작해서 끝나지를 않았다. 그리고 눈앞으로 히말라야의 야생화들을 꺾어서 만든 꽃다발을 누군가 내밀었다. 주변을 둘러보자, 내가 도착했다는 소식이 퍼졌는지, 저물 녘의 캠프에서 사람들이 주위로 몰려들기 시작했다. 나중에는 캠프란 캠프에서 모조리 사람들이 나왔는지 100명도 넘어 보였다. "유 아 크레이지!" 눈앞에는 그 사람들이 악수하자고 내민 하얀 손들만 가득 들어왔다. 어떤 베테랑의 손인지 마디들이 잘려나간 손도 있었다.

날이 저물고 자정이 되었다. 나는 그해 여름 그곳 베이스캠프에서 가장 연장자인 스페인 팀 대장이 지정해준 텐트 한 동을 혼자 쓰게 됐다. 나를 마중 나왔던 스페인과 이탈리아 합동 팀이 마련해준 환영 파티도 모두 끝난 뒤였다. 좀 있다 새벽 4시에는 그 합동 팀이 등정에 나설 계획이었다. 나는 그때까지 자지 않고 있다가 환송해줄 생각이었다.

하산할 때는, 베이스캠프에만 도착하면 아무 텐트에나 비집고 들어가 며칠이고 잠을 잘 생각이었다. 하지만 이제는 도무지 졸리지가 않았다. 사흘 전 남쪽 캠프 4를 떠난 지 꼭 50시간을 넘어서고 있었지만 그랬다. 파티에서 갖가지 음식이 나왔지만 나는 소화가 안 되어 아무것도 먹을 수 없었다. 그래도 배가 고프지 않았다.

가끔 텐트를 흔드는 바람 소리가 들렸다. 텐트 안에 매달아둔 램프가 가만히 흔들렸다. 나는 알고 있었다. 산악인이 아니라면 낭가파르바트도, 루팔 벽도 아는 사람이 거의 없다는 것을. 나는 그래도 좋았다. 나는 배낭에서 장갑을 꺼냈다. 내가 눈밭으로 추락할 때 함께 눈 속에 파묻혔던 장갑, 내가 눈사태에 휩쓸렸을 때 함께 피켈을 붙잡았던 장갑이었다. 아직 다 마르지 않아 물기가 남아 있었다. 장갑에는 사흘 전 출발할 때 라벨을 잘라낸 자국이 남아 있었다. 나는 악수하듯 장갑을 두 손 안에 넣었다. 나는 내가 시도했던 인과因果 하나와 손을 맞잡았다. 베이스캠프는 밤의 고요에 싸여 있었다.

태어나, 가장 기쁜 순간이었다.

전남 영광에서 태어나 서울에서 살았던 등반가 이현조李鉉祚 씨가 2005년 겪은 일이다. 그는 낭가파르바트 등정에서 겪은 일들을 어제의 일과처럼 생생하게 기억해냈다. 그러나 그는 그 기억의 복원 작업을 끝으로 2007년 5월 16일 새벽 에베레스트에서 가장 힘든 구간인 남서벽에서 산화했다. 선배 등반가인 오희준吳熙俊 씨도 함께 숨을 거두었다. 이들은 정상을 1,000미터가량 남겨둔 지점의 텐트에서 산사태를 만났다. 한국의 등반가들은 두 사람을 기리기 위해 2009년까지 누구도 오르지 못한 중국 쓰촨성四川省의 이름 없는 봉우리(6,008미터)를 오르고 나서 희조봉熙祚峯이라고 이름 지었다.

이현조 씨는 단단한 체력을 바탕으로 세계 최고 수준으로 도약하던 등반가였다. 해병대 출신임을 자랑스러워했으며, 가끔 우수에 찬 얼굴로 세상을 돌아보던 서른여섯 살의 노총각이었다. 순진하고 선량한 인간미와, 험한 일들도 무덤덤하게 이겨내는 외유내강의 성품을 가지고 있었다. 2000년에는 히말라야의 시샤팡마에 오른 뒤 하산하다가 크레바스로 추락했지만 끝내 살아 나왔다. 그 뒤 설벽에서 하룻밤을 보낸 후 목숨을 걸고 산을 다시 거슬러 올라가 체력이 바닥난 선배를 구해 내려왔다.

그는 2006년에 이어 이번 에베레스트 등정이 두 번째였으며, 3월 말 출국하기 이틀 전에 필자와 마지막으로 인터뷰한 뒤 사진 한 장을 전송해왔다. 김미곤 씨를 무사히 구해낸 후 텐트에서 송형근 씨와 함께 탈진한 채 웃고 있는 장면이었다. 그 미소는 이제 영원히 정지해 있으며, 자아의 완전몰입을 위해 생의 극한까지 살아보고자 했던 그의 의지와 용기는 그를 아는 사람들의 기억 속에 변함없이 살아 있다.

　그가 낭가파르바트에서 구해낸 후배 김미곤 씨는 그가 숨진 5월 16일 아침 남동쪽 루트를 통해 에베레스트 정상의 흰 눈을 밟는 데 성공했다. 김미곤 씨는 이현조 씨와는 다른 팀에 소속되어 열 손가락이 잘린 선배 등반인과 함께하고 있었다. 정상의 아침 공기는 청량하고, 머리 바로 위의 봄 하늘은 푸르렀지만 그는 이현조 씨가 남서벽에서 몇 시간 전 숨을 거뒀다는 걸 알 수 없었다.

■ 김용우, 「연잎밭」

나를 방생해준 자연

⋄⋄⋄⋄⋄⋄

하나 속에 모두가 있고 여럿 속에 하나가 있다.
자그마한 티끌 하나에 우주가 들어 있다.
끝없이 오랜 세월이 한 순간의 생각이다.

一中一切多中一 一微塵中含十方 無量遠劫卽一念
(일중일체다중일 일미진중함시방 무량원겁즉일념)

－『화엄경華嚴經』

시간이 지나도 언제고 생생한 기억들 중엔 동물을 사랑했던 게 많다. 털이 까슬까슬한 고양이의 작고 동그란 머리를 손으로 살며시 잡아본 적이 있는지? 고양이의 체온이 손으로 따스하게 옮아온다. 털끝이 손에 닿을 듯 말 듯 쓰다듬으면 그윽하게 감은 고양이의 눈은 부드럽게 휘어지고, 입 끝도 싱긋이 올라가 웃는다. 고양이는 그런 채로 우리를 슬며시 올려다본다. 고마워요, 하고 말하듯이. 애정이 뭉클 솟아나는 순간이다.

나에게는 애틋하게 생각나는 바다거북이 있다. 늙었고 아주 컸다. 2미터나 되었을까. 눈은 껍질이 두꺼운 야구공처럼 좌우로 불룩했고 눈꺼풀을 뜨면 끝이 올라간 눈동자가 나타났다. 새카만 각막이 굳세고 꿋꿋해 보였다. 부리처럼 나온 주둥이는 한일자로 다물었는데 참 우직해 보였다. 쭈글쭈글하던 굵은 목덜미도 그랬고. 뒤통수와 정수리는 단단한 가죽이었다. 그물 무늬가 나 있고. 그리 큰 거북의 뒷모습을 나처럼 가까이서, 나처럼 절박하게 쳐다본 사람은 없을 것 같다. 나는 뒤에서 안았던 그 목덜미에 목숨을 걸었던 것이다. 내 배가 가끔 등딱지에 닿을 때 딱딱하고 둥그스름한 촉감이 퍼졌다. 갑옷을 두른 듯했다. 살 수 있다는 희망이었다. 나는 네 시간쯤 안고 있다가 거북과 기약 없이 헤어졌다. 이제 20년이 넘었고. 참 오랜 시간이 흐른 것 같다.

하지만 기쁘거나 슬플 때, 신나거나 맥이 빠질 때 내 눈에는 그 거북이 떠오른다. 가끔 바다에 들어가 손을 담글 때 나는 생각한다. 지금 나는 그 거북과 바닷물로 이어졌다고. 이 시간에도 그 거북이 세상의 바닷속 어딘가에 살고 있을 거라고. 물속 모래밭에서 흔들리는 물풀을 뜯거나 오후의 태양이 달궈놓은 수면 아래서 등딱지를 데울 거라고. 그 거북은 나보다 오래 살아야 한다고, 언제나 감미롭고 풍족하게 물속의 삶을 누려야 한다고, 나는 생각하는 것이다.

가끔 바닷물 속에 서면 그 거북이 헤엄치는 모습이 선명하게 보이기도 한다. 등딱지에 말미잘이나 소라고둥을 붙인 채로, 미끈한 날쌔기 한 마리도 매단 채로. 물빛이 푸르스름한 부채산호들 위로, 은색 거품을 뻐끔뻐끔 내놓으면서. 고르게 편 앞 지느러미를 위아래로 휘휘 저으며 물을 가르는 것이다. 거북은 그러다가 내 마음속의 모래밭으로 기어올라와 추억의 발자국들을 나란히 찍어놓고 가는 것이다.

나는 남해에서 자랐다. 거제도와 다리로 연결된 칠천도가 나를 키웠다. 거기의 연구리蓮龜里에서 자라고 연구초등학교를 나온 것이다. 연구는 연꽃과 거북이라는 뜻인데 둘 다 물에 참 잘 뜬다. 소년 시절 내게 바다는 언제나 아름다웠다. 여름날 오후가 되면 흰 뭉게구름은 시름이라곤 하나 없는 모습으로 수평선 위에 커다란 목화솜처럼 피어올랐다. 나는 물속에서 그런 하늘을 올려다보곤 했다. 빛나는 바닷물이 가슴팍에 출렁거리면 나는 세상에는 티끌 하나, 그을음 하나 없다고 생각했다. 기적처럼 깨끗한 우주 속에 내가 살고 있었다. 내가 헤엄치고 자맥질한 바다는 하늘과 하나였다. 둘은 늘 수평선에서 만났다. 수면에 비친 구름 사이로는 갈매기가 지나고 하얀 태양이 출렁거렸다. 나는 돗자리처럼 그 수면에 활개를 펴고 누웠다. 물살이 내 등을 살금살금 간질이다가 어느 결에는 그런 느낌마저 사라져버린다. 따스한 밀물이 피부로 들어와 나마저 물이 돼버린 듯한 시간. 자연이 베푸는 행복감은 그런 게 아닐까? 나와 하나가 돼버린 느낌이 아닐까?

아내는 칠천도 바닷가에서 나와 같이 자랐다. 해삼 줍고 조개를 따며. 아내는 두 살 적고 나와 같은 초등학교를 나왔다. 우리는 소라를 나란히 귀에 대고 파도 소리를 듣고, 조가비로 밥상을 차려서 소꿉장난을 했다. 결혼도 그렇게 했다. "같은 마을 사람끼리 무슨 결혼이냐." 내 집과 처가가 모두 반대하니 우리는 신랑 신부가 되기로 손가락을 걸고 가출을 했다. 내가 스물네 살 때였다. 나와 아내는 가방과 보통이를 들고 뭍으로 가는 배를 탔고 난 약속했다. 걱정하지 마라. 나중에 결혼식을 반드시 올리자. 내가 행복하게 해줄게.

우리는 부산으로 나가 배가 들고 나는 영도에 사글셋방을 얻었나.

모은 돈은 별로 없어도 기쁘게 살았다. 나는 근착선이라고 고등어와 조기 잡는 큰 배를 타고 동지나해까지 나갔다 오곤 했다. 그런데 이왕 이면 외국 구경 실컷 하게 상선으로 가보자는 생각이 슬그머니 고개를 들었다. 아내가 내 말을 듣고 "알아봐줄게." 하더니 며칠 후에 조양상 선에 일자리를 구해주었다. 2만 1천 톤짜리 화물선 메이스타였다. 나 는 기관사들을 도와주는 조기수를 했다. 세계일주에는 한 달이 걸린다 고 했다. 신나는 일이었다. 하지만, 그러다가 내가 끔찍한 일을 맞은 것은 메이스타가 영국 리버풀에서 곡물을 싣고 떠난 뒤였다.

내가 승선한 메이스타의 뱃길은 리버풀에서 남쪽으로 내려가 포르 투갈로 접근하는 것으로 시작했다. 배는 유럽과 아프리카 대륙이 뾰족 한 땅끝으로 스칠 듯 만나는 지브롤터 해협을 지나 햇볕이 넉넉한 지 중해로 들어섰다. 그리고 지중해를 가로지르면 동쪽 끝에 나오는 길 고 좁다란 수에즈 운하를 지났다. 이어서 홍해로, 그리고 아라비아해 로 빠져나왔다. 배는 서인도 남쪽 끝에서 섬나라 스리랑카를 돌아 벵 골 만 북쪽 끝의 항구인 치타공을 향해서 길게 북상했다. 치타공은 수 명을 다한 선박들을 해체하는 세계에서 가장 기다란 갯벌과 온갖 공장 들이 들어선 도시였다. 길이 100미터가 넘는 큰 배들이 영면하는 종착 지였다. 근착선에서 어부로 일하던 나는 바라던 대로 세계의 장관들을 구경하는 여행을 하고 있었다.

치타공은 방글라데시의 항구인데 우리 배는 곡물을 부려놓을 예정이었다. 사고는 거기로 가던 2월 20일 새벽에 났고. 지금도 그렇지만 승무원들은 오전 오후 네 시간씩 하루 두 번 당직을 섰다. 항해 파트는 거기대로, 기관 파트도 마찬가지로. 나는 오전 오후 4시부터 8시 사이에 기관실 당직이었다. 1등 기관사님과 같은 조였다. 나는 먼지를 싫어해서 기관실 청소를 샅샅이 하다가 새벽 6시 반쯤인가 바람이나 쐴까 해서 후미갑판으로 난 계단을 올라갔다. 아내가 생각났다. 영도에 살다가 거제도 방앗간 집에 이사 온 지 3년이 좀 넘었는데. 지난주 설은 잘 쇠었을까, 궁금해졌다. 나는 메이스타를 타고 독일과 영국 리버풀까지 다녀오면서 한 달 넘게 집을 비우고 있었다. 배 뒤의 갑판에 나오니 오른편의 우현 난간 너머로 바다가 시커먼데 하늘과 닿은 저 먼 수평선에 동이 틀락 말락 했다. 높다란 너울 파도가 출렁거리고. 무서운 파도였다.

너울 파도는 물결 중에 가장 거칠고 사납다. 파도가 높다랗게 솟구친 마루 부분은 둥그스름하게 감겼지만 높이는 10미터가 넘는다. 파도의 비스듬한 능선의 길이는 때때로 300미터가 넘는다. 너울 파도는 바람에 일어난 파도가 여러 겹 부딪치고 또 포개져서 생겨난다. 멀쩡히 맑은 날에도 만들어지고 방파제에 부딪혀 하얀 물기둥으로 솟구친다. 그래서 사람을 물속으로 끌고 가기도 한다. 뱃머리나 뱃전, 고물을 가리지 않고 때리는데 큰 배라노 균형을 잃고 요동칠 수밖에 없다.

일단 너울이 갑판으로 밀고 들어오면 얼마나 힘이 센지 무릎 높이 밖에 안 되는 것이라도 선원들을 쓰러뜨리고 만다. 그래서 선교의 외벽에는 ㄷ자로 된 손잡이들이 있다. 거길 잡고 휩쓸리지 말라는 건데. 그 새벽에는 차가운 물줄기가 날고 물방울이 흩뿌렸다. 나는 어쩌다가 갑판 가장자리까지 갔는데 파도를 보면서 '안 되겠다. 빨리 들어가자.' 그런 생각을 했다. 그런데 저 앞의 뱃머리가 들리면서 내가 있던 배 뒤가 내려갔다. 그리고 너울이 솟구친 것이다. 물로 된 언덕이 갑판 위로 순식간에 들어왔다. 파도가 그러면 공포감이 생기는데, 이윽고 바닷물이 부서지며 폭포처럼 누르는 것이다. 나는 비명을 지르면서 물속에 갇혀버렸다. 비틀거리며 어, 이러면 안 되는데 생각했지만 소용이 없었다. 갑판에는 파도가 늘 들어오고 나가서 테두리에 벽이 없다. 대신 선원들을 보호하는 체인을 걸어둔다. 체인은 정박하면 벗기는데 운항 중에는 항상 걸어놓는다. 하지만 일이 그렇게 되려고 한 건지, 내 바로 앞에 체인이 벗겨진 걸 어두워서 보지 못했다. 허리 높이에 체인이 고리에 걸렸어야 하는데 바닥에 축 늘어져 있었다. 큰일이구나 생각이 났지만 한 순간이었다. 눈앞이 캄캄해지더니 배 바깥으로 추락하고 만 것이었다. 어처구니없는 내 실수고 내 잘못이었다. 머리부터 떨어졌는데 배가 높아 금방 물에 닿지는 않았다. 아, 붙잡을 것 없나. 하지만 한 바퀴 돌고 나서는 물에 들어갔다. 갑판에 목격자 한 사람 없고, 바다에도 마찬가지였다.

상선은 빠르게 미끄러졌는데 갑판은 10미터 높이도 넘었다. 나는 추락하고 수중으로 깊게 들어갔다. 몸이 수면을 뚫을 때의 충격이나 차가운 물이 전신을 감을 때의 공포감, 그런 건 정말 악몽이다. 훗날에도 그 순간이 떠오르면 언제든 나도 모르게 얼굴이 굳어졌다. 자다가도 손을 쥐고, 소리 지르고 땀을 흘리며 벌벌 떨었다. 이런 이야기…… 내가 피하고 안 하려고 하는 것도, 그런 일이 무섭기 때문이다.

하여튼, 수면으로 올라가자마자 나는 정신을 차려 소리쳤다.

"살려주세요! 물에 빠졌어요! 살려주세요! 가지 마세요!"

목에 핏줄이 서서 발버둥을 치고 외치는데도 듣는 이는 아무도 없고, 프로펠러가 밀어낸 물살이 둑처럼 불룩 수면에 생겨났다. 내 몸에도 부글거리며 와 닿았다. 우리 배 갑판이 그리 높은 줄은 그때 알았다. 수면에 목만 나와서 보긴 처음이니까. 나는 물살에 밀렸고 배는 저만큼 떠나고 있었다. 아무 일도 없다는 듯이 치타공을 향해서. 나는 젖은 얼굴을 문지르고 팔다리를 내저었다. 그 빠른 상선을 따라잡겠다고 헤엄을 쳤다. 그런데 10분이나 갔나. 숨이 가빠오고 한심해서 한숨이 나오는 것이었다. 아아, 어쩌다가 저 갑판에서 떨어졌단 말인가. 그대로 타고 있어야 했는데. 맥이 빠졌다. 선미에서 나온 물살과 거품이 더 긴 물꼬리를 만들고, 자주색과 흰색이던 선미와 선교가 하나의 점이 되는 것이었다. 그리고 갑판에 켜둔 불빛만 보이더니 그마저도 차츰 사라져갔다. 내가 살 가망도 그랬고. 팔다리를 저으며 숨 가빠 하다가 배를 지켜보니 가슴이 무너졌다.

사방에는 물뿐이었다. 날이 밝지 않아 망망대해가 캄캄했디. 이디

갔는지 너울은 없고, 높진 않지만 물이 넘실거리고는 있었다. 평생에 바다가 그렇게 무서운 건 처음이었다. 그렇게 깊은 바다에 들어온 적도 없었고. 도대체 발 아래 몇 미터를 내려가야 바닥에 닿을까? 100이나 200미터? 1킬로미터? 육지까지는? 생각도 못하지. 헤엄쳐갈 수도 없고. 이러다 힘이 다하면 죽는 거구나. 사방이 죽을 곳이고 공포가 너무 컸다.

내가 떠 있던 곳은 치타공에서 남서쪽으로 130킬로미터 해상이었다. 물속을 보면 어마어마한 암흑인데 전체가 나를 빨아들이는 힘이 있었다. 무서움에 심장이 움츠러들었다가 펴지며 요동을 쳤다. 내가 흥분을 가라앉히기까지 맥박이 시차를 두고 쿵, 쿵, 고막에 와 닿는 소리가 계속되었다.

나는 절벽에 대롱대롱 매달린 것이나 마찬가지였다. 힘이 들어 그냥 떠보려고 했다. 물이 평온하면 누워서도 뜨는데 그땐 파도가 계속 때리니까 도무지 안 되는 것이었다. 파도 따라 안 올라가면 물을 마시게 되고, 그래서 파도를 끝없이 타고 올라야 했다. 수면에 입이나 코라도 나와 있으려면 손발을 계속 놀려야 했다. 그게 너무 힘이 드는 것이었다. 산사태에 깔리는 게 낫지. 오죽하면 그런 생각을 했을까?

그러면서 시야 저편에서 동이 트는데 물살이 번들번들해오고, 거무스름한 구름과 희끄무레한 하늘에 구분이 갔다. 수평선부터 내가 떠 있는 곳의 하늘까지 길고 고른 광선이 와 닿았다. 구름들에 부드러운 부피감이 생겨났다. 구름의 테두리와 골과 주름이 그림처럼 드러나고 서서히 움직였다. 내 평생에 그렇게 참담하고 막막한 일출은 처음이었다. 해가 제법 뜨자 바다에서 수증기의 막이 길고 가느다랗게 떠올랐다. 희미하게 데워진 공기의 띠가 하늘에서 흔들렸다. 배가 사라진 북쪽과, 미얀마 그리고 인도가 있을 동서쪽이 차츰 분명해졌다. 나는 배가 오지나 않는지 팔을 돌려가면서 한 바퀴 바다를 돌아보았다. 맥없고 무딘 눈길이었는데 배는 물론, 손톱만큼의 육지도 보이지 않았다. 한 바퀴가 모두 시퍼런 물이었다. 밝아오는 하늘에는 벅찰 일도, 두근거릴 일도 없고, 무정함만 가득했다. 물에는 섞인 흙이나 모래의 느낌이 한 알도 없었다. 순수하고 완전한, 그래서 절망적인 물이었다.

그러면서 지금 수북한 고봉밥을 먹는다면 얼마나 좋을까, 생각이 드는 것이었다. 조기 반찬에 고추를 장에 찍어 한 입 베어 먹고…… 조리장님은 고개를 숙이고 가스 불을 낮춘 뒤에 국자를 들고 김이 나는 된장국의 간을 볼 건데. 어서 와서 한술 들고 가요! 소리를 높일 텐데. 1기사님은 지금쯤 나를 찾으시겠지. 이 친구 어디 갔나? 좀 전에 기관실에서 먼지 털고 걸레질하는 걸 내가 봤는데. 그러다가 목소리도 높이고 통로로 나오고 계단도 올라가보겠지. 임강룡 씨! 같이 밥 먹자! 어디 있어? 그리고 식당도 들르고 내 방문도 열어볼지 모른다. 여기도 없는데 큰일이네, 하며 조타실에 전화를 해보고. 그러다 8시쯤에는 내기 없어진 걸 모두 알게 될 거야. 아침 근무 교대하는 시간이니까. 빗자루가 바닥에 떨어졌고, 후미에는 체인이 벗겨졌고, 거기서 내가 추락했다고 알게 되면 갑판에 비상이 걸리겠지. 조타실에선 레이더와 해도를 짚어보고 배는 돌아올 거야. 6시 반에 추락했으니 한 시간 반 더 가고, 오는 데 한 시간 반, 세 시간이면 돌아온다. 그러니 여기서 그냥 떠 있기만 해보자. 그러면 산다. 나는 그렇게 생각한 것이다.

그런데 우리 배가 지나간 항로라는 것은 바다 사람들이 바람과 조류, 수면 아래 암초를 살펴서 오래전부터 다듬고 정한 것이다. 여객선 화물선 유조선 별로 세계 바다에 정해져 있고 배에 싣는 큰 지도에 정확하게 표시된다. 곳곳마다 북위나 동경 몇 도 몇 분 몇 초 하고 좌표가 나오고, 거쳐온 항적을 따라 배가 그대로 돌아갈 수도 있다. 특히 항구가 가까우면 여러 가지 표시를 한다. 초록이나 빨간 부표를 띄워 좌우를 구분하고, 등대에도 흰색이나 빨간 칠을 한다. 낚싯배나 다이버들은 항로를 피해야 하지만 조난자는 항로에 떠 있어야 구조되기 쉽다. 나는 이런 점들을 이해하고 있었다. 그래서 나는 희망이 있다고 본 것이다.

세 시간만 참자고 생각했다. 사실 희망은 자기 자신을 설득하는 거짓말일 때가 있다. 그래서 어떨 때는 부질없는 희망을 차라리 접어버리면 마음에 평정이 온다. 하지만 희망을 버리면 죽을 수밖에 없을 때 선택할 일은 오직 하나다. 그 거짓말이 현실이 되도록 사력을 다하는 것. 나는 겪어봐서 안다. 아무리 눈앞이 캄캄한 일이 생겨도 희망에 씨알 같은 현실성 하나만 있으면 사람은 버텨낸다. 사람은 힘이 없어서 죽는 게 아니다. 가망이 없어서 죽는다. 세 시간 못 견디겠나. 세 시간만 지나면 나는 산다. 나는 그렇게 철석같이 믿었다.

체온을 잃을지 모르니 작업복은 그대로 입고. 다행히 부스럼이나 까진 곳은 없었다. 하지만 천에 닿는 겨드랑이와 허벅지에서 조금씩 마찰이 일더니 나중에는 쓰라릴 정도가 됐다. 젖어서 무거운 안전화는 벗었지만 양말은 벗지 않았다. 안전교육 때 배운 건데 사람 손발바닥이 바닷속에선 은색으로 빛이 난다. 상어들은 그 빛을 보고 사람을 찾아내는 것이다. 내가 빠진 곳은 사실 상어가 많이 사는 데였다. 이렇게 바둥바둥하다가 갑자기 수면에 상어 등지느러미가 나타나면, 내 허리까지 아가리에 넣어서 물밑으로 끌고 들어가면, 나는 비명도 못 지르고 끝장나겠지. 그런 생각을 할 때마다 머리칼이 쭈뼛쭈뼛 일어섰다. 결국 물에 떠 있는 신발 한 켤레가 내 친구였는데, 처음엔 옆에 불쑥 떠올라 파도를 같이 탔다. 한 번, 두 번…… 신발은 차츰 멀어졌는데 아주 사라지진 않았다.

고깃배를 타고 나가면 그렇게 물 위로 고기들이 나타나곤 했다. 돌고래 떼가 수면을 치고 오르면 장관이었다. 보기만 해도 힘이 넘치고. 돌고래는 주둥이를 앞세우고 수면 위로 솟구치더니 꼬리지느러미를 끝으로 다시 입수하고. 그런 광경을 생각하니 좀 힘이 났다. 주둥이가 뾰족한 청새치나 돛새치가 등지느러미를 펄럭이며 날아오르는 것도 멋 있다. 날치는 또 어떻고? 어린애 팔뚝만 한데 처음에 날치를 보면 새가 물 위로 바싹 붙어 나는 줄 안다. 앞 지느러미가 깃털 달린 날개 같아서다. 꼬리지느러미를 수면에 붙이고 지그재그로 날면 도무지 물고기 같지 않다. 수백 마리가 그렇게 날면 춤추는 것 같고. 그럴 땐 주로 만새기가 뒤쫓아오고 있는 것이다. 만새기는 1미터도 넘고 생김새는 뭐랄까, 청새치의 주둥이를 잘라내고 뭉툭하게 만든 모양이다. 만새기는 날치가 수면에 낙하하면 공을 받듯 낚아채서 먹는다. 한 번에 5, 6미터는 훌쩍 솟구치고.

여하튼 물이 부풀었다 가라앉는 소리를 들으면서 갖가지 생각이 떠오르는 것이었다. 시간은 얼마나 지났을까? 어느 결에 안전화는 높다란 물마루를 타더니 금세 내려앉고, 그러다 어디로 갔는지 보이지 않았다. 나보다 먼저 물에 잠겨버렸구나. 신발이 안 보이니 그렇게 허전할 수 없었다. 이제 완전히 혼자가 되어서겠지.

물은 출렁거리는데 팔꿈치나 가슴팍, 무릎과 발등까지는 투명했다. 그 아래는 푸르스름하고, 좀 더 밑은 시퍼렇고, 더 아래는 시커먼 것이었다. 바다 전체도 그렇게 여러 층이 있는 것이다.

사실 바다에는 물에 잠긴 산과 골짜기가 굽이굽이 이어진 산맥들이 있다. 가파르게 깎아지른 절벽도 셀 수 없이 많다. 모래와 진흙의 사막이 있고, 끓는 물이 솟는 용천이나 다시마와 미역이 가득한 수초 숲도 있다. 그 위로는 바다의 강이 흐른다. 빠르고 더운 난류와 느리고 차가운 한류가 흐른다. 이를테면 멕시코 만류가 난류인데, 바하마에서 미국 동해안을 타고 오르다가 대서양을 건너고 노르웨이 서해안에 가 닿는다. 북극제비갈매기나 큰고니, 제왕나비가 바람을 타고 나라를 옮겨가듯이 고래나 바다거북, 뱀장어, 돗새치, 플랑크톤처럼 갖은 생물이 이런 바닷속의 강물을 탄다. 비행기가 기류를 타듯이 선박도 전 세계 바다의 이런 길을 이용한다. 그래서 내가 뱃길 위에 떠 있으면 갖가지 생물이나 선박들을 만날 가망이 더 커지는 것이다. 배야, 빨리 와라.

물은 일렁이고 넘실대고 출렁이고 회회 돌았다. 나는 떠올랐다 가라앉고 솟구쳤다 내려앉으며 물에 목숨을 걸었다. 지루하고 애타는 시간이 지나갔다. 배가 와줘야 이 고단한 헤엄이 의미가 있는데. 힘이 다하기 전에 어서 와줘야 하는데…….

얼마나 시간이 지났을까. 내가 수면에 잠기면 귀로 물이 들어오고 고막에 수압이 전해졌다. 그러면 물속의 소음이 들려오는 것 같았다. 은은하거나 왕왕거리는 소리. 배가 오는 소리는 혹시 없을까? 저 끝에서 스크루 돌아가는 소리. 지금은 선장님도 아시고 회사에 전화도 했을 거야. 배를 돌리라고 지시를 받았고. 조양상선도, 선장님도, 한솥밥 먹은 선원들도 나를 버리진 않을 거야……. 하지만 물속에는 기계 소리가 아직 들려오지 않았다.

물살이 눈을 때려 눈꺼풀이 부풀고 눈가에는 소금기가 쓰렸다. 속눈썹이 눈동자를 찔렀다. 힘을 아끼자, 아냐, 가만 있으면 익사하는데. 이런 두 가지 생각이 절박하게 오갔고. 이렇게는 오래 못 버티는데. 나는 한계가 있는데. 배가 어서 와야지. 타이어라도 혹시 안 보일까? 그렇게 생각하다가 하늘을 올려다보니 갈매기가 날개를 펴고 점이 되어 사라졌다. 그런데 그게 그렇게 부러울 수가 없는 것이었다.

내가 고깃배에서 일할 때 갈매기들은 귀나 코앞까지 바싹 날아오곤 했다. 천천히 나는 능력이 있어서였다. 어부들이 그물 속의 물고기들을 갑판에 부릴 때 갈매기들은 수십 마리가 끼룩거리며 몰려들었고, 그때마다 공중부양하는 것처럼 어부들에게 바싹 붙었다. 요동치며 튀어오르는 물고기 떼와, 파드닥거리는 갈매기 떼의 활갯짓, 그때 생명이란 내게 아주 가까웠다. 하지만 지금 갈매기는 나한테서부터 저렇게 멀리 날아가는 것이다.

수증기가 아지랑이처럼 흔들리는 저 머나먼 수평선에 무엇인가 새싹처럼 슬쩍 움텄다가 물결 아래로 사라지는 게 보였다. 혹시 배가 아닐까? 그렇게 생각했지만, 그 점은 시야 끄트머리에 있고, 내가 물을 오르내려서 계속 응시할 순 없었다. 있다고도 없다고도 할 수 없는 점이었는데 다시 나타날 때마다 땅에서 움이 트듯이 조금씩 솟아났다. 그 점을 바라보는 내 눈동자 앞에서 하얀 햇빛이 수면에 강하게 반사됐다. 그 때문에 눈을 감으면 검붉은 점이 떠다니고 눈을 떠도 마찬가지였다.

내가 잘못 본 것 같기도 하고. 그런데 어느 때부턴가 그게 내 눈에는 우리 배가 틀림없어 보이는 것이었다. 뱃머리에서부터 컨테이너들을 차곡차곡 쌓아 올린 화물선이 내 생각대로 돌아오고 있는 것이었다. 나는 기쁘기도 하고 조마조마하기도 하고, 흥분이 되어 맥박이 빨라졌다. 1초 1초마다 숨이 막히는 것만 같았다. 조금만 더 이쪽으로 와줘야 할 텐데…… 조금만 더…… 그런데 다가오던 배가 저 먼 곳에서 갑자기 회항을 하지 뭔가. 나는 가슴이 철렁 내려앉았다. 아아, 이럴 수가 있는가. 여기까지 와놓고는. 그런데 배가 조금 있다가 다시 회항해서 내 쪽으로 오는 것이었다. 옳다! 됐다! 나는 입에 고인 물을 뱉고 침을 삼켰다. 체력이 바닥난 상태였는데도 소생하는 것 같고. 나는 손을 흔들고 마구 고함을 쳤다.

"여깁니다! 선장님, 여기요! 살려주세요! 저 여기 있습니다!"

갑판에는 선원들이 나와서 망원경으로 바다를 살피고 있는데, 내 쪽을 보면서도 나를 못 알아보는 것이었다. 어떻게 이럴 수가 있는가. 내가 여기에 있는데. 하지만 파도 치는 바다에 까만 머리만 나왔다가 파묻히곤 하니까 못 알아볼 수도 있겠지. 그런데 이상한 조짐이 나타났다. 뱃머리가 슬슬 내려앉는 것이었다. 아, 저건 배가 속도를 늦추기 때문인데…… 저러면 안 되는데…… 좀 더 와서 나를 찾아내야 하는데…… 하지만 나의 간절한 바람과는 달리 배는 결국 내 눈앞에서 돌아가고 말았다. 나한테서 200미터도 안 남긴 자리에서였다. 나는 애간장이 끊어졌다.

"여기요! 여깁니다!"

사력을 다해 고함쳤는데도 배는 새벽일 때처럼 물꼬리만 남기고 가버렸다. 혼자서 생각해보니 내가 조류에 밀려서 바다 깊은 데로 떠내려온 것이었다. 배는 내가 추락한 데를 지나 훨씬 멀리 거슬러 왔는데도 내가 안 보이니 회항한 것이고. 바닷바람이 지나가고 파도 소리가 귓전에서 커졌다. 멀리, 아주 멀리 갈매기 한 마리가 점이 되어 날아갔다. 그렇게 쓸쓸할 수가 없었다. 절망감이라고 해야 할 쓸쓸함이었다. 목이 타는 듯이 말랐다. 온 사방이 물인데도.

나는 탈진을 했는데 1초라도 좋으니 발에 뭐가 닿는다면 소원이 없을 것 같았다. 내가 자란 칠천도 뒷산의 해송 숲길에는 솔잎이 수북하다. 밟으면 고무신에도 탄력이 느껴지는데, 그 부드러운 촉감을 발바닥에 한 번만이라도 더 느껴봤으면 싶었다. 환장할 것 같았다. 그런데 그게 어떻게 가능하겠는가.

낮디 낮은 곳에 내가 있었다. 해발이라곤 없는 곳이었다. 내 눈높이는 물 밖을 비죽이 내다보는 다랑어보다 낮았다. 수평선 너머에 구름이 치솟은 겨울 하늘은 청회색이고 무한했다. 내가 본 가장 크고 높고 둥그런 하늘이었다. 돔형의 하늘 아래 나는 한 올의 터럭이 되어 떠 있었다. 돔에 얹힌 무게가, 전 우주가 나를 눌렀다. 사정 없이 눌러서 도무지 감당할 수가 없었다.

아, 이제 다 끝났다.

완전히 혼자 남았다.

더 이상 살 수가 없구나.

이제 정리를 해야 한다.

나는 힘이라곤 한 톨도 없는 채로 가족들에게 하직인사를 했다. 내가 열네 살 때 아버지가 돌아가시고 홀로 되신 어머니, 바닷가 오막살이 집 한 채와 양식장을 오가면서 굴 키워 3남 5녀를 기르셨는데. 볕에 타고 이마와 눈가에 주름이 자글자글한 얼굴로 이제 내 생각 하며 조석으로 얼마나 눈물을 훔치실지. 어머니, 맏아들 노릇도 못하고 떠나갑니다. 다음 세상에 가서 잘 모실게요. 다시 뵐 때까지 제 생각은 하지 마세요. 그리고 여보, 미안하다. 내 손 잡고 집 나와서 그 고생만 하고. 다음 생에 만나서도 나하고 꼭 결혼해주라. 그때는 바다 두고 헤어지지 말고 내가 정말 잘 해줄게. 그리고 광주야, 아버지 얼굴도 모르고 자란 막내야. 내가 아버지 노릇 대신 해야 하는데. 형이 못나고 힘이 없어서 미안하다. 나 없이도 형님 누나들하고 즐겁게 잘 지내야 한다. 나는 저세상에 가서도 너희를 지켜주고 도와줄 거다.

태어나 한세상 이를 물고 살아왔는데 이렇게 한스럽고 아쉽게 마치다니. 나는 눈이 풀리고 그렇게 무기력했는데도 울먹울먹했고, 하지만 하직인사만은 끝까지 했다. 배가 두 번까진 안 오겠나, 두 번은 버텨야지. 마음속에 그런 생각도 들었지만 시야가 거뭇거뭇 닫히고 결국 나는 시커먼 바다에 잠긴 채로 기절하고 말았다.

……치타공까지 갔으면 좋았을 텐데. 니는 세상을 돌아보고 싶었는

데. 땅땅거리는 망치로 용골을 세우고 새 배를 만드는 조선소의 도시, 맨발에 터번을 두른 갈색의 청년들이 양파 첨탑이 늘어선 모스크를 향해 정오의 경배를 드리는 도시, 잎이 늘어진 야자수와 오래된 양철지붕들 사이로 비가 그치면 인력거꾼들이 세 발짜리 릭샤를 몰고 달려오는 도시, 수명을 다한 세상의 크고 녹슨 배들이 마지막 화물을 노을 아래 부려놓고 광활한 갯벌에서 해체되며 기우는 도시…… 치타공까지 갔으면 좋았을 텐데. 나는 세상을 돌아보고 싶었는데…….

내 의식이 어슴푸레 생겨나려는 때에 희미한 감촉이 툭 하고 가슴에 닿았다가 스러졌다. 풍뎅이가 앉자마자 날아간 느낌, 단단한 감촉의 흔적만 남았다. 그리고 시간이 얼마나 지났을까? 피부에 물이 닿는 미약한 느낌과 찰랑거리는 소리가 끊길 듯 말 듯 이어졌다. 나는 엎드려 있었는데 사지가 풀리고, 코와 입만 물에 잠겼다 나왔다 했다.

배가 단단한 껍데기 같은 데에 닿는 촉감이 차츰 분명해졌다. 물결을 오르내리는 나른한 리듬도. 내가 어디 와 있고 내 밑엔 도대체 무엇일까? 누울 구덩이도 덮을 흙도 없어서 몸을 물에 내버려뒀는데. 풀린 눈이 반쯤 뜨였다가 이내 감겼다. 잠에서 깨는 것과 비슷하다는 생각이 들었다. 그러자 캄캄하게 감긴 눈꺼풀을 앞에 두고 내 의식은 섬뜩해졌다. 다시 눈을 뜨면 완전히 다른 세계가 나올 건데. 실눈을 공포감 속에 떴다가 감았다. 앞에 뭔가 보여 무심결에 팔로 둘렀다. 그런데 그게 살아 있는 것인지 가끔 움직이고 느슨하게 내 팔에 와 닿았다. 이게 무얼까? 나는 저승이나 꿈결을 본다고 여기고 눈을 떴는데 내가 팔로 두른 것이 바다거북의 머리처럼 보였다. 아주 닮았지만 실제로 그럴 리는 없었다. 그런데 왜 이리 주위가 밝지? 거북 머리 같은 것은 너무나 눈에 가까워서 도리어 아련하고 의아했다.

시야의 가장자리가 다시 어둑어둑해졌는데 망망대해는 여전히 비현실적이고 무한했다. 내가 지금 내세로 나왔는데 전생의 끝과 같은 처지에서 다시 시작하는 느낌이었다. 기절하기 전에 하직인사를 하고 죽음을 받아들이던 심정이 매우 강렬해서였다.

나는 눈을 믿지 못하겠는데 소리며 색깔이며 이런 게 서서히 살아오는 느낌이었다. 파도 소리가 생생해지고 투명한 물이 팔에 찰랑거리고. 내가 여전히 살아 있다는 자각이 왔다. 그렇다면…… 이건 정말 거북인가? 거북이? 그런 것 같은데…… 그래, 이거 거북이잖아! 아니 거북이가 왜?

나는 물 위만 아니라면 자리에서 벌떡 일어설 만큼 놀랐다. 늙고 주름이 쭈글쭈글하고 아주 큰 바다거북이었다. 필리핀에서 박제된 장수바다거북을 본 적이 있는데 그것보다 훨씬 더 몸이 컸다. 거북은 고개를 든 채 두툼한 앞 지느러미로 물살을 가르고 있었다. 지느러미 가장자리에 육지 거북처럼 남아 있는 뭉툭한 발톱이 보였다. 등딱지는 둥그스름했지만 테두리는 들락날락했고. 내가 그 등에 업혀 있는 것이었다. 지금도 이렇게 말을 하지만 그때의 그 상황이 믿기지 않기는 마찬가지다.

아, 내가 살았구나! 어머니! 제가 이렇게 살게 됐습니다!

나는 소생한 감동이 뭉클 살아났다. 그러다가 바다거북의 등 위에서 소리 내어 조급하게 말을 걸었다.

"거북아! 네가 나를 살려주려고 어떻게 여기까지 왔냐?" 나는 거북의 얼굴을 곁눈질했다. "언제 왔냐? 내가 여기 있는 걸 알고 왔냐?" 나는 혼잣말한다는 느낌은 없었고 거북이 내 말을 꼭 알아듣고 있는 것 같았다. "고맙다, 거북아! 정말 고맙다! 내가 이제 살 것 같다!"

나는 거북에게 마음속의 말을 쏟아냈다. 그리고 거북의 목이 졸릴까 봐 느슨하게 그러안고 딱딱한 등에 얼굴을 갖다 댔다. 생생한 감촉이 뺨에 닿았다. 아, 이런 일이 어찌 현실에서 일어날까? 내가 뭐라고 이런 일을 다 겪어볼까? 고맙다는 마음이 전신에 고르게 퍼졌는데, 꼭 지금 하늘과 바다가 나 하나를 보고 있는 듯해서 가슴 벅차고 감격스러웠다.

돌이켜서 생각해보면 무슨 일이 생겨야 그보다 더 신비로울까?

'수송기나 비행선에서 낙하산도 없이 떨어졌는데 공중에서 기절했다. 저승인가 눈을 떠보니 알바트로스나 펠리컨의 등에 업혀 있더라.'

이 정도는 되어야 할까? 뒤에서 본 바다거북은 크거나 작거나 동그랗거나 네모난, 혹은 오각이나 육각인 갖가지 타일로 맞춰놓은 조각그림처럼 보였다. 그 안에 든 검은빛이나 매끈하면서 단단한 감촉도 타일 같았다. 가오리나 개복치도 두툼하고 널찍하게 물을 오르내린다. 하지만 바다거북은 등딱지가 단단하고 가시나 돌기가 없어 사람을 능히 태울 수 있다.

그 거북은 아마 5월이나 6월 스리랑카의 바닷가 모래밭에 알을 낳으러 장도에 나선 것인지도 모른다. 적도에서 데워져 벵골 만을 돌던 바다의 강을 탄 건지도 모른다. 그러다 물속의 골짜기에서 플랑크톤을 먹고, 눈처럼 떠오르는 해파리들을 입안에 오물거리며 여유를 부리고 있었는지도 모른다.

나이는 아마 적게 잡아 백이십 살에서 백오십 살 정도. 무선기와 흑백 카메라가 세상에 처음 나오고 에이브러햄 링컨이 미국 대통령이 되고, 난징에서 태평천국을 만들던 홍수전洪秀全이 자기가 예수의 동생이라고 선언하던 무렵, 그 거북은 바닷가 모래밭에서 흰 알을 깨고 파도 소리가 들리는 해변을 향해 최초의 발자국들을 찍기 시작했을 것이다. 그렇게 오래 살았어도 호기심과 연민은 삭지 않아 수면에서 맥없이 가라앉는 가련한 미물의 등을 떠받쳐본 것이다.

나는 거북을 타고 마음이 든든해졌는데 차츰 조바심도 생겨났다. 제 맘대로 돌아다니던 생물이 언제까지 나를 태워줄까? 거북이 물속에 고개 넣고 들어가버려도 계속 매달려야 하나. 거북한테 무게를 주고 싶지 않아 나는 힘을 풀고 나 나름으로 물 위에 떠 있으려고 했다. 한 번은 손으로 등을 살짝 잡았다가 다음엔 필로 고개를 실머시 둘렀다가.

나는 얼굴도 자주 돌렸다. 거북이 고개를 왼쪽으로 돌리면 나는 오른쪽으로, 오른쪽으로 돌리면 나는 왼쪽으로. 거북은 호기심이 많은 동물이다. 그래선지 자기 등에 올라탄 생물이 뭔지 알고 싶어 했다. 하지만 나는 검고 큰 그 눈과 마주치는 게 무서웠다. 매끄럽고 뾰족한 주둥이도 마찬가지고. 거북이라는 이름은 친하고 듬직하지만 아무래도 파충류는 파충류니까.

그러다가 나는 고향으로 들어가는 실전實田 부두의 선착장이 생각났다. 녹이 슬었으면서도 수십 년 동안 삭지 않은 단단한 사슬들. 경사진 부두의 옆 벽에는 뱃전이 부딪히면 보호하기 위해 타이어들을 그 사슬에 묶어 매달았다. 물이끼도 파릇하게 나 있다. 비탈진 부두가 서서히 바다에 잠기는 끄트머리에는 파도가 쳐서 생긴 하얀 물거품이 수면 위에 부채꼴로 퍼졌다. 하지만 부두 바닥에 앉은 물새들은 무신경한 것처럼 가만 있었다. 두 다리를 곧게 세우고 날개를 접고 눈은 저 먼 바다를 바라보며. 흰 새들은 둥지에 앉은 것처럼 물 위에도 떠 있고, 파도에 닿을 듯 말 듯 바닷바람을 타고도 오르내렸다.

배가 부두에 접근해서 엔진 출력을 낮추면 통통거리던 기관음이 낮아진다. 뱃전을 조심스레 석축에 갖다 대면 수면에 잔 파도가 생기고 타이어들이 물결에 출렁인다. 배가 정밀하게 접안하는 동안 통통통통, 고요하게 줄어든 기관음은 점점 더 촘촘하게 울려 퍼지고. 마침내 덜컹 하고 배가 타이어와 맞닿았다가 조금 밀려날 때의 그 반가운 반동.

아, 이제 집에 다 왔구나. 배에서 널을 밟고 부두로 옮겨가 설 때의 그 단단한 돌 바닥 느낌. 거기를 딛고 싶다. 아, 그러면 얼마나 안심이 될까. 발밑에 뭔가 받쳐준다는 건 얼마나 큰 기쁨인가. 더 내려가지 않아도 된다는 것은. 그냥 여기 가만 있어도 된다는 것은 얼마나 다행한 일인가. 아, 그 부두를 한 번만 더 디뎌보면 좋을 텐데. 저 앞이 우리 집인데. 어머니, 저 왔어요. 저 왔단 말이에요. 아, 무슨 위세라도 부리는 것처럼 환하게 외치고 싶다. 어머니, 저 왔어요. 저 왔단 말이에요.

결국 배가 다시 왔다. 점심 때였고 이번엔 나를 지나쳐 200미터가량 더 멀리 갔다. 비상이 걸려 모두 갑판에 나왔는데 내가 소리 질러도 듣지 못하는 건 여전했다. 지금 생각해도 참 한스러운 일이다. 내겐 배가 저리 선명한데 배에선 내가 보이지 않으니. 물을 몇 시간이나 못 마셨고, 입천장에서 목 안까지 바싹 타는 것이었다. 아아, 타이어는 고사하고 포장상자나 하다 못해 로프 뭉치라도 곁에 떠 있다면. 그들 눈에 쉽게 띄었을 거고 나는 그때 살았을 것이다. 배는 무정하게도 또 내 앞에서 회항해갔다. 나는 무덤덤해졌다. 나는 거북의 등에 엎드려서 물끄러미 배를 지켜봤다. 배가 좀 멀어지자 구경꾼이라도 된 것 같은 심정이 되었다. 체념이었다. 그러면서 또 한 번 오겠지 하는 생각이 들었다.

내 눈앞에서 태양이 하늘의 한가운데로 올라가 있었다. 물새가 희미한 터럭처럼 날갯짓을 하면서 멀리멀리 날아갔다. 공기의 부력을 받는 자유로운 활공이 부러웠다. 수면이 하얀빛에 온통 번들거려서 눈을 찌푸려야 했고 눈동자가 상하는 것 같았다. 속이 타고 눈이 타고 반사되는 빛에 흔들리며 지금 이 막대한 물에서 표류 중인 사람이 나 혼자뿐일까 하는 생각이 들었다. 이렇게 광활한 감옥이 있다니. 오후의 백일몽 같고, 수면에 고개 내민 물고기의 꿈속에 들어온 것 같았다. 그나마 밤이 아닌 게 다행이었다. 밤이었으면 배에서 떨어지는 순간 다 끝났겠지. 배가 다시 와도 찾을 수가 없으니.

나는 그러다가 거북한테 말을 걸었다.

"거북아, 너하고 나하고는 같이 좀 있어야겠다." 나는 거북의 눈치를 보았다. "이렇게 인연이 됐는데 물에 들어가지 말고, 우리 배가 이제 좀 있으면 올 거니까, 나하고 같이 좀 있어주라." 나는 간절하게 말했다. "내가 고향에 갈 때까지 좀 도와주라. 꼭 좀 부탁하자."

나는 감옥에 갇혀서 창가의 달팽이에게 말을 거는 사람처럼, 무인도 모래밭에 밀려온 배구공에 하소연하는 사람처럼 말을 했다. 그러면서 귀를 기울여보니 남의 목소리가 그렇게 듣고 싶은 것이었다. 나 아닌 다른 사람의 목소리가.

배가 드디어 세 번째로 찾아왔다. 이번에는 어쩐 일인지 정확하게 내 정면으로 다가왔다. 아, 이제 살았다! 그런 직감이 왔다. 배가 속도를 줄이면 뱃머리가 내려오고 파도도 적게 갈라진다. 나는 그 모습을 보고 이게 마지막이라고 생각했다. 그래서 마침내 양말까지 벗어서 흔들었다. 이게 마지막이다! 그런데 그 절박한 마음이 통한 건가. 뱃전에서 3항사가 드디어 망원경으로 나를 찾아낸 것이었다. 전남 여수 사람이고 스물여덟 살이던 박창우 3항사. 배는 내가 치일까 봐 상당히 안전거리를 두고 정선했는데, 그냥 망원경으로 봐선 나인지 아닌지 긴가민가한 모양이었다. 그것도 이해할 만했다. 내가 실종된 지 일곱 시간이나 지났으니까. 내가 여전히 살아 있다고 생각하기도 힘든 상태였다. 내가 배를 바라보고 있는데 선교에 설치된 선박용 확성기에서 선장님 목소리가 흘러나왔다. 참 기가 막히는 상황이었다.

"네가 강룡이 맞으면 손을 흔들어라!"

뱃고동을 울리는 큰 확성기에서 몇 배나 증폭된 사람 목소리가 나왔다. 그렇게 듣고 싶던 사람 목소리가. 망망대해는 기적처럼 고요했고 왕왕거리는 확성기 소리는 수면에 깔려서 다가왔다. 나는 배를 마주보고 몇 번이나 손을 흔들었다.

"맞습니다! 선장님! 임강룡입니다!"

저기 멀리 뱃전에 모인 선원들 사이에서 "와!" 하는 환호성이 터져나왔다. 경사고 상서로운 일이었으니까. 내 귀에는 그 소리들이 빈방에서 비닐봉지를 구길 때처럼 작았지만 선명하게 들려왔다. 그리고 다시 확성기 소리가 나왔다.

"좋다! 다시 흔들어라!"

건너편에서 바다를 내다보던 뱃전의 선원들이 갑판을 가로질러 이쪽으로 달려오는 게 보였다. 망원경을 든 이도 늘어났고, 서너 명의 희미한 외침이 또렷하게 들려왔다.

"강릉이 맞다! 강릉이다!"

내 몸에서 일시에 힘이 새어나갔다. 숨을 길게 쉬니 몸이 축 늘어졌고. 눈시울이 뜨겁게 움직거리고 울먹울먹해지는 것이었다. 거북은 여전히 지느러미를 폈다 당겼다 열심이었고. 나는 눈가가 빨개진 채로 등딱지를 꼭 부여잡고 말했다.

"거북아, 네가 나를 살려줬구나. 고맙다, 거북아."

나는 힘이 하나도 없어 거북을 놔줄 생각도 못하고, 배로 헤엄쳐갈 엄두도 나지 않았다. 물 위에 널브러진 상태였다. 정선한 배는 기중기로 쇠사슬을 늘어뜨려서 뱃전의 빨간 구명정을 내렸고, 구명조끼를 입은 선원 셋이 모터를 돌려서 내게로 다가왔다. 수면에 엎드린 내가 손을 들자 그들이 맞잡고 내 상반신을 당겨 올렸는데 그때 그이들은 물 아래 자그마한 '암초'가 비치는 걸 내려다보았다. 내 눈에는 수면에 하얗게 떠 있는 햇빛과 그 아래 숨어 있는 지느러미가 보였다.

그런데 세 선원의 표정이 제각각이다가 1초도 안 되는 순간에 하나같아졌다. 눈이 부셔서 미간에 골이 팬 채로 물 아래를 유심히 보다가 검은 눈동자 위로 흰자위가 둥그렇게 드러났다. 눈썹과 이마 주름이 일제히 치솟았다. "아니! 이거 거북이 아냐?" "맞습니다." 나는 뱃전을 붙잡고 거북의 등딱지에서 물 아래로 내려오며 고개를 끄덕였다. "아니! 강릉이가 거북이를 타고 있었구나!" 선원들은 경이롭고 흥분한 나머지 나에게 무슨 말을 계속 걸어왔다. 하지만 나는 제대로 들을 수가 없었다. 감정이 복받쳐 올라와 눈물이 쏟아져 나왔다. 수면에 빠진 지

일곱 시간 만이었다.

'죽는 줄 알았더니 이렇게 살아나는구나. 아, 이제 집에 가면 어머니 잘 모시고, 아내 아껴줄 거다. 거북이가 살려줬으니 자연에 해 되는 일은 절대 안 할 거다.'

나는 "거북이부터 먼저 태워주십시오." 하고 말했다. 너무 고단해 보여서였다. 내가 물속에서 한 손으로 거북의 배딱지를 받쳐들자 선원들이 두툼한 앞 지느러미를 잡고 끌어당겼다. 등딱지에서 바닷물이 줄줄 흘러나왔다. 거북은 걱정도 없이 구명정 안에 자리잡았는데 눈꺼풀이 감기고 실제로도 피로해 보였다.

구명정은 검은 성벽처럼 서 있는 모선으로 돌아가는데 나는 100년 만에 찾아온 봄을 맞이하는 것 같았다. 순간순간 기적처럼 꽃이 피었다. 내려온 쇠고리를 구명정 앞뒤로 거는 순간, 갑판의 기중기가 왱 하고 요란하게 돌아가는 순간, 구명정이 뱃전에 닿을 듯이 바싹 붙어 올라가는 순간, 마침내 도드래가 덜컥 멈춰 서고 구명정이 약간 흔들리는 순간, 스무 명도 넘는 배 위의 선원이 모두 몰려와 나를 쳐다보는 순간, 꽃이 피는 것 같았다. 눈앞에 광채가 생기고 기쁨으로 현기증이 밀려왔다. 선원들은 구명정에서 내가 고개 내미는 것을 바라보았다. 강보에 싸인 채 콜타르를 칠한 갈대바구니에 누워 강을 떠내려온 아기를 만난 어부들처럼. 세상은 1센티미터마다 기적으로 차 있었다. 그들은 신기한 민담을 들은 아이처럼 놀라워했다.

"우아! 이게 뭐야? 뭐 이렇게 큰 거북이 있어?"

"야, 이건 정말 말도 안 된다. 이거 동화책에나 나오는 일인데."

이거 동화책에나 나오는 일인데. 세월이 아무리 흘러도 내 귀에 생생한 말이다. 하지만 내가 보기에는 도리어 동료들이 믿기지 않는 일을 해낸 것이었다. 동료들은 장비 하나 없이 바다에 추락한 내가 일곱 시간이나 살아 있으리라고 철석같이 믿었던 것이다. 그래서 밥 먹는 시간까지 아껴가며 망망한 바다를 샅샅이 수색한 것이다. 그래서 마침내 축구장 잔디에 떨어진 클로버 이파리 하나를 찾아낸 것이었다. 기적은 그저 신비한 우연이 아니다. 기적은 간절하고 우직해서 하늘을 울려야 나온다.

내가 갑판으로 건너가자 김문기 선장님이 기다리고 있다가 와락 끌어안았다. 그해(1991년)에 쉰네 살이었는데 그분이 결단하지 않았으면 나는 아마 홀로 죽었을 것이다. 배의 하역이 늦어져서 조양상선은 나중에 화주들에게 집 몇 채 살 돈을 실제로 물어줬다. 그래도 탓하지 않고 내가 살아와 경사가 났다고 기뻐했다. 조양상선은 나중에 문을 닫았는데 그 고마운 분들은 지금 어디서 어떻게 살고 있을까? 나는 세상에 그렇게 자애로운 사람들이 많다는 걸 겪어서 안다. 선장님은 내 등을 쓰다듬으면서 말했다.

"고생 많았다. 이제 다 잘됐다. 어서 가서 더운 물로 샤워해라."

나는 콧잔등이 시큰해졌다. 그리고 연거푸 물잔을 비웠는데 꿀꺽 꿀꺽 꿀꺽, 목젖이 시원하게 오르내리면서 생명이 전신에 퍼져나갔다.

샤워장 거울 앞에 서니까 겨드랑이와 사타구니, 허벅지, 헤엄치며 스친 곳이 모두 까져 있었다. 얼굴도 벌겋게 타고 살갗이 군데군데 하얗게 일었고.

나는 거북이 걱정되어 서둘러서 갑판으로 나갔는데 배는 아예 그 자리에 정선해 있고 모든 선원이 바다거북을 둘러싸고 신기해하는 것이었다. 내가 1시 반에 구출되고 그때는 2시였고 쇠로 된 갑판이 펄펄 끓고 있었다. 거북은 내가 오자 고개를 들어 나를 보았다. 아, 거북의 배가 얼마나 뜨거울까?

"거북이 왜 안 살려주고 아직 붙잡고 있습니까?"

"이거, 한국에 데려가면 안 되겠나. 봐라, 이렇게 큰데."

"안 됩니다. 일주일은 더 가야 하는데, 제대로 살기나 하겠습니까?"

"사진이나 한 장 찍자." 선장님이 말했다.

"안 됩니다. 어서 내려줘야 합니다. 더워서 애먹고 있지 않습니까?"

내가 너무 서두른 것이었다. 나는 거북의 사진 한 장 없는 걸 나중에 두고두고 후회했다. 우리는 양주를 가져와서 거북에게 먹여주었고 과일 안주도 대접했다. 어부들은 그물에 잡힌 거북을 놓아줄 때 막걸리나 소주를 먹인다. 영물이니까. 그리고 우리는 검은 봉지에 쌀을 넣어 앞 지느러미에 매달았다.

"거북아! 가서 용왕님 밥 해드려라!"

그리고 갑판 가로 들고 가서 조심스레 물에 빠뜨렸다. 거북은 앞뒤 지느러미를 내민 채로 물에 닿는 소리도 희미하게 고스란히 내려앉았다. 방생放生이었다. 그리 큰 거북을 누가 놓아준 적이 있을까? 그런데 내가 가만 생각해보니까 그게 아니었다. 사실은 거북이 나를 도리어 갑판에 방생해준 것이었다. 가족이 사는 이 세계에. 아무런 대가도 기대하지 않고.

　깨끗이 비워진 내 머리에 그런 생각 하나만 남았는데, 거북은 물에 뜬 채로 가지 않고 있었다. 내가 내려와 다시 등에 타리라고 기다리는 것처럼. 친구를 기다리는 순수하고 우직한 마음처럼. 그 등은, 네가 원한다면, 하고 말하는 것 같았다. 나는 그걸 직감하고 눈시울이 그렁그렁해졌다. 모든 선원이 갑판 난간을 따라 서서 내려다보고 있었다. 나는 허리를 숙여 내다보며 고함을 질렀다. "거북아!" 소리가 가늘어지고 갈라졌다. "빨리 가라! 그래야 배가 간다!" 나는 콧속이 축축해졌다. 하지만 그렇게 말해놓고 나서 곧장 후회를 하는 나 자신을 보았다. 거북이 그냥 계속 거기 머물면 다시 건져 올려서 내 곁에 두고 싶었다. 평생 껴안고 보살펴주고 싶었다. 나는 눈물이 방울방울 뺨으로 하염없이 흘러내렸다. 나는 뭐라 더 말을 하지 못하고 내려다봤다. 거북은 고개를 들어 망망대해를 가녀리게 바라봤다. 아, 얼마나 힘이 들었을까? 내 생명을 떠받치고. 거북은 기운이 빠진 듯이 우리를 올려 보다가 나와 마주 보진 못하고 천천히 뱃머리로 헤엄쳐갔다. 그러고는 수면 위로 가만히 가만히 떠갔다. 나는 체인을 잡고 그쪽으로 걸어갔지만 이미 우리의 삶은 갈라지기 시작했다. 거북은 크고 짙푸른 잎사귀 같기도 하고, 물이끼가 피어난 바위 같기도 했다. 물살이 거세게 몰아치는 소리가 귓전에 선명해졌다. 거북은 내가 보는 앞에서 파도 속으로 사라져갔다. 다른 세계로 빠져나가고 있었다. 나와는 알지도 못하는 생물, 아무 대가도 없이 날 구해주다니. 거북아, 어디 가서든 잘 살아라. 내가 이 은혜는 죽을 때까지 잊지 않을게.

화물선은 순서를 놓쳐 이틀 후에 입항하게 됐다. 정박한 바다에 무선 상태가 좋다고 해서 나는 아내에게 국제전화를 했다. 아내는 내일 바다에 내보낼 거북 한 마리를 고현에서 구했다고 말했다. 그날은 정월 6일이었다. 전국 곳곳의 절마다 설날에서 대보름 사이에 방생을 한다. 우리는 해마다 거제도 하청의 해룡사라는 절에 찾아가 정월 7일에 방생을 해온 것이다.

그런데 아내는 오늘 새벽에 꿈을 꾸면서 베갯잇이 젖도록 울다가 깼다고 말했다. 그래서 몸조심하라고 나한테 전보를 보냈다는 것이다. 아내는 내가 받았는지 물었다. 그러니까 아내가 전보를 치고 두어 시간 있다가 내가 거북의 등에서 깨어난 것이었다. 내가 이런 말을 하면 사람들은 꾸며낸 게 아닌가 난감해하는데, 분명한 사실이다. 나는 태연하게 안부만 물을 생각이었는데 아내는 흉사가 있는지 캐묻는 것이었다. 내 눈치가 이상했는지 "눈이나 팔다리가 없어졌어도 좋으니까 속이지만 말아요." 하고 말했다. 나는 표류하다가 좀 전에 배로 올라왔다고 설명했다. 아내는 말없이 들으면서 흐느끼더니 수화기를 잘못 내려놓은 줄도 모르고 다음 날 아침까지 울었다. 어부들, 광부들, 조종시

들, 목숨 걸고 일하는 사람들의 가족은 그렇게 매일매일 애간장이 타
면서 사는 것이다.

화물선은 치타공을 감아 흐르는 카르나풀리 강 하구가 보이는 바다
에 정박했다. 치타공 해안의 북쪽에서 그 하구까지는 120킬로미터나
되는 기나긴 갯벌이 있었다. 마지막 하역을 마치고 갯벌로 올라가 해
체되기를 기다리는 오래된 배들이 바다에 떠 있었다.

다음 날 여명이 생길 무렵 내가 갑판에 나가자 파도 소리가 하나하
나 구분할 수 있을 만큼 정밀하게 들려왔다. 몸에는 흔들흔들거리던
파동이 여전했다. 수십 수백 킬로미터 중첩된 파도의 곡선이 몸을 역
동적으로 밀고 당기던 기억이었다. 나는 살아 있다는 강한 감각을 느
꼈다. 나는 후미 갑판 가장자리에 늘어졌던 체인이 이제는 바로 걸린
것을 보고는 유심히 만져보았다. 차고 단단한 쇠의 감촉이 손끝에서
가슴까지 생생하게 퍼졌다. 나는 해체를 기다리는 낡은 배들을 바라보
면서 고개를 가로저었다.

나는 아냐. 나는 아직 삶을 다할 때가 아냐.

나는 허물을 벗듯이 어제의 삶에서 빠져나왔다. 바람이 상쾌했고 식
당에서 와자하게 밥을 먹고 싶었다. 입에 침이 생겼다.

그리고 5년 후에 우리는 기다리던 아기를 낳았다. 아들이었고, 나는
아내와 오래 생각하다가 외자로 도울 찬贊이라고 이름을 지었다. 거북

이 도왔듯이 생명은 서로 도와야 한다고 생각했다. 나는 아들에게 읽어주려고, 그리고 늙으면 내가 읽어보려고 바다에서 표류한 일을 아주 상세하게 써놓았는데, 태풍 매미가 몰아쳐 바닷가 우리 집이 물에 잠기자 글자들이 모두 씻겨나갔다. 나는 얼룩이 진 노트의 갈피를 한 장 한 장 떼내면서 허전하긴 했지만 애석해하진 않았다. 글자들이 모두 물속의 거북을 찾아갔다고 생각했다.

나와 아내, 그리고 아들은 매년 음력 1월 6일이면 바닷가로 나간다. 나는 퇴근 후에 몸을 깨끗이 씻고, 셋이 모두 새 옷으로 갈아입고서 거북이 담긴 큰 그릇을 들고 아내가 종일 장만한 음식을 싸가지고 간다. 그날 내 마음에 떠오른 칠천도 바다 한곳으로 찾아가면 저녁 바다는 이상하리만치 고요해진다. 광활한 공간은 거룩하게 보인다. 우리는 물가에 촛불 두 개를 켜고 주위를 밝히고, 나나 아내, 어떨 땐 아들이 손바닥에 거북을 올려놓고 촛불 사이로 내보내준다. 거북은 알에서 처음 나온 것처럼 기어가고 헤엄쳐간다.

모든 거북은 희망이다. 알이 수천 개 생겨나도 한두 마리만 산다. 모래밭에서, 물에서 다 잡아 먹힌다. 희망이 수천 개 생겨도 밟히고 먹히고 잊혀지고 부서진다. 그렇다고 우리가 희망을 품지 않을 수는 없다. 작디작고 누르면 부서지는 흰 알. 눈물을 흘리며 그 알을 낳는 세상의 숱한 어미 거북처럼. 미련하게 무수하게 희망을 낳고 품으면 희망은 기어코 자라난다. 그리고 망망대해를 건너가고야 만다. 울지 마, 죽지 마. 할 수 있어, 실 수 있어. 그렇게 말하면서. 희망은 아무도 없는 네

서도 그렇게 혼잣말하면서 스스로 커가는 것이다.

거북이 떠나간 칠천도에 밤이 오면 하늘과 바다에 모두 별이 뜬다. 하늘의 별이 바다에 비치듯이 삼라만상은 모두 다 연결되어 있다. 우리는 이들 속에 잠시 살다 가는 작은 미물. 그동안 섬세한 이 자연의 거미줄을 흩트리지 말아야지. 우리가 선한 마음을 다하면 하늘과 바다는 온 힘을 다해 우리를 도와준다.

임강룡林康龍 님은 선박을 건조하며 부인 박숙선朴淑善 님과 경남 거제에서 산다. 그는 조양상선에 오래도록 고마워했고 김문기金文基 선장을 만나고 싶어 했다. 필자는 선장의 출신 학교와 연락처를 확보했고 여러 차례 전화를 걸었지만 통화는 이뤄지지 않았다. 그는 1931년생이다.

바다에 표류한 사람이 해류를 타고 가는 바다거북과 조우하는 일이 아주 드문 일은 아니다. 동물들이 죽어가는 혈육이나 친구를 구하려고 분투하는 일도 드물지 않다. 돌고래들은 기력을 잃은 어미나 새끼를 구하려고 등으로 떠받쳐서 숨 쉬기 편한 수면 위로 밀어올린다. 개들도 차에 치인 친구를 구하려고 목숨을 걸고 도로에서 밖으로 끌어내곤 한다.

■ 박재석, 「달콤한 봄」

순간마다 피는 꽃

◇◇◇◇◇◇◇◇

과거는 지나갔고 미래는 오지 않았고
오직 현재만이 있을 뿐이다.

– 레프 니콜라예비치 톨스토이

우리는 하루를 통째 기억하는 게 아니다.
우리는 순간들을 기억한다.

– 체사레 파베세

1

   과거는 자기 몫으로부터 한 발도 물러서지 않으려는 채권자 같다. 우리가 갓난아기로 세상에 도착한 순간부터 바싹 밀착해서 아무런 설명도 없이 자기 일을 시시각각 수행해간다. 과거는 공세적이고 근면하고 과묵하고 확실하다. 지금 이 순간이 우리 곁에 다다른 직후부터 바로 자기 것으로 가져가버리니까.

   기억은 그런 과거만을 상대로 작업을 한다. 자기 개성을 끝까지 지키려는 예민한 예술가 같은 데가 있어서 지나간 빛깔과 소리를 자기 방식대로 바꾸어놓는다. 그래서 비참했던 옛일이 오히려 감미로울 때가 있고 행복했던 시간이 떠올라 더 참담해지는 순간이 있다. 기억은, 특히 인생에 관한 기억은 감성적이면서 변덕스럽고 분방한가 하면 집요하다. 기억은 무엇이건 선명한 자극을 주지 않으면 안중에 두지 않다가도 우연히 스친 노래 한 소절, 냄새 한 가닥을 비문처럼 새겨놓기도 한다.

그가 10년 전의 자기 친구를 떠올리는 기억에는 이것저것이 마구 섞인 사물함 같은 데가 있다. 가장 먼저 생각나는 것은 아홉 살 무렵 둘이서 오후 늦게 학교 급식소의 은회색 알루미늄 문을 가만히 밀면 다가오던 냄새다. 잘 구운 고등어와 쇠고기 간장 조림, 참치의 하얀 살코기와 깨끗한 상추, 삶아놓은 달걀이 이제 막 켜진 형광등 불빛 아래 드러나곤 했다. 한 아이는 바깥에서 망을 보고 다른 한 아이는 수저를 들고 그것들의 맛을 보는 일, 그것이 오후 늦게까지 운동장에서 함께 놀던 그들의 일과였다.

그리고 복도에서 도란거리는 여자아이들의 치맛단을 함께 들춰보던 일, 약속이나 한 듯 둘 다 숙제를 해오지 않아 긴 복도에 나가 손을 들고 서 있던 일, 방과 후에 교실에 남아 그 숙제를 마저 하던 일, 둘이 교실 바닥을 뒹굴며 엉켜 싸우던 일…… 그런 것들이 기억에 남아 있다. 그 기억들은 매끈한 화면에 떠오른 선연한 이미지이기보다 거친 도화지에 끝이 뭉툭한 4B 연필로 그린 스케치처럼 남아 있다. 어느 게 앞선 것이고 어느 게 뒤의 것인지 구분할 수 없는, 원근법이 없는 소박한 민화와 같다. 하지만 암실 속에 부옇게 비집고 나오는 은판의 광택처럼 아주 가끔 자기를 은근하게 밝힐 때가 있다.

비교적 줄거리를 갖고 떠오르는 그 친구에 관한 기억은 하굣길이다.

그와 친구는 체구가 비슷한데다 성격이 맞았고, 집으로 가는 방향도 같았다. 친구는 아버지가 공군이어서 공군사관학교 위병소를 통과하면 나오는 성모아파트에 살았다. 그는 위병소를 지나쳐서 10분가량 가면 나오는 마당이 너른 집에 살았다. 그들은 학교에서 이어진 찻길 옆의 인도를 놓아두고 오붓하게 산길로 하교했다. 가위바위보를 해서 가방을 들어주기도 했고, 처음 보는 딱따구리나 울긋불긋한 새가 나타나면 아무 소리도 않고 쳐다보았다. 그리고 산길의 끄트머리에 나오는 둥그스름한 무덤 가에서 놀기를 좋아했다. 거기를 오르내리면서 배트맨이나 후레시맨, 엑스맨, 울트라맨이 되었다. 그 단순한 놀이를 하면서 어떻게 그렇게 즐거워할 수 있었는지 나이 들어서는 도무지 기억해낼 수가 없다. 무덤을 지나면 저수지가 나오고, 거기 낮은 둑을 다 지나면 위병소가 나왔다. 거기서 둘은 매일 헤어졌다.

그러던 어느 날 그는 위병소를 죽은 채로 통과한 적이 있었다. 눈꺼풀은 감겨 있고 호흡과 맥박이 정지된 채로 축 늘어져서.

2

그날은 겨울방학이 끝나고 개학하는 날인데다, 네 명 있는 누나 가운데 그가 가장 좋아하는 막내누나의 생일이었다. 그는 아침으로 미역국을 먹었고, 막내누나가 거들어준 방학숙제를 제출하고, 수업이 일찍 끝나는 바람에 그 친구와 함께 집으로 향했다.

산길을 지나 저수지 둑길을 가다가 저 아래 인도로 가는 여자아이가 눈에 들어왔다. 담임선생님은 저수지 옆으로는 위험하니 절대 가지 말라고 몇 번씩이나 당부했다.

"우리 들키면 어떡하지? 저애는 꼭 선생님한테 말씀드릴 것 같아."

그들은 곧바로 저수지 둑 밑으로 내려가 몸을 바싹 붙였다. 누렇게 마른 들풀이 사각거리면서 그들 아래서 가볍게 꺾였다. 여자아이가 길 저편으로 사라져가자, 그들에게는 담임선생님의 말조차 사라져버린 것 같았다. 그들 뒤에는 겨울 내내 얼어붙어 있던 저수지의 빙판이 널따랗게 기다리고 있었다. 시퍼렇게 결빙된 곳이 있는가 하면, 거품 든 것처럼 하얗게 언 데가 있는 빙판이었다. 자세히 보면 그 하얀 데에는 거미줄 같은 무늬가 있었는데, 운동화로 밟으면 바삭바삭 소리가 나며 부서져서 조금씩 내려앉았다.

"야, 우리 여기서 놀다 가자."

그가 달려가다 얼음판에 주저앉으면 10미터는 죽 미끄러졌다. 다시 거기로 친구가 경쟁하듯이 내달리다 주저앉자 가속이 더 세게 붙는 것 같았다.

"이번엔 내 차례야."

그가 날렵하게 내닫다가 빙판 위를 아까보다 훨씬 활기차게 미끄러졌다.

그리고 그다음부터는 그의 기억에 남아 있지 않다. 기억의 변덕은 그때의 돌연하고 강렬했던 순간을 새겨놓기를 거부했다. 빙판이 쪼개져서 그가 물에 빠져버렸고, 저체온이 된 신체가 푸르뎅뎅해져서 기절할 때까지의 그 섬뜩한 순간을 누락해버렸다. 그때 무슨 일이 이어졌는지 그가 알 수 있는 것은 다른 사람들의 이야기를 통해서일 뿐이다.

그는 손톱 발톱까지 시퍼렇게 변해버렸고, 호흡 정지된 가슴이 더 이상 오르내리지 않는 채로 물속에서 건져졌다. 얼마 동안 물속에 잠겨 있었는지는 알 수 없고, 공군사관학교 출입문을 지키던 위병이 구했는데 위병은 곧장 교내에 있는 항공우주의료원 응급실로 그를 싣고 갔다. 너나없이 응급실로 뛰어들어온 의사들은 소년의 젖은 옷을 모두 벗기고, 입에 호스를 꽂아 공기를 불어넣었다. 혈관으로는 심장에 자극을 주는 약물을 투입하고, 가슴에는 다리미 같은 제세동기로 전기충격을 줘서 거무스레한 화상 자국이 피부에 하나 둘 늘어났다. 그리고 의사들이 번갈아가며 그의 정지된 가슴을 눌러주었다.

그의 할머니와 아버지, 어머니가 차례대로 달려와 응급실 복도에서 자식의 소생을 간절하게 기다리며 발을 구르고 있었다. 하지만 그의 어머니는 의사들의 심폐소생술이 반 시간 넘게 진행된 다음 응급실 바깥으로 나온 키 크고 흰 가운을 입은 의사와 함께 복도 구석으로 가서 실상을 전해들어야 했다.

"저, 마음의 준비를 하셔야 할 것 같습니다. 아들을 포기하셔야 할 것 같습니다."

어머니는 서른다섯이 되어서야 그를 낳았는데, 그 강력한 충격의 순간에 기억의 혼동을 일으켰고 현실은 왜곡됐다.

'이상하네. 지금 내 아들은 집에 와서 텔레비전을 보고 있는데 내가 왜 여기서 이런 이야기를 들어야 하나. 무슨 일이 일어난 걸까?'

그래서 통곡은 곁에서 듣고 있던 할머니로부터 먼저 나왔다.

"아이구, 안 돼요. 경섭이가 우리 집안에서 몇 대째 외아들인데."

사실 그의 어머니는 자기 의식을 곁에서 보듯이 인식하고 있었다. 현실을 왜곡해가면서까지 충격을 완화하려는 마음속의 시도를 지켜보고 있었다. 시어머니가 통곡하자 그녀는 그제야 방어벽이 무너졌고, 우리 아이를 살려달라, 아이가 죽으면 나도 죽는다고 울먹였다.

하지만 상황은 비관적이었다. 키 큰 의사는 진료부장이었다. 그가 그냥 포기하고 흰 천을 아이 머리까지 덮어버린 뒤 사망 선고를 하면 시간이 기록되고 종료되는 상황이었다.

3

가족들의 반응을 보고 다시 응급실로 들어간 진료부장은 소생술을 한 번 더 가해보기로 했다. 심폐에 한참 자극을 받은 소년에게서 처음 나온 반응은 꺼풀에 덮인 눈이 꿈틀 하고 움직인 것이었다. 동공반사였다.

주위에 서서 작은 반응이라도 체크하던 의사와 간호사들 사이에서 "아!" 하는 탄성이 흘러나왔다. 진료부장은 이 반사를 순환계에 전파하려고 땀에 흠뻑 젖고 목에 핏대가 선 채로 가슴을 계속 눌러주었다. 그의 두 아들은 남일초등학교에 다녔는데 소년은 동창임에 틀림없고 어쩌면 같은 반 급우일 수도 있었다. 그가 소년의 가슴을 눌렀던 어느 한 순간 캄캄한 화면 속에 수평으로 이어지던 심전도 그래프가 팍 튀어올랐고 다시 수평선이 되었다. 조약돌이 떨어져서 한 번 동심원이 생겼다 사라진 수면 같았다. 이게 의미 있다고 생각한 그는 가슴을 집요하게 밀었는데 한 순간 삑삑! 하면서 심전도기에 소년의 맥박이 다시 뛰는 신호가 들어왔다. 이어서 소년은 스스로 후욱, 하며 숨을 내쉬었다. 가슴이 저절로 오르내리기 시작했다. 적막한 긴장 속에 그 광경을 내려다보며 소년의 가슴에서 손을 뗄까 말까 고민하던 한 의사의 혼신의 노력은 그렇게 보상받았다. 복도에서 울고 있던 소년의 어머니와 할머니는 응급실에서 환성과 박수 소리가 요란하게 나는 것을 듣자 고개를 들고는 출입문으로 다가가 귀를 기울였다.

소년의 몸은 여전히 푸르뎅뎅했지만 호흡과 맥박이 제대로 돌아오자 담요에 싸인 채로 앰뷸런스에 실려 종합병원으로 옮겨졌고, 회복할 수 있었다. 하지만 기억만은 정상으로 돌아오지 않았다. 처음 그가 병실의 침대에서 눈을 뜨고 주위를 살펴봤을 때 찾아온 느낌은 당황스러움이었다.

'학교 마치고 집에 와 있었는데 나는 여기에는 왜 누워 있을까?'

강력한 충격을 받을 때 어머니의 의식에 나타난 왜곡된 현실이 소년의 머릿속에서도 짝을 이룬 것처럼 생겨났다. 켜놓은 텔레비전, 누나들이 뛰노는 마당과 마루, 호박과 메주가 놓인 따스한 안방이 눈 깜빡할 사이에 신기루처럼 사라지고 상아색 벽지가 발리고 커튼이 쳐진 6인용 병실의 침대가 눈앞에 나타난 것이다.

그런 다음 드러난 증상은 그가 방금 전의 일을 기억하지 못한다는 것이었다.

"저기 사과 먹고 싶어요, 엄마."

"깎아줄까? 그런데 너무 자주 먹는 거 아냐?"

"내가 언제 먹었는데요?"

"좀 전에 담임선생님하고 같이 먹었잖아."

"선생님이 오셨어요?"

"그 사과 사오셨잖아. 선생님 남편도 입원하셔서 어제도 오셨고."

"어제도요?"

"얘는, 또 잊어먹었구나. 너희 반 친구들하고 같이 왔잖니? 친구들이 어서 나으라고 꽃다발 가져와서 꽂아둔 것 기억 안 나니?"

어머니는 창가의 유리 꽃병을 가리키는데 투명한 물속에는 노란 수선화와 붉은 시클라멘, 흰 칼라처럼 탐스러운 겨울 꽃들이 꽂혀 있다. 아침의 빛을 받은 수면의 한 점에서 하얀 광채가 생겨난다. 하지만 꽃병을 보는 소년의 눈길은 조금 전까지만 해도 없던 것이 갑자기 생겨났다는 놀라움이다.

항공우주연구원의 진료부장은 소년의 뇌에 혈류가 끊겼다가 인공호흡을 통해서 되살아난 상태여서 두뇌에 충격이 왔을지 모른다고 걱정했다. 후유증으로 기억을 상실할지 모른다고 염려했는데 현실이 돼버린 것이다. 소년이 나중에 문병객들을 만났을 때 실수하면 안 될 것 같아서 어머니는 오늘 누가 왔고, 알고 있어야 할 일이 무엇인지 시시콜콜히 들려주었다. 하지만 어머니는 오래지 않아 그런 설명마저도 아들이 잊어버린다는 걸 알게 되었다.

아들은 태어나서 저수지에 빠지기 전까지의 10년분의 기억은 거의 고스란히 가지고 있었다. 다만 그 후의 기억이 없어졌고 또 새롭게 저장되지 않는 것이었다. 신선한 과거가 소년의 머릿속에는 자리잡지 못했다. 소년은 방금 전 아침식사를 했는지, 양치질을 했는지, 손에 쥔 수건은 무엇인지 알지 못했고, 매일 만나는 의사와 간호사를 처음 보는 것처럼 낯설어했다. 곁에서 지켜보는 어머니와 할머니, 그리고 아버지의 눈에는 까만 근심이 들어찼다.

방금 보고 들은 과거가 기억되지 않을 경우 시각이 매우 민감해진다. 이미지의 형태와 선의 종류, 색깔의 대비에 예민해지고, 시각적으로 아주 소상하고 풍부한 체험을 갖는다. 청각적으로도 마찬가지다. 소리가 굵었다가 가녀리게 사라지는 연속적인 과정, 가까운 소리와 먼 소리의 원근감이 뚜렷해진다. 1초 진의 과거도, 1초 후의 미래도 모두 사라져버리고 언제나 지금 와 닿는 현재 자체만 느낄 수 있는 대가다. 창문 앞의 꽃병을 고개만 한 번 돌렸다가 다시 보면 새로움과 신선함을 느낀다. 눈을 잠시 감았다 떠도 그 꽃병은 여전히 낯설고 미지의 것이다. 하나하나의 순간이 첫 번째로 경험하는 것인 삶, 일체의 체험이 쌓이지 않고 오로지 현재만 존재하는 삶. 감각은 고조될 대로 고조되고 피로가 빨리 찾아오지만, 일상의 식상함이나 상투성은 사라져버린다.

4

현재가 시시각각 휘발하는 삶을 산 것으로 가장 널리 알려진 이는 잠수함 승무원이었던 '지미'가 아닐까? 그는 미국 뉴욕의 요양원에서 살았고 신경학 전문의인 올리버 색스의 환자였는데 오래전 배운 것들을 활용하는 지능이나 관찰력은 대단했다. 하지만 어떤 말을 듣거나 어떤 것을 보아도 몇 초 후에는 잊어버렸다. "책상 위의 시계와 안경, 펜을 잘 봐두라." 하고 보자기를 씌운 뒤에 "무슨 물건이 있더냐."고 물으면 물건뿐 아니라 "잘 봐두라."는 말조차도 잊어버렸다. 그는 1965년 해군에서 전역하고 나서부터 어쩐 일인지 신선한 과거를 기억하지 못했는데 차츰 오래된 과거마저 잊어버려 세계대전이 끝나던 1945년 이후의 기억은 공백이 돼버렸다. 사람이 달에 착륙해서 지구를 촬영한 사진을 보여줘도 "믿을 수 없다."고 하고, 조금 후에 달 착륙 이야기를 다시 해주면 금시초문이라고 했다. 백발이 성성했지만 자기는 스무 살이라고 여겼다. 그는 항상 기억이 생생한 1945년에 살았는데, 그해에 스무 살이었던 것이다. 가끔 거울을 보고 깜짝깜짝 놀랐지만 돌아서면 거기 비친 백발과 주름을 잊어버려서 늘 스무 살에 사는 일이 가능했다. 올리버 색스는 그를 "순간 속의 존재"라고 썼다. 쾌활한 스무 살 청춘에 살았지만 뒤에서 앞으로 나아가는 물결 같은 인생을 느끼지 못해 서글퍼했다. (올리버 색스, 『아내를 모자로 착각한 남자』)

그 반대편 어디쯤에 우루과이의 목동 '푸네스'가 있다. 작가 호르헤 루이스 보르헤스가 짧은 소설 「기억의 천재 푸네스」에서 보여준 그는 목장에서 반쯤 길들인 야생마 등에서 떨어져 전신마비가 된다. 그는 종일 뒤뜰의 무화과나무나 거미줄을 응시하면서 꼼짝 않고 침대에 누워 지낸다. 보통 사람들은 힐끗 한 번 쳐다보고서 탁자에 세 개의 유리컵이 올려진 것을 알아채고 기억한다. 하지만 푸네스는 힐끗 한 번 쳐다보고서 포도나무에 달린 모든 잎사귀와 가지와 포도 알의 수를 알아내고 기억한다. 1882년 4월 30일 새벽 남쪽 하늘에 떠 있던 구름들의 형태를 기억하고, 께브라초 무장항쟁이 일어나기 전날 밤 네그로 강을 가르던 거룻배들의 노가 일으킨 물결이 어떤 모양이었는지 비교할 수 있다. 말의 곤두선 갈기, 언덕 위의 가축 떼, 활활 타오르는 불길이 변화하던 모양, 긴 임종의 밤 동안 망자의 얼굴이 어떻게 변해갔는지 모두 기억해낸다. 그는 이렇게까지 완벽한 기억을 갖게 된 내가로 서우

전신마비쯤이 왔다면 사소한 대가를 치른 거라고 여긴다. 그의 자부심은 이렇게 말할 때 구체적으로 드러난다.

"나 혼자서 가지고 있는 기억이 세계가 생긴 이래로 모든 사람이 가졌을 법한 기억보다 많을 거예요."

푸네스는 물론 보르헤스가 들여다본 상상의 우주 속에 살고 있다. 하지만 현실의 임상 사례들은 그와 필적할 만큼 섬세하고 방대한 기억을 안고 사는 사람들이 실제로 있다고 알려준다.

5

스페인과 멕시코에서 영화감독으로 일한 루이스 부뉴엘은 어머니가 말년에 기억상실증에 빠지는 것을 보면서 말한다. "기억을 조금이라도 잃어보면 기억이야말로 우리 삶을 구성하는 것임을 알게 된다. 기억이 없다면 인생이라고 할 수조차 없다. 기억은 우리의 일관성이고 이성이고 감정이다. 심지어는 행동도 기억이 있어서 가능하다." 그리고 부뉴엘은 덧붙인다. "기억이 없다면 우리는 아무것도 아니다."

많은 사람이 그 중요한 기억을 잃고 살아간다. 치매에 걸리고, 뇌졸중이나 뇌경색을 앓고, 알코올 중독으로 뇌를 잠식당한다. 그리고 해마다 교통사고 후유증으로 수십만 명이 다치고 그중에 수천이나 수만 명이 기억을 잃는다. 작게는 사고가 나던 몇 초를, 크게는 평생의 기억을 송두리째 잃는다. 자기가 누군지조차 몰라서 다른 사람으로 살아가기도 한다. 자기가 누군지 모른다는 사실조차 모르면서 살기도 한다.

기억을 되찾으려고 예전에 살던 곳을 찾아보거나 자기를 알아보는 이들을 만나본다. 언어로 된 기억이 아니라면 머릿속에 좀 더 오래 남기에 눈으로 우선 보려는 것이다. 음악을 듣거나 냄새를 맡아보기도 한다. 처절한 노력을 하는 이들도 있다. 두뇌에 총상을 입은 한 소련 장교는 한 단어를 떠올리기 위해 몇 시간이나 생각해내야 했는데 25년 동안 3천 페이지에 달하는 기록을 남겼다.

자기가 누군지 알아야겠다는 자각이 든 사람은 지문을 찍어 호적을 찾아본다. 그래서 호적의 주소를 찾아갔더니 옛집은 물론 동네가 통째 사라진 것을 허망하게 바라보기도 하고, 기억을 잃기 전에 낳은 아들딸이 있다는 사실에 소스라치기도 한다. 이런 노력을 통해 조금씩 기억이 되살아난다.

6

결빙된 저수지에 빠졌던 소년의 기억 능력은 갑자기, 그리고 완벽하게 돌아왔다. 어머니는 찾아온 문병객들과 아들이 조금 전 했던 일들을 끊임없이 상기시켰지만 곁에서 보기엔 거의 차도가 없다가 일주일

정도가 지난 어느 시점에 갑자기 회복되었다. 소년처럼 일상을 기억하지 못하는 증상은 대뇌의 옆 측두엽 안쪽에 자리한 부분, 즉 물고기 해마海馬처럼 생겨서 역시 해마라고 불리는 부분이 기능을 하지 못해서 벌어진다. 그러나 소년은 해마는 물론 대뇌나 몸 전체를 통틀어서도 어떤 타박상을 입은 적이 없었고, 알코올도 니코틴도 들어온 적이 없었고, 얼음물에 들어갔다가 해동되었을 뿐이다. 신선한 과거가 끝까지 기억되지 않을 수는 없었다. 소년은 방금 전 어머니가 해준 이야기를 어느 날인가부터 세세하게 기억해낼 뿐만 아니라 기억을 덧보태서 이야기하곤 했다. 기억이 쌓이면서부터 그는 병실 생활을 지루하게 여겼고 빨리 집과 학교로 돌아갈 날만을 손꼽았다. 무료하다고 느끼게 된 것이다.

만일 불로장생하거나 불멸하는 삶이 있다면 오직 현재만이 있는 그런 삶이 되지 않을까? 영생의 대가로 일체의 기억이 시시각각 증발하는 삶. 그렇지 않으면 영원히 비슷비슷하게 반복되는 일상과 세상의 정적靜寂이 지겨워서 불멸을 포기할 수밖에 없지 않을까? 기억은 권태라는 형벌을 가져다주는 것이다.

소년은 기억 능력이 회복되면서 단기 기억상실증을 앓을 당시에 고조됐던 감각세계를 알 수 없게 돼버렸다. 추측할 수 있을 뿐이었다. 기억 능력은 회복됐지만 그가 빙판에서 친구를 향해 달려간 때부터 물에 빠져 심폐 기능을 잃기까지의 기억은 여전히 회복되지 않았다. 그 부분에 관해서는 바로 곁에서 지켜본 친구의 기억이 전해졌을 뿐이다.

사실은 그보다는 친구가 먼저 죽을 위기에 처했다. 빙판을 활기차게 미끄러지다가 얼음이 쪼개지고 물 아래로 빠진 것이다. 그는 친구를 구하기 위해 달려나간 것인데 역시 빙판이 꺼지면서 허우적대다가 심폐 기능이 정지된 것이다. 친구는 등에 멘 가방이 얼음 턱에 걸려 허리 부분까지만 물에 빠진 채 팔을 얼음 구멍 바깥으로 뻗어서 버텨냈다.

그는 입원 중에 그런 설명을 어머니로부터 전해들었지만 대수롭지 않게 여겼다. 퇴원해서 집으로 가자 네 명이나 되는 누나들의 환대를 받았고 사실상 죽었다가 깨어난 체험은 인생에서 없던 일처럼 돼버렸다. 그에게는 트라우마가 없었고 단지 빙판을 세차게 미끄러지던 신나는 기억만 남았다.

처음부터 사랑에 초연한 단단한 삶과 사랑했지만 처절하게 실연한 삶, 어떤 것이 더 살 만한 것일까? 한 번도 죽음의 고비를 넘어보지 않은 삶과 한 번 그 심연에 빠졌다가 다시 살아난 삶, 어떤 것이 더 살 만한 것일까? 죽음의 고비를 넘은 적이 있다면 그걸 기억하는 삶과 그렇지 않은 삶, 어떤 것이 나은 것일까? 그 고비를 기억하는 대가로 공황장애가 주어진다면 그래도 그쪽이 나은 것일까?

2007년 2월 9일은 그가 죽었다가 살아난 지 10년을 이틀 앞둔 날이었다. 그기 고등학교를 졸업하는 날이기도 했다. 그는 이날 자신을 세상으로 데려온 어머니로부터 꽃다발을 받았다. 그는 졸업식장에서 받은 꽃다발을 항공우주의료원으로 가져가 그 키 큰 의사에게 전해주었다. 그 의사는 의료원장이 되어 있었다. 머리는 희끗희끗해졌지만 그의 가슴을 눌러주었던 두 손은 여전히 큼지막했다.

그는 그날 어머니와 함께 자기가 빠졌던 저수지의 둑길을 걸어가면서 "친구를 다시 한 번 만나보고 싶다."고 했다. 친구는 그 사고가 있은 뒤에 1년쯤 지나서 전근 가는 아버지를 따라 전주로 전학을 갔고, 이후에 연락할 길이 없었던 것이다. 친구에 관한 가장 구체적인 기억은 학교 과학관 옆에 세워져 있는 제트기와 함께 떠오른다. 공군이 기증한 제트기의 조종석으로는 계단이 나 있어서 둘은 가끔 거기까지 올라가보곤 했다.

"야, 우리 이거 타고 날아봤으면 좋겠어."

"그래, 둘이 같이, 저기 멀리, 하늘 끝까지."

10년 전 일이지만 그는 그날 실제 어떻게 된 것이었는지 친구를 만나면 좀 더 자세히 물어보고 싶었다. 여태까지는 한 번도 그런 욕망을 가져보지 않았다. 하지만 왜 이렇게 열아홉 스물, 청춘이 활짝 피어날수록 간절해지는 걸까? 그것은 아마 기대하고 있기 때문일 것이다. 만나서 듣게 되면, 생生의 이 순간이 그 죽음 때문에 훨씬 더 선명해질 거라고. 지금 현재가 얼마나 소중한지 분명히 알게 될 거라고. 시시각각 기억의 바깥으로, 과거의 것으로 변색되는 이 한 번뿐인 현재가.

충북 청원의 이경섭李京燮 님은 충청대학교를 마쳤다. 전주로 이사 간 그의 친구는 정세영이다. 그를 소생시킨 항공우주의료원장은 정기영 대령이다. 정 대령은 한국 최초의 우주인 주치의가 되었다.

"전쟁이 나자 정읍에서 경찰 일을 하던 남편은 먼저 피난을 가고,

제 곁에는 태어난 지 사흘 된 딸아이만 남았습니다.

아이 업고 퉁퉁 부은 얼굴로 뒤따라 천태산으로 피난 가는데,

산후조리를 못해 손발이 저리고 쑤셔왔지요.

그런데 누군가 '저기 경찰 부인 간다.'고 밀고를 했더랬습니다.

저는 인민군의 손아귀에 잡혀서 곧장 처형대로 끌려갔어요.

붉은 완장을 찬 사람이 마지막 소원이 뭐냐고 하기에,

내가 소리꾼이니 소리나 한가락 하게 해달라고 말했습니다.

결국 저는 「새야 새야 파랑새야」를 불렀는데,

순간 주위가 숨죽인 듯이 고요해지더군요.

노래가 끝날 때까지 제 갓난아기는 낯모르는 아주머니 품에 안겨서

고아가 될 처지도 모르는 채 자고 있었어요.

인민군이 한가락 더 하라고 해서 「심청전」도 불렀습니다.

완장 찬 사람은 그걸 다 듣고 인민군에게 총을 거두라고 하더니, 재주가

아깝다고 했습니다. '우리가 고단할 때 노래나 한두 곡 불러달라.'고 하더군요.

제가 파묻힐 뻔했던 흙구덩이 앞에서 아기를 다시 품에 안고 나니

눈물이 비 오듯 쏟아졌습니다.

저는 저를 구원할 것은 소리라고 생각했습니다……."

－공옥진孔玉振 (1931. 8. 14～2012. 7. 9)

*이 책의 앞날개에 나온 국악인 공옥진의 이야기를 좀 더 자세히 밝힌다.

감사의 말

이현조 씨, 그는 두 차례의 등정 때 입었던 오버트라우저(등산용 덧바지)를 전남대학교 산악부 후배에게 물려주었다. "내 정이 깃든 거야. 다 해지거든 돌려줘." 나는 장면의 밀도를 높이기 위해 자정이 될 때까지 그에게 갖가지 질문들을 쏟아냈다. 그는 칸막이가 된 생맥주 집에서 지쳐가면서도 소상하게 자기 체험을 들려주었다. 나중에는 슬그머니 웃으면서 "정말 다른 생존자들은 그런 것까지 기억하던가요?" 하고 되물었다. 나는 그에게 미안했다. 그가 에베레스트의 남서벽을 오르기 위해 출국하기 이틀 전에 나는 "귀국하면 한잔 사겠다."고 전화 통화를 했다. 그러나 내가 이제 해줄 수 있는 일은 그가 사진과 자료를 들고 와서 그토록 애써가며 설명해준 낭가파르바트 등정이 담긴 이 책을 영전에 놓아두는 것뿐이다. 잘 자라, 친구, 너는 에베레스트의 하늘에 떠 있는 별이 되었다.

김하실 씨, 부산에서 어렵사리 그를 만나보니 우연히도 그의 집은 내가 어릴 적 살던 곳 근처에 있었다. 지금 그곳의 너른 풀밭과 농장은 사라졌지만, 그를 만나 이야기 듣는 내내 나는 산기슭에서 내려온 여름 바람에 풀 파도가 치던 못골의 저물 녘을 떠올렸다. 그가 겪은 일을 고스란히 말해주어 고맙다. 그가 다닌 대학교에서 차로 5분 거리에 순직선원 위령탑이 있다. 개정판 원고를 쓰면서 그곳을 찾아가 보니 바다에서 일하는 사람들의 활동과 조난을 그린 여러 점의 벽화가 있었다. 파도에 기우는 상선 너머로 누가 던졌는지 튜브 하나가 수면에 떠 있는 그림이 있었다. 혼자서 그걸 바라보던 조용한 오후에 햇살이 동판에 머물렀고 새겨진 바다가 희미하게 빛나던 기억이 난다.

김택민 씨, 나는 그를 만나기 전에는 운동선수들이 얼마나 치열한 극기의 세계에 사는지 알지 못했다. 그는 군인으로 복무하던 시절 휴가 나온 며칠을 쪼개서 체육관에서 샌드백을 두드리다가 나를 만났다. 그는 살면서 이기고 지는 일의 불가해성에 관해 나보다 훨씬 더 깊이 체득하고 있었다. 그는 "최선을 다하지만 승부는 링에 올라가봐야 안다."고 말했다. 나는 공대생인 그가 제대하고 나면 엔지니어로 살아갈 줄 알았다. 하지만 그는 프로 복서로서의 삶을 택했고 국내와 아시아 챔피언이 되었다. 나는 휴가 나온 그를 인터뷰하면서 내가 그렇게 대단한 선수와 만나고 있는 줄은 몰랐다.

조성철 선생님, 인파로 가득한 연말 서울의 서초에서 의식하지도 못한 채 지하로 사라졌다가 살아 돌아온 그의 이야기는 오래전 내가 처음 들었을 때부터 '언젠가 글로 써야지.' 하고 다짐했던 것이다. 그는 이후에 술을 끊었는데 초판 원고를 쓰던 무렵 내가 그 겨울 들어 가장 추운 날 남양주로 찾아가자 결심을 중지하고 나와 낮술을 나누었다. 몇 년이 지나 그를 다시 만났는데 불교를 공부하고 있었다. 절을 찾아가 강의를 듣고 "이 뭣고."라는 화두를 받아왔다. 그리고 감각세계의 한계에 관해 생각하고 있었다. 나는 그가 지하에서 극복한 일의 좀 더 깊은 의미를 찾아왔는데 그를 다시 만난 후에 내가 제대로 길을 들었다는 걸 알 수 있었다.

정광우 선생님, 그가 서해에서 겪은 일은 내가 기자이던 시절 격포로 가서 취재한 것이었다. 내가 썼던 그 짧은 기사들 속에는 얼마나 파란 많은 사연이 숨겨져 있었던가. 그의 인터뷰를 녹음하면서 나는 침몰한 배에서 살아나와 구명벌까지 올라갔지만 어선으로 옮겨 타려던 마지막 순간 바다로 떨어진 이들을 생각하며 내내 마음이 아팠다. 그는 쓰라려 하던 내 표정을 가끔씩 건너다보며 말을 이어갔는데 그의 그런 표정도 잊히지 않는다. 그는 전주에 살았는데 인터뷰가 끝난 후에 내 얼굴을 보더니 "비빔밥을 먹으러 가자."고 말했다. 옛날에 취재했던 기억과 흥분, 그의 이야기의 여파가 남아 있던 동안 나는 참기름과 고추장, 콩나물과 도라지가 섞인 그 밥맛을 잘 몰랐다. 하지만 서서히 그 갖은 나물과 애호박, 황포묵과 육회 위에 얹은 노란 잣의 꾸밈없는 맛을 느끼면서 나는 전주라는 고장의 따스한 위로를 받는 느낌이었다.

김경오 선생님, 오랜만에 다시 만난 그는 평생 달고 다닌 파일럿 윙 배지가 너무 낡아서 공군으로부터 새것을 증정받아 달고 있었다. 나는 그를 만나기 전에 항공 기상학과 항공기 조종술, 옛날 신문에 나왔던 그가 쓴 글과 그에 관한 기사를 대부분 찾아서 읽고 나갔다. 그는 희미하거나 엇갈린 기억을 내가 정확하게 해주자 점점 더 자세하고 깊숙하게 이야기하곤 했다. 나는 그 과정이 흥미진진하고 기뻤다. 우리가 잡은 자리의 옆에서는 공사하는 망치질과 드릴 소리가 끊이지 않았지만 우리는 아랑곳하지 않고 몇 시간이고 계속해서 이야기에 빠져들었다. 나는 그의 에너지를 보면서 그가 오래전 쓴 글 가운데 에밀리아 에어하트를 인용한 문장 하나가 기억에 남았다. "개척자의 길은 외롭고 험준하다."

김진문 선생님, 그를 휩쓸고 갔던 빗물이 사라진 개천 바닥에는 깨진 돌이 가득했다. 나는 그 바닥과 잘린 산비탈을 보면서도 산사태의 위력을 실감할 수 없었다. 하지만 몇 해 후에 서울에도 큰 폭우가 쏟아져 우면산 산비탈이 뜯기고 사방의 집과 절과 길을 덮치는 것을 보면서 탄식하던 입을 다물 수가 없었다. 든든한 새 주인을 찾아 개를 보내야 했던 그의 처지와 상황을 몇 배나 이해하게 된 날이었다.

간은태 선생님, 그는 한 손으로 운전하면서도 차가 설 때와 달릴 때를 가려서 정확하게 부렸다. 그는 솔직하고 대범했다. 수십 마리의 소를 아깝게 처분한 날이나, 늦게 온 트럭 때문에 수만 포기의 군자란이 얼어 죽은 밤을 이야기하면서도 그리운 옛날을 떠올리는 얼굴이었다. 그가 세운 삼남장애인근로사업장에 따스한 기운이 모이고 깃들기를 마음 깊이 바란다.

박태원 선생님, 나는 그의 녹음을 다시 풀고 포베다라는 산을 등반하는 일에 관해 샅샅이 취재했다. 그는 산॥사람으로 살아가는 삶에 뚜렷한 가치관을 갖고 있었고 나는 그것을 좀 더 선명하게 드러내려고 무진 애를 썼다. "산을 오르면서 갖은 감정을 다 겪었고 정작 정상에는 별것이 없었다."는 그의 말이 기억에 남는다. 그는 히말라야로 나가기 며칠 전에 제주도에서 훈련하면서 나의 새 글을 읽었는데 순서가 바뀐 이틀 간의 일을 바로잡아서 보내주었다. 나는 히말라야 사람들의 인사를 생각해내고는 멀리서나마 "나마스테" 하면서 두 손을 모았다.

임강룡 선생님, 그는 인도양에서 겪은 일에 경외심을 갖고 있었고 이야기를 남용하지 않으려고 했다. 그는 나를 만나는 일을 주저했는데 내가 막상 배를 타고 물을 건너가 겨울 밤에 그의 집 대문을 두드리자 따스하게 맞아주었다. 그는 갈비뼈가 부러져 치료하는 중이었는데 아픈 것을 내색하지 않았다. 바다거북에 업혀 살아온 후로 힘들다고 여긴 일이 거의 없다고 했다. 내가 그의 오래된 체험을 녹음하는 동안 그의 어린 아들이 학교에서 돌아와 귀담아듣던 기억이 난다. 얼굴이 하얗고 순수해 보이던 아들은 밤이 깊도록 이부자리에 엎드리거나 아빠 곁에 앉아서 우주와 인간이 통했던 신비스런 이야기에 나와 함께 빠져들었다. 그의 음성은 진지한 높임말로 녹음되어 있지만 나는 담담한 예삿말로 바꿔놓았다. 사춘기가 되고, 앞으로 청년이 될 그의 아들, 그리고 그와 그의 아내가 이 이야기를 좋아하면 좋겠다. 세상의 숱한 다른 가족들 역시 마찬가지다.

이경섭 씨, 그의 기억상실에 관한 초판 원고를 쓰면서 내 노트북 컴퓨터는 두 번이나 다운되었는데, 몇 년이 지나고 글을 새로 쓰면서도 나는 그런 일을 다시 겪었다. 나는 컴퓨터의 기억장치가 잃어버린 내용을 그때마다 다시 써야 했다. 글쎄, 이런 일들을 어떻게 이해해야 할지. 움직이지 않는 커서를 보면서 나는 그냥 재미있어 했다. "희한하네." 하고 혼자서 중얼거릴 때 저절로 웃음이 생겨나던 기억이 난다. 나는 컴퓨터를 다시 부팅하고 조금 전 썼던 글을 떠올리며 살금살금 자판을 두드리고 숨도 멎은 채 '저장'을 클릭했다. 과거를 한 번 더 반복해서 약간 변형된 미래로 옮겨가는 느낌을 받고는 혼자서 놀라워했다. 이제 막 모니터에 다다른 미래는 예전의 것보다 나아 보였고 나는 그것으로 만족했다. 새 책의 글을 모두 마무리한 지금 역시 마찬가지다.

*내가 개정판을 쓰는 동안 토지문화관은 한 달간 집필실을 지원해주었다. 초판을 읽고 느낌을 전해주신 박경리 선생님과 토지문화관에 마음으로 감사를 전한다. 이곳은 한국문화예술위원회의 지원을 받는다.

어떻게 살 것인가

1

나는 원래 이 책의 초판에 『생의 감각』이라는 제목을 붙이려고 했다. 신화학자인 조지프 캠벨의 말에서 가져온 제목이었다. "사람들은 삶의 의미를 찾는 게 아니다. 살아 있음을 진정 느껴보고 싶은 것이다."

그러지 않아도 삶은 신기루 같다. 그런데 세상은 갈수록 우리의 생명력을 왜소하게 하고, 삶을 초라하고 구차하게 만들지 않는가. 이런 현실을 이겨낼 의미를 찾는 일이 소중하긴 하지만 그런 일이 우리를 더욱 힘들게 하고 옥죄기도 한다. 사람들은 우선 "내가 살아 있구나." 하는 느낌을 받고 싶은 것이다. 뭉클한 이런 느낌을 원하는 욕구는 상당히 보편적이어서 캠벨 말고도 생의 감각이 소중하다는 것을 말한 이는 꽤 된다. 글을 만지며 사는 나 역시 가끔 생각한다. "내가 살아 있네." 어떻게 해야 이런 느낌을 받고, 이런 느낌과 함께 살 수 있을까?

2

이 책을 쓰는 동안 내 가슴에는 배 한 척이 가라앉아 있었다. 앳되고 새파란 학생이 수백 명 타고 있던 배였다. 마음뿐 아니라 몸조차 아파왔고 그 심경은 우리 모두 함께한 것이어서 여기 옮기지는 않겠다. 다만 그 무렵 읽었던 맹자의 말씀을 적어놓고자 한다.

"나는 생선 요리도 먹고 싶고, 곰 발바닥 요리도 먹고 싶다. 하지만 둘 다 먹을 수는 없다면 생선을 포기하고 곰 발바닥을 먹을 것이다. 나는 삶도 바라고 의로움도 바라지만, 둘 다 가질 수는 없다면 나는 삶을 버리고 의로움을 택할 것이다. 나는 삶 역시 원하지만 삶보다 더 간절히 바라는 것이 있어 삶을 구차하게 취하려고 하진 않는다. 나는 죽음을 싫어하지만 죽음보다 더 싫어하는 것이 있어 환란을 피하지 않고 죽는다."

맹자는 삶을 버려서라도 의로움을 구하는 것을 '사생취의^{捨生取義}'라고 했다.

3

의인이 된 심경철 항해사를 특별히 기억하고자 한다. 그가 택한 의로운 일은 승선한 학생들을 구해주고 싶은 선원들의 연민을 대변한 것이었다. 남을 구하기 위해 자기 손에 쥔 것을 내놓는 결정은 삶에는 모든 것을 내던져도 아깝지 않은 영롱한 어떤 것이 숨어 있다는 것을 보여준다. 기대하지 않은 상대에게 대가를 바라지 않는 선의를 베푸는 것. 우리 삶에 생명을 보태는 일은 이런 일이 아닐까? 스물여섯 살의 청년은 실행으로 보여주었다.

개정판을 쓰기 위해 예전에 만나뵀던 분들을 다시 만났고, 녹음을 다시 풀고, 자료를 더 많이 찾아보았다. 그러면서 확인한 안타까운 일은 그의 희생을 불러온 피-하모니호 사고와 같은 이유로 바다에서 참사를 겪은 배가 또 나왔다는 것이다. 2012년 한겨울 추위를 무릅쓰고 탱크에서 가스를 빼내는 작업을 하던 두라 3호에서 폭발이 일어나 참사가 재연되었다. 두 배에 사고가 난 날은 11년의 차이가 있지만 모두 1월 15일이다.

곳곳에서 거칠고 목숨이 위태로운 일을 해내는 직업인들은 내가 사는 세계를 조화롭게 움직이는 굳센 바퀴들이다. 그런데 이들에게 스스로를 지킬 안전장비를 갖춰주지 않은 채 일터로 내보내는 일은 다름 아닌 '불의不義'다. 살려고 일하는 사람에게 살아갈 조건을 만들어주지 않기 때문이다. 이것은 대부분 큰 돈을 쥔 이들이 욕망하는 더 큰 이윤과 거드름 피우는 관리들과 오만하고 잔인한 갖가지 '갑甲'들의 태만 때문이 아닌가. 세계를 윤택하게 하는 최전선에 선 사람들이 이들의 행태 때문에 언제까지 살얼음판에서 살아야 할까?

앞선 정유선의 침몰로 교훈을 얻지 못하고 똑같은 날 똑같은 참사가 벌어진 것을 보고 나는 다시금 알게 되었다. 내 곁의 부당한 불의를 내가 모른 체할 경우 내 앞에서 다치는 사람이 또 나올 수밖에 없다는 사실을. 크든 작든 그리고 틀린 일들을 가까이서부터 바로 잡아야 한다. 남들이 안녕히 살아가게 하기 위해서뿐 아니라 내 마음의 건강을 위해서라도. 너나없이 그런 일을 한결같이 해나갈 때 무구한 청년이 그릇된 관행의 희생자를 구하기 위해 몸을 던지는 일이 다시는 생기지 않을 것이다. 그래야만 다시는 어린 학생들이 수학여행 가는 배가 우리 가슴에 가라앉지 않을 것이다.

4

이 책은 살아나려고 온 힘을 쏟은 이들의 이야기다. 동시에 다른 사람을 살려내려고 온갖 애를 쓴 이들의 이야기이다. 나는 책을 다시 쓰면서 이 점을 보게 되었다.

이 책의 세계에는 청년 의인뿐 아니라 망망대해에서 사라진 부하를 찾으려고 일곱 시간이나 수색에 나선 선장이 살고 있다. 그는 실종 선원의 유가족에게 보험으로 보상하기로 하고 치타공에 화물을 정시 입항시킬 수도 있었는데 왜 그렇게 가망 없는 수색에 나섰을까? 배를 타는 선원이라면 그렇게 바다에 추락하고 시간이 오래 지나면 살 가망이 없다는 걸 아는데도 그는 왜 입고가 늦어져서 막대한 배상을 해야 하는 선택을 했을까?

그리고 내가 쓴 글에는 눈밭에서 탈진한 후배를 구하기 위해 고난의 행군을 하는 등반가가 살고 있고, 진흙인간처럼 되어서 급류에서 빠져나오자마자 잊지 않고 "이웃을 구해달라."고 간청하는 촌로도 나온다. 영광의 루팔 벽 등정을 눈앞에 두고도 부상당한 친구를 산에서 나흘 걸려 하산시키는 등반가가 나오고, 언덕만 한 파도에 여객선이 침몰하는 것을 보고도 가랑잎 같은 배를 타고 나가 숱한 목숨을 구해내는 어민들이 살아간다. 익사할 위기에 빠진 친구를 구하기 위해 얼음 위를 달려간 소년이 있고, 낯모르는 아이의 위험한 부탁을 선량하게 들어주는 태권도 사범이 살아가고, 자정 넘은 밤에 소리인 듯 아닌 듯 지하에서 흘러나온 희미한 간청을 듣고 산속까지 들어가는 평범한 시민이 살고 있다.

그런데 사실 나는 일부러 이런 이들을 찾아내서 쓰려고 한 것은 아니었다. 다 써놓은 글을 보고 나니 그 세계에 그런 사람들이 빠짐 없이 나온다는 것을 알고 나는 놀랐다.

그리고 내가 써놓은 글들을 더 자세히 살펴보니, 남을 살려내려다가 위기에 처한 사람들을 또 살려내려는 사람들이 살고 있었다. 친구를 구하려다 얼음물에 빠져 심폐도 안구도 정지해버린 소년. 그 소년의 푸르뎅뎅한 신체를 주검으로 보지 않고 아직 부활할 수 있는 "내 아들의 동창"이라고 생각한 의사가 살고 있었다. 인생에서 가장 소중한 오른손을 잃은 태권도 선수를 평생 도우며 살아온 부인도 머물고, 흙에 매몰된 사람들을 구하려고 비바람을 뚫고 가는 이웃들이 살고, 생전 처음 본 외국인의 언 발을 녹이려고 자기 겨드랑이를 선뜻 빌려주는 카자흐 여인이 적혀 있었다.

내가 쓰려고 한 것은 삶의 위기를 이겨낸 사람들의 이야기인데, 이런 생각지도 못한 사람들은 어디에 있다가 어느 결에 내 글 속으로 들어왔을까?

5

우리는 사그라질 어떤 생명의 불씨를 다시 지펴줄 때 내가 살아 있음을 가장 선명하게 느끼지 않을까? 그만큼은 아니어도, 불편한 누군가 내 손을 붙들고 일어날 때 내가 제대로 살고 있다는 느낌이 생겨나지 않을까? 그가 내게 한 번 웃어 보일 때 내 속의 나는 "살아 있네." 하고 말하지 않을까? 나는 그것이 흥분된 기쁨이고, 흐뭇한 유쾌함이라는 것을 알고 있다.

희망은 다른 어느 곳도 아닌, 바로 주변의 누군가로부터 찾아오는 것 같다. 내가 쓴 글을 스스로 읽어보며 그것을 깨닫는다. 희망은 내가 이 끈을 놓치지 않으면 가까운 곳의 누군가 찾아와 내 손을 맞잡고 당겨줄 거라는 믿음이다. 그래서 지극히 소박하고 현실적이며 단단하다. 그리고 우리는 역경을 견디고 넘어선 사람들을 단순히 바라보기만 해도 감동받고 더욱 굳세진다. 그래서 나는 희망이 어떻게 번져가는지 알 것 같다. 도와주고, 살려낸 사람들의 마음속에도 선명한 희망이 또 생겨나 더욱 뜨거워지고 활기를 띠는 것이다. 우리는 살아가며 두 가지의 공동 책임을 진다. 희망을 붙들고 놓지 않을 책임, 희망을 지키고 당겨줘야 할 책임이다.

이러한 생각은 나만 하는 것이 아니다. 나는 가난한 자들의 수호성인인 프란치스코를 새 이름으로 삼은 교황의 말씀을 통해서도 그것을 확인한다. 내가 이 책을 쓰는 동안, 그는 행복한 삶을 살기 위해 명심할 점 열 가지를 말했다. 그리고 그 첫 번째를 이렇게 꼽았던 것이다.

"살아라, 그리고 살게 해라Live, and let live."

일 분 후의 삶

ⓒ 권기태·2007, 2015, Printed in Seoul, Korea

1판 1쇄 발행 2007년 6월 15일
1판 16쇄 발행 2014년 1월 20일
전면개정판 1쇄 인쇄 2015년 10월 16일
전면개정판 1쇄 발행 2015년 10월 23일

지은이 권기태

발행인 양원석
책임편집 이지혜
표지디자인 RHK디자인연구소 남미현, 김미선, 조윤주
본문디자인 공중정원 이경란
교정교열 김명재
제작 문태일
영업마케팅 이영인, 정상희, 전연교, 김민수, 장현기, 정미진, 이선미

펴낸 곳 ㈜알에이치코리아
주소 서울특별시 금천구 가산디지털2로 53, 20층 (가산동, 한라시그마밸리)
편집문의 02-6443-8903 구입문의 02-6443-8838
홈페이지 http://rhk.co.kr
등록 2004년 1월 15일 제2-3726호

ISBN 978-89-255-5751-9(03810)